커틀러스 던전

문

화살 날아가는 곳

밟으면 화살

밟으면 돌 떨어짐

함정(구덩이)

밟으면 가동되는 함정

경보음

보 물

검을 뽑으면 문 닫힘
(에버딘 일행이 들어간 곳)
절 벽

호 수
물 위로 얼굴을
비추면 봉인돼

돌

검

돌

출구 ←

키 150cm 이상
경보

밟으면
구덩이로
미끄러짐

드워프 전세

몸무게 합계
130Kg 이상
경보음

빠지면서
하루 동안 잠듬

해골 쌓인 곳, 블

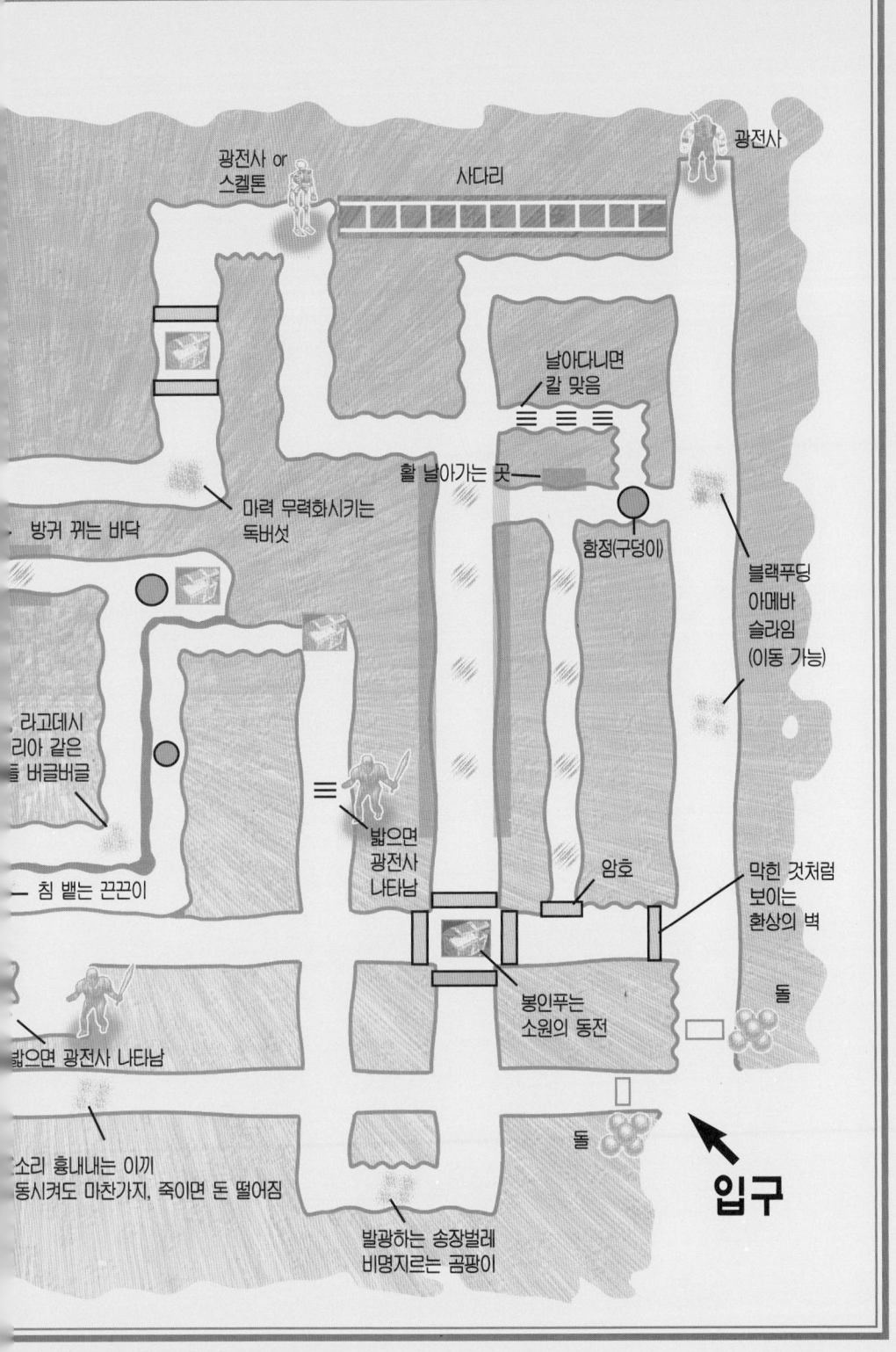

Ades

아데스

2

아데스 2

김성희 판타지 장편 소설

초판 1쇄 찍은 날 § 2001년 1월 15일
초판 1쇄 펴낸 날 § 2001년 1월 20일

지은이 § 김성희
펴낸이 § 서경석
펴낸곳 § 도서출판 청어람
편집 § 문혜영 · 허경란 · 박영주 · 김희정 · 권민정
마케팅 § 정필 · 강양원

등록번호 § 제1081-1-89호
등록일자 § 1999. 5. 31
어람번호 § 제1-0065호

주소 § 경기도 부천시 원미구 심곡1동 350-1 남성B/D 3F ㈜420-011
전화 § 032-656-4452 팩스 § 032-656-4453
e-mail § eoram99@chollian.net

값 7,500원

ISBN 89-5505-040-2 (SET) / ISBN 89-5505-042-9 04810

Ades

아데스

2

김성희 판타지 장편 소설

도서출판
청어
람

목차

제4장
던전을 향해

드래곤의 섬, 프로소

리즈의 말에 카디프는 그 자리에서 바로 계곡 속으로 몸을 날렸다.

풍덩!

차가움이 뼈 속까지 파고드는 듯했지만 그는 아랑곳하지 않고 물속을 살피기 시작했다. 숨쉬기 위해 물 밖으로 나오는 것도 잊은 듯 그는 필사적으로 물속을 뒤져 댔지만 애버딘의 모습은 어디에도 보이지 않았다.

"하아… 하아……."

더 이상 숨을 참기가 곤란했는지 그는 한참 만에야 물 밖으로 고개를 내밀었다.

"애버딘은?"

"애버딘님은요?!"

리즈와 피스가 걱정스러운 표정으로 동시에 카디프를 바라보았지만 그는 그녀들의 소리가 들리지도 않는다는 듯 숨을 크게 한

번 들이쉬고는 그대로 다시 물속으로 들어가 버렸다.

떼떼는 애버딘이 걱정스러운지 눈물이 그렁그렁 맺힌 눈으로 리도스를 바라보았다.

"아저씨도 눈치 채지 못했어요?"

"뭘?"

떼떼는 이제까지 목마를 태워주던 애버딘이 갑자기 사라진 것도 충격이거니와 모두들 애버딘이 사라지기 전까지 그가 자신을 데리고 있었다는 사실을 전혀 기억조차 못한다는 것이 더 충격이었다. 아무리 사소한 일이라고는 하지만—인간인 리즈와 피스는 그렇다고 치더라도 드래곤인, 그것도 고위급의—드래곤인 리도스마저 그 사실을 기억하지 못하고 있다는 것은 떼떼로 하여금 눈물이 날 정도로 불안함을 느끼며 재확인하는 듯한 질문을 던졌다.

"나… 아빠가 쭉 목마 태워주고 있었다는 거… 아저씨도 눈치 채지 못한 거예요?"

리도스는 흠칫 놀란 표정으로 떼떼를 바라보았다.

"……?!"

리즈와 피스도 그들의 대화를 가만히 듣고 있었던지 서로를 마주 보며 어째서 눈치 채지 못했을까 하는 표정을 짓고 있었다. 그리고 그 의문의 화살은 자신들을 번갈아 바라보고 있는 떼떼에게로 향해졌다.

"그러고 보니 너… 언제부터 애버딘이랑 떨어져 있었던 거야?"

"나도 모르는 사이에… 빛이 아빠를 감싼다는 느낌을 받은 뒤부터 줄곧 여기에 있었어요. 정말 몰랐던 거예요?"

"아무래도 이번 일… 생각지도 못한 힘이 개입되어 있는 것 같군."

리도스가 심각한 표정을 지으며 계곡의 물을 향해, 아니, 정확하게 말해 카디프를 향해 외쳤다.

"카디프! 그렇게 뒤진다고 해도 헛수고라는 거 너도 잘 알고 있을 텐데, 그만 하고 이쯤에서 나오도록 해!"

그의 행동에 리즈는 어이없는 표정을 지었다. 그가 그렇게 소리를 지른다고 해서 카디프에게 들렸을 리 없거니와 만일 들렸다고 해도 애버딘 찾기를 순순히 중단하고 나올 카디프는 아니라는 것을 잘 알고 있었다. 그러나 그런 그녀의 예상과는 달리 마치 리도스의 그 대답을 기다렸다는 듯 카디프는 물 밖으로 고개를 내밀더니, 순식간에 일행이 있는 곳으로 달려나왔다.

"넌 뭔가 알고 있는 거야?!"

그답지 않은 살벌한 표정으로 카디프가 내뱉은 첫마디였다.

"이런, 오해하지 마. 나도 아는 것은 없다구."

카디프는 여전히 노골적으로 살벌한 표정을 지은 채 리도스를 노려보았다.

"'아는 것은 없다'는 말은… 뭔가 짐작 가는 건 있다는 이야기겠지?"

리도스 역시 얼굴에서 심각한 표정을 거두지 않았다. 그는 자신의 시선을 어레인 계곡에 두고는 무덤덤하게 입을 열었다.

"짐작 가는 것을 이야기하라면… 어떤 힘이 애버딘을 가둔 것인지는 모르겠지만, 그 힘이 적어도 우리에게 '적의'를 갖고 있는 것 같지는 않다는 것과 그런 만큼 우리가 얌전히 기다리면 무사히 애버딘을 우리에게 돌려줄 거라는 거야."

"…그렇지만 그건 말 그대로 어디까지나 짐작일 뿐이지."

"그렇게 초조해한다고 뭐가 달라지지? 너도 모험 꽤나 다닌 것 같으니 잘 알 텐데? 만일의 경우를 대비해서 체력을 아껴두는 게 좋다는 것을."

"그렇다고 가만히 손 놓고 애버딘이 하늘에서 떨어지길 기다릴까?! 아니면 물에서 솟아나는 것을 기다려?!"

"이런~ 이런~ 네가 엘프치고는 성격이 급하단 건 잘 알겠는데, 흥분을 가라앉히고 잘 생각해 봐. 나한테 화를 낼 하등의 이유가 없을 텐데. 내 말이 틀렸어? 이도 저도 아니라면 내가 애버딘을 사라지게 만들었다고 생각하고 화를 낸다는 말로밖에는 안 들려."

그 말에 이성을 되찾은 듯 카디프는 그에게 고개를 숙여 미안함을 표시했다.

"…미안해. 내가 지나쳤어."

"알면 됐어. 그럼 이번엔 내가 들어가 보도록 하지."

"뭐?! 금방 기다리면 그쪽에서 애버딘을 돌려줄 거라고 기다리자고 이야기하지 않았어?"

"벌써 치매예요?"

리즈와 피스가 차례로 리도스를 쏘아보며 묻자 그는 입가에 미소만 띤 채 그대로 물속으로 뛰어들었다.

"아저씨! 조심하세요."

떼떼가 걱정스러운 눈빛으로 그를 바라보며 외치자 그는 괜찮다는 듯 손을 한번 흔들어주고는 그대로 물속으로 잠수를 시작했다.

"아저씨도… 아빠가 무척 마음에 든 모양이에요."

"응?"

"아저씨가 남의 일에 이렇게 열성적인 건 처음 보거든요."

떼떼의 말에 카디프는 잠시 고개를 숙이고 있다가 역시 기다리고만 있을 수는 없다는 생각이 들었는지 다시 물속으로 뛰어 들었다. 일행들은 카디프와 리도스가 사라진 물속을 빤히 들여다보았다. 그들이 아무 일 없이 무사히 애버딘을 발견해서 데리고 나올 수 있길 바라며.

"이제 다 봤나? 네 일행들이 자꾸 소란스럽게 구는 게 영 마음에 들지 않는군. 한바탕 이 일대가 뒤집어지기 전에 널 내보내야 하니까 서둘러 주면 고맙겠어."

"뭐? 일행들은 내가 이곳에 있다는 걸 모르는 거야?"

"당연히 모르지. 그러니까 지금 네가 갑자기 사라졌다고 난리치고 있는 거고, 내가 서둘러 달라는 것도 다 그런 이유야. 이야기했잖아. 네 일행들이 소란스럽게 구는 게 마음에 들지 않는다고 말야. 혹시 너… 내가 한가하게 일일이 그들에게 너의 기억을 찾아주기 위해 여기로 데려왔다고 생각하진 않았겠지?"

"손님 대접이 부실하군."

"시끄러워. 그렇게 깝죽대는 걸 보니 다 봤군 그래? 그렇다면 얼른 가보도록 해. 난 무식한 도마뱀의 브레스 세례를 받고 싶은 생각 없으니까 말이다. 계곡이라 물의 깊이가 들쭉날쭉한데, 이러다 저 녀석이라면 금방 찾아낼 거란 말이다."

"도마뱀? 설마… 리도스를 보고 그러는 건 아니겠지?"

"시끄러워. 얼른 나가보란 말이다. 이런~ 이런~ 카디프까지 끼어든 건가? 자연의 종족에게, 그것도 나무의 축복을 받고 있는 자에게 미움 사는 것도 그다지 내키는 일은 아닌데."

애버딘은 그리고 보니 왠지 그가 카디프를 알고 있는 것 같은 말투를 쓴다는 것을 깨닫고는 의아한 표정을 지었으나, 어레인 계곡에게 그에 관한 것을 물어볼 수 없었다. 어레인 계곡의 말대로 리도스가 강을 삼킬 듯한 무서운 기세로 계곡을 향해 돌진해 오고 있었던 것이다.

"역시… 신의 힘이 개입되어 있었던 건가?"

이미 짐작하고 있었다는 듯 리도스는 무덤덤한 말투로 중얼거렸다.

"여~! 신의 종놈! 내 말을 알아들을 수 있겠는가?"

"신의… 종놈?! 도마뱀 주제에 감히 내게 그런 말을 해대다니, 죽고 싶으냐?!"

"흠, 계곡이니 자연계로군. 그렇다면 넌 투희야의 종놈이겠구나. 그 여신도 어지간한 고집쟁이로군. 이쪽에서 사라진다고 할 땐 언제고 이왕 보내려면 좀 괜찮은 녀석을 보내지, 하필 저런 구린 종놈을 보낼 건 뭐냐."

리도스는 어레인 계곡의 말을 무시한 채 또다시 자기가 하고 싶은 말만을 내뱉은 채 출렁거리고 있는 빛을 노려보았다.

"애버딘, 너 그 안에 있는 거냐?"

"에? …아! 응."

"뭐 해? 빨리 안 기어나오고, 너 때문에 브레스를 쓸 수가 없잖아."

"브레스?"

"상황 판단이 안 되냐? 저놈은 널 납치한 적이잖아!"

"아니, 이봐. 뭔가 오해를 하고 있는 것 같은데……."

"오해는 무슨… 나 성질 급한 거 알지? 빨리 안 기어나오면 그냥 확 뿜어버린다."

"무식한 도마뱀, 애버딘이 스스로 이곳에서 빠져나갈 수 있을 것 같냐? 정중하게 사과하지 않으면……."

"않으면 뭐?! 자연계의 생명체에겐 전혀 타격을 입힐 수 없는 주제에 어쩔 건데? 환각 말고는 아무런 능력도 없는 것들이, 저런 작은 물풀 하나조차 꺾을 수 없는 신의 종놈이 어디서 오만 방자

하게 까불어? 감히 내가 누군 줄 알고! 아주 죽고 싶다고 쇼를 해라, 해!"

한바탕 자신이 내뱉고 싶은 대로 지껄여 대던 리도스는 순간 조용하고 태연한 표정으로 주위를 바라보았다. 물살이 출렁거리며 움직이는 것으로 보아 누군가 다가오고 있는 듯했던 것이다. 어레인 계곡과 리도스는 동시에 인상을 찌푸렸다.

"이런! 결국 여기까지 찾아낸 건가?"

"여기까지 찾아올 만한 배짱을 가진 녀석이라면… 카디프인가? 이제 보니 투회야가 맡고 있는 자들은 하나같이 똥고집쟁이들뿐이로군."

어레인 계곡은 더 이상의 말썽은 원하지 않는다는 듯 순순히 애버딘을 자신의 빛 밖으로 내보내며 끝내 빈정거리는 듯 한마디를 내뱉었다.

"귀찮은 도마뱀, 안됐지만 난 네 녀석이나 숲의 종족과는 싸우고 싶지 않아. 애버딘에게 사정을 잘 듣고 나서도 시비를 걸고 싶어진다면 다시 찾아와. 언제든지 환영하지."

그 말에 발끈한 리도스의 눈에서는 어레인 계곡을 단숨에 얼려 버릴 듯한 싸늘한 기운이 쏟아져 나왔다.

"헛소리! 누가 종놈의 말을 들어줄 것 같나?!"

"도마뱀이 살까지 뿜을줄… 아니, 거참, 대견한 노릇이긴 한데… 애버딘!"

이제까지 조용히 관전만 하고 있던 애버딘은 자신이 이름이 불리자 얼떨떨한 표정으로 어레인 계곡을 바라보았다.

"숨찰 텐데 그만 올라가 보는 게 어때?"

어레인 계곡이 하고 싶은 말을 리도스가 대신 잇자, 어레인 계곡은 그 말에 동의한다는 듯 침묵을 지켰다.

애버딘은 슬슬 숨을 참는 것도 한계라고 느꼈는지 새빨개진 얼굴로 고개를 끄덕였다.

"아차! 이왕에 갈 거면 말이지, 카디프도 데려가. 저쪽으로 아니, 왼쪽! 그래, 거기. 그쪽으로 나가면 카디프랑 만날 수 있을 거야. 난 좀 더 있다 갈 테니까 괜히 나 봤다는 말 하지 말고 그냥 올라가 있어. 곧 뒤따라갈 테니까 일행들에겐 대충 알아서 잘 둘러대 줘. 부탁해."

애버딘은 리도스의 말에 고개만 끄덕거리며 카디프를 향해 헤엄쳐 나갔다. 애버딘이 자신의 시야에서 완전히 사라지는 것을 확인한 리도스는 이제까지와는 비교도 되지 않을 정도의 살기를 담아 자신의 목소리를 최대한 음침할 정도로 낮게 깔았다.

"애버딘도 보냈겠다, 두말할 것 없이 카디프 녀석은 애버딘을 발견하는 대로 녀석을 따라갈 테니, 이곳에 최종적으로 남겨지는 자는 우리 둘밖에 없겠지? 그러니 슬슬 좀 더 와일드한 대화를 나누어봐도 상관없다고 여겨지는데, 넌 어때?"

"기어이 내게 시비를 걸고싶다는 건가?"

"착각하지 마. 난 신의 종놈이 아니라, 신에게 시비를 걸고 싶은 거다. 바로 네 윗대가리, 아니지, 투희야의 윗대가리들에게 시비를 걸고 싶은데 방법이 없으니… 흐음~"

리도스는 마치 심술이 난 아이가 장난감에 화풀이하는 듯한 얼굴로 어레인 계곡을 바라보았다. 그의 눈빛에 어레인 계곡은 순간 움찔했으나, 곧 그의 말이 진심이 아닐 거라고 판단했는지 예의 그 오만한 태도로 귀찮다는 듯한 말을 내뱉었다.

"그건 네 사정이고 난 피곤하단 말이다. 게다가 신에게 서열이 있다고 생각하나? 그렇게 어리석은 녀석과 대화를 나눌 정도로 난 한가하지 않아. 도대체 언제까지 네놈의 짜증나는 말을 듣고있어야 한다는 건가?"

"그~ 으~ 래? 그렇다면 이제까지 고마웠다, 라고 해야 하나? 잘 가라."

말을 끝내기가 무섭게 리도스의 손에는 이제껏 없었던 뾰족한 창 같은 무기가 들려져 있었다. 그가 입가에 야릇한 미소를 지으며 그 창을 가장 밝은 빛을 뿜어내고 있는 어레인의 정중앙으로 정확히 던져 넣자, 어레인 계곡은 허무하게도 신음 소리 한번 내 보지 못하고 소멸되어 갔다.

"홋~ 그러기에 날 물로 보면 안 된다니까. 그나저나 이 빌어먹을 신들은 도대체 무슨 생각을 하고 있는 거야?"

그는 살짝 인상을 찌푸리며 머리를 긁적거렸다. 그 길다란 창같이 생긴 무기란 그의 앞머리에 붙어 있던 제일 짧은 머리카락을 마법으로 본래의 모습으로 돌린 것이다(드래곤이라면 비늘이든 머리카락이든 단단하기는 매한가지. 거기에 소멸 계열의 마법을 걸어 던지면 머리카락을 소멸시켜야 하는 임무를 띤 마법은, 정확하게 머리카락이 꽂혀진 위치의 부분만큼을 소멸시키기 때문에 소리 소문없이 살해하고 싶은 누군가가 생기면 그의 심장에 갖다 꽂아버리면 그만이다. 그러니 정말로 원한이 맺힌 상대에게는 실험 삼아 사용해 봐도 될 만한 마법인 것이다. 물론 당신이 드래곤이라는 전제 하에서 그렇다는 소리지만).

그는 의미심장한 표정을 지으며 한 조각의 잔해도 남기지 못한 채 사라져 버린 어레인 계곡을 비웃었다.

"원망하려면 멍청하게 빛으로 위장하고 있었으면서도 벽에 떡하니 달라붙어서는 없앨 수 있는 지점을 만든 네 자신의 어리석음을 원망해. 후후홋~ 역시 신경에 거슬리는 놈은 없어져야 속이 시원하다니까. 하찮은 신의 종놈 주제에 감히 나보고 도마뱀이라고 부르다니……."

역시 크로메틱 드래곤의 속성은 난폭했다. 지극히 단순할 정도로.

카디프의 눈에 뭔가가 자신에게 다가오고 있는 것이 보였다.

'애버딘?!'

마치 햇살을 머금고 있는 것 마냥 물속에서도 반짝이는 황금빛 머리의 주인이라면 애버딘이 틀림없었다. 카디프는 마치 운디네의 도움이라도 받고 있는 것 마냥 놀라운 속도로 그에게 바짝 다가서는 그가 애버딘이라는 것을 확인하자마자 그와 함께 물 위로 올라왔다.

"푸하! 역시 헉, 헉… 카디프였네."

"누가 할 소릴 누가 하는 거야?! 도대체 어떻게 된 거였어?"

"우선 일행들 있는 곳으로 올라가자. 올라가서 이야기해."

"좋아, 우선 일행이 있는 곳으로 가자구. 그런데 괜찮은 거야? 물은 많이 안 먹었어?"

카디프는 마치 엄마가 자식을 바라보는 듯한 눈으로 애버딘을 바라보며 걱정스러운 한마디를 하는 것을 잊지 않았다. 어레인 계곡에서 얼핏이긴 했지만 그의 아픈 기억을 보았던 애버딘으로서는 그런 그의 눈빛이 부담스러울 정도로 고마우면서도 가슴 한쪽이 쓰라렸다. 자신만 아니었더라면 어쩜 시에라와 행복하게 지내고 있었을 텐데… 그래서인지 전혀 그를 몰랐던 처음보다 더 쉽사리 입이 떨어지지 않았다.

"…카디프."

"응?"

"고마워."

"뭐가?"

"아니, 그냥… 걱정해 줘서 고마워."

"싱겁긴."

애버딘은 확실히 전에도 많이 느껴 보던 감정이라고 생각하다가 언뜻 진실의 숲에서의 기억을 떠올렸다. 애버딘이 느끼고 생각했던 하일리 산맥에서의 '그'도 자신과 같은 심정이었으리라. 그들은 아무 말 없이 물이 뚝뚝 떨어지는 옷을 손으로 짜내면서 일행들이 기다리는 곳으로 발걸음을 돌렸다.

"애버딘님, 괜찮으세요? 괜찮은 거예요? 네? 네?"

그의 모습이 나타나기가 무섭게 피스는 걱정스러운 눈빛으로 쪼르르 달려와 그의 어깨를 잡고 흔들어댔다.

그 모습을 본 리즈는 얼떨결에 피스에게 선수를 뺏겼다는 생각에 울컥하기는 했지만 그것도 잠시, 어느새 꺼냈는지 수건을 들고 와서는 애버딘의 머리 위에 던져 주었다.

"닦아. 감기 들어."

휑하니 애버딘에게는 그 한마디만 던지고 카디프에게는 친절히 수건을 건네는 리즈를 보며 떼떼가 살짝 윙크를 하며 작은 목소리로 그에게 속삭였다.

"아빠, 괜찮으세요? 엄마가 걱정 많이 했어요."

"아하하, 그랬니? 괜찮아. 나야 워낙 튼튼하잖아. 뭐가 걱정이야."

애버딘은 잠시 겸연쩍은 웃음을 터뜨리며 리즈를 바라보았다. 카디프에게 수건을 건네느라 자신에게 등을 돌리고 서 있는 그녀의 뒷모습은 햇빛에 반짝이는 갈색의 머리카락이 부드러운 바람에 흩날려 자꾸 새하얗고 가느다란 목덜미에 달라붙고 있었다. 무심코 그녀의 머리카락을 떼어줘야겠다고 생각하고 있던 그에게 피스의 목소리가 날아들었다.

"애버딘님, 정말 괜찮으신 거예요?"

그의 시선이 오랫동안 리즈에게 머물자 왠지 모를 초조함에 피스는 그의 옷깃을 잡아끌었던 것이다. 괜스레 묻지 않아도 될 질문을 반복하며.

"아! 괜찮아~ 괜찮아. 걱정해 줘서 고마워."

애버딘은 정신이 돌아오는 것을 느꼈다.

'나도 참~! 무슨 생각을 하고 있는 거야?! 바보같이.'

리즈는 수건이 하나 남는다는 것을 깨닫고 애버딘과 카디프를 번갈아 보았다. 분명히 같이 있어야 할 리도스가 보이지 않았던 것이다.

"리도스는 어쩌고 너희들만 나온 거야?"

리즈의 질문에 카디프는 고개만 갸우뚱거리며 반문했다.

"먼저 올라와 있었던 거 아니었어? 난 애버딘을 발견하고는 그냥 올라온 건데."

"뭐야? 내 스승을 어디다 버리고 나온 거야?! 애버딘, 너도 못 봤어?"

애버딘은 태연한 표정으로 고개를 갸웃거렸다.

"리도스가 왜? 어디 갔어?"

"너 찾으러 들어갔는데… 못 봤단 말야?"

"어? 그랬어? 곧 오겠지. 드래곤이 설마 익사하겠냐? 안 되면 드래곤으로 폴리모프해서 계곡 물 다 넘치게 만들어서라도 나오겠지."

애버딘의 능청스런 말에 리즈는 그를 잡아먹을 듯 노려보았다.

"널 걱정해서 들어갔는데 무슨 말이 그래? 너, 그렇게 몰인정한 사람이었어?"

리즈가 화가 잔뜩 난 표정으로 씩씩거리자 떼떼가 그녀를 잡아끌며 진정하라는 듯 계곡을 가리켰다.

"너무 화내지 말아요, 엄마. 아빠 말대로 드래곤이 물에 빠져 죽을 리가 없잖아요. 앗! 저기 봐요. 아저씨예요! "

떼떼의 말에 모두는 아주 상쾌한 기분으로 콧노래를 부르고 있는 리도스를 발견할 수 있었다.

"그래도 리즈는 싸부라고 걱정해 주네. 음! 착해착해. 역시 여자애는 착한 게 최고야!"

성큼성큼 리즈에게 다가가 그녀의 머리카락을 온통 헝클어질 정도로 세차게 쓰다듬으며 리도스가 날린 첫마디였다. 리즈는 자신의 머리에서 손을 땐 그에게 수건을 건네며 인상을 찌푸렸다.

"어째서 혼자 뒤쳐져서 오는 거야?"

"아아… 그게 애버딘 찾느라고 그랬지 뭐. 결국 안 보이기에 다시 올라와 본 거지만 무사하니 다행이지 뭐."

'정말 거짓말도 잘하는군'이란 얼굴로 머쓱하리만치 자신을 쳐다보고 있는 애버딘에게 멋쩍은 웃음을 흘리며 리도스는 리즈가 준 수건으로 자신의 얼굴을 닦아냈다.

"어차피 이런 꼴로 내려가 봐야 감기밖에 안 들 테니 몸이나 말리고 내려가자."

"떼떼랑 내가 나뭇가지 좀 주워 올게."

리즈는 떼떼를 끌고는 근처에 나뭇가지들을 주우러 나갔다.

"음… 역시 여자앤 착한 게 최고라니까."

리도스의 평이었다.

"하긴, 샤아플린의 계승자라고는 도저히 생각되지 않을 정도로 소탈하긴 해. 아직까지 그녀가 교만을 떠는 것은 본 적이 없으니 말야."

애버딘의 말에 피스가 벌떡 일어난다.

"어? 왜 그래?"

"아니요, 저도 나뭇가지 주우러 갔다 올게요."

후다닥 리즈를 쫓아가는 피스를 바라보며 리도스는 고개를 끄덕였다.

"뭐, 적당히 사랑에 빠진 여자도 좋지."

"네가 싫은 여자가 있냐?"

"흠… 카디프, 네가 너무 이상한 거지. 그 나이에 여자에게 흥미가 없으면 언제 흥미를 가지려구?"

"뭐, 그런 거야 아무려면 어때? 그것보다 난 애버딘이 갑자기 사라진 게 더 궁금해. 도대체 무슨 일이 있었던 거야?"

카디프는 잠시 씁쓸한 표정을 짓다가 이내 그 표정을 지우고는 화제를 전환시켰다. 정말 궁금해 죽겠다는 표정으로……

"내가 사라진 거?"

"그래, 리도스의 말로는 신의 개입이 있었다는 것 같은데… 무슨 일이 있는지는 다녀온 네가 더 잘 알 거 아니야?"

애버딘은 어떻게 이야기해야 할까 한참 고심을 하다가 리도스를 힐끔 쳐다보았다. 그는 뭔가 알고 있는 것 같지만 순순히 자기 자신이 알고 있는 모든 이야기를 들려줄 것 같지는 않았다.

'그러고 보니 내가 카디프에게 간 후 어레인 계곡과 무슨 이야기를 나누었을까? 표정을 보아하니 싸운 것 같지는 않고.'

"무슨 생각을 그렇게 골똘히 하는 거야? 이야기하기 곤란한 거라도 있어?"

카디프답지 않은 끈질긴 추궁에 애버딘은 쓴웃음을 지었다.

이야기하기 곤란한 거라면 얼마든지 있다. 알고 보니 내가 '그'더라 하는 것과 카디프의 과거를 본 것. 그 외에도 만일 진실의 숲에서의 일이 사실이라면 그의 손으로 떼떼의 부모를 죽였다는 것도 진실이 되는 셈이니, 말하기 곤란한 거라고 친다면 애버딘은 앞으로도 줄곧 입을 열 수 없을 정도다.

애버딘은 지금 당장 사실대로 말을 한다고 해서 리도스가 자신을 죽일 거라는 생각은 들지 않았지만, 만일 죽인다고 길길이 날뛴다 해도 굳이 도망 다니거나 살려 달라고 애걸하고 싶은 생각은 없었다. 약속은 약속이니까 죄 값을 치를 만한 일을 했다면 당연히 그 죄 값은 치러야 한다는 것이 그의 생각이었다. 그렇다고는 하지만 이대로 수수께끼 같은 문제를 남겨두고 죽기에는 너무나도 억울했으니 입을 다물고 있을 수밖에…….

'내가 오크도 아니고, 칠칠치 않게 기억을 잃어버리고 다닌다니 말도 안 돼!'

뭔가 억울하다는 이유가 이상하긴 하지만 그것도 잠시, 애버딘은 스스로에게 위화감을 느끼기 시작했다. 그는 300년 전의 인물이다. 적어도 자신이 그라면 세월의 흔적이 담긴 백발, 주름살 같은 것이 있는 할아버지가 되어야 한다. 최소한 살아 있는 사람이라면 말이다. 그러나 그는 주름살은커녕 잡티 하나 없는 뽀시시한 얼굴에 그 흔한 새치 하나 없으니…….

"…딘… …버딘… 애버딘!"

"응?!"

"뭘 그렇게 놀라고 그래? 죄 지었어?"

"아니, 갑자기 부르니까 놀라서……."

"대답 기다리다가 할아버지 되겠다. 도대체 무슨 일이 있었던 거야?"

성미 급한 리도스가 살짝 양미간을 찌푸리며 애버딘을 바라보자, 그는 싱긋 미소를 지어 보였다. 결국 거짓말을 하기로 한 것이다.

"아무 일도 없었어. 음… 그냥 세인트에 대한 힌트를 얻었다고나 할까?"

"세인트의 행방에 대해 알려준 거야?"

리도스가 미심쩍은 눈으로 애버딘을 바라보자, 그는 고개를 저었다.

"음, 누가 방해하는 덕에 행방은 모르고, 그냥 날 집어삼킨 빛은 세인트의 부탁으로 내게 세인트에 대한 정보를 주려고 했었는데… 아쉽게도 듣지 못하고 그대로 빛으로부터 빠져나온 거야."

"누가 방해를 하다니?"

카디프가 의아한 듯 묻자, 애버딘은 또다시 싱긋 미소만 지어보였다.

"나도 잘 몰라."

리도스는 그런 애버딘을 보며 속으로 감탄을 금치 못했다.

'거짓말 한번 되게 잘하네~'

"그럼, 어떤 신이 이 일에 개입하고 있는지도 모르겠네?"

카디프의 말에 애버딘이 뭐라고 대답하려 하자, 잽싸게 리도스가 말을 가로챘다.

"당연히 모르는 거지. 중간에 방해받았다는데 어떻게 알겠어? 그렇지?"

리도스의 말에 애버딘은 오늘따라 거짓말을 많이 한다는 생각을 하며 고개를 끄덕였다.

카디프는 그런 그들에게 미심쩍은 눈빛을 보내다가 흠칫거리며 귀를 쫑긋 세웠다.

"잘못 들었나?"

"왜 그래?"

고개를 갸웃거리며 다시 추궁의 눈빛을 보내려던 카디프는 또다시 귀를 쫑긋 세우더니 이번에는 당황한 듯한 눈빛으로 황급히 달려가기 시작했다.

"나 먼저 갈 테니 빨리들 쫓아와!"

"왜? 무슨 일인데?"

"그렇게 말해도 카디프는 벌써 보이지도 않는다고. 일단 쫓아가 보자. 가면 자연히 알게 되겠지."

이유도 모르는 채 무작정 카디프의 뒤를 쫓으며 툴툴거리던 애버딘은 곧 리도스의 말대로 카디프가 달려간 이유를 알 수 있게 되었다.

"꺄아아아아아!"

익숙한 여인의 비명 소리가 그의 귀에도 들려왔던 것이다. 그들은 당황한 채 누가 뭐라고 할 것도 없이 자신들의 두 다리에 힘을 주며 속도를 높였다. 엘프는 역시 엘프다. 이토록 먼 거리에서도 여인의 비명 소리를 듣고 달려간 것을 보면. 애버딘은 자신이 달리는 속도가 이토록 느리다는 것을 처음으로 깨달았다. 이제 비명 소리조차 들리지 않았기에 점점 더 불안해지는 감정을 주체하지 못하고는 황급히 리도스에게로 고개를 돌렸다.

"어디로 갔는지 알 수 있겠어?"

"알 수 있을 거야. 레비테이션하면 말이지."

리도스는 주문 같은 것은 몽땅 생략한 채 그저 '레비테이션하면 말이지'라는 말만으로 공중으로 떠버렸다. 하긴 드래곤에게 주문이 무슨 필요가 있겠느냐마는… 폼잡기 좋아하는 리도스로서도 익숙한 목소리의 비명은 어지간히 급하게 다가왔던 모양이다.

"이런~ 아주 난리가 났군. 애버딘! 거기서 왼쪽으로 쭉 가면 공터가 있을 거야. 거기서 카디프가 보이는 곳까지 뒤 같은 거 쳐다보지 말고 곧장 뛰기만 해."

말을 마치기가 무섭게 리도스는 빠른 속도로 날아가 버렸다. 애버딘의 눈에는 그가 순식간에 사라져 버린 것 같이 느껴졌기에 그는 허탈한 미소를 지어 보일 수밖에 없었다.

"그냥 나도 데리고 갈 것이지, 횅하니 혼자 날아가냐? 누가 드래곤 아니랄까 봐."

투덜대든 곱게 그의 말을 따르든 아무튼 결론은 하나였다. 날 수 없으니 할 수 있는 행동이라고는 죽도록 뛰는 방법밖에 없다는 것.

리도스나 카디프같이 막강한 자들이 바로 뒤따라갔으니 리즈들에게 무슨 일이야 있겠냐고 스스로를 위안하긴 했지만 불안감이 좀처럼 수그러들지 않았다. 그렇게 한참을 리도스가 알려준 왼쪽 방향으로 달리다 보니 그가 일러줬던 공터가 나왔지만 카디프나 다른 일행들은 모두 숨바꼭질이라도 하듯 머리카락 하나 보이지 않았다.

"헉! 헉! 카디프! 리… 헉! 리도스! 어… 디야?!"

애버딘은 절박한 심정으로 가쁜 숨을 몰아쉬며 필사적으로 청각을 곤두세웠으나 일행들의 목소리는 들려오지 않았다.

'도대체 무슨 일이야?'

애버딘은 밀려오는 불안감을 떨치지 못하고 또다시 고함을 질러댔다.

"리즈! 피스! 어디에 있어?! 떼떼야! 리도스! 카디프! 젠장! 대답해!"

아직까지 심장은 미친 듯이 뛰고, 호흡은 중환자의 숨소리처럼 거칠었다. 애버딘은 차가운 한기가 자신의 얼굴을 스쳐 지나가자 마음이 조금 진정되는 것을 느끼는 듯 그는 곧 지금 내지른 소리에 적은 충분히 자신의 위치를 파악했을 거라는 것을 깨달았다.

'이런, 제길! 실수했군! 고함을 지르지 말았어야 했나?'

그는 온 신경을 곤두세우며 주위를 두리번거렸으나 처음과 마찬가지로 그곳에는 아무것도 없었다.

"휴~ 불행 중 다행인가?"

안도의 한숨을 내쉬는 것도 잠시 '툭!' 하고 무언가가 자신의 등에 강하게 부딪쳐 왔다.

"뭐, 뭐지?!"

애버딘은 황급히 뒤를 돌아보았으나 그의 눈에 비치는 것은 텅 빈 공터에 드문드문 나 있는 잡초뿐이었다. 의아한 눈빛으로 주위를 바라보던 그의 안면에 문득 강렬한 통증이 느껴졌다. 어찔해진 애버딘은 본능적으로 몸을 뒤로 빼며 통증이 느껴지는 이마에 손을 가져다 대었다.

"피?"

애버딘은 기가 차다는 듯 멍한 표정으로 주위를 둘러보았다.

"보이지 않는 적인가?"

그는 재빨리 주변에 아무렇게나 흩어져 있는 돌 몇 개를 집어 들었다. 그리고는 빠른 동작으로 앞뒤, 좌우로 돌을 집어 들어 던졌다. 돌은 마치 호숫가에서처럼 두세 차례 튕겨나갔고 애버딘은 정방향으로 튀는 쪽엔 시선을 주지 않았다. 그리고 마침내 애버딘의 기대에 보답하듯 우측으로 던진 돌이 무언가에 부딪쳤는지 다시 앞으로 튕겨져 나왔다.

'오른쪽이군!'

그는 자신의 생각이 미처 끝나기도 전에 우측으로 돌진했다. 그리고 자신의 몸체와 부딪치는 감촉을 느끼자마자 그 무언가를 향해 날카로운 파타를 일직선으로 내리그었다. 정체 불명의 자로부터 뿜어져 나오는 새빨간 피는 그의 옷과 얼굴을 온통 붉게 물들였으나 상처를 입었을 자의 입에서 새어 나와야 할 신음 소리는 들리지 않았으며, 적어도 피로 범벅이 되었을 부분의 모습 역시 보이지 않았다.

"이런~ 이런~ 이런~ 피가 튀면 그 피 때문이라도 형체를 볼 수 있으리라 생각했더니……."

그러나 형체까지는 아니지만 흘리는 피로 인해 대충의 방향은 알 수 있었기에 적에 대해 처음보다는 좀 더 여유가 생기긴 했지만 긴장을 늦출 수는 없었다. 보이지 않는 적과 싸우는 방법에 대해 알 리가 없었던 애버딘은 상대에게 보다 강력한 데미지를 입히기 위해 머리를 굴리던 끝에 특유의 빠른 몸놀림으로 상대에게서 떨어진 뒤 최대한 쥘 수 있는 만큼의 돌을 주워 들고는 돌팔매질을 시작했다.

"맞아라! 맞아라! 맞아라! 앗싸!"

긴장감이라고는 도저히 눈곱만큼도 찾을 수 없었지만 딴에는 아주 진지한 애버딘이었다. '퍽!' 하고 명중되면 '앗싸!' 하는 감탄사도 내뱉으며 또 그만큼의 바쁜 손놀림으로 타격을 주긴 했지만, 적도 피하는 것 하나는 끝내주게 빨랐다.

"맞아라! 앗싸!"

"맞아라! 이런~"

"맞으라니까!"

'앗싸'라는 애버딘의 의기양양한 목소리가 점점 줄어드는 것을 보아하니 말이다. 애버딘은 또다시 돌을 주워 들었으나, 순간의 찰나에 뭔가 화끈한 것이 느껴져 무언가가 자신에게 다가오고 있는 것을 느꼈다.

"…도마뱀 통구이?"

전신이 훨훨 타는 불꽃 속에 담겨져 있는 도마뱀을 바라보며 애버딘은 놀랍다는 듯 눈을 연신 깜빡거렸다.

"이거 굉장히 뜨거운데?"

애버딘은 순식간에 불쌍할 정도로 온몸에서 흘러나오는 땀으로 흠뻑 젖어버렸다. 마치 한낮의 사막의 모래를 맨발로 디디고 있는 듯한 기분이 계속 되자, 서 있는 것만으로도 힘겨운 듯 뒷걸음질 치는 것마저 비틀거릴 지경이었다. 생각 같아선 열기를 피해 도망이라도 가고 싶었지만, 일행들이 어디에 있는지도 모르는데 이대로 호락호락 물러설 수는 없었기에 그는 솟아나오는 땀을 소매 끝으로 훔쳐 내며 한숨 섞인 말을 내뱉었다.

"하아~ 난 마법사도 아닌데… 저렇게 불 속에 들어 있는 녀석을 어떻게 잡는담?"

사라만다는 가소롭다는 눈빛으로 애버딘을 한번 흘겨보고는 왼쪽을 향해 무언가를 중얼거리자 공중에서 조그만 파이어 볼이 생겨났다. 모든 것을 태워 버릴 듯한 기세로 그를 공격을 하기 위해 파이어 볼을 날리려던 차에 사라만다는 누군가로부터 명령을 받은 듯 황급히 파이어 볼을 없애 버렸다. 불만이 가득한 눈으로 명령을 내린 주인이 있는 왼쪽을 향해 또다시 뭐라고 중얼거리더니 애버딘을 향해 입을 열었다.

"공격을 중자하라."

혈기 왕성한 청년의 목소리가 사라만다의 입에서 울려 퍼지자 애버딘은 기가 막힌다는 듯 고개를 이리저리 흔들었다.

"하핫! 도마뱀이 말을 하네? 이거야 원… 내가 꿈이라도 꾸고 있는 건가?"

"넌 사라만다도 모르는 모양이군. 아무튼 공격을 중자하라고 했다."

"사라만다? 엑?! 저 도마뱀 통구이가 사라만다라고?"

사라만다는 짜증 섞인 목소리로 같은 말을 되풀이했다.

"공격을 중자하라고 했다. 그리고 어떻게 하면 내가 도마뱀 통구이로 보일 수 있는거지?"

"아! 그래, 불을 달고 있으니까 도마뱀 통구이라고 하면 이상하겠지? 그럼 이건 어때? 타다 만 도마뱀 통구이."

사라만다는 화가 났는지 또다시 여러 개의 파이어 볼을 꺼내 공중으로 띄웠다.

"내가 그런 바보 같은 말에 동요하리라 생각하나? 공격할 거냐, 말 거냐?"

애버딘은 사라만다의 열기에 얼굴이 시뻘겋게 달아오른 채 주저없이 대답했다.

"먼저 공격하지 않는다면 나도 공격하지 않아."

"좋아. 공격할 의사가 없다는 거지?"

"먼저 공격하지 않는다면."

"거참, 끈질기게 물고 늘어지는군. 저속한 인간인 넌 어떨지 몰라도 고귀한 내가 한번 입 밖에 내뱉은 말을 번복할 것 같나?"

"도마뱀이 고귀해?"

"시끄러워. 타 종족들에 비해 인간들이 제법 지능이 높은 줄 알았더니 내 착각이었나? 이건 도대체가 말이 안 통하는군."

"난 그럼 지나가도 되는 거지?"

"나하고는 상관없는 일이니 마음대로 해. 이런! 집중력이 흐트러지는 모양이군. 정신 차려!"

사라만다는 알지 못할 말을 지껄이며 애버딘의 시야에서 사라져 갔지만 애버딘은 그다지 이상하게 여기지 않았다. 그저 나타났을 때처럼 갑작스럽게 사라지는구나, 라고 생각했던 것이다. 게다가 애버딘의 현재 상황은 그런 것에 일일이 신경 쓸 만큼 여유롭지 못했다. 사라만다가 사라진 방향으로 황급히 발걸음을 돌린 애버딘의 시야에 낯익은 모습이 들어왔기에……

"카디프!"

그곳에는 카디프가 피를 흘리며 쓰러져 있었던 것이다. 가슴 정중앙에 아슬아슬하게 심장을 비켜간 날카로운 송곳으로 긁힌 듯한 일직선의 긴 칼자국.

"제기랄! 이게 대체 무슨 일이야!?"

애버딘은 자신의 바지를 찢어 대충 지혈을 해두고는 황급히 자신들의 배낭을 두고 온 계곡을 향해 뛰어 내려갔다. 카디프를 혼자 두는 것도 내키지 않았지만, 당장 쓰러져 있는 그에게 먹일 물이 더 급해 조바심을 치며 죽어라 달려 도착한 계곡 가에는 다행스럽게도 자신들의 짐이 고스란히 놓여 있었다.

애버딘은 가쁜 숨을 내쉬며 자신의 배낭을 어깨에 메고는 카디프가 있는 곳까지 정신없이 달렸다. 숨은 이미 턱 끝까지 차올랐고, 심장은 침착하라는 주인의 명령을 거부하며 제멋대로 날뛰고 있었다. 배낭을 뒤져 물통을 찾아낸 애버딘은 '제기랄'이라는 말을 끝도 없이 되풀이하며 억지로 카디프의 입을 벌려 물을 먹이고 있었다.

"제, 제기랄! 헉… 제기랄! 정신… 헉! 차려! 카디프! 정신 차리란 말이야!"

얼굴에 물도 뿌려보고 뺨도 세차게 때려봤지만 카디프는 신음 소리만 낼 뿐 여전히 눈을 감고 있었다. 애버딘은 점점 두근거리는 심장을 진정시키며 두세 차례 자신의 호흡을 조용히 가다듬으려 애썼다.

"제기랄! 이런 때 리도스라도 있으면 얼마나 좋아! 리도스! 리즈! 떼떼야! 피스!"

애버딘은 물에 빠진 사람이 지푸라기라도 잡는 심정으로 일행들을 목이 터져라 불러댔으나 대답이 들려올 리 없었다. 불안할 때가 가장 머리 속이 복잡해지는 법. 문득 그의 머리에는 불길한 생각이 스쳐 지나갔다.

"혹시… 다들 자기들끼리 싸우고 있는 거 아냐?!"

애버딘은 자신이 말해 놓고도 끔찍하다는 표정으로 고개를 세차게 흔들어댔다.

"있을 수 없는 일이야. 절대로……."

그러나 카디프의 상처는 분명히 애버딘이 휘두른 파타로 인해 입은 상처였다. 게다가 애버딘 또한 카디프에 비하면 미약하나마 그가 던진 뭔가로 인해 상처를 입었다. 이런 상황은 엘프인 카디프마저 정체 모를 함정에 걸려들었다는 것을 의미하는 것이고, 그렇기에—드래곤인 리도스나 떼떼는 제외하더라도—리즈나 피스는 서로를 확인할 길 없이 꼼짝없이 서로를 향해 마법과 저주를 퍼부어댔으리란 생각이 저절로 드는 것이다.

"분명히 리즈의 비명 소리 같았는데……."

여자의 비명 소리는 거기서 거기라 확신이 서지 않았다.

피스의 저주는 샤아플린까지 명성이 뻗어 있을 정도로 유명했다. 그에 비하면 리즈는 풋내기 마법사. 아무리 생각해도 리즈가 불리한 싸움이었다. 전투력이 어느 정도 비슷해야 일행이라는 것을 눈치 챌 정도인데, 이건 수준 차가 나도 너무 나니 십중팔구 한쪽이 크게 다치거나 죽을 것이다.

"어떻게 하면 좋지?"

"어떻게 하긴 어떻게 해. 치료부터 해야지."

등 뒤에서 들려오는 소리에 애버딘의 얼굴에는 반가운 기색이 돌았다.

"리도스!"

"왜?"

심드렁한 목소리로 대답하는 리도스를 애버딘은 구세주라도 만난 듯 표정까지 안심한 표정으로 싹 바뀌어서는 그를 재촉하다시

피 카디프에게로 질질 끌고갔다.

"카디프 좀 치료해 줘. 빨리, 급해!"

"이런~ 아주 심하게 당했군."

리도스가 인상을 찌푸리며 푸르스름한 빛을 내뿜고 있는 손을 카디프와 애버딘의 상처 부위에 가져다 대자 상처는 언제 그랬냐는 듯 말끔하게 사라져 버렸다.

"고마워."

애버딘이 안도의 한숨을 내쉬며 리도스를 바라보자 리도스는 진지한 얼굴로 고개를 끄덕여댔다.

"당연히 고마워해야지. 내가 지금 몇 명을 치료하고 왔는지 알아?"

"그럼 일행들 다 찾은 거야?"

"당연하지. 레비테이션해서 보니까 장난이 아니더군. 카디프는 어떻게 자기한테 덤벼드는 게 떼떼라는 걸 알았는지 용케도 잘 피해 도망 다니긴 했지만, 리즈는 이미 피스에게 얻어터져 뻗어 있더라구. 그래서 급한 마음에 쫓아갔더니 떼떼 녀석이 폴리모프 해서 날 밟으려 들지 뭐야."

"그, 그래서?"

"화염의 브레스로 정신을 잃을 정도로만 살짝 구워줬지."

"뭐?!"

"후훗, 누가 까불래? 그래도 명색이 보호잔데 그대로 뒀겠냐? 뭐, 바로 치료해 주고 인간으로 강제 폴리모프시켜 놨어. 그렇게 도끼눈 치켜뜨지 마. 어차피 결계가 잘 형성되어 있어서 브레스 쓰고도 멀쩡하던데 뭐. 너도 내가 브레스 쓴 거 몰랐잖냐. 아무튼 이제 애들 좀 찾아서 돌아가려고 했더니, 피스도 날 몰라보고 깝죽거리잖아. 그래서 대충 몇 대 쥐어박고 기절시켰는데 만에 하나

깨어나서 내가 쥐어팼다는 걸 알면 시끄러울 것 같아서 슬리프 걸어놓았으니까 당분간은 죽은 듯 조용히 있을 거고, 리즈야 처음부터 뻗어 있었으니 간단했지. 치료하고 나서 이제 슬슬 너희들 차례다 싶어 와보니 아니나 다를까 카디프가 뻗어 있잖아."

"면목없어… 변명같이 들리겠지만, 난 정말 나와 싸우고 있던 게 카디프인 줄 몰랐다구."

"당연히 모르지. 소리 차단에, 모습 차단 마법까지 걸어놓았는 걸. 만일 알아본다면 알아보는 쪽이 용한 거야."

"어? 그럼 넌 어떻게 안 건데?"

"간단해. 레비테이션할 때 봤거든. 공중에는 결계 마법을 걸어두지 않았더라고. 하긴 걸었다고 해도 드래곤이야 마법에 대한 자체 면역이 있는 종족이니 당할 리야 없지만, 아! 떼떼야 파피이다 보니 미숙하다 쳐 제외시키고, 내가 그런데 얼빵하게 걸려들 리가 없잖아. 뭐… 그렇게 말할 입장도 아닌가? 일행 찾으러 갈 때 내가 깜빡하고 무효화 마법을 쓰지 않고 들어가는 바람에 나도 이 마법에 걸려들었으니까. 아하하하."

"'아하하하'가 아니잖아! 그럼 사실 걸려드는 족족 누군지 확인도 안 하고 때려 눕혔단 소리밖에 더 되냐?! 휴~ 백 번 양보해서 뭐 그런 거야 나중에 따진다 치고, 카디프는 어떻게 자신을 공격하는 사람이 떼떼나 나라는 사실을 안 거야? 그 타다 만 도마뱀이 알려준 건가?"

"타다 만 도마뱀?"

"사라만다."

"푸하하하하! 작명 센스 하나 기가 막히는군. 그건 그렇고 사라만다를 만나고도 살았단 말이야? 너도 참 대단하군."

"그거야 타다 만 도마뱀이 공격을 하지 않았으니까 그런 거니 뭐… 대단할 것도 없지. 아~! 그러고 보면 아마 그 도마뱀이 알려줬을지도 모르겠다. 어쩐지 잔뜩 열 받아놓고도 안 덤비더라."

"나도 카디프가 어떻게 일행들을 알아봤나 궁금했었어. 그런데… 네 말대로 사라만다가 나왔다면 십중팔구 사라만다의 도움을 받았을 거다. 정령들에겐 아까의 마법이 통하지 않았을 테니까."

"왜?"

"마법을 건 상대자가 자연계의 신이거든."

"자연계의 신이라면… 설마……?"

"후훗, 신치고는 무척이나 어벙한 것 같아. 설마가 사람잡지 드래곤은 못 잡거든. 진실의 숲에서는 물러난다더니 하나같이 떨떨한 것들을 감시자로 보내질 않나, 슬슬 내 깊은 인내심에도 한계가 보인다니까."

"거짓말할 것 같이 보이진 않던데……."

"믿건 말건 네 자유지만 일단 나 좀 도와야겠다."

"뭘?"

"내가 애들 다 업고 갈 순 없잖아. 워프해서 이동시키려고 하는데 애들이 흩어져 있으니까 모아 와야지."

"카디프들이 무슨 짐이냐?"

"짐이지. 현재로써는 어쨌든 이렇다 할 소득도 얻지 못했으니까 일단 성으로 돌아가서 푹 쉬고 다들 기운 차리는 대로 신에 대해 의논 좀 해보자구."

애버딘은 일단 카디프가 곤히 잠들어 있는 것을 확인한 후 리도스를 따라갔다. 그의 말대로 잠자듯 누워 있는 일행들을 한 명씩 마치 배낭을 둘러메는 듯 어깨에 둘러메기 시작했다. 애버딘은 한쪽 어깨에는 리즈를, 또 다른 쪽 어깨에는 피스를 메어 들었고, 당연히 그 둘의 무게에 짓눌려 어깨가 뻐근해져 옴을 느꼈다. 그에 비하면 리도스는 달랑 떼떼만을 안아 든 지극히 편한 태도를 선두로 카디프가 있는 곳까지 되돌아왔다.

"음… 카디프는 어쩐다?"

"네가 들어야지."

"무겁잖아."

"피스랑 바꿔 줘? 리즈랑 바꿔 줘? 말만 해, 말만."

"여자도 보기보다 무겁다구! 나한테 중노동을 시킬 셈이야? 난 이래봬도 드래곤이란 말이야. 우씨… 할 수 없지. 일어나, 카디프!"

그는 떼떼를 조심스럽게 땅에 눕힌 뒤 카디프를 일으켰다.

"그런다고 일어나면 내가 그렇게 마음을 졸였겠어?"

애버딘이 가소롭다는 듯한 어조로 리도스를 말렸지만 리도스는 단호했다.

"일어나, 카디프!"

이번에는 잠에서 깨우는 것처럼 살짝 카디프의 몸을 앞뒤로 흔들어댔다.

"으음……?"

"일어나라구!"

카디프는 잠에서 덜 깬 사람 마냥 멍하게 눈을 뜨고는 리도스를 바라보자, 리도스는 답답하다는 듯 이번엔 은근히 손에 힘을 주었다. 확실히 아픔을 느끼면 불쾌한 법이다. 불쾌해지면 잠은 확 달아나게 되어 있는 것이고.

"무슨 짓이야, 아프잖아!"

완전히 잠에서 깬 카디프가 리도스에게서 떨어지자 애버딘은 놀랍다는 눈빛을 감출 수가 없었다. 새삼 리도스의 놀라운 힘을 느낀 것이다. 아니, 딱히 리도스에게 놀랍다기보다 마법의 힘에 놀란 건지도 모르겠다.

"이런 방법이 있었다면 진작에 쓰지 그랬어?!"

애버딘은 하고 싶은 모든 말을 일축해 던진 한마디였다. 리도스는 가뿐하게 애버딘의 말을 무시하며 워프 게이트를 만들었고, 아직 얼떨떨한 카디프는 애버딘으로부터 피스를 넘겨받았다. 그리고 그때서야 비로소 일행은 짐이 아닌 일행으로 돌아갔다.

성으로 돌아가자마자 카디프는 또다시 쓰러지듯 잠이 들었다. 애버딘이 걱정스러운 눈으로 그를 침대에 눕히고는 리도스에게 해명해 달라는 눈빛을 보냈고, 리도스는 그런 애버딘의 눈빛을 뿌리치지 않았다.

"아무리 드래곤이 마나의 종족이라고는 하지만 애들 잡을 때도 그렇고, 치료할 때도 그렇고, 고위 마법을 너무 많이 써버려서 카디프가 흘린 피까지 완벽하게 재생하기가 힘들었거든. 쉬면 나을 거야. 그래서 안 깨우려고 한 건데."

"흐음… 그래서 떼떼만 안아 든 거야?"

"뭐, 그런 셈이지."

"그럼 진작에 말하지. 의리없는 놈이라고 생각할 뻔했잖아."

"그런 건 나중에 이야기하자. 넌 피곤하지도 않아? 우리도 좀 쉬자구."

말끝을 흐리는 리도스에게도 피곤한 기색이 역력해 보였다. 사실 그들을 잡거나 치료하는 데 소모된 마나는 별거 아니었지만, 애버딘 몰래 아마도 투희야가 걸어놓았을 결계를 깨뜨리고 나오는 데 마나를 잔뜩 소모해 온몸에 피로감이 몰려들고 있었다.

떼떼나 리즈, 그리고 피스 역시 리도스가 걸어놓은 슬리프 때문에 누가 업어간다고 해도 모를 정도로 잠에 취해 곯아떨어져 있었다. 해 역시 산 너머 저쪽으로 넘어가고 있었고, 모든 상황이 마지막으로 치닫고 있었다. 애버딘 역시 잊고 있던 피로감을 리도스의 그 한마디에 떠올려 버린 것처럼 온몸이 노곤해져 왔다.

"그럼 일단은 쉬고 다들 일어나면 뭔가 이야기를 해도 하자구."

애버딘의 말에 리도스가 동의한다는 듯 고개를 끄덕이고는 자신이 앉아 있던 침대에 그대로 털썩 누워버렸다. 그리고는 곧 몇 번의 거친 숨소리와 함께 잠이 들어버렸다. 애버딘 역시 물먹은 솜 같은 자신의 몸을 침대에 눕히고는 눈을 감았다. 그러기를 한 시간. 그러나 도저히 잠이 오지 않았다. 몸은 피곤해 죽겠다고 비명을 질러대는 데 비해 정신은 냉수마찰이라도 한 듯 시간이 지나감에 따라 점점 더 또렷해져 오는 것이었다.

애버딘은 할 수 없이 살짝 눈을 뜨고는 산책이라도 하자 싶어 몸을 일으켰다. 창문 밖으로 그의 눈에 비친 밤하늘은 모든 비밀을 포용해 줄 정도로 깊었고, 좀처럼 긴장을 풀 수 없었던 낮과는 달리 지금은 자신과 같은 방을 쓰고 있는 일행 모두가 고른 숨소리를 내며 잠들어 있었다.

"현실감이 들지 않아."

애버딘은 나지막하게 한마디를 내뱉고는 창문을 열었다.

그가 300년 이상을 소년의 모습으로 살아간다는 것도 믿어지지 않는 이야기건만 '그'가 자신이라니. 게다가 그를 위해 카디프가 치른 희생, 그 모든 사실을 알아버린 지금 미치지 않은 것이 용할 정도라고 스스로에게 조소를 보냈지만 따지고 보면 그가 멀쩡한 것은 이제까지의 모든 일이 현실감이 들지 않아서라는 그럴싸한 변명거리가 있기 때문이라는 생각이 들었다.

그러나 오늘… 카디프는 보이지 않는 적이 애버딘이라는 것을 깨닫고는 죽을지도 모르는 상황인데도 공격을 멈추었다. 애버딘은 이제까지 카디프에 대한 보답으로라도 그에 대해, 아니, 나 자신에 대해 떠올려야만 한다고 생각했다. 현실감이 들든 그렇지 않든 현실은 바꾸어지지 않는 것이기에. 이제까지 애버딘은 자신에 대해 그렇게 깊이 생각하지 않았다. 아니, 생각하지 않으려 애를 썼다는 말이 옳을 것이다. 그러나 지금부터는 제대로 기억해 내야만 했다. 적어도 지금 자신의 존재가 허상이 아니라는 것을 스스로에게 증명해 보이고 싶었다.

"제기랄!"

욕지거리가 나오려는 것을 꾹 눌러 참으며 그는 자신에 대해 치솟는 짜증을 애꿎은 달을 노려보는 것으로 대신했다. 어디서부터 일이 꼬이기 시작한 걸까. 단지 누나를 샤샤의 마수에서 벗어나게 해주고 싶었을 뿐인데…….

한참을 밤하늘을 바라보며 생각에 잠겨 있던 그는 문득 고질병처럼 욱신거려 오는 두통을 느끼며 피식 너털웃음을 지었다.

"훗! 역시 난 심각한 건 어울리지 않아."

평소에도 진지한 것을 싫어했던 그다. 조금만 머리를 굴리려고 해도 두통이 엄습해 온다는 것을 핑계 삼아 피해왔던 터라, 그 누구보다 순발력에 강해진 그는 결국 모든 생각을 뒤로한 채 열었던 창을 다시 닫고는 산책에 전념하기로 결심했다.

늘 환하게 태양이 떠 있는 리절트보다, 그 흔한 별빛 하나 없이 늘 어두운 밤만이 반복되는 다크보다, 샤아플린처럼 공평하게 낮, 밤의 경계가 뚜렷한 이곳이 애버딘의 마음에 쏙 드는 것은 어떻게 보면 당연한 일이다.

바람은 기분이 좋을 정도로 시원하게 불어와 애버딘의 금빛 머리카락을 쓰다듬고 지나갔다. 그 모습이 마치 가을녘의 햇살을 받은 풍성한 보리밭이 바람에 물결치듯 훑고 지나가는 것 마냥 아름다웠다.

애버딘은 정원의 나무에 기대앉아 조용히 밤하늘을 올려다보았다. 금방이라도 머리 위로 쏟아져 내릴 것만 같은 여러 개의 작은 불빛들이 춤을 추듯 떼를 지어 바람을 타고 날아올랐다. 별빛과는 다른 좀 더 작고 소박한 여러 개의 작은 불빛들.

"아름다워."

애버딘은 그 빛들을 따라 좀 더 나무가 우거진 곳으로 다가갔다. 그곳은 마치 커다란 등불을 켠 것처럼 은은한 빛을 뿜어대고 있었고, 애버딘은 그가 기억하는 한 난생처음 접해보는 그 황홀함에 숨이 턱 막힐 지경이었다.

"반딧불이야."

고운 소녀의 목소리가 애버딘의 귓가를 잡아끌었다.

"헉! 리즈?"

"뭘 그렇게 놀라고 그래?"

"아, 아니, 왜 안 자고 나왔어? 아, 그것보다 몸은 괜찮은 거야?"

"내가 무슨 환자야? 괜찮고 말고 하게. 그냥 하도 잠이 안 와서 산책할 겸 나왔는데 반딧불이 보여서 괜히 샤아플린 생각이 나잖아. 헤헤."

"음… 반딧불 그전에도 본 적이 있나 봐? 난 처음 보거든."

"예쁘지? 반딧불은… 억울하게 죽은 착한 자들의 영혼이라고 해. 세상을 떠나기 전 잠시 작별 여행을 떠나는 거라고. 그래서 예쁘기도 하지만 슬프기도 해."

"헤~ 그런 소린 또 어디서 들은 거야?"

"그냥, 음… 밤이 깊었다. 난 이만 가서 잘래. 애버딘, 내일 봐."

"좋은 꿈 꿔라!"

"너도!"

리즈는 서서히 애버딘의 시야에서 멀어져 갔다. 애버딘은 한참 동안 그녀의 뒷모습을 바라보다가 싱긋 미소를 지었다.

"착한 자들의 마지막 작별 여행이라……"

애버딘은 잠깐 머뭇거리다가 반딧불을 바라보며 나지막한 소리로 말했다.

"부디 행복한 여행이 되기를……"

부드러운 바람이 또다시 애버딘의 금빛 머리카락을 쓰다듬고 지나가자 그는 뭔가 빠뜨린 것이 있다는 듯 리즈를 부르며 아직 자신의 시야에서 그리 멀리 가지 않은 곳에 있는 그녀에게로 달려갔다.

"리즈!"

"응?"

"헉헉! 대려다… 줄게."

"후훗, 좋아."

리즈는 애버딘의 팔짱을 끼며 배시시 웃었다. 그들은 느긋하게 대화를 나누며 그들의 방을 향해 걸어나갔다. 이윽고 리즈의 방 앞에 다다르자 아쉽다는 듯이 애버딘이 먼저 입을 열었다.

"좋은 꿈 꿔."

"너도."

"그래! 그럼 이만……"

애버딘은 뒤로 돌아서 리즈에게 손을 흔들어준 다음 자신의 방을 향해 걸어갔다. 저만치에서 리즈의 목소리가 모기만하게 들려왔다.

"고마워, 애버딘."

애버딘은 빙긋 미소를 지으며 자신의 방으로 들어왔다. 다들 곤히 잠들어 있었다. 그 모습에 잠이 저절로 올 것만 같았다. 그는 또다시 빙긋 미소를 지으며 침대에 누웠다.

축복의레이피어

"수피아님께서 전하를 찾으셨습니다. 떼떼님의 가출 사건의 보고를 아직까지 받지 못했다고 하시면서 무척 서운해하시더군요."

"뭐야, 결국은 그런 시시한 얘기로 자고 있던 나를 깨운 건가? 하긴, 일행들이 깨면 곤란하니 따로 부른 건 잘한 일이긴 하지만."

"전하! 다른 일도 아닌 수피아님의 전언입니다. 시간을 지체하셨다간 낭패 보십니다!"

"아… 아저씨."

"괜찮아, 괜찮아. 그렇게 걱정하지 않아도 된다니까. 넌 명색이 아데스에서 하나밖에 남지 않은 골드 드래곤이란다. 누구 앞에서나 위풍당당한 모습을 유지하기 위해서라도 좀 더 담력을 키우거라. 스스로가 골드 드래곤의 자긍심을 나타낸다는 자각을 가지고 말이다."

"…네."

리도스와 떼떼는 아침까지만 하더라도 모처럼 편히 쉬고 있었으나 곧 시종들에 의해 강제로 일어나야만 했었다. 물론 합리적인 이유가 있었기에 그들의 왕을 깨운 것이지, 그렇지 않았다면 단번에 브레스 세례를 받아내야 했을지도 모를 일이었다.

"거참, 보고를 잊고 있었다니, 나도 긴장이 풀어져 있었던 건가?"

리도스는 크로매틱 드래곤의 왕이지만, 따지고 보면 리도스에게도 소위 윗대가리라는 것이 있었다.

바로 실버 드래곤의 수피아. 그녀는 모든 드래곤의 왕 중의 왕이라는 드래곤 로드였으니 그녀가 자신의 마음에 든다, 안 든다를 떠나서 리도스에게는 까마득한 윗대가리일 수밖에 없었다. 물론 왕이라는 것은 드래곤의 위에 있지만 지배자라고 이야기할 수는 없다. 그저 일족의 대표라고 보면 되는 것이다. 그러나 모든 드래곤의 로드인 수피아는 힘에 있어서도, 모두를 통솔하는 데 있어서도 최고였다. 게다가 전직 드래곤 로드 에이션트 골드 드래곤인 떼떼의 부모로부터 직접 그 자리를 물려받은 만큼 그녀의 명령은 절대적이었다.

떼떼의 가출 사건을 잘 알고 있는 그녀는 이 일을 가볍게 생각하지 않을 것이다. 대뜸 드래곤의 섬에—그것이 크로매틱 드래곤의 섬이라 할지라도—미천한 인간의 출입을 허가하다니, 전무후무한 일이니 말이다.

"아저씨, 그럼 우린 어떻게 해야 하는 거죠?"

"간단한 걸 묻는구나. 일행들에게로 돌아가는 거다. 애버딘, 그러니까 바로 네 아빠가 있는 곳으로."

"수피아님 앞에서 아빠에 대해 이야기하실 건가요? 그리고 과연 허락해 주실까요? 아빠와 함께 여행을 하는 거?"

"어찌 되었든 간에 네가 인정한 인간이다. 결국 우리 드래곤이 인정한 인간이라는 소리지. 선택은 네가 하는 거다. 너는 그를 아빠로 인정하는 거냐?"

떼떼는 해맑게 미소를 지으며 고개를 끄덕였다. 그런 그를 바라보며 리도스 역시 피식 미소를 지었다.

"명심해라. 네 피가 흐를 수 있도록 해준 골드 일족인 네 아버지를 잊으면 안 된다. 그러나 네가 인정한 아빠인 애버딘을 배신해서도 안 된다. 어린 너에게 너무 무리한 부탁이지만."

"걱정 마세요! 전 영웅이 될 거예요. 어떠한 난관도 꿋꿋하게 물릴 칠 수 있는… 영웅은 꼭 약속을 지켜요. 그러니 약속하죠. 절대로 그 누구도 배신하지 않겠어요."

"훗! 그 말을 믿기로 하지."

리도스는 유쾌한 미소를 지으며 떼떼를 안아 올렸다.

"먼저 가 있거라. 수피아님을 만나 보고 나서 곧 뒤따라갈 테니까."

"하암~!"

간밤에 너무 늦게 잠든 탓인지 애버딘은 영 개운하지 못하다는 표정으로 병든 닭처럼 졸린 눈으로 하품을 해대며 주변을 둘러보았다. 카디프는 메모라이즈를 읊는지 명상하는 듯 눈을 감고 앉아 있었고, 떼떼와 리도스는 벌써 일어나 산책이라도 나갔는지 보이지 않았다.

"흐음… 난 뭘 해야 하는 거지?"

애버딘은 흘낏 카디프 쪽을 바라보았지만, 그는 아직도 메모라이즈를 읊고 있는 중이었다.

"할 수 없군."

그는 그대로 일어나 침대를 정리한 뒤 바닥에 엎드렸다.

"체력 단련이라도 해볼까?"

이윽고 '백하나, 백둘…' 하는 숫자 세는 소리가 들려왔으나 착각은 금물이다. 우리의 애버딘은 백부터 세기 시작했으니 말이다.

"백… 육십… 다섯."

거의 신음조의 숫자 세기가 터져 나올 때쯤 애버딘의 이마에서는 마치 눈물 같은 땀방울들이 얼굴의 윤곽을 따라 흐르며 바닥으로 떨어지고 있었다.

"좀 더 힘내라구!"

"우와~ 아빠 대단해."

왠지 흥미진진해 보이는 카디프의 응원 소리. 거기다 언제 들어왔는지 떼떼마저 초롱초롱 눈빛을 빛내고 있으니 그만두기가 뭐해진 것이다. 그는 속으로 '왜 내가 이짓을 하고 있는 거지?' 라는 질문을 수백 번 되뇌면서도 후들거리는 팔에 힘겹게 힘을 주고 있었다.

"어라? 뭐 하는 거야?"

"애버딘님, 뭐 하세요?"

"어, 리즈랑 피스 왔네. 애버딘, 아쉽겠지만 그만 일어나야겠다."

애버딘은 속으로 온갖 신들께 감사의 인사를 보내며 천사 같은(?) 그녀들에게 인사를 건네기 위해 자리에서 벌떡 일어났다. 조금만 더 그러고 있었다면 그는 아마 지금쯤 땅과 찐한 키스씬을 연출하고 있었을지도 모를 일이었으니, 그녀들이 천사로 보인 것도 당연하다면 당연한 일이다.

"우와! 이 땀 좀 봐."

피스는 얼른 자신의 품에서 손수건을 꺼내 들고는 애버딘의 이마에서 떨어지는 땀을 닦아주었다.

"땀이 날만도 하죠. 우리 아빤 푸샵을 자그마치 백육십다섯 개나 했다구요!"

떼떼의 의기양양한 말에 리즈는 인상을 살짝 찌푸렸다.

"믿지 마. 애버딘이라면 아마 백부터 시작했을지도 모를 일이라구."

"에이~ 언니두, 애버딘님은 전사예요. 푸샵 백 개 정도는 일도 아니죠."

"헤에~ 정말 그럴까?"

"저랑 내기할까요?"

"이, 이봐."

"애버딘! 넌 좀 가만히 있어 봐. 내기? 뭘 걸 건데?"

"애버딘님께서 푸샵 백 개 이상할 수 있다는 데 전 10루비아 걸죠."

"호오~ 쎄게 나오는데? 좋아, 난 못한다는 데 걸지. 우리끼리만 하면 시시하니까 누구 할 사람 더 없을까?"

"어이! 어이!"

"애버딘은 가만 있으라니까! 카디프, 너도 할 거지?"

"카디프는 사람이 아니라 엘프잖아요~! 엘프한테 도박을 부추길 셈이에요, 리즈 언니?"

피스의 말에 카디프는 1루비아를 꺼내 들며 그녀들에게 씨익 미소를 지어 보였다.

"뭐, 상관없잖아? 어차피 여기 사람이라고는 애버딘과 나, 그리고 너, 이렇게 셋뿐인 데다 재미로 하는 건데 엘프가 내기에 낀다고 해서 뭐가 어때서?"

"리즈 말이 맞아. 난 할 수 있다는 쪽에 1루비아 걸도록 하지."

"안 돼! 그건 너무 짜잖아."

"뭐, 어차피 거는 사람 마음이잖아."

"무슨 엘프가 그래?"

"그거야 내 마음이지. 난 무늬만 엘프거덩."

"이, 이봐들!"

"애버딘님, 가만히 계셔 보세요."

"쳇! 좋아, 봐줬다. 그럼 애버딘, 엎드려."

"응?"

"엎드려서 푸샵 시작하라구."

"이, 이봐!? 난 지쳤다구. 힘이 남아 있을 리가… 그런 눈으로 보지 마, 제길! 하면 되잖아, 하면! 이 지독한 악당들아."

"후훗, 다 좋다고. 마법 스크롤 쓸 만한 거 하나 장만하려면 모을 수 있을 때 열심히 모아둬야 하니까 말야. 후훗~"

"공주님이 무슨 돈을 모은다고 그래요? 샤아플린이 가난한 나라도 아니고."

"모르는 소리! 내가 마법 스크롤 같은 것을 사고 다닌다는 게 아바마마의 귀에 들어가기라도 한다면 난 돌아가는 그날로 잔소리 깨나 들어야 한단 말이야. 그러니 내 신분이 들킬 만한 물건으로는 스크롤을 살 수가 없다구. 그치만 성에서 나왔을 때 애당초 필요한 만큼 현금을 챙기기엔 이 좁은 배낭에 자리를 너무 많이 차지하니까 보석을 챙겨왔는데… 이런 것 가지고 스크롤을 샀다간 아바마마의 귀에 금세 들어간다구."

"헤에~ 언니 성격 생각보다 치밀하네요."

"후훗, 마음대로 생각해. 마음대로~"

"내 생각엔 리즈 역시 무늬만 공주가 아닐까 싶어."

"시끄러."

졸지에 천사들에서 악당으로 바뀌어 버린 피스와 리즈는 배시시 웃으며 서로 편을 갈라 자신들의 이익을 위해 애버딘을 응원과 야유를(?) 보내기 시작했다. 물론 편이라고 해도 카디프와 떼떼, 그리고 피스 대 리즈인 3 대 1의 형태이니 일방적인 애버딘의 응원이라고 봐도 되겠지만.

"애버딘님, 파이팅!"

"무리할 것 없어. 적당히 해두라고. 호호홋."

"난 너한테 걸었어. 열심히 해줘. 믿는다~"

"겨우 1루비아 걸면서 생색 내지 말라구."

"아빠, 파이팅!"

애버딘은 머리에서 김이 날 정도로 새빨갛게 물든 얼굴을 하고는 푸샵을 시작했다.

리도스는 한 아리따운 은발 머리 소녀에게 공손히 한쪽 무릎을 꿇고 손등에 입을 맞추었다. 마치 기사가 숙녀를 대하는 듯한 아름다운 장면이 연출되었으나, 그 광경은 그리 오래 지속되지 못했다.

"리도스에게 언제까지 그런 유치한 인간식의 예의를 차리게 할 셈인가요, 수피아님?"

어디선가 많이 듣던 목소리.

"으힉! 마녀?! 왜 네가 여기에 있는 거야?!"

"자기~ 그런 식으로 말하면 내가 서운하지. 지난번에 이야기하지 않았어? 이자까지 쳐서 톡톡히 놀아준다고."

"난 분명히 필요없다고 말했을 텐데."

"호호호, 자긴 정말이지 수줍음이 너무 많다니까."

"…제가 있다는 걸 두 분은 잊으신 모양이군요."

수피아의 말에 그들은 잠시 움찔한 듯 조용해졌다. 그제야 그녀는 만족스럽다는 듯 미소를 지으며 리도스를 바라보았다.

"떼떼를 찾아오신 거겠죠?"

"물론입니다. 보고를 드린다는 것이 조금 늦어졌군요."

"응? 떼떼라니? 떼떼에게 무슨 일이 있었던 거야? 리도스는 얼마 전까지 아파서 프로소 내에서도 잘 돌아다니지 않았다고 들었는데?"

"시끄러워. 낄 때 안 낄 때도 몰라? 상황 파악이 안 되면 조용히 듣기나 해. 설마 조용히 듣는 법을 몰라서 이렇게 나서고 있는 건 아니겠지?"

"쳇! 누굴 바보 취급하고 있어. 알았어~ 알았어~! 당분간 끼어들지 않을 테니까 마음껏 대화들 즐기라구."

"화이트 드래곤치곤 참을성이 많군. 훗! 그러니까 우두머리가 된 거겠지만. 그럼 수피아님, 전 거추장스럽게 긴 이야기를 듣게 된다면 무례고 뭐고 간밤에 못 잔 거 보충한 셈치고 그대로 잠들테니까 본론만 간단히 말씀해 주시죠."

"그저 떼떼가 어떻게 지내는지 궁금했을 뿐입니다. 누가 뭐라고 하든 떼떼는 세상에서 하나밖에 남지 않은 골드 드래곤이니까 무슨 일이라도 생기면 곤란하지 않겠습니까?"

"흐음… 수피아님, 실례를 무릅쓰고 하는 말입니다만, 그렇게 소중한 떼.떼.님.이시라면 왜 우리 자기에게 맡기신 거죠? 딱 까놓고 말해서 수피아님께서 데리고 계시는 게 좀 더 이치에 맞는 일 아닌가요? 설마 우리 자기가 수피아님보다 애 키우는 데 재능이 있을 거라 생각해서 아이를 맡겼다는 말도 안 되는 변명을 하려는 건 아니시겠죠? 귀찮은 일은 뒷짐지고 모른 체하고 있다가 우리 자기에게 떠넘기고, 잘못이 생기면 우리 자기에게 문책한다는 거 과히 보기 좋은 일은 아니란 것쯤은 알고 계시죠?"

"화이트 일족의 여왕 훼이나! 말씀이 지나치시군요. 제가 맡을 수 있었다면 벌써 맡았습니다. 떼떼는 이상하게도 절 싫어하는 것 같기에 그나마 떼떼의 아버지인 카시우스님과 친분이 있었던 리도스라면 따르지 않을까 싶어 맡긴 것은 모두와 상의해서 결정을 내렸던 일이기도 하지 않았습니까? 훼이나, 당신이 제게 그런 부담스런 해츨링은 맡기 싫다고 가장 거세게 항의했던 게 기억이 나는데 당신은 다 잊어버린 것 같군요?"

"하! 말 돌리지 말아요! 그런 일로 따지고 있는 게 아니란 거 수피아님께서도 잘 알고 있지 않나요? 내 말은 우리 자기를 들볶아대지 말라는 거예요. 적어도 우리 드래곤들 중 떼떼의 보호자라고 자처할 수 있는 자격을 가진 자는 리도스뿐이니까 콧김이 되든 브레스가 되든 리도스의 몫이니 간섭하지 마세요."

"두 분 다 그만 하시지 그래요? 덕분에 슬슬 졸음이 쏟아지려고 하는데, 만일 제가 여기서 코를 골면서 곯아떨어지길 바라지 않는다면 이쯤에서 슬슬 본론으로 들어가 주시는 게 좋을 겁니다."

"알겠습니다만 그전에 훼이나, 잠시 자리를 좀 비켜주세요."

"왜요?"

"당신이 자꾸 끼어드는 바람에 리도스와 제대로 대화를 할 수가 없잖습니까! 이래봬도 난 바쁜 몸입니다. 한가하게 노닥거릴 시간이 없어요."

"호~ 드래곤에게 시간이 없다? 그게 무슨 드워프 석탄 캐다 허리 부러지는 소리죠? 그저 눈에 거슬린다고 하면 될 것을. 솔직하지 못하시군요."

"당신이 정말 화이트 일족답지 않게 치밀하고 영악해서 화이트 일족을 대표하는 여왕이 된 것이라면 내 앞에서는 화이트 드래곤답지 않게 그 잘난 입을 조심하는 것이 좋을 겁니다, 훼이나."

그녀는 은근히 자신의 지위를 앞세우는 듯한 발언으로 훼이나를 깎아내리자 훼이나는 양미간을 찌푸리며 문 앞으로 다가섰다.

"쳇! 리도스, 나중에 봐. 수피아님도 그렇게 안 봤는데 속물이 다 됐군요. 내가 그런 말한다는 게 더 웃기지만… 훗! 그럼, 이만."

그녀는 밖으로 나가며 냉소를 지어 보였지만 그런 그녀를 신경 쓰는 자는 아무도 없었다. 오히려 그들은 그녀가 나가길 기다렸다는 듯 빠르게 대화를 이어 나갔다.

"이상한 소문이 들리기에 제가 집적 확인하러 여기까지 온 겁니다."

"그런 건 알고 있으니 본론이나 말해 보시죠."

"섬에 사람들이 와 있다지요?"

"제가 초대한 사람입니다. 친구를 초대한다는 것이 수피아님이 오실 만큼 신경 쓰일 일은 아닐 텐데요?"

"물론이죠. 하지만 당신이 인간을 친구로서 대한다고 하니 좀 이상하긴 하군요."

"뭐… 일일이 꼬투리 잡으려면 한도 끝도 없을 테니 대충하시죠."

"…신계에 관련된 자들과 최근에 말썽이 생긴 적이 있습니까?"

"네, 언제 그랬냐고 순순히 말하라고 한다면 수피아님께서 저의 보고를 기다리고 있었을 그 시간이란 것까지 알려드리도록 하죠. 후후."

왠지 모를 리도스의 냉소에 수피아의 눈썹이 꿈틀거렸다.

"…싸우신 겁니까?"

"소멸시켜 버렸습니다. 신계 놈들이 전쟁이라도 치르겠다고 선전 포고라도 했습니까?"

"아니에요. 그런 것은 피차 서로에게 하등의 이익이 될 것이 없잖아요. 그저 항의가 들어왔을 뿐이지만 마음에 걸리는군요. 도대체 무슨 일이 벌어졌던 거죠?"

"이야기하자면 무척 깁니다만 대충 이런 거라고 해두죠. 떼떼가 가출을 했을 때 그들은 떼떼로 하여금 폭주를 하게 만들었고, 돌아와 보니 감히 이 크로매틱 드래곤들의 섬에 자신들의 부하들을 시켜 이것저것 함정들을 만들어두었더군요. 게다가 그것으로 인해 저희 일행들이 상처 입고—사실은 거의 내가 쥐어 팬 것도 있지만—난 무척이나 번거로운 짓을 해야만 했습니다(그걸 두고 인간들의 유식한 말로 인과응보라고 한다지?). 그 와중에 떼떼가 또다시 다친 것은 두말할 것도 없거니와—사실은 내가 브레스로 지져 댄 거지만—차후에도 이런 일이 없으리라 보기에는 어렵기 때문에 본보기를 보여준 것뿐입니다(캬~ 내가 생각해도 정말 멋진 핑계야~)."

리도스는 겉 따로 속 따로 노는 자신에게 스스로도 감탄을 보냈지만 겉으로 보여지는 것은 어디까지나 열 받아 죽겠으니 나보고 뭐라고 하지 말라는, 뭐, 그런 표정을 짓고 있었으니 수피아는 그런 리도스의 뻔뻔한 마음 속을 알아챌 리가 없었다.

"…아무튼 리도스도 고생이 많았겠군요. 예전부터 느끼긴 했지만 이제 와서 생각해 보면 신족들도 참 교활해요. 자신들의 잘못은 하나도 내게 일러주지 않더니……."

"신계의 관련된 자들이 신족에게 일일이 보고를 하지 않았을 수도 있겠죠 뭐……."

"흠, 아무튼 리도스도 잘한 거 하나도 없다는 거 잘 아시죠?! 전 신족들과 부딪치는 게 그렇게 탐탁치 않아요. 앞으로 신계에서 제게 한번 더 당신에 대한 이야기가 거론된다면 전 당신을 감싸지 않을 겁니다. 그리고 일단 해츨링의 보호를 맡은 이상 떼떼가 죽거나 크게 다친다면 그 책임은 당신에게 돌아간다는 거 잊지 말아주십시오."

수피아가 하는 말은 모두 지독한 억지다. 해츨링을 감싸기 위해 싸우는 싸움은 정당성이 인정되어 예로부터 묵인되어 왔으며 대부분 도와주는 것을 당연히 여기고 있는 실정이다. 그런 것을 그녀는 이제까지의 모든 관례를 없애 버리고는 그에 비해 배로 늘어난 책임만을 그에게 넘기려는 것이니 억지가 아니고 무엇이겠는가. 리도스는 그녀의 말에 슬슬 짜증이 치밀고 있었다.

'저 여자는 지금 내 입에서 '나 떼떼 보호자 안 한다! 안 해!'라는 대답을 기다리고 있는 것인가?'

"흠… 이번은 뭐라고 둘러댄 거죠?"

리도스는 짜증을 간신히 눌러 참으며, 수피아를 바라보았다. 그녀는 그저 별거 아니라는 듯 무덤덤하게 리도스의 말을 이었다.

"그쪽에서 원하는 드래곤의 권능을 담은 보석 중에서 하나를 선물하기로 했어요. 말하자면 일종의 뇌물인 셈이죠. 그러니 그것은 리도스가 집적 가지고 와야겠는데, 그 정도 수습은 할 수 있겠죠?"

"물론 신들이 탐낼 만큼 대단한 물건이라면."

"카시우스님께서 봉인해 두신 축복의 레이피어입니다. 그 외에도 다른 것들이 있었지만, 아마도 축복의 레이피어를 가장 원하는 것 같더군요."

"역시… 뭐, 잘 알고 계시겠지만 노파심에서 한 가지 일러두죠. 그것의 주인은 떼떼입니다. 카시우스님께서 떼떼가 성년이 되면 주라고 제게 부탁했던 검이란 말입니다. 수피아님이나 우리나 그 검에 대한 소유권은 오크의 지적 능력만큼도 없습니다. 어째서 그것을 주신다고 약속하신 겁니까?! 설마 제가 카시우스님과의 약속을 깨고 제 손으로 그 검을 넘겨주리라 여기신 겁니까? 제가 그렇게 호락호락하진 않을 텐데요."

리도스는 목소리에 은근히 힘을 실으면서 수피아를 위압했다. 힘만으로 치자면 그는 수피아를 뛰어넘었기에 이것은 충분한 협박이 될 수 있었다. 어떻게 보면 하극상이라고 하겠지만 리도스에게 중요한 것은 나중에 그녀로부터 어떤 처분을 받는 것보다는 검을 지키는 데 있었고, 그는 위기를 넘길 만한 기지도 갖추고 있었기에 어떻게든 수피아의 말을 취소시키는 것이 급선무였다. 그런 리도스의 뜻을 알아챈 수피아는 다소 긴장한 눈빛으로 자신의 말을 이어 나갔다.

"제가 언제 넘겨준다고 말했습니까? 흥정하는 곳에는 제가 가는 겁니다. 카시우스님의 축복의 레이피어는 그들이 부탁한 목록 중의 하나일 뿐이고요. 절대로 넘겨주지는 않을 테니까 안심하시고, 당신은 제가 부탁한 대로 축복의 레이피어만 가지고 오세요."

"넘겨주지도 않을 거라면서 왜 가지고 오라는 거죠?"

여전히 완고한 리도스의 말에 수피아는 이제까지의 긴장하는 눈빛에서 위압적인 눈빛으로 태도를 바꾼 채 그를 바라보았다.

"말이 많군요. 지금 저에게 정면으로 대항하시겠단 말씀입니까? 이 이상 제 말에 토를 달았다가는 제게 대항하겠다는 것으로 간주하겠습니다. 뭐, 그렇게 긴장할 것 없어요. 일단 목록에 있는 데야 보여주기는 해야 하지 않겠습니까? 그쪽에서 고르는 것이니……."

"십중팔구 넘겨 달라고 할 텐데… 어쩔 속셈이십니까?"

"그때는 말을 돌릴 수밖에 없겠죠. 다른 물건에 흥미가 가게끔. 그리고 이 일에 당신을 보내는 것은 물론 당신이 저지른 일을 수습하는 것도 되겠지만, 당신에게 맡긴 거라 당신이 가지 않으면 그 검의 봉인이 풀리지 않기 때문이니… 더 이상 말하지 않아도 아시리라 믿습니다."

리도스는 속으로 지그시 혀를 깨물었다. 무슨 일이 있어도 레이피어가 신들의 손에 들어가게 해서는 안 될 것만 같았기 때문이다. 단지 떼떼의 물건이기 때문에, 카시우스가 자신에게 부탁한 것 때문만이 아닌, 어떤 불길한 느낌 때문이라도…….

"그럼 한 가지 부탁을 드리죠."

"뭔가요?"

"그 자리에 저도 데리고 가주십시오. 경거망동은 하지 않겠습니다."

"좋아요. 그럼 당장 출발해 주세요. 아! 이 일은 당신의 손님이라는 인간들에게는 말하지 마세요. 물론 떼떼도 동행으로 당신이 데려가야 하구요."

"이런, 그럼 얼마나 걸릴 지도 모르는 여행을 하면서 손님을 내팽개치고 가라는 말씀입니까?"

"손님이라… 당신에게는 어울리지 않는 단어라고 생각하는데. 당신답게 솔직히 까놓고 말해 보세요. 그들이 당신과 함께하는 이유가 뭐죠? 명예? 돈? 그들이 원하는 적당한 것을 스스로 찾았다고 생각할 만한 레벨이 좀 낮은 던전 중에 자질구레한 것 하나 정도 알려주고 나중에 합류하면 될 거 아닙니까? 보기보다 요령이 없으시군요."

리도스는 골치가 지끈 아파왔다. 일행과 언제나 행동을 같이 하겠다고 투희야와 약속한 것이 얼마나 지났다고 맹세를 깨라는 건지. 드래곤은 거짓말을 할 때가 있기는 하지만 약속을 깨는 법은 결코 없었다.

'하아… 예외라는 건가? 투희야 역시 나에게 실수한 것이 있으니 이 정도는 넘어가 주겠지. 그러나… 일행들에게는 뭐라고 해야 하나?'

그는 한숨을 내쉬며 수피아를 정면으로 바라보았다.

"하아~ 언제 출발할까요?"

"되도록 빠른 시일 내로 출발하세요. 오늘 출발한다면 나로선 더 더욱 좋겠죠."

"그럼 나중에 뵙도록 하겠습니다."

"모든 일이 순조롭기를 바라겠습니다."

리도스는 처음 그랬던 것처럼 한쪽 무릎을 꿇은 채 그녀의 손등에 가볍게 입을 맞춘 뒤 그곳을 벗어나기 위해 문을 열고 복도로 나가자 그곳에는 모든 말을 엿들었다는 듯한 표정의 훼이나가 심각한 표정으로 지나가려는 그를 붙잡았다.

"리도스, 정말로 축복의 레이피어를 넘겨줄 셈이야?"

"훗! 훼이나, 네가 '마녀'라는 별명을 그리 싫어하지 않는다면 내 별명도 그리 싫어하지 않으리라 보는데… 틀렸나?"

"호호홋, 오랜만에 내 이름을 불러주는군 그래. 열심히 해봐. 그러고도 안 된다면 날 불러. 기꺼이 사랑하는 자기를 위해 이 한 몸 희생해 주지."

"끔찍한 소리하지 마. 어쨌거나 오늘 고마웠어. 너 아니었으면 내 입지가 더 흔들렸을지도 모를 일이지. 아아~ 난 이만 가봐야겠다. 잘 놀다 가. 어쨌거나 여긴 내가 다스리는 곳이고, 너도 이곳에 온 이상 내 손님일 테니 말이야. 하하핫."

리도스는 훼이나에게 처음으로 호감이 담긴 듯한 미소를 지어주고는 떼떼가 기다리고 있을 애버딘의 방을 향해 걸음을 바삐 옮겼다.

"리도스! 명심해. 화이트 드래곤이 머리는 아둔할지 몰라도 절대로 사냥감을 놓치는 어리석은 짓은 하지 않아. 너 역시 내가 선택한 드래곤이자, 화이트의 속성을 지니고 있는 자이니만큼 절대로 사냥감을 놓치는 일이 없도록 해."

훼이나는 멀어져 가는 리도스의 뒤통수에 대고 들으라는 듯 큰소리로 외쳤지만, 그는 들은 건지 듣지 못한 건지 무심하게 그녀의 시야에서 멀어져만 갔다. 그녀 역시 일족의 여왕 자리를 오랫동안 비워둘 수는 없는 일이었다. 그다지 내키지 않는 듯 떨떠름한 표정으로 그녀는 복도의 한 워프 게이트로 발걸음을 옮겼다. 그 뒤에는 눈부신 빛이 비친다 싶더니 곧 이어 마치 처음부터 그곳에는 아무도 없었다는 듯 고요함만이 감도는 복도만이 존재했다.

리도스는 아까부터 계속 같은 생각을 하느라 더 이상 훼이나에 대해서는 생각하지 않기로 했다. 그녀라면 자기 처신 정도는 알아서 잘할 것이니 말이다.

"이제 어쩐다?"

그는 짜증스럽다는 듯 입꼬리를 씰룩거리며 곰곰이 생각에 잠겼다. 일행들에게 제일 효과있는 이야기는 보나마나 신검 세인트에 관한 것일 테니 그것에 관한 단서를 잡았다며 난이도가 낮은—물론 드래곤의 눈으로 볼 때의 이야기다—던전에 박아두면 적어도 그가 뭘 하는지 알 수 없을 것이고, 프로소 섬에 둘 수 없으니 시간은 벌 수 있다는 것이 그의 계산, 아니, 수피아의 계산이다. 어느새 애버딘의 방 앞에 다다른 리도스는 평상시와 같은 표정으로 돌아가 노크를 했다.

똑똑!

"히… 헉! 들어… 와."

이게 웬 강아지 앓는 소린가 싶어 리도스는 황급히 문을 열었다. 불쌍할 정도로 온몸이 땀투성이가 된 애버딘이 빨갛게 달아오른 얼굴로 구원의 눈길을 보내는 것을 바라보자, 그는 왠지 모를 동정심이 들어버렸다.

"무슨 일이야?"

"쯧쯧, 겨우 그거 가지고 탈진이야?"

리즈가 안됐다는 듯 애버딘을 바라보자 피스는 열 받는다는 듯 소리를 꽥 질렀다.

"겨우라뇨!? 애초에 힘이 다 빠진 상태에서 다시 시키는 게 어 됐어요?! 그거 반칙이라구요, 반칙!"

"무슨 소리야? 약속은 약속이지. 동의할 때는 언제고 오리발 내 밀다니. 억울하면 한번 더 해볼래?"

"헉! 그, 그만 해. 제발!"

"무슨 일인데 그래?"

"글쎄, 제 말 좀 들어봐요. 애버딘님께서 체력 단련을 한다고 푸 쉽을 굉장히 많이 하셔서 제가 감탄을 했더니, 리즈 언니가 분명 백 개부터 세기 시작했을 거라며 억지를 부리기에 백 개를 더 할 수 있을까 내기를 했거든요. 저랑 카디프님은 할 수 있다는 데 걸 었고, 리즈 언니는 못한다는 거에 걸었거든요."

"그래서?"

"아깝게 90개 하고 땀 때문에 미끄러져서 다시 했거든요. 몇 번 그러고 나니까 이미 앞에서 힘이 쫙 빠지잖아요. 그러니 그만하면 잘한 거 아니에요? 다시 힘이 있을 때 시키면 분명히 할 수 있을 텐데 언니는 자꾸 힘이 빠져 있는 지금 상태에서 다시 하자는 거 예요."

"…몇 번째야?"

"뭘 그런 눈으로 봐? 많이 안 했어. 한 네다섯 번 했나?"

"…애버딘, 안 죽었냐?"

"당연한 걸 묻고 있어. 벌써 죽었지."

"죽은 놈이 어떻게 대답하냐?"

"……."

"아참, 이런 장난이나 하고 있을 때가 아니라구. 정말이지… 난 기껏 세인트에 대한 정보를 가져왔더니……."

"어? 리도스가 그걸 어떻게 알아왔어?"

"드래곤이 가지고 있는 많은 능력 중에 다른 종족들이 가장 탐내는 것이 뭘 것 같아?"

"마법?"

"리즈, 넌 마법 말고 관심있는 게 없지?"

"생명?"

"피스, 오래 사는 것 말고 떠오르는 것 없어?"

"보물?"

"애버딘… 에휴~ 그건 또 어디서 주워 들었냐? 카디프, 그러고 있지 말고 그만 말할 때도 되지 않았냐?"

"방대한 지식."

"그래, 지식! 나도 너희에 비하면 제법 오래 살긴 했다만, 이곳에는 나보다 오래 산 자들도 제법 된다구. 아무튼 성안을 돌아다니며 나랑 비슷한 또래이거나 좀 많은 자들에게 물어봤더니, 최근에 들어―물론 이 최근이라는 것은 드래곤을 기준으로 둔 것이야. 그러니 몇백 년을 두고 하는 이야기라고 생각하는 편이 나을 거다―드래곤이 있는 구역에 봉인된 검은 모두 세 개라는 것을 알아냈어. 그중 하나는 내가 아는 검이니 제외고, 가능성은 둘이야. 둘 다 마법 검이고, 당연한 말이지만 동굴 안에 있어. 카디프, 세인트가 어떤 종류의 검인지 알고 있겠지?"

"스스로 검의 형태도 바꿀 수 있어. 내가 봤을 때는 주로 롱 소드의 모습을 하고 있었지만 지금도 롱 소드일 거란 장담은 못해.

종종 레이피어나, 심지어 시미터가 된 모습도 봤으니 말 다했지. 아! 그렇지만 검날을 나눌 수는 없어."

"골치 아픈 검이로군."

"나도 동감이야. 그런데 그 두 가지의 검은 어떤 종류지?"

"일단 롱 소드는 없어. 하나는 레이피어, 하나는 좀 특이한 검인데……."

"특이?"

"커틀러스야. 겉보기에는 그다지 튼튼해 보이지도 않는데, 그 지역에서 놀고 있는 드래곤의 말에 의하면 마법 검이라는 것은 확실해. 말을 할 줄 안다니까. 그러나 성질이 더럽고 수다스러워서 자기는 만져 보기만 해도 질린다고 하더라구. 덕분에 검이 가지고 있는 구체적인 능력에 대해서는 거의 모른다니 일단 가봐야 알 수 있을 것 같아."

"흐음, 지금으로 봐선 레이피어 쪽보단 커틀러스 쪽이 세인트일 가능성이 크군."

카디프가 묘한 표정으로 고개를 끄덕이자 리즈가 감잡았다는 듯 나섰다.

"그러니까 세인트는 성격이 더럽다는 거지?"

"글쎄… 그렇게 이야기하면 화낼 것 같은데."

"뭐, 괴팍하다고 해두지. 그런데 커틀러스는 주로 누가 사용하는 검이야?"

"주로 선원들이 들고 다니는 검이야. 너, 님프의 강을 건넜으면 선원들이 들고 다니는 검은 봤을 거 아냐?"

"검에 관심이 없어서 자세히 보지는 못했지만 뱃사람들이 들고 다닐 정도라면 그다지 폼 나게 생긴 검은 아닐 테지?"

"뭐… 그런 것까지야 말할 필요는 없겠고, 일단 폼 잡기 좋아하는 성질 더러운 검이 변형된 거라고 보기에는 무리가 있지."

"그런데 왜 그 검이 세인트일 가능성이 높다고 말하는 거야?"

"성질 더러운 검이 싫증도 잘 내고, 장난도 잘 치거든. 일단 튀는 걸 좋아하니까 레이피어처럼 평범한 검보단 커틀러스 같은 검으로 변했을 확률이 높다는 거지."

애버딘이 진지한 얼굴로 리도스를 바라보았다.

"일단 레이피어일 가능성도 배제할 수는 없는 거잖아?"

"물론. 그러나 두 개의 검이 모두 동굴 안에 있다는 이야기는 들어가는 조건이 그만큼 까다롭다는 걸 뜻한다는 거 다들 잘 알고 있겠지?"

"뭐, 거창한 거라도 남았어?"

리즈다운 말투에 리도스는 피식 웃음을 터뜨렸다.

"하핫, 불행히도 남았어."

"뭐예요?"

이제껏 가만히 있던 떼떼마저 프로소 섬을 떠나 여행을 시작할 것이라는 말에 들떠서 나섰다. 하긴 영웅이라고 하는 자들은 적어도 던전 몇 군데 들쑤시고, 거기에 있는 보물을 주인 모르게 훔쳐야 하기 때문에 지키고 있는 자들에게 발각되지 않게 조심하면서, 혹은 없애서라도—보통은 던전 안에 있는 보물들의 주인은 드래곤일 확률이 높으므로 드래곤을 죽이기는 힘들기 때문에 몰래 가져가는 경우가 더 많은 것이다—훔쳐 와서는 적당한 과장과 적절한 양의 구라를 적절히 조합해서 만든 그럴듯한 모험 두세 개 정도는 가지고 있는 것이 기본이니 설레지 않는다고 하는 편이 이상하리라. 그런 사실은 하나도 모르는 채 그저 동경의 눈빛을 내뿜고 있는 떼떼가 귀여운지 연신 떼떼의 머리를 쓰다듬며 리도스는 말을 이어나갔다.

"패를 나눠야겠어."

"에? 뭣 때문에?"

"동굴로 가는 입구가 일 년에 한 번밖에 열리지 않는데 둘 다 시기가 똑같아. 설마 일 년씩이나 프로소에서 썩을 생각들은 아니겠지? 그러면 난 곤란하다구. 물론 몇 번씩 업무를 처리하기 위해 들르거나 할 용의는 있지만, 일 년씩이나 머물다 보면 어느새 잔소리꾼인 늙은 드래곤들이 너희들과 함께 움직이지 못하게 조치를 취할 거고, 그러면 난 약속을 지키지 못하게 되어버린단 말야. 그러니 곤란하지 않겠어?"

"응? 리도스님은 왕이잖아요. 왕이 자기 마음대로 못하는 것도 있어요?"

피스의 의아하다는 듯한 말에 리도스 대신 리즈가 말을 받았다.

"당연히 자기 마음대로 못하는 것들이 많지. 큰 것을 얻으면 작은 것을 잃는다는 자리가 왕의 자리라구. 물론 그 크기의 차이는 개인의 차이가 있겠지만. 예를 들어 품위를 얻기 위해서면 배가 고파도 일정량의 음식밖에는 먹을 수가 없고, 마음껏 달리고 싶어도 사뿐사뿐 걸어야 하지. 어느 것이 큰 것이고 어느 것이 작은 건지는 사람에 따라 틀리잖아? 뭐, 이건 인간의 경우라 리도스와는 차이가 나겠지만, 어쨌든 왕이라는 자리는 불편한 자리야. 일반인들이 상상하는 것만큼 호락호락한 자리는 아니지."

"꽤 쌓인 게 많은 말투다?"

리도스의 말에 리즈는 그저 싱긋 웃어 보일 뿐이었다. 피스는 리즈의 말에 미간을 찌푸리며 투덜거렸다.

"난 그 호락호락하지 않는 자리에 앉는 자들이 부러워요. 어쨌든 선택받은 핏줄들이니… 몇 대에 걸쳐도 변함없이 그런 자리에도 앉는 거겠죠. 샤아플린이나 리절트에 비하면 다크가 가장 신분 차이가 덜하다면서요? 그런 나라에서 태어난 내가 그런데 다른 나라에서는 오죽하겠어요?"

"음… 인간 사이에서도 생각의 차이라는 게 있겠지만, 우리가 나눠야 할 말들은 신분 이야기가 아닌 패 나누기야. 잊지 말라구."

카디프가 조용히 리즈와 피스의 감정을 정리해 주자, 리도스는 살았다는 듯 한숨을 내쉬었다. 훼이나와 수피아의 신경전에 너덜너덜해진 머리가 피스와 리즈로 인해 터지기 일보 직전이었으니 한숨이 나올 법도 했다.

"일단 난 떼떼와 둘이서 레이피어가 있는 곳으로 가겠어. 커틀러스가 있는 곳은 너희들끼리 다녀와. 끝나면 다시 이곳에서 모이기로 하고. 어때?"

애버딘이 갑자기 그의 말에 정색을 하고 나섰다.

"넌 나와 동행을 해야 하지 않아?"

"진실의 숲에서 한 약속을 의미하는 거야?"

"알면서 그래?"

"…너와 동행을 한다고 하면 문제가 생겨."

"무슨 문제?"

"내가 알기로는 세인트는 주인의 명령 외에는 듣지 않아. 그러니 커틀러스가 만일 진짜 세인트라면 네 말 외에는 듣지 않는다는 것이 되지. 커틀러스가 있는 곳으로 가라는 것도 그 검이 진짜일 가능성이 크기 때문에 너희를 그쪽으로 보내는 거야. 만일 레이피어가 진짜라면 내가 네가 있는 곳까지 드래곤으로 폴리모프를 해서 날든지 어쩌든지 해서 널 데리고 오면 되겠지만, 나랑 같이 갔다가 커틀러스가 있는 곳이 진짜라면 어쩔래? 카디프는 물론 이곳에 한 번도 와보지 않았기 때문에 정확한 지점에 워프를 할 수가 없지. 그러니 카디프와 함께 동행을 하라는 거야."

"너랑 같이 갔다가 레이피어 쪽이 가짜라고 하면 그때 커틀러스가 있는 쪽으로 워프하면 되지 않겠어? 뭐가 문제인데?"

'제길… 진짜 말꼬리 물고늘어지네.'

리도스는 짜증 때문에 눈꼬리가 치켜 올라가려는 것을 누르느라 경련이 일어날 지경이었다. 이제 무슨 말을 한다?

"진실의 숲에서의 약속이라면 걱정 마. 어떻게 해서든지 지킬테니까. 뭣 하면 리즈에게 동굴에서 있었던 일을 보고받도록 하지. 리즈, 넌 내 제자니까 그 정도는 해주겠지?"

"어렵지야 않지."

어색한 표정으로 리즈가 말하자, 카디프 역시 애버딘에게 그만 양보하라는 듯한 표정을 지어 보였다.

"리도스를 걱정하는 것은 좋은데 애버딘, 네가 착각하는 것이 하나 있어."

"뭔데?"

"그가 드래곤이라는 점."

"이런, 이제까지 걱정해 주는 거였어?"

카디프와 애버딘의 말에 리도스는 뒤통수라도 한 대 맞은 듯한 표정으로 애버딘을 바라보았다. 인간이란 걱정을 껴안고 사는 생물이라더니, 그 말이 크게 틀리지 않았나 보다. 자기 일만 해도 걱정인데 인간이 드래곤을 걱정하다니… 왠지 모르게 가슴이 찡해 왔다. 그러나 계획대로 활동하기 위해서는 지금의 감정을 결코 밖으로 내보여서는 안 되었다. 그는 냉소적인 미소를 지으며 최대한 목소리를 낮게 깔았다.

"핫! 걱정하지 마. 미안한 말이지만 솔직히 말해서 너희 모두가 한꺼번에 덤빈다고 해도 나한테 이기지 못할 정도로 난 강하다구. 오히려 내가 너희를 걱정해야 하는 판이야. 아무튼 더 이상 불만은 없는 거지?"

떼떼는 마음 같아서야 애버딘과 리즈가 있는 쪽으로 가고 싶었지만 리도스가 허락을 할 리도 없었고, 괜히 따라가겠다고 징징거리면 리도스만 곤란해진다는 것을 잘 알고 있었기에 입만 몇 번 삐죽거리는 것으로 스트레스를 해소할 수밖에 없었다.

"음… 다 좋은데 저기… 거기까지 어떻게 가죠? 우린 거기가 어딘지 모르잖아요."

피스의 질문에 리도스는 깜빡했다는 듯한 표정을 지으며 자신의 머리를 툭툭 쳤다.

"이런! 동굴 내부까지 좀 상세하게 지도를 그려 달라고 부탁하는 건데… 아직 식사 전이지? 오후까지 준비들 해. 지도는 내가 준비해 줄게."

"어? 워프는?"

"어차피 너희들이 그곳에 가본 것도 아니고, 나도 거기에 가본 적이 없으니 워프를 쓴다고 한들 안전하게 도착할 리가 없을 테고, 성안에 워프 게이트가 잔뜩 있기 때문에 동굴에서 성으로 워프로 들어오려면 힘들 거야. 시간이 걸리더라도 목숨이 귀한 줄 안다면 걷는 게 나을 것 같다는 충고를 해주도록 하지."

"흐음… 어쨌거나 간만에 운동을 했더니 배가 고픈걸?"

"갔다 오는 데 소요 시간이 얼마나 걸릴지 모르니 배낭에 육포나 건과류 많이 챙겨 넣어둬."

리도스의 말에 일행들은 일제히 고개를 끄덕이며 식사를 하기 위해 방을 나섰다.

"늦네. 리도스."

"지도를 만들어오나? 왜 이리 늦어?"

"설마 낮잠이라도 자고 있는 건 아니겠지?"

"에이~ 아무리 아저씨라고 해도 그 정도는 아니에요. 아저씨는 약속은 꼭 지키는 걸요."

일행들은 일제히 짐을 한 보따리씩 안고는 눈이 빠져라 리도스가 오기만을 기다렸다. 벌써 태양은 서서히 빛을 잃어가고 있는 중이었고, 그들은 점심 식사마저 끝낸 상태였다. 아침 식사는 모두 함께했으나, 점심 먹을 때에는 도무지 리도스가 보이지 않았다. 지도라도 얻으러 간 거라고 생각하고 가볍게 여겼지만, 시간 관념이 없는 리도스의 오후는 도대체 언제까지를 의미하는지 알 수가 없었다.

"리도스에게 있어 오후란 건 해가 산이랑 까꿍 놀이를 열댓 번은 해야 느껴지지 않을까?"

"까꿍 놀이?"

리즈의 말에 피스가 의아한 듯 되물었다.

"해가 저물기 시작해서 산으로 넘어갈 듯 말 듯하는 순간 있잖아. 왠지 어린애를 달래는 듯해서 그냥 내가 붙여본 거야."

"흐음… 예쁘겠다."

"그러고 보니 피스는 못 봤겠구나?"

"그래서 이 눈 보호개 벗을 날만 기다리고 있는 거 아니겠어요. 후후."

"그러고 보니 이곳에 도착한 지도 이틀이 넘었네. 한 5일만 지나면 피스도 빛을 볼 수 있겠구나?"

"무척 기다려져요. 헤헤."

똑똑―

"들어와! 기다리고 있었어."

애버딘이 문을 열며 리도스를 반기자 그는 머쓱해진 얼굴로 지도를 들어 보였다.

"이거 기다린 게 아니고?"

"왜 이렇게 늦은 거야?"

리즈가 투덜거리자 리도스는 다시 한 번 머쓱한 얼굴로 머리를 긁적거렸다.

"만들어서 오느라고……."

"에?"

"동굴 지도가 상세하게 있으면 그게 던전이냐? 마을 지도지. 그래서 그 드래곤에게 좀 그려 달라고 했는데……."

리도스가 미세하게 말끝을 흐리자, 피스가 그의 손에 있던 지도를 받으며 불안하다는 듯 물었다.

"뭐 잘못된 거라도 있어요?"

"흠… 워낙 건망증이 심한 드래곤이라 제대로 그려줬는지 모르겠네."

"드래곤도 건망증이 있어요?"

"뭐, 그렇다고 볼 수 있지. 드래곤에 따라 다르지만."

"흐음~ 어쨌든 고마워요."

"언제 출발할까?"

리즈의 질문에 리도스는 잠시 한숨을 내쉬었다.

"바로 출발하자. 얼마나 걸릴지 모르기 때문에 서둘수록 좋아."

"애버딘, 괜찮겠어?"

"나야 거뜬하지. 왜?"

"아니, 오늘 무리한 것 같아서."

"알면 왜 리즈나 피스가 시킬 때 안 말렸어?"

"재밌잖아."

"쳇! 무슨 엘프가 이래?"

"난 무늬만 엘프거덩."

"그만! 그만!"

애버딘과 카디프의 말이 길어질 듯하자 리도스는 단호하게 둘을 떼어놓고는 방문을 열었다.

"이러다간 끝도 없다고. 가서 싸워, 가서."

"싸우긴 누가 싸웠다고 그래? 거참 리도스답지 않게 무진장 서두르네."

"그러게나 말이야."

"크으윽… 그래 내가 다 잘못했으니까 빨리 나가자구."

리도스의 말에 다들 방 밖으로 나섰다.

처음 이곳에 도착해서나 지금이나 도대체 말도 안 될 만큼 넓고 커다란 공간에 대해서는 여전히 적응이 되질 않았다. 복도 곳곳에는 고대 문자로 새겨진 워프 게이트나 그밖의 복도를 밝히기 위해 스스로 빛을 내는 광석을 박아두었다든지 하는 화려함이나, 도저히 인간의 시야로는 끝을 알 수 없는 길들이 그들이 적응을 못하게 하는 것에 한몫하고 있다고 봐도 과언이 아닐 정도로 성은 훌륭했다.

"여기야. 거기 원 가운데로 들어가."

얼마나 걸었을까? 고대 문자로 원을 새긴 한 워프 게이트에 다다르자 리도스는 싱긋 웃으며 원 한가운데를 가리켰다.

"빠뜨린 것 없지? 지도는 누가 가지고 있어?"

"피스가 가지고 있어. 다들 대충 옷가지랑 비상 식량, 각종 포션 같은 것도 챙겼으니까 걱정 말고. 너는 언제 출발할 거야?"

"너희들 가는 것 보고. 다치지 말고 무사히 돌아와. 그리고 이 워프 게이트는 동굴이 있는 곳까지 뚫려 있지 않으니까 아마도 너희가 도착하는 곳은 동굴과는 조금 떨어진 숲일 거다. 뭐… 던전이라는 자체가 그렇게 호락호락하지 않은 거니까 몸조심하는 것 잊지 말라고 또 한 번 강조하면 지겨울 테니까 이쯤 해두고. 내게 할 말은?"

"별로, 무사히 잘 다녀와 정도?"

애버딘의 말에 다들 피식 웃는 것으로 동감을 표했다. 사실 드래곤에게 무슨 잔소리가 필요하겠는가?

리도스 역시 피식 웃으며 워프 게이트를 발동시켰다.

"무사히 잘 다녀와."

서로에게 그 인사를 주고받으며 일행들이 서서히 빛과 함께 사라지자 리도스의 표정에는 불안감이 떠올랐다.

"내가 암만해도 지도에다 뭘 빠뜨린 기분이란 말이야."

"에? 그 지도 아저씨가 그린 거예요?"

"흠… 그런 거야 애들이 일일이 따질 필요 없고… 지금부터 가는 곳에서는 절대로 내 곁에서 떨어지지 말아라."

"아저씨, 아빠들 위험한 거 아니죠?"

"괜찮을 거야. 마법사에, 전사에, 주술사에, 온갖 화려한 구성원은 다 섞여 있는데 무슨 일이 있겠어? 다만… 길은 좀 헤맬지도 모르겠다."

그의 말에 떼떼는 연신 불안한 기색을 떨쳐 버릴 수 없었다.

"자, 우리도 가야지."

그는 떼떼의 손을 잡고 반대편의 워프 게이트 안으로 천천히 걸어 들어가자. 환한 빛이 그들을 감싸더니 이내 흔적 하나 없이 사라져 버렸다.

검을 찾아서…

　애버딘은 주위를 둘러보았다. 아무리 쳐다보고 또 쳐다봐도 보이는 것이라고는 나무 틈새로 간신히 햇살이 비칠 정도로 빽빽한 나무뿐인 숲이었다. 보통 이 정도로 울창한 숲이라고 하면 새의 지저귀는 소리라든지, 날아가는 소리라든지, 하다못해 짐승들의 울부짖는 소리, 뛰어다니는 소리로 시끄럽다… 까지는 안 가더라도 일행들이 바스락거리는 풀잎 밟는 소리가 그들의 귀에 들릴 정도까지 조용하진 않을 것이다.
　"흠… 왠지 너무 조용한 것 같은데?"
　"근처 어디에 드래곤이라도 있는 거 아닐까요?"
　피스와 애버딘의 질문에 대답해 준 것은 의외로 리즈였다.
　"마나의 흐름이 자연스럽지 못한 걸 보니 사일런스가 걸린 게 아닐까?"
　"호~ 리즈, 너 감 하나는 좋은데?"
　카디프가 감탄했다는 듯 리즈를 바라보았다. 마나의 흐름을 공기처럼 자연스럽게 접하는 것이 마법사가 가장 필요로 하는 자질이다. 딱히 주문을 외워서 흐름을 일일이 파악해야만 느낄 수 있다면 그자는 아무리 머리가 좋다고 한들 2써클 이상의 마법은 배울 수 없다. 마법사는 타고난 재능과 천재적인 두뇌와 타의 추측을 불허하는 집요함이 따라줘야만 만들어지는 것이다.

리즈는 카디프의 칭찬에 부끄러움으로 얼굴이 발그레해졌다. 자신보다 뛰어난 자에게 받는 칭찬은 칭찬이란 의미보다 비아냥거리는 의미로 들리기 마련. 그러나 엘프가 괜히 시비를 걸고 싶어서 비아냥거릴 리도 없고, 진심으로 칭찬한 것이니 민감하게 받아들이는 쪽이 이상한 것이다. 리즈는 카디프에게 고맙다는 의미로 생긋 미소를 지어 보였다.

"음… 그런데 여긴 어디쯤이야?"

애버딘이 피스를 바라보며 물었다. 피스는 지도를 펼쳐 보이며 꼼꼼하게 지형을 살펴보았다. 지도는 비교적 자세한 편이었다. 물론 함정에 대해서나 몬스터에 대한 정보는 나와 있지 않는 게 흠이긴 했지만 누가 던전에 있는 함정 하나하나에 대해 일일이 그려주겠는가. 그것도 불과 몇 시간 만에 만들어진 지도인데… 모든 것을 바란다면 그건 욕심이리라.

"흠, 이곳에 어떤 몬스터들이 살고 있는지에 대해서라도 물어봐 둘 걸 그랬죠?"

"내 생각엔 일부러 알려주지 않은 것 같은데?"

카디프의 말에 일제히 그에게로 시선이 쏠렸다.

"왜?"

"재미 추구."

"드래곤이라 이거지."

리즈의 나지막한 말에 일행 모두는 한숨을 내쉬었다. 재미야 어쨌든 던전은 동굴 안에 있다고 했으니 지도에서 동굴로 이어져 있는 길을 찾아야만 했다.

"누구 절벽 타기 할 줄 아는 사람?"

피스의 갑작스런 질문에 일행들은 웬 절벽 타기냐는 듯한 얼굴로 서로들을 바라보았다. 피스는 다시 기나긴 한숨을 내쉬었다.

"하아~ 우리가 가야 할 곳은 절벽 바로 아래에 있고, 이어진 길은 하나도 없어요."

"에엣?!"

리즈가 당황한 듯한 낯빛을 보이자, 피스는 좀 더 구체적인 푸념을 늘어놓았다.

"카디프님은 엘프니까 굳이 길이 아니더라도 길처럼 자유자재로 다닐 테고, 애버딘님도 괜찮을 것 같은데… 나나, 리즈 언니는 어쩌죠?"

"하아~ 어쩌긴… 일단 시도는 해봐야지. 적어도 이런 일로 되돌아갈 것 같았으면 난 따라오지도 않았다고. 애버딘, 밧줄은 넉넉하게 챙겨놓았지?"

애버딘은 자신의 배낭을 두드리며 고개를 끄덕였다.

"충분해."

"자! 그럼 가자구."

리즈에게 떠밀리다시피 앞장을 선 피스는 척 보기에도 겁을 잔뜩 집어먹었는지 백짓장처럼 새하얗게 질린 얼굴로 또다시 긴 한숨을 내쉬며 지도를 내려다보았다.

"하아~ 왼쪽으로 가요."

"괜찮아? 어딘지 안 좋아 보이는걸. 혹시… 고소 공포증이라도 있는 건 아니겠지?"

기운 빠진 듯한 그녀의 목소리에 애버딘이 걱정스러운 눈빛을 보내자 그녀는 언제 그랬냐는 듯 기운차게 움직였다.

"아니에요! 걱정 말아요. 까짓거 가자구요. 안 되면 죽기밖에 더 하겠어요? 하하하."

리즈와 카디프는 서로를 바라보며 소리 죽여 웃었다. 그걸 아는지 모르는지 그녀는 발그레해진 얼굴로 절벽 따위는 문제도 안 된다는 듯 씩씩하게 팔을 앞뒤로 흔들며 앞장서서 걷기 시작했다. 그렇게 한 시간 가량 걸어 내려가자 곧 문제의 절벽이 눈앞에 펼쳐졌다.

"우리가 먼저 내려가서 짐이랑 너희들 받아줄 테니까 여기서 기다려."

굵직해 보이는 나무에 밧줄을 두르고는 애버딘 자신의 허리에도 단단히 휘감았다. 카디프에게는 그다지 밧줄 같은 것이 필요하진 않았으나 나중에 그 밧줄을 잡고 내려올 리즈나 피스를 생각하며 또 다른 나무에 밧줄을 단단하게 묶고는 자신의 허리에 감고 있는 중이었다.

"조심해."

"조심해요."

"걱정 마."

"밑에서 보자구!"

말을 끝내기가 무섭게 카디프는 마치 평지를 걷는 듯한 날렵한 걸음으로 어느새 절벽의 반쯤을 내려가고 있었다. 이에 질세라 애버딘은 그녀들을 향해 손을 흔들어준 다음 천천히 발을 나뭇가지나 돌부리 사이로 발을 디디며 카디프에게 외쳤다.

"치사하게 먼저 갈 거야?"

"억울하면 빨리 와봐."

"쳇!"

애버딘은 신중하게 한 발 한 발을 내디디며 짜증난다는 투로 툴툴거렸다.

"너, 어디까지 갔어?"

"난 이미 다 왔다구!"

"생각보다 길이가 짧은 건가?"

"바보. 너랑 나를 같다고 생각하면 안 되지~"

왠지 약올리는 듯한 카디프의 목소리에 애버딘은 인상을 찌푸렸다. 그렇게 한 30분 가량을 소비해 내려와서 바라본 절벽은 어떻게 이곳을 내려왔을까 싶을 정도로 높고도 가파랐다. 위에서 밑을 내려다보고 있는 리즈나 피스의 얼굴이 마치 다람쥐처럼 보일 정도로.

"조금 뒤로 물러나 있어!"

애버딘은 자신의 배낭에서 또 다른 밧줄을 꺼내 들고는 귀퉁이에 돌을 매달았다.

"밧줄을 던질 테니까 우선 짐부터 보내주고 나서 그거 허리에 감고 우리가 메고 있는 이 밧줄을 잡고 천천히 내려와!"

카디프 역시 밧줄에 돌을 매달았고 곧 밧줄은 허공으로 던져졌다. '탁' 하는 소리와 함께 리즈와 피스가 밧줄을 주워 나무에 묶기 시작했다. 몇 차례 세게 잡아당겨 안전하다는 것을 확인한 그들은 배낭의 어깨에 메는 끈을 밧줄에 집어넣고는 그대로 밀어버렸다. 아래에서 받았다고 외치는 소리가 들리자 자신들의 허리에 밧줄을 매고는 조심스레 내려가기 시작했다. 십여 분을 그렇게 내려갔을까?

투두둑—

발 밑의 흙이 부스러져 떨어지는 것을 느끼며 피스는 아찔해졌다. 떨어졌다간 100% 사망일 정도로 까마득한 높이. 생각하지 않으려 해도 어느새 손에 힘이 **빠졌다**. 피스는 순간 몸이 휘청거리는 것을 느끼며 눈을 꼭 감았다가 누군가 자신을 붙드는 느낌에 황급히 눈을 떴다. 리즈가 한쪽 팔로 중심을 잃으려는 그녀를 붙들고 있었던 것이다. 그녀의 이마에서는 식은 땀이 흘러내렸다.

"조심해!"

"언니는… 언니는 괜찮아요? 나… 난… 힘이… 힘이 없어요."

"아래 내려다보지 마. 그러면 괜찮아질 거야. 설령 발을 헛딛는다고 해도 우리는 안전해. 봐, 밧줄이 두 개야. 여차하면 타고 내려가도 된다구. 게다가 무사히 이곳을 내려가기 위해서는 정신을 바짝 차려야 해."

리즈의 말에 피스는 한숨을 내쉬었다.

도대체 무슨 공주가 저 모양일까? 다리를 후들거리고 '꺄! 무서워'라고 소리쳐야 하는 것은 그녀의 몫이 아니라 리즈의 몫이었다. 분명히 자신이 알고 있는 보통의 상식으로는 말이다.

"하아~ 좋아요. 이제 좀 괜찮아질 것 같네요. 언니, 그 밧줄 단단히 잡고 계세요."

"왜 그래?"

"비명 좀 질러보려구요."

"응?"

"꺄아아아아아아아~!"

리즈는 어이가 없다는 듯 양미간을 찌푸렸다. 도대체 괜찮다면서 비명은 왜 지르는 걸까?

"이제 후련해졌어요."

피스는 생긋 웃고는 아래를 향해 내려가기 시작했다. 리즈는 놀란 눈으로 자신들을 바라보고 있을 카디프와 애버딘에게 한 손을 휘둘러 괜찮다는 것을 표시해 보이고는 자신도 유유히 내려가기 시작했다. 사실 떨리기는 그녀도 매한가지. 그렇다고 여기에서 기절이라도 하면 일행의 짐밖에 되지 않는 것이다. 기절이라면 던전 탐사가 다 끝나고 안전이 확인된 후에 해도 된다고 스스로에게 다짐을 하고는 실로 대단하다고 할 수밖에 없는 정신력으로 버티고 있는 것일 뿐.

처음에는 단지 마법 수행을 하고 싶었을 뿐이었으나, 지금은 당당한 파티의 일원으로서 남고 싶었다. 고작 절벽 타기 따위에게 그녀가 질 수는 없었다.

"휴우~ 다 내려왔다."

리즈가 절벽을 다 내려오고 나서 내뱉은 첫마디였다. 카디프는 그런 그녀를 대견하다는 듯 한번 씨익 웃어주고는 마법을 가르치는 스승답게 그녀에게 새로운 종류의 마법을 알려주었다.

"고생했다. 그럼 이제 시력 강화 마법 좀 걸어보지 않을래? 동굴이라 어둡거든. 횃불이라도 들고 가면 좋겠지만 박쥐나 벌레 같은 생물체를 자극해 봐야 좋을 건 없잖아?"

"시력 강화 마법 쓸 줄 모르는데……."

"어두움과 빛의 조화를 애버딘과 리즈, 그대들의 두 눈에… 시력 강화!"

카디프의 말이 끝나자 누군가가 리즈와 애버딘의 눈에 입김을 불고 지나간 듯한 느낌이 들었다.

"우와! 동굴 안이 굉장히 잘 보이는데?"

애버딘이 신기하다는 듯 동굴 안쪽으로 걸어 들어갔다. 리즈는 시력 강화 마법의 원리를 떠올리며 나름대로 허리에 매어둔 밧줄을 풀면서 주문 만들기에 여념이 없었다.

애버딘과 카디프는 싱긋 웃으며 그녀들이 밧줄을 풀며 자신들의 배낭을 메어들 동안 느긋하게 동굴 입구를 살펴보고 있었다(물론 그들의 어깨에도 자신들의 짐이 담긴 배낭들이 메여져 있었다. 먼저 내려온 만큼 준비가 먼저 끝난 것은 당연한 일 아니겠는가?). 특별히 이상한 점은 보이지 않았지만 입구를 왜 이런 곳에 만들어둔 것일까?

"피스, 지도 좀 줘볼래?"

"여기요."

"흐음… 제대로 찾아온 거겠지만 암만 생각해도 이상해. 입구를 왜 이런 곳에 만들어둔 거지? 아무리 생각해 봐도 자연 동굴을 이용한 것 같진 않은데?"

애버딘은 지도를 들고 이리저리 맞춰보기 시작했다.

"어? 뭐야, 이거?"

"왜? 뭐가 잘못됐어?"

애버딘의 심각한 표정에 리즈가 불안한 듯한 표정으로 물었다. 길을 잘못 들었을 리는 없지만 만에 하나 길을 잘못 들었다면 이젠 아예 암벽 타기를 해야 할 판이니 불안하지 않다고 이야기하는 쪽이 이상한 것이다.

"뭐, 다시 기어 올라가지 않아도 되긴 하겠지만… 리도스 이 자식!"

"왜?"

"지도를 입구와 출구를 잘못 그린 걸 준 것 같은데?"

"엑?!"

"네?!"

"어디 봐."

"여기 봐, 여기."

애버딘은 지도 한구석을 가리켰다. 지도에는 출구와 입구를 나타내는 표시를 알아볼 수는 없었지만, 워프는 분명 입구 쪽으로 되었을 것이고, 그랬다는 것은 지도를 따라 나온 이 절벽이 입구라는 것을 뜻했다.

애버딘은 자신의 손으로 현재 위치로부터 출구까지의 길을 따라 가리켰다. 복잡하게 얽히고설킨 지도에는 입구. 그러니까 현재서 있는 이 위치에서 조금만 들어가면 바로 커틀러스가 있는 곳에 도착하지만 출구로 나갈수록 배배 꼬여 있는 지도상의 위치를 확인시킨 것이다. 입구와 출구는 단 한 군데뿐이지만 출구로 통하는 길은 무척이나 많았다.

그것은 웬만큼 던전을 탐사했을 모험가라면 지도가 엉터리이거나 던전을 만든 자가 바보 멍청이라는 사실을 단숨에 눈치 챘을 것이다. 출구로 이어져 있는 길이 많으면 많을수록 보물을 빼앗길 가능성이 늘어나는 것인데, 바보가 아닌 이상 출구로 이어진 길을 많이 만들 리가 있겠는가? 자비를 베풀어 살려준다는 의미에서 입구를 되짚어 나가는 길을 많이 만들어준 것이라면 또 몰라도… 그리고 바로 그 점이 애버딘이 리도스가 지도를 거꾸로 그렸다는 말을 내뱉게 만든 것이기도 했다.

재확인하려는 듯 애버딘의 손에 들려 있던 지도를 낚아챈 리즈의 입에서 비명조의 목소리가 터져 나왔다.

"어라?! 이 지도 거꾸로야!!"

뒤늦게 광분하는 리즈를 애버딘은 어이없다는 눈으로 쳐다보았지만 곧 그 역시 그녀가 가리키는 지도의 끝을 보고는 방방 뜰 수밖에 없었다.

"어라? 지도 방위 표시가 왜 뒤집어져 있지?!"

카디프 역시 리즈의 손끝을 보았는지 고개를 절레절레 흔들었다.

"그거 가지고 제대로 찾아왔다는 것 자체가 더 신기하군."

리즈는 피스를 거의 잡아먹을 듯한 눈으로 노려보며 자신의 모든 감정을 담은 한마디를 터뜨렸다.

"피이이이스으으으~!"

"에… 에헤헤헤."

결국 자신의 큰 실수를 깨달은 피스는 차마 자신을 변명하기 위해 입을 열지 못하겠는지 그저 한번만 봐달라는 듯한 의미가 담긴 비굴한 웃음만을 흘렸다.

"엣취~!"

"아저씨 감기 걸렸어요?"

"아니, 누가 내 말하나?"

리도스는 재채기를 한번 한 뒤 순조롭게 축복의 레이피어를 향해 가고 있었다. 그에게는 이곳으로 가는 길 따윈 자신의 방 안으로 들어가는 것과 다름이 없었다. 다만 귀찮을 따름이다. 동굴 안은 언제나 그렇듯 새로 추가된 애송이 모험가들의 해골과 송장벌레와 몇몇의 몬스터들이 주인의 허락 없이 기생하고 있었고, 그 모습에 리도스는 짜증이 난다는 듯 인상을 찌푸리며 쓴 입맛을 다셨다.

"쩝… 도대체 치운 지 얼마나 됐다고 벌써 이 지경이야?"

"아저씨는 이전에도 여기 와보신 거예요?"

"그렇다기보다 여기는 내가 관리하고 있는 곳이야. 떼떼도 어른이 되면 이런 곳 몇 개 정도는 가지게 될 테니까 청소하는 법 잘 배워둬라."

"네?! 이 동굴이 아저씨가 관리하는 곳이란 말이에요?"

"드래곤이라면 던전 한두 개 정도는 당연히 소유하게 된다고 봐도 무방할 거다. 뭐… 그러니 그렇게 두 눈 동그랗게 뜨고 쳐다

볼 것 없단다. 그냥 청소하는 법이나 배워둬."

"청소하는 법이라뇨?"

"던전을 대여섯 개 정도 관리하다 보면 어쩌다 한번 와봤을 때 괜히 영웅 심리에 빠진 얼치기 모험가랍시고 자기 육체는 버리고 영혼만 빠져나가는 바보들을 수두룩하게 만나게 되는데, 그게 악취도 심하고 저렇게 걸리적거리는 벌레들이나 만들어내니 치우지 않으면 이게 던전인지 쓰레기장인지 알 수가 있어야지. 하긴 몇몇의 고약한 취미를 가진 자들은 저걸 무슨 인테리어로 쓴다고 하지만 난 더러운 건 질색이야. 이 동굴 안에 존재하는 모든 수명이 사라진 것들의 소멸!"

놀랍게도 리도스의 말 한마디로 던전 안에 있던 시체는 이물질 하나 남기지 않고 사라져 버렸다. 감탄한 듯한 눈으로 그를 바라보고 있는 떼떼에게 리도스는 싱긋 웃어 보이며 말했다.

"남은 쓰레기를 치워주겠니?"

"음… 어떻게 하면 되죠?"

"네가 마음에 드는 방법을 말해 보렴. 물론 간절히 바란다면 어떻게 없애 달라는 말조차 필요없이 머리 속으로 떠올리는 것만으로 이루어지겠지만, 이런 쓰레기 치우는 데는 너무 거창하지 않겠어?"

떼떼는 알겠다는 듯 고개를 끄덕이며 외쳤다.

"먼지 하나 남기지 말고 깨끗하게 없어져라!"

떼떼의 목소리가 동굴 안을 쩌렁쩌렁하게 울렸다. 리도스는 진지한 모습으로 시체가 있던 주변을 바라보고 있었다. 그러나 떼떼의 목소리가 서너 차례의 여운을 남기고 사라졌는데도 시체 주변의 송장 벌레들이 미동도 하지 않자 리도스는 한숨을 내쉬었다.

"에휴~ 역시… 넌 아직 어리구나."

"어리다는 말 대신 어째서 사라지지 않은 건지 설명해 줄 순 없어요?"

리도스는 떼떼의 말에 그저 피식 하는 미소를 지어 보였다. 그나이 때의 꼬마들은 어리다는 말을 좋아하지 않는다는 것을 그도 잘 알고 있었기에…….

"그러고 보니 내가 너희 아버지를 처음 만난 것도 딱 너만한 때였지."

떼떼는 오늘 리도스가 평소와는 달리 이상하다고 느끼며 그를 흘낏 바라보았다. 왠지 모를 씁쓸한 미소와 감상적인 태도.

"아저씨, 아버지는 어떤 분이셨어요?"

"좋은 분이셨다."

"그게 다예요?"

떼떼는 너무하다는 듯한 목소리로 항의했지만 리도스는 그저 예의 그 씁쓸한 미소만 지을 뿐이었다. 그는 잠시 고민하는 듯 눈을 감고 있다가 떼떼에게 물었다.

"떼떼야, 너 인간일 때의 정확한 네 몸무게를 알고 있냐?"

"모르는데요. 왜요?"

"방 값을 받으러 가려고 하는데… 그 자식들이 자기들 다이어트한다고 몸무게 제한 마법을 걸어버렸거든. 하긴 네 몸무게가 나가면 얼마나 나가겠어."

"몸무게 제한 마법? 방 값?"

"음… 내가 드워프에게 일정 공간을 빌려줬단다. 앞으로 영원히 그곳에서 사는 대신 던전을 계속 만들고 적당히 관리 좀 해달라고 했지. 그게 방 값이란다. 하하하, 계속 만들어지고 변형되어 가는 곳이니까 이곳의 주인인 나조차 갈 때마다 드워프에게 안내를 부탁하는 신세지 뭐겠니. 그러니 안전하게 보존되고는 있겠지만……."

떼떼는 고개를 갸웃거렸다. 리도스의 기억력은 드래곤 족 중에서도 무척이나 뛰어난 편이다. 특히 레드 쪽의 수준은 수피아마저 경계할 정도로 기억력뿐만 아니라 영악했다. 그런 그가 드워프에게 일일이 안내를 부탁할 정도라면 도대체 이놈의 동굴은 어떻게 생겨 먹었다는 것일까?

"음… 그런데 몸무게 제한 마법이란 무슨 마법이죠? 처음 들어보는 마법 같은데요?"

"일종의 다이어트 방법을 마법으로 강제화시킨 거지. 직접 보는 편이 이해하기 빠르겠지만 드워프에게 내준 공간으로 가려면 필히 거쳐야 할 곳이 있단다. 그곳에 발을 디딘 자는 몸무게가 150키라(150㎏)를 넘으면 안 되는데, 만일 150키라를 넘어버리면 경보음과 함께 그 자리에서 1키라가 빠질 때까지 계속 제자리에서 달리는 마법에 걸리게 돼. 뭐… 효과적인 다이어트 방법이라니 할 말 없긴 하지만… 상당히 꼴사나운 마법이라고 생각하지 않니?"

"어라? 아저씨, 혹시 그 마법이란 거에 걸린 적 있어요? 흠… 아저씬 그렇게 뚱뚱하지 않은데… 그때 잠깐 고장이라도 났었던 건가?"

"아! 설명한다는 게 키에 관한 이야기를 빠뜨렸구나. 드워프 의외의 종족을 들어오지 못하게 하기 위해 150세르(150㎝) 이상인 자는 그 바닥을 밟을 수가 없단다. 바닥이 구덩이로 변해 버리거든. 그래서 이곳에 올 땐 어쩔 수 없이 이렇게 드워프로 폴리모프하는데 몸무게라는 게 상대적인 거라 인간일 때는 건강이란 게 체중과는 좀 거리가 있지만 드워프는 체중과 상당히 밀접하거든. 건강한 드워프일수록 적당히 체중이 나간다고 할까?"

그는 자신의 말이 채 끝나기도 전에 머리를 다섯 색깔로 물들인 건장해 보이는 드워프로 변해 있었다. 떼떼 역시 혼자 인간의 모습으로 있는 것은 상당히 이상할 것이라고 생각했는지 드워프로 폴리모프한 상태였는데, 그 모습이 왠지 부자 드워프 같은 분위기를 풍겨왔다.

처음에 이 동굴에 들어와서 느꼈던 널찍하다는 느낌은 높다라는 느낌과 합의라도 봤는지 무조건 두 배는 높다 라고 느끼라며 은근한 협박을 가해왔다.

"조심해서 따라와라."

리도스는 딴에는 뒤돌아보고 확인을 한다고 하지만 인간일 때는 그저 고개만 돌리면 떼떼의 모습이 바로 눈에 들어왔는데, 지금은 고개를 돌려서는 떼떼의 얼굴만 얼핏 보이는 것도 황송할 지경이었다. 물론 몸이 옆으로 벌어지고 키가 줄어들었으니 어쩔 도리 없이 잔소리를 하는 것이지만 떼떼는 자신의 잘 보일 것이라고 생각하는지 아까부터 고개만 끄덕이고 있었다. 입구에서 몇 개의 갈림길을 거쳐 조금 아래쪽으로 걸어 내려오고나서부터는 길을 잃을 염려가 없었다. 길이라고는 오직 하나밖에 보이지 않았으니 무슨 걱정이랴.

"떼떼야, 너 먼저 앞으로 지나가렴."

리도스의 말에 떼떼가 몇 걸음 걸어가자 리도스는 이내 떼떼를 제지하며 잠시만 기다리라고 했다. 떼떼가 의아한 표정으로 그 자리에 서자 리도스는 꿀꺽 침을 삼키며 조심스럽게 한 발 한 발을 내디뎠다. 그리고…….

"아, 아저씨?"

"제기랄~! 또냐?!"

리도스는 뚱뚱해진 몸을 뒤뚱뒤뚱 이리저리 흔들며 제자리 달리기를 시작했다. 그리고 어디선가 낯익은 요란한 소리가 들려오기 시작했다.

"제기랄~! 또냐?! 어떤 놈이 이딴 마법을 걸어놓은 거냐?!"

"걸리면 아주 아작을 내주겠어!"

"헉… 헉… 난 다… 다이어트… 하고 헉! 헉! 싫은… 생각이 없… 다구!!"

떼떼는 의아한 눈빛으로 소리가 나는 방향으로 몸을 돌렸다. 그러자 세 드워프가 아주 열 받았다는 듯 씩씩거리면서도 팔까지 휘두르며 뛰고 있는 모습을 볼 수 있었다. 리도스는 그들과 안면이 있는지 뛰면서 큰 소리로 인사를 건넸다.

"어라?! 자네들, 또 땅굴이라도 파러 갔다 온 건가?"

"응? 리도스! 하하하핫, 자네 그 꼴이 뭔가?"

"쳇! 드워프가 난쟁이족 욕하는 소리하고 있네. 그러는 자넨 장로라는 작자가 또 비만에 걸린 거냐?"

"비만이라니! 말조심하게. 요즘 젊은것들이 다이어트 기준을 너무 무리하게 잡아서 그렇지 비만이라니. 난 건강한 거란 말일세."

"150키라가 무리한 거냐?"

"130키라로 바뀐 지가 언젠데!"

"헉… 두 분 다 언제까지… 말다툼할 생각이죠? 저기… 젊은이가 웃지… 도 못하고 고생하고 있는 꼴이… 안 보이십니까? 헉헉."

열심히 달리던 드워프가 가쁜 숨을 내쉬며 간신히 떼떼에 대한 말을 끝낸 뒤에야 모두의 시선이 떼떼에게로 돌아갔다. 떼떼는 순간 당황했지만 곧 공손하게 그들에게 인사를 건넸다.

"안녕하세요, 떼떼예요."

"이놈이 누구 놀리나?! 네놈 눈에는 이게 안녕한 걸로 보이냐?"

말투는 시비조이나 표정은 정감 어렸다. 리도스는 그런 그의 말투에 이골이 났는지 별말 않고 미소만 지어 보였다.

"리도스, 자네 나 모르는 사이에 언제 저렇게 다 큰 아들을 둔 거야?"

여전히 달리면서도 조금도 숨이 가쁘지 않는지 드워프 장로는 거침없이 리도스에게 질문을 퍼부어댔다.

"아내는 왜 함께 오지 않았나? 자네가 장가를 갔다고 하면 우리 마을 처녀들 꽤나 슬퍼할 것 같네만. 하하핫!"

"늙은이가 주책은! 리도스, 신경 쓰지 마. 저 늙은이가 아직 기운이 펄펄 남아도는 모양이니 1키라 빠지려면 몇 시간은 걸릴 걸세. 그때까지 나랑 이야기나 하는 게 어떻겠나? 거기 젊은이… 떼떼라고 했지? 하핫~ 귀여운 이름이군. 떼떼도 이리 와서 앉지 그래? 그렇게 서 있으려면 다리 아프지 않나?"

어느새 장로 옆에서 달리던 루디안이란 드워프는 달리기를 멈추고는 사람 좋은 미소를 지어 보였다. 벌써 1키라가 빠진 것이리라.

바로 그때 어디선가 귓전을 울리는 시끄러운 소리가 들려와 모두를 깜짝 놀래켰다.

[130키라를 향한 당신의 눈물겨운 노력 정말 멋지군요! 1키라 감량 축하합니다.]

"닥쳐! 이 망할 놈들! 경보음이 안 울린다 했더니 도대체 무슨 소리를 해대는 거냐?!"

졸지에 사람 좋아 보이던 그의 미소가 맹수같이 사나운 표정으로 돌변했다. 어느새 리도스 역시 1키라를 뺐는지 발걸음이 멈춰지자 곧 이어 같은 목소리가 날아들었다.

[130키라를 향한 당신의 눈물겨운 노력 정말 멋지군요! 1키라 감량 축하합니다.]

"리도스! 저거 어떻게 안 돼?"

장로는 여전히 온몸을 흔들며 달리고 있었으나, 여전히 규칙적으로 호흡을 내쉬고 있는 듯 멀쩡해 보였다.

리도스는 뒤뚱거리면서 뛰는 장로의 모습을 보고 커다랗게 웃음을 터뜨렸다. 정말이지 누가 보면 미친놈 아닐까 싶을 정도로 키득키득거리는 것이, 저러다가 리도스가 숨 넘어가지나 않을까 불안해지는 떼떼였다.

"으히히히히히… 으히히히히… 미안… 미안! 허허허… 아이고~ 배야. 그치만 너희 드워프족은 너무 유쾌하단 말이야. 으허허허, 아이고~ 배야! 하하핫!"

"떼떼야, 우리가 그렇게 웃겼냐? 이봐, 리리안! 빨리 뛰고 내 헐버트 좀 가져다 주겠나? 저렇게 웃어대다간 지나가는 다른 종족이 보기라도 하면 우리 드워프족이 미쳤다고 생각할 거 아냐? 곤란하지, 곤란해. 그건 사기라고. 그렇게 우습다면 말이지, 내가 차라리 고이 기절시켜 주지. 내 헐버트로 말이야."

리리안은 불쌍할 정도의 탈진한 표정으로 계속 뛰면서 장로만 바라보자 장로는 입맛을 쩝쩝 다시며 말했다.

"쯧쯧, 요즘 젊은것들은 영 체력이 부실하단 말이야."

"늙은이, 그러게 누가 무기를 두고 다니래? 체! 아쉬운대로 내 거라도 빌려주리?"

"뭐? 늙은이?! 이 버릇없는 놈! 넌 형한테 말버릇을 그따위로밖에 못하겠어?!"

리도스는 또 한 번 웃음을 터뜨리고는 떼떼의 뒤로 가서 그의 어깨에 손을 얹었다.

"하하핫! 정말 그만 좀 해. 이 아인 카시우스님의 아들인 떼떼라구. 올해로 450살 된 해츨링이지."

떼떼는 다시 한 번 공손하게 머리를 숙여 예를 표했다. 애버딘과 다니면서 배운 좋은 습관 중 하나였다.

드워프들은 일제히 놀랍다는 표정으로 떼떼를 바라보았다.

"카시우스님에게 자식이 있었던가? 허~ 그거 참 잘된 일이군. 아무튼 리도스, 네 말대로라면 그 아인 현존하는 유일의 골드 일족이겠군 그래?"

"그렇다네."

"자네가 키우는 것인가?"

"그렇다네."

"자네라면 심지 굳은 좋은 녀석으로 잘 길러내겠지만, 부디 아버지만큼 훌륭한 녀석으로 키웠으면 하네."

"그런 말 말게. 난 그분을 존경하지만 떼떼는 그분처럼 키우지 않을 거네."

"왜 그런 말을……?"

"떼떼는 훌륭하지 않아도 상관없네. 그저 평범하게 자기 수명 자기가 잘 챙겨 살 수 있을 정도면 된다고 생각하는 주의라… 그렇기 때문이라도 난 떼떼에게 착하고 숭고하게 죽는 법보단 악착같이라도 사는 법, 아니, 살아남는 법을 가르치겠네."

"…리도스, 아이가 듣네. 그만 하게. 드래곤의 생명은 무한한 것. 가치있게 사는 법을 가르치는 것도 좋겠지. 그나저나 이렇게 수다나 떨자고 오랜만에 이곳을 찾은 것 같지는 않은데 무슨 일인가?"

리도스의 얼굴에는 또다시 장난스러운 빛이 감돌았다.

"방 값 받으러 왔다네. 하핫, 그런데 우리 말투가 갑자기 왜 이렇게 되어버린 건가? 영 어색하구만… 뭐, 상관없겠지. 레이피어가 있는 곳까지 안내 부탁하네."

"길치 드래곤, 쯧쯔~"

"그런 말 말게. 매일같이 자네들이 바꾸어놓는 동굴이니 아무리 머리 좋은 나라도 못 외우는 게 당연하지 않나?"

"둘러대기는. 어쨌든 그런 일로 왔다면 마침 적당한 때 왔군. 안내자를 구하기 위해 마을에 들를 필요는 없을 테니 말일세. 안내라면 내가 해주지. 영광으로 알게나."

"고맙군."

리도스의 말에 이번엔 드워프족 장로가 장난스런 미소를 지어 보였다.

"싫다고 했으면 내년 이맘때쯤 집세를 더 올려 받을 수작이었으면서 뭘~"

"하하핫! 그런데……."

"응?"

"자네 언제까지 뛰어야 1키라가 빠질 것 같나?"

"쳇! 그것도 그렇군. 루디안, 네가 안내 좀 해야겠다."

"하하하."

리도스는 다시 한 번 커다란 웃음을 터뜨렸다. 아까부터 이들의 대화를 말없이 듣고 있던 루디안은 피식 짤막한 미소를 짓고는 리리안과 장로에게 약을 올리는 듯한 말을 던지는 것을 잊지 않았다.

"자네들은 그 살이 다 살이 아니라 돌이라니까. 내가 다녀올 때까지만이라도 제발 빠졌으면 좋겠군. 내가 자네들 몫까지 리도스와 함께 이야기도 나누고 안내도 해줄 테니까. 자네들은 미친 듯이 한번 뛰어 보시게나. 푸하하하~"

아무래도 이들에게 있어 리도스는 대 인기인인 듯했다. 장로와 리리안은 아쉬운 표정으로 다음에 꼭 놀러 오라고 신신당부를 했고, 리도스 역시 그러마고 약속했다. 떼떼에게도 몇 번씩이나 다시 들리라는 둥, 건강하라는 둥의 인사를 나누는 바람에 떼떼 역시 얼떨결에 고개를 끄덕이고 말았다. 소란스러운 장로 일행들에게 벗어나 십여 분 가량 위쪽으로 올라가던 그들의 눈에 굳게 닫힌 단단한 철문이 들어왔다.

"동굴에 웬 문?"

"이게 인위적으로 만들어진 거라는 것 너도 눈치 챘겠지? 말이 동굴이지, 안은 미궁과 다름없어. 문 같은 게 있대도 이상할 건 없지."

리도스의 말에 떼떼는 가볍게 고개를 끄덕였다. 그들의 대화를 듣고 있던 루디안은 씽긋 미소를 짓더니 철문 가까이로 다가가 큰 소리로 외쳤다.

"드워프의 로망은 광산에 있다!"

루디안의 말에 문은 소리도 내지 않고 스르륵 열리며 그들을 맞아들였다.

"우와~ 암호로 열리는 문이군요!"

떼떼는 감탄했다는 듯 문을 만져 보았다. 차가운 쇠의 촉감이 손을 통해 기분 좋게 전해져 오는 것도 잠시, 빨리 오라는 리도스의 재촉에 황급히 문에서 손을 떼고는 그들의 뒤를 쫓았다. 루디안은 일행이 모두 나왔다는 것을 확인하자 문을 향해 또다시 외쳤다.

"그러나 장인이 되는 것 또한 그들의 로망이다!"

문이 다시 한 번 열렸을 때처럼 매끄럽게 닫히자 떼떼는 마냥 신기하다는 눈으로 철문을 바라봐 리도스로 하여금 너털웃음을 터뜨리게 만들었다.

"하하핫, 그 암호 도대체 누가 만든 거냐?"

"장로지, 누군 누구야. 그 주책 맞은 늙은이 아니면 이런 시대에 누가 로망 타령을 해대겠어? 촌스럽게."

"하하하."

"자! 지금부터 떼떼에게 몇 가지 일러두겠으니까 리도스, 그만 웃고 너도 내가 떼떼에게 주의를 주는 것에 대해 신경 써줘."

루디안은 진지한 얼굴로 떼떼를 바라보았으나, 곧 이국적으로 보이는 금발 머리의 드워프를 보고는 진지하기가 참 힘들다는 것을 깨달았다. 어울리지가 않는 것이다. 입꼬리가 저절로 올라가려는 것을 진지하게 자신을 바라보고 있는 꼬마에게 상처를 주고 싶지 않았기에 억지로 참고는 근엄한 표정을 만들려 애를 썼다.

"지금부터 올라가는 곳엔 몬스터와 온갖 함정들이 득실거리는 곳이다. 걷는 것조차 주의해야 하는 판이지. 가급적 나와 리도스가 걷는 땅을 밟는 게 좋을 거야. 음… 가장 명심해야 할 것이라면 무슨 일이 있어도 나서지 말라는 것이다. 약속해, 경솔하게 네 멋대로 판단해서 행동하는 일은 없을 거라고."

떼떼는 루디안의 말에 뭔가 대단히 불쾌한 기분이 들었다. 무슨 짐짝 취급당하는 것 같기도 하고, 무시당하는 것 같기도 한, 평소 같았으면 떼떼 대신 항의해 줄 리도스 역시 진지한 얼굴로 그의 대답을 기다리고 있었다. 그렇기에 내키지 않지만 순순히 고개를 끄덕인 것이고, '알았어요' 라는 대답도 한 것이다.

맨 앞은 루디안, 가운데는 떼떼, 뒤는 리도스로 행동 대열을 짠 이들은 한 40분 가량을 줄곧 위쪽으로 걸어 올라갔다. 처음에는 루디아의 말도 있고, 옛날에 리도스에게서 들었던 모험담 이야기도 있고 해서 잔뜩 긴장했던 떼떼는 40분 가량 아무 일 없이 걷기만 하자 슬슬 지루해지기 시작했다.

"어디로 가야 하죠?"

"왼쪽."

루디안의 짧막한 대답에 걸음을 막 옮기려던 차에 가냘픈 여인의 비명 소리와 희미한 불빛이 오른쪽에서 새어 나왔다.

"살려주세요! 살려주세요!"

바람 같은 여인의 가냘픈 목소리에 떼떼는 황급히 오른쪽으로 달려가려 했으나 뒤에 있던 리도스의 손에 의해 저지당했다. 그는 단호한 어조로 떼떼에게 명령했다.

"왼쪽으로 가라."

"아저씨?! 비명 소리가 안 들리세요?"

"보나마나 쓸데없는 몬스터의 함정이다. 이런 곳에 여인이 있을 리가 없어. 왼쪽!"

"드워프족의 여인일지도 모르잖아요!"

떼떼의 말에 루디안은 어림도 없다는 투로 답했다.

"이 녀석아! 드워프가 바보인 줄 아나? 이런 위험한 곳에는 웬만해서는 산전수전 다 겪은 나 같은 녀석도 혼자 지나가지 않아. 하물며 여자를 보내다니 말도 안 돼. 왼쪽!"

"뭐예요, 다들! 겁나면 오지 말아요! 전 확인하고 올 테니까!"

떼떼는 잽싸게 리도스를 피해 오른쪽을 향해 달렸다.

"살려주세요! 살려… 주세요!"

"지금 가요! 조금만 기다려요!"

"떼떼야! 기다려!"

"이 빌어먹을 자식! 약속한 지가 얼마나 됐다고 벌써 지 멋대로야?!"

뛰어나가는 떼떼를 따라 리도스와 루디안은 황급히 뒤쫓기 시작했다.

"뭐, 아무튼 지도대로라면 검하고는 더 가까워진 거니까 오히려 잘된 걸 수도 있지."

애버딘은 피스에게 지도를 넘겨받고는 배낭에서 주머니와 채찍을 꺼내 들었다. 리즈는 의아한 듯 '그거 뭣에 쓰려고 그래?' 라는 얼굴을 해 보였지만 애버딘은 그저 살짝 웃어 보였을 뿐이었다.

"음… 일단 행동 대열을 정해야겠지? 내가 지도를 가지고 있으니 앞장을 설게. 나머지는?"

"리즈가 애버딘 뒤에 서고 그 뒤에 피스, 그리고 내가 맨 뒤를 맡을게. 그 편이 만일에 있을지 모를 전투시에 좀 더 효율적일 거야."

다들 카디프의 말에 별 의견이 없는지 순순히 따랐다. 애버딘이 맨 앞을 맡는 것은 이전에 카디프의 활을 찾을 때의 활약으로 충분히 그 실력을 봤기 때문에 자신들도 말은 하지 않지만 무척이나 든든하게 여기고 있었기 때문이다.

애버딘은 지도를 펼쳐 들고는 곰곰이 생각에 잠겨 있기 시작했다. 한 40~50분 정도는 갈림길이 나오지는 않을 것 같았다. 그렇다고 명색이 마법 검이 있는 던전인데 아무것도 없다는 것은 수상하고…….

애버딘은 채찍을 풀어서는 조심스럽게 오른손에 감아쥐었다. 이런 곳은 구덩이 같은 초보 함정을 깔아놓기 편한 장소이다. 아니나 다를까, 10여 분 정도 걷고 있을 때 뭔가 이제까지와는 미세하게—0.1세르 차이 정도로 미세한—낮은 위치와 약간 흙의 색이 다른 바닥이 눈에 들어왔다. 애버딘은 그 자리에서 가만히 멈춰서 서는 있는 힘껏 채찍을 땅바닥으로 내려쳤다. 곧 이어 우르르— 하고 바닥이 무너지는 소리가 들려왔다. 애버딘의 예상대로 그 자리엔 함정이 놓여져 있었던 것이다. 애버딘은 살짝 아래로 고개를 내밀어보았다. 뾰족한 쇠침이 바닥에 쫙 깔려져 있는 것 말고는 별다른 위험함이 느껴지진 않았다. 그렇다고는 해도 떨어졌다간 그대로 끝장이었을 법한 함정이니 일행들이 빠지지 않게 충분히 주의를 주어야 했다.

'아직까지는 초보적인 함정이란 말이지?'

애버딘은 슬슬 긴장감이 느껴져 왔다. 던전 탐사는 왕년에 샤샤의 수하일 때 몇 번 다녀오긴 했지만, 그곳은 대부분 간단한 곳으로 함정 해체하는 것의 실전을 쌓기 위한 훈련을 겸한 것으로 자신이 실수를 하면 그 실수를 바로잡아 줄 동료가 있었지만, 이곳에서 실수를 했다간 그대로 동료를 데리고 저승행이니 긴장해야만 했다.

그렇게 두세 개의 함정을 피해낸 애버딘 일행은 40분을 걸어 두 개의 갈림길을 만나게 되었다. 그는 지도를 바라보며 오른쪽으로 향했다. 그렇게 또다시 지루한 시간을 걸어나가자 두꺼운 철문이 나왔다. 손잡이도 없으며 밀어도 꼼짝도 않는다. 혹시나 싶어 리즈가 마법으로 파이어 볼로 부숴보려 시도했지만 마력의 문인지 애꿎은 파이어 볼만 흡수당해 버렸다. 모두들 얼떨떨한 눈으로 문을 노려보았다. 그러나 그 눈빛에 굴복해서 열린다면 그게 사람이지 문이겠는가?

"흠… 아무래도 이거 암호를 대야 할 것 같은데?"

"열려라 참깨!"

"뭐냐? 참깨 장사꾼 참깨 선전하는 것 같은 말은?"

"바보, 차라리 '어디 한번 열려보시지!' 라고 말하는 쪽이 더 낫지 않나?"

"…그건 왠지 열리면 죽는다는 말 같다."

그러나 이게 무슨 일? 그들이 내뱉은 말에 문이 소리도 없이 매끈하게 스르륵 열리고 닫히는 것이 아닌가.

"어라?"

피스가 멍한 눈으로 문을 쳐다보았다. 그리고는 잠시 동안 생각에 잠긴 눈으로 문을 한참 동안 노려보다가 마침내 문을 향해 당당하게 외쳤다.

"어디 한 번 열려보시지!"

문은 소리도 내지 않고 스르륵 하고 매끄럽게 열렸다. 일행들은 저마다 뻥진 눈을 하고는 어이가 없다는 듯 문을 향해 비아냥거렸다.

"도대체가 암호라면 좀 멋지구리한 걸로 지어야 하는 거 아냐? 이 구리구리한 문아!"

"애버딘, 예전에 물었던 소박한 질문 시리즈 추가야. 멋지다는 건 알겠는데 구리하다는 건 또 뭐야?"

리즈의 말에 다들 무시를 때리며—잊어버렸던 투희야의 유머 악몽을 되살렸는데 무시당하는 게 당연하지—자기들끼리 나름대로 심각한 대화를 이어 나갔다.

"흠… 정말이지 센스가 없는 암호 제작자였나 보죠?"

"뭐, 어쨌거나 알아맞췄으니 된 거지. 그렇지만 내 생각엔 널 만든 자더러 웬만하면 암호 바꿔 달라고 해야 할 것 같다. 이 구리구리한 문 군아."

카디프 역시 문의 암호가 마음에 들지 않는다는 듯 궁시렁거렸다. 피스는 싱긋 웃으며 일행이 다 나왔다는 것을 확인하자 재미들린 듯 연신 기분 좋은 목소리로 외쳐 댔다.

"구리구리한 문 군! 열리면 죽는다~!"

문은 열릴 때와 같이 스르륵 매끈하게 닫혔지만 속으로는 불평깨나 해댔을지도 모르겠다. 피스가 히죽히죽 웃으며 문 군과 떨어지고도 여러 차례 '구리구리한 문 군! 어디 한번 열려보시지', '어쩌나~ 니 네 주인이(?) 알면 죽을 텐데~ 열리면 죽는다~ 는데 어쩌나~' 라는 시답잖은 소리를 해대서 한동안 관객도 없이 문을 열었다 닫았다 하는 변견(便犬) 아니지, 변문(便門?) 훈련을 해댔으니 말이다.

그러나 그런 피스의 기분 좋은 발걸음도 잠시 얼마 지나가지 않아 또다시 우뚝 서 있는 철문에 의해 제지당해 버렸다.

"이것도 암호를 대야 열리는 문인가 보네?"

문은 손잡이도 없었으며, 그걸로 보아하니 파이어 볼로 깨부숴질 것 같지도 않아 암호를 대야 열리는 문일 거란 생각이 들었다. 그래서 자신있게 '어디 한번 열려보시지!'를 외쳤으나 문은 꿋꿋하게 무시를 때렸다.

"후후훗, 역시 암호 문은 이래야지! 아까 그 문은 직업 정신이 부족한 문 군이었다니까."

애버딘의 말대로 이 문은 앞서의 그 직업 정신이 부족한 문 군과는―졸지에 문 군은 직업 정신 없는 문으로 낙인 찍혀 버렸다―틀리게도 '내가 그 말에 열리면 문이냐? 사람이지!'라는 법칙을 그대로 지키는 훌륭한 정신을 가진 문 군이었던 것이다.

"도대체 뭘 그렇게 좋아하고 있는 거야? 암호로 열리는 문이 직업 정신이 투철하면 우리로서는 오히려 안 좋은 거잖아, 나참."

리즈가 잔뜩 핀잔을 주자 애버딘은 '어? 그런 거야?'라는 표정으로 문을 진지하게 노려보았다. 그러다가 마치 좋은 것을 발견했다는 듯 배시시 미소를 지으며 의기양양하게 리즈를 바라보았다.

"혹시 저 문이랑 반대가 아닐까?"

"음… 열리면 죽어?"

문의 미동이 없자 피스가 다시 한 번 외쳤다.

"열리면 죽어! 어라? 열리면 주우우거어~! 응? 아무래도 이건 아닌가 본대요?"

"피스 너… 솔직히 말해 봐. 재미 들였지?"

"에헤헤헤, 아무튼 이번 문은 애버딘님 말씀대로 직업 의식 한 번 투철한데요?"

피스는 겸연쩍은 듯 비굴 웃음을 흘리며 화제를 돌렸다. 전과 마찬가지로 문에는 이렇다 할 만한 힌트 같은 것이 새겨져 있지 않았다. 하긴 고대의 유적지이면 또 모를까, 누군가 애써 봉인시켜 둔 검인데 도둑맞지 않길 바란다면 뭐 하러 힌트를 줄 만한 무언가를 새기겠는가.

"흠… 아무 말이나 막해봐요. 혹시 알아요, 열릴지?"

피스의 말에 카디프는 이곳저곳을 둘러보았다. 철문이라고는 하지만 무척이나 정교한 솜씨로 만들어졌다. 문이 열릴 때 아주 매끄럽게 열린다는 것도 그렇거니와 이 정도의 크기를 균일하게 깎아 문으로 만들 정도의 정성이면…….

처음으로 카디프의 인상이 확 구겨졌다.

"드워프의 솜씨로군."

"음?"

"드워프?"

"어쩌면 이 동굴 안에 드워프가 살고 있는지도 모르겠는걸."

"흠… 그런데 카디프 너 표정이 왜 그래? 혹시 드워프를 싫어하는 거야?"

"그런 건 아닌데 마주치면 좀 껄끄러워. 항상 그쪽에서 먼저 시비를 걸어오거든."

"왠지 카디프답지 않은 말투네."

"그래? 흠… 아무튼 드워프의 솜씨라면 짐작 가는 게 있지. 아마 '드워프의 로망은 광산에 있다' 였던가?"

문은 소리없이 스르륵 매끄럽게 열렸다.

"에?"

"푸, 푸하하하. 걸작이다! 걸작! 드워프의… 로망? 푸, 푸
푸……."

"푸푸풉, 이 던전 문들… 푸풉, 뭐 이래요? 푸하하핫!"

"그 말이 그렇게 우스운 거야? 흠… 난 잘 모르겠는걸."

리즈만이 얼떨떨한 표정을 지었을 뿐, 나머지 두 인간들은 아예
배를 잡고 웃기 시작했다. 누가 보면 살짝 돌지 않았나 싶을 정도
로.

"거참~ 그렇게 웃지만 말고 빨리 안으로 가는 게 어때? 날 다
새겠다. 아직 갈 길이 멀단 말야."

비교적 상태가 양호한 리즈가 먼저 안으로 들어가서는 감탄했
다는 듯한 탄성을 내질렀다.

"우와~ 동굴 안에 호수가 다 있네."

하나 애버딘과 피스는 리즈가 호수로 가든지 말든지 그다지 신
경 쓰지 않고 다시 문이 닫히는 카디프의 다음 말을 기다리고 있
었다. 그는 그들의 초롱초롱한 기대 어린 눈빛을 받는다는 것이
부담스러웠는지 아예 눈을 감아버렸다.

"그러나 장인이 되는 것 또한 그들의 로망이다!"

"푸, 푸후후훗! 끝끝내 로망 타령?! 정말 여기 문들 끝내주는군
요. 후후훗."

"리즈야, 정말 죽이지 않냐? 푸하하핫!"

애버딘의 말에 리즈가 뭐라고 대답할 법도 한데 아무런 말도
들리지 않자 의아해진 그가 고개를 돌렸다.

"리즈?"

"리즈야, 내 말 씹는 거야?"

"어이! 리즈!"

이번에는 호수 쪽으로 천천히 걸어가 보았다. 자신의 시야에 들어와야 할 그녀가 보이지 않았기에, 그리고 호수 안을 들여다보려는 찰라 피스가 날카롭게 외쳤다.

"애버딘님, 물러나세요!"

그녀의 말에 화들짝 놀란 그는 피스에게 시선을 돌렸다.

"우왓! 왜, 왜 그래?"

"그 호수에서 떨어지세요. 확실하진 않지만… 그 호수에, 물 위를 비춰 보면 갇혀 버리는 저주가 걸려 있는 것 같아요."

신경질적인 피스의 반응에 애버딘은 놀란 듯 호수 쪽에서 후다닥 떨어졌다.

"저주? 엣?! 그럼 리즈는?!"

"…호수 안에 갇혔겠죠."

"뭐~?! 말도 안 돼! 리즈가 장난이라도 치고 있는 거겠지. 저주는 무슨~! 리즈 장난 치지 말고 빨리 나와. 우린 할 일이 많다구!"

애버딘이 황급히 호수 쪽으로 얼굴을 들이밀려는 것을 피스가 황급히 등을 잡아 뒤로 끌어내렸다.

"그 저주 제가 풀 수 있을 거예요. 흥분하지 말고 우선 검부터 찾아요. 물가에는 얼씬도 하지 말고요!"

"정말 리즈가 사라진 거야?"

"호수 안에 갇힌 거지 사라진 건 아니에요. 일단 검부터 찾아요."

"그 저주란 거 호수 안에서 숨은 쉴 순 있는 거야? 뭐… 물리적인 압박을 받는다든가 괴롭힘을 당한다든가 하는 건 아니겠지?"

이제까지 그들의 대화를 듣고 있던 카디프가 조용히 묻자 피스는 짜증난다는 듯 버럭 화를 냈다.

"다들 잘 들어요. 언니는 갇힌 거예요. 그냥 단순히 갇힌 거. 말 못 알아들어요? 죽을 위기에 처하거나 인질로 붙잡혀 행방을 알 수 없는 이상한 곳에 질질 끌려갔거나 한 것이 아닌, 단순히 갇힌 거예요. 우리보다 안전하니까 검이나 찾아요! 저주를 풀려면 그 검에게 물어보면 모든 문제가 깨끗하게 해결될 테니까요!"

애버딘과 카디프는 머쓱한 표정으로 주위를 둘러보았다. 지도에 보면 이곳에 검이 있는 것은 확실한데 어떻게 된 일인지 보이지 않았다. 마음은 조급한데…….

"어! 찾았다! 애버딘님, 그쪽 호수 안으로 들어가요. 대신 물 안은 절대로 들여다보지 마세요. 애버딘님도 갇혀 버리니까요. 아니다. 호수 안으로 들어가지 말고 밖에서 채찍으로 낚아채는 쪽이 좋겠어요. 검 자체에도 무슨 저주가 걸려 있을지 알 수 없으니까."

피스가 가리키는 호수 정면으로 걸어 들어가는 그의 귓가에 또다시 호수 안을 들여다보지 말라고 강조하는 피스의 목소리가 들려왔다.

"호수 안은 절대로 들여다보지 말아요."

"알았어, 검만 낚아채면 되는 거지?"

"네."

애버딘은 채찍을 휘둘렀다. 촤악~! 하는 날카로운 소리를 내며 채찍은 손잡이를 휘감았고, 그는 자신의 손에 조금씩 힘을 주기 시작했다. 검은 어딘가 깊숙이 박혀 있는지 끼긱긱거리는 마찰음을 내며 움찔거리기 시작했으며 애버딘의 얼굴에서도 조금씩 땀이 솟아나고 있었다.

안 되겠다 싶었는지 카디프와 피스까지 가세해 애버딘의 허리를 감싸고 잡아당기기 시작하자 마치 병따개로 병 뚜껑을 따는 듯한 '뿡' 하는 소리와 함께 검이 딸려 나왔다. 순간 중심을 잃고 허부적거리는 피스와는 달리 두 남자는 균형을 잘 잡았는지 피스가 넘어지지 않게 그녀를 받쳐 주고 있느라 허부적거리는 그녀의 팔에 가슴이고 얼굴이고 할 것 없이, 그녀가 균형을 잡을 동안 부지런히 쥐어박혔다(?).

"괘, 괜찮아요?"

얼굴에 미안한 기색을 가득 담고서 묻는 그녀의 말에 '나 안 괜찮아. 무슨 여자애가 무식하게 힘만 세냐?'라고 할 위인들은 아니었는지 그저 고개를 끄덕이며 칼의 형태를 바라보았다. 보기에는 그저 평범한 커틀러스일 뿐인데… 아니, 평범하다고 하기엔 날이 너무 무뎌져 있으며 드문드문 이까지 빠져 있었다.

"흠… 이거 저주 걸린 거야?"

피스는 검을 자세히 뚫어져라 쳐다보고는 자신의 배낭에서 웬 종이 쪼가리를 꺼내 들고는 검의 손잡이 부분에 둘둘 감아버렸다. 그리고는 조용히 눈을 감으며 마치 베니핏의 기도문을 외우는 프리스트처럼 중얼중얼 알 수 없는 소리들을 읊어댔다. 이윽고 그들이 알아들을 수 있는 소리라고는 그녀의 입에서 나왔다고는 도저히 믿기지 않는 육십 먹은 노파의 카랑카랑하면서도 쉰 듯한 목소리가 튀어 나왔다.

"너, 몇 살이나 처먹었냐?!"

애버딘은 어이가 없는 표정으로 그녀를 바라보며 뭐라고 하려고 했으나, 카디프가 진지한 얼굴로 그를 말렸다. 주술사라는 것을 본 적이 없는 그들로서는 지켜보는 것이 최선이라고 판단했기 때문이기도 했지만 피스가 장난으로 그러는 것 같지 않았기 때문이다. 평소와는 전혀 다른 분위기를 풍기는 그녀는 마치 화가 단단히 났다는 듯 도끼눈을 치켜뜨고는 또다시 카랑카랑한 목소리를 내뱉었다.

"너, 몇 살이나 처먹었냐니까!"

"…그런다고 검이 말을 할까?"

애버딘이 미심쩍은 목소리로 카디프에게 물었으나, 곧 그 질문은 머리 속에서 깨끗이 지워져 버렸다. 30대 후반으로 보이는 목소리의 어이없다는 듯한 말투를 들을 수 있었기에…….

"나 380살 처드셨다. 그러는 자네는 몇 살이나 처드셨나?"

"어쭈! 새파란 애송이가 어른한테 지껄이는 꼴 좀 보게?"

"몇 살… 아니, 댁은 연세가 올해로……?"

"너보다 무려 한 살이나 많다."

그녀는 예의 그 카랑카랑한 목소리로 또다시 물었다.

"난 쿨 피스마스, 아! 피스라고 부르라고 했지. 그래, 피스의 몸을 빌어 너와 대화를 나누고 있는 메디엔이라고 한다. 넌 뭐라고 불러야 하냐?"

처음보단 부드러운 말씨에 검은 순순히 자신의 이름을 밝혔다.

"한 살 많은 것 정도야 맞먹는다고 해도 불만없겠지? 좋은 게 좋은 거라고, 피차 사이 좋게 늙어가는 게 좋지 않겠어? 그런 의미로 빡빡하게 따지지 말기로 하자고. 난 지혜의 검이라고 불러. 이름은 트리아지만 지혜의 검으로 더 잘 알려져 있지. 날 잡지 않고 대화를 나눌 수 있기에 보통 녀석은 아니라고 생각했지만, 쩝! 귀신이었다니… 기분이 묘한데? 뭐… 그건 그렇고, 네 주위에 있는 놈들은 내 목소리고 뭐고 하나도 들리지 않을 텐데, 마치 날 바라보고 있는 것 마냥 왜 저렇게 날 뚫어져라 바라보는 거냐? 내가 너무 멋지게 생겨서 갖고 싶어진 건가? 하긴 커틀러스라고는 해도 난 아주 멋지게 휘어져 있지 않냐? 적절한 이 곡선, 세월이 흘러도 유행을 타지 않는 세련된 손잡이."

"…이빨 다 나가 보이는데? 실제로 그 무뎌 보이는 검날, 그거 뭐가 잘리긴 잘리냐? 저기에 서 있는 작자들 네가 하는 말이 하도 어이가 없어 참새 새끼처럼 입만 쩍쩍 벌리고 있는 거 눈에 보이지도 않… 아! 넌 눈이 없지."

"그 말은 저놈들이 내 말을 듣고 있다는 소리지?"

"그렇지. 내가 잠시 실례하고 있는 이 몸의 주인이 아주 유능한 주술사거든. 그래서 네가 말하는 걸 모두가 들을 수 있게 염을 담은 부적을 즉석에서 만들어 붙인 거지. 그 손잡이에 두른 구질구질한 종이가, 아! 그래, 안 구려! 계집애 성질하고는… 흠! 흠! 아무튼 그게 부적이란 소리지. 마음에 안 들면 떼도 된다고 그러네. 뭐, 당연히 네가 손이 없는 걸 알고 하는 소리지만. 헤헷."

"그렇다면 댁들은 매너가 엉망이로군. 검은 손에 쥐라고 있는 거지, 바닥에 팽개친 채 대화를 나누는 용도로 사용하라고 있는 게 아니야. 내 말 알아듣겠어? 날 손에 잡는다고 너희들에게 해가 갈 것은 하나도 없으니까. 내게 뭔가를 알아낼 것이 있다면 지금이라도 그에 상응하는 예의를 보여줘."

검의 말은 안 그래도 카랑카랑한 목소리를 더 더욱 날카롭게 가다듬었다.

"시끄러워! 그냥 '손으로 잡아주세요'라고 곱게 이야기하면 될 것 가지고 무슨 똥 폼이야? 어쨌든 그딴 건 내 알 바 아냐. 호수 안에 저들의 일행이 갇혔어. 그녀를 빼가는 대신 호수 안으로 만족할 만한 무엇인가를 던져 줘야 한다는 것쯤은 나도 알아. 다만 호수가 만족할 만한 물건이 감이 안 잡힌단 말이야. 넌 여기 제법 오래 있었잖아. 알고 있다면 알려줘."

저주가 걸려 있지 않다는 말에 그녀는 조심스럽게 부적 위로 손을 올려 검을 잡았다.

"내가 밖에서 활동한 시간보다 이곳에 봉인된 시간이 훨씬 많으니까 사실 내 인생에 밖에서 활동한 시간은 100년밖에 되지 않아. 흠… 팔자 한번 기구하지 않냐? 네 몸의 주인인 피스라는 여인이 만일 내 수명이 다하는 날까지 나의 주인이 되어준다면 나는 내 일행을 위해 도움을 줄 수 있겠지만 공짜로는 안 돼."

"요컨대 빠져나가고 싶다는 거지?"

"당연하지. 이런 곳에 얌전히 있으려니 좀이 쑤셔 죽겠다고. 그렇지만 너희 일행 중 날 소유할 자격이 있는 자는 현재로썬 피스라는 여인밖에 없어. 왜냐면 난 체질이 나서는 걸 좋아하는 체질이라 툭하면 고상이나 떨면서 전투를 피하려 드는 엘프는 질색이고, 그 옆에 있는 애는 다른 마법 검과 인연이 닿아 있는 것 같아 실격이야. 어쩔래?"

"저 일행들이야 당연히 널 데리고 갈 거다. 피스도 마침 쓸 만한 검을 찾던 중이었으니, 네가 쓸 만한 검인지 어떤지는 모르겠지만 별로 싫어하진 않을 거다. 어? 본인도 좋다고 하네. 불만없지? 그렇다면 빨리 이 호수가 뭘 주면 리즈라는 소녀를 내놓을지 읊어봐."

"너희 입구에서 갈려진 세 가지 길 중 어느 방향으로 들어온 거야?"

"…쟤들 입구로 안 들어왔는데."

"입구로 안 오면?"

"출구… 도 아니고, 출구 근처에 있는 일종의 함정. 그러니까 절벽 타고 왔어."

"뭐?! 절벽을 타고 와? 이런~ 쟤들 순 길치 아냐?"

"호호홋, 이봐, 네 주인은 생긴 대로 한 성깔한다고. 그런 식의 말투 위험해. 봐, 화내잖아. 아! 넌 못 듣지. 음… 아무튼 설명이나 계속해 봐."

"답답해 죽겠네. 야! 그냥 날 쥐고 가. 가면서 방향 설명해 주면 될 거 아냐?"

"싫어. 그렇게 되면 내가 받게 될 대가가 줄어들어."

카랑카랑한 목소리와는 어울리지 않는, 마치 어린애가 투정을 부리는 듯한 말투.

"대가?"

이제까지 가만히 그들의 대화를 듣고 있던 카디프가 의아한 듯한 어조로 되뇌이자 그녀는 무표정한 얼굴로 카디프를 흘끗 바라본 다음 장난기 가득한 미소를 지어 보였다.

"내가 받기로 한 대가는 피스… 그녀의 수명이야."

떼떼의 손에는 현재 아무런 무기도 들려 있지 않았고, 그렇다고 그가 뛰어난 마법을 쓸 수 있는 것도 아니다. 그렇다면 뭘 믿고 기사도를 발휘하는 기사 마냥 여인을 구한다고 뛰는 것일까?

"저놈은 지가 무슨 드래곤 통뼈라도 되는 거라고 생각하는 거냐?"

"열내는 중에 미안하네만, 걔, 그래 보여도 드래곤일세."

"하여간 드래곤이라는 종족들은 뭘 생각하는 것인가?! 아아~ 난 모르는 일일세! 몰라! 젠장."

그들은 벌써 자신들이 가야 할 갈림길을 지나쳐 오른쪽을 향해 들어섰다. 점점 숨이 차올라 느려지는 떼떼와는 달리 매일같이 체중 감량을 위해 미친 듯 뛰어대는 루디안이나 여러 가지 수련이라든가 기본 체력이 있는 리도스는 점점 더 속도가 붙어서는 급기야 떼떼를 따라잡기에 이르렀다. 떼떼는 리도스의 손에 붙잡힌 채 버둥거리며 외쳤다.

"뇨요! 아저씨더러 도와 달라는 얘기 안 했어요."

"어허! 저 버릇없는 놈 보게. 좋다! 이왕 여기까지 온 거 드워프 족의 여인인지, 우리 말대로 몬스터인지 확인이나 해보자. 대신 네 가 틀렸을 경우 앞으로 내가 하는 말에 순순히 따르도록 해. 만일 그 약속을 깬다면 넌 드래곤이 아니라 개다, 개! 알았어?"

떼떼는 비장한 표정으로—마치 무슨 영웅과 그의 동료들의 맹약이 라도 되는 듯한 표정—고개를 끄덕이며 조금의 망설임도 없이 그렇 게 하겠다고 말했다. 그러나 그렇게 쉽게 답하는 말은 원래 믿을 수 없는 법. 리도스는 인상을 찌푸리며 으름장을 놓아댔다.

"그 정도로 말을 들을 것 같아? 만일 다시 한 번 자신의 입으로 내뱉은 말을 지키지 않는다면 그건 죽지 않을 정도로 살짝 두들 겨 준 다음, 화염의 브레스로 확 통구이가 될 정도로 지져 대야 말을 듣지."

떼떼는 매우 화가 난 듯한 리도스의 말에 움찔했으나 점점 여 인의 비명 소리가 나는 곳으로 가까이 다가가자, 그런 으름장 정 도는 겁이 나지 않는다는 듯 고개를 끄덕여 댔다. 마치 기역자 모 양으로 꺾어지는 방향에 이르자 여인의 목소리는 바로 귓전에서 울려대는 것만 같았고, 희미했던 불빛마저 선명하고 밝은 빛을 내 뿜는 듯했다. 그들은 황급히 소리가 나고 있는 곳으로 뛰어들었다.

"살려주세요! 살려… 주세요."

가냘픈 여인의 목소리와 희미한 빛은 분명히 존재하고 있었다.

"어라?"

"위기에 빠진 가냘픈 여인의 목소리를 직접 접해본 소감이 '어 라?'가 다냐?"

"…죄, 죄송해요."

떼떼는 잠시 동안 뻥진 얼굴을 하고 있다가는 리도스의 핀잔 어린 한마디에 정신을 차렸는지 잔뜩 주눅이 든 목소리로 용서를 구했다. 주위에서는 여전히 '살려주세요! 살려주세요'라는 가냘픈 목소리가 들려왔으나 정작 위험에서 구해주려고 해도 여인의 실체는 목소리가 다였다. 그것의 정체란 기묘하게 생긴 버섯들이었던 것이다. 사람의 입같이 보이는 곳으로 비명을 질러대며 아직도 떼떼로 하여금 진땀을 흘리게 만드는 원인은 벌레가 비명쟁이 버섯을 서걱서걱 입으로 갉아대고 있어서였으리라.

"흠… 이봐, 떼떼야. 이곳뿐만이 아니라 던전이라는 곳이라면 네가 생각지도 못한 온갖 구리구리한 놈들이 사기를 치고 다닌다는 것을 기억해 둬라. 보물 상자인 척하면서 자신에게 접근하는 놈을 쥐어패면서 희열을 느끼는 변태 미믹 같은 거라든지, 아까같이 대따 예쁜 여인인 척 비명을 지르는 버섯이라든지, 심하면 송장벌레도 그렇게 비명을 지르고는 하는데 너처럼 일일이 나섰다가는 십중팔구 주변에 있던 몬스터들이나 그놈들에게 당한다구. 만일 당하지 않는다고 한들 정신없이 소리가 나는 방향으로 뛰어왔던 덕에 결국 길을 잃어 자멸하게 된단 말이다."

떼떼는 루디안의 말을 머리 속으로 새겨넣으며 신중히 고개를 끄덕였다. 그리고 이 희미한 빛은 어디서 나오는 걸까 곰곰이 생각해 보았으나 들어본 적도 없고 본 적도 없는 현상이며, 마법으로 인한 것은 더 더욱 아니기에 기억 날 리 만무했다.

"이 불빛은 어디서 나오는 거죠?"

리도스는 버섯 위에 있는 투구벌레를 잡고선 은근슬쩍 비명쟁이 버섯 아가씨를 구했다는 뿌듯한 표정을 지어 보이며 투구벌레를 떼떼에게 내밀었다.

크기도 모양도 프로소 섬에서 지겹도록 본 투구벌레와 외견상의 그다지 큰 차이점은 없었다. 차이라면 아무래도 이 동굴 안에 있는 투구벌레가 좀 더 화려한 의상을 걸치고 있다는 점? 의상이라고 해도 벌레 주제에 옷을 입고 있는 것은 아니니 단순히 온몸에 발광 물질을 바른 것처럼 금빛과 은빛으로 번쩍거리고 있다는 것이지만 떼떼의 눈에는 무슨 귀중한 보물이라도 습득한 것처럼 보일 따름이었다.

"아저씨, 이거 저 가져도 돼요?"

떼떼는 첫 던전 탐사의 기념품을 투구벌레로 정했는지 두 눈을 반짝이며 투구벌레를 살짝 손에 쥐었지만 리도스는 그다지 허락하고 싶지 않은지 고개를 흔들었다. 그 모습에 루디안은 살며시 미소를 지었다. 지상 최대의 생물이라는 드래곤도 해츨링일 때는 별수 없는 어린애라는 느낌이 들었던 것이다. 그래서일까? 슬그머니 떼떼의 편을 들어주고 싶은 마음이 드는 건.

"이봐, 리도스. 줬다가 뺏는 게 어디 있나? 치사하게. 웬만하면 그쯤은 그냥 가지라고 내버려 두게. 사실 이곳은 던전이라고는 하지만 보물이 많은 것도 아니고, 그저 레이피어만을 위한 던전이라 떼떼에게 첫 던전 탐사로 기념이 될 만한 것이 없지 않나?"

"우리는 세상의 균형을 지키려고 애를 쓰는 자들이네. 실제로 그 공을 인정하는 작자들은 드물지만 적어도 나는 그렇다고 생각하네. 그런데 떼떼더러 저 정도의 투구벌레는 네 마음대로 가지라고 했다가 만일 인간 같은 것을 가지고 싶다며 마을을 휘젓고 다닌다면 어쩔 텐가?"

"비약이 너무 심하군. 그런 투구벌레와 인간을 동일시하다니."

"루디안, 자네야말로 예전에 인간들과 좋은 쪽으로의 접촉이 있었다고 해서 그들을 너무 높이 평가하는 경향이 있는 것 같군. 하긴 드래곤에겐 모든 생명은 평등하지. 물론 자신들과 같은 드래곤의 목숨은 좀 높은 가치로 여기긴 하지만."

말끝을 흐리는 리도스를 바라보며 그는 너털웃음을 터뜨렸다.

"하하하, 그렇게 돌려 말하지 않아도 되네. 아무리 드워프 대가리가 자신들이 파대는 광산보다 단단하다, 라는 말을 듣는다고 해도, 그 정도의 말도 못 알아들을 만큼 바보는 아니니까. 어느 종족들이나 자신들의 종족은 가장 존중되어야 하고 위대해야 한다고 생각하지. 그것을 겉으로 드러내느냐, 아니냐 하는 정도의 차이일 뿐. 아무튼 더 이상 이야기했다가는 내 머리에 쥐 내릴 것 같으니 그만 하지."

"왠지 갑자기 그런 말씀들 하시니까 이 투구벌레를 더 갖고 싶다는 생각이 드는군요. 왜 어른들은 제가 갖고 싶어하는 것에 대해서는 관심이 없고, 제 입장에서 설명하기보다는 항상 자신들의 이유만 빗대어서 가지지 못하게 하는 거죠? 제가 보기엔 그럴듯한 이유도 되지 못하는데. 저는 그저 빛을 내고 있는 이 벌레가 신기하고, 던전에 들어온 기념으로 다른 곳에는 없는 그런 것을 가지고 싶었을 뿐이에요. 만일 단순히 '안 된다'가 아니라 안 된다는 이유를 설명해 주고 싶으신 거라면 제가 납득할 수 있는 이유를 대주세요."

루디안은 뗴뗴의 애답지 않은 조리있는 말투에 질렸다는 얼굴로 리도스를 바라보았다.

"쟤… 자주 저러나?"

"평상시에는 귀여운 척 위장하고 있고, 남들 앞에선 생각하는 게 어린 척 연기하고 있지만 나하고 둘이 있을 때는 자주 저러지."

"허~ 거참, 애 키우기도 보통 일이 아니군. 날이 갈수록 똑똑해지니… 아무튼 자주 저런다니 자네도 저럴 때 쓰는 무슨 고정 레파토리 하나 정도는 있을 것 같은데?"

그의 말에 떼떼는 뾰로퉁한 표정으로 마치 리도스와 짠 것처럼 동시에 외쳤다.

"그러면 무조건 '안 된다'라고 정정해 주지. 조그만 녀석이 일일이 말끝마다 토달지 말고 시키는 대로 좀 하면 누가 뭐라고 하냐?"

"하하, 그거 참."

루디안과 말을 마친 리도스마저 할 말 없다는 듯한 표정으로 떼떼를 바라보았다. 자신들도 저 말을 지겹도록 들으면서 자라왔으며, 이젠 저 소리를 내뱉으며 애를 키우고 있다. 또 떼떼 녀석도 어른이 되면 저 소리를 내뱉겠지. 그들도 떼떼의 심정이 이해 가지 않는 바는 아니다. 그들 자신들도 달가워하지 않던 소리였으니 말이다. 그러나 어른이 되어서는 아무렇지 않게 말이 막힐 때 쓰는 고정 레파토리로 애용해 먹으니 참 아이러니한 일이 아닐 수 없다. 게다가 더 웃기는 것은 고정 레파토리는 그것으로 끝나는 것이 아니라 항상 덤까지 추가한다는 것이다.

"지금은 내가 이런 이야기를 해도 이해하지 못하고 짜증이 나겠지. 그치만 어른이 되면 싫어도 내가 하는 이야기를 이해할 수 있게 될 거다."

이렇듯 힘든다는 표정으로 자신을 정당화시키는 듯한 발언까지 얹어지면 비로소 어른들의 멋진 자기 합리화의 셋트 메뉴가 완성된다.

"하아~"

떼떼는 결국 얌전히 투구벌레를 땅바닥에 내려놓고는 입을 삐죽거리다가는 갑자기 환해진 표정으로 싱글거렸다.

"아저씨, 그럼 앞으로 발견할 적은 없어도 돼요?"

그들은 자신들의 뒤를 바라보며 허락한다는 듯 고개를 끄덕였다. 이렇게 모험가들을 꿰어내는 식물 곁에는 언제나 귀찮은 몬스터가 옵션으로 달려 있으니 떼떼도 분풀이를 하라지 뭐.

"공격할 방법이 있다면 말이다."

그렇다. 떼떼는 앞서 말했듯이 무기가 없다. 아무리 영웅이 되고 싶다고 한들 아직 무기도 없는 상태에서, 만일 상대가 나빠서 베어도 베어도 끝이 안 나는 트롤 부대라도 만나게 된다면 당해낼 수는 없는 것이 당연하다.

"하~ 정말 너무해."

"그럼, 이거 한번 써볼래?"

루디안은 자신의 품에서 무언가를 꺼내고는 떼떼에게 넘겨주었다. 드워프들이 마음에 드는 상대를 만나면 자신들이 만든 무기를 선물하는 것은 많이 있는 일이며, 그 정도는 떼떼도 여러 가지 모험 이야기를 써놓은 책에서 읽어본 터라 자신의 무기도 그들이 만든 것으로 결정하겠다는 야무진 꿈도 꿔봤다. 그러나 루디안이 건네준 무기는 아무리 봐도 순순히 '고맙습니다' 라고 이야기하며 받기엔 생김새가 왠지 믿음이 가지 않았다.

'그래도 뭐… 없는 것보단 낫겠지.'

속으로는 그런 생각을 할지언정, 일단 무기를 손에 들게 된 떼떼는 싱긋 웃어 보였다.

"고마워요, 아저씨."

"부메랑이라고 하는 건데 철로 만든 거라 나무로 만든 것에 비해 제법 묵직하긴 하지만 네가 들고 다니기 버거울 정도는 아니니까 좀 더 완력을 기른다면 쓰기엔 좋을 거다. 흠… 사용 방법은 그걸 목표물을 향해 던지는 거지. 단, 주의할 점은 목표물을 맞추고 나서 네게 되돌아오니까 받는 타이밍을 잘 맞추라는 점이다. 뭐, 좀 더 훈련을 하고 쓴다면 좋겠지만 지금 상황에서야 아쉬운

대로 요긴하게 쓸 수 있지 않겠니?"

떼떼가 그다지 마음에 들어하지 않는 무기는 부메랑이라고 불리는 것으로 은빛으로 빛나는 'V' 자 모양의 안쪽은 칼날같이 예리하게 갈아놓았고, 겉은 투박하나마 맞으면 상당한 충격을 줄 만큼 튼튼해 보였다. 떼떼같이 어린아이들이 검을 휘두른다는 것은 솔직히 어불성설에 가깝다. 검 자체의 무게가 그들에게 버겁다는 것은 둘째치고라도 검이라 불리는 것은 검날의 길이만 하더라도 어린아이들의 키보다 크거나 비슷하다(단검이라고 불리는 것만 치더라도 웬만한 성인 남자의 팔꿈치 길이만하다). 그만한 길이를 검을 목표물을 향해 정확하게 휘둘러 타격을 준다는 것은 걸음마를 뗄 때부터 지금까지 미치도록 검을 휘둘러—물론 인간의 나이로 환산해서다—검에 대한 감각을 어느 정도 몸에 익혀야만 가능한 일이다.

그렇게 친다고 해도 적에게 단번에 심각한 치명상을 입힐 확률은 손에 꼽을 정도다. 아무리 드래곤이라 한들, 몸이 인간인데, 게다가 어린아이의 몸이니 마법이라면 몰라도 하루 아침에 검사가 될 수는 없다. 하긴, 무한한 생명을 가진 그들이 검을 익히는 세월은 어쩌면 하루 아침같이 짧게 느껴질지도 모를 일이지만… 아무튼 지금의 떼떼에게는 어정쩡하게 검을 들고 설치는 쪽보단 부메랑이 훨씬 잘 어울렸다. 솔직히 부메랑이야 큰 기술을 요하지 않는다. 던지고 받는 것으로 원거리 공격이 끝나니 말이다.

"간다!"

리도스는 망토를 펄럭거리며 허리띠에 매여진 검집에서 시미터를 꺼내 들었다. 초승달 모양으로 유연하게 휘어져 있는 검날과는 반대로 휘어져 있는 손잡이는 부메랑을 던지고 받는, 어떻게 보면 강아지가 노는 것 같은 모습이 연상되는 자신과는 달리 무척이나 인상적이었다.

아무리 리도스가 들고 있는 시미터를 작게 보려고 해도 드워프로 폴리모프하고 있는 리도스 그 자신보다 좀 더 커다란 길이였다. 리도스 역시 오랜 세월 동안 검을 익히느라 꽤나 고생을 했을 테지만, 떼떼야 리도스가 그 스스로 그런 이야기를 하지 않는 이상 검을 익히느라 얼마나 고생을 했을지 알 길이 없다. 아무튼 총 길이 130세르에 달하는 시미터는 자신의 주인인 리도스가 오랜만에 부르자 마음 변하기 전에 얼른 나오고 보자, 라는 심정이었는지 재빠르게 밖으로 나왔다.

"훗! 내가 이런 일이 있을 줄 알고 이번엔 검을 챙겨왔다고! 덤벼! 다 덤벼! 쿠하하핫!"

리도스는 언제든지 전투를 즐길 준비가 되어 있다는 듯한 태도로 폼을 잡고 웃어댔지만, 지금의 그는 아무리 봐도 껄렁한 양아치 드워프 그 자체였다. 그런 그가 자신의 키와 거의 차이가 나지 않는 시미터를 들고 의기양양하게 웃는 모습은 거부감이 들 정도로 생소한 것이었다.

왜냐고? 그거야 드워프의 완력이라면 검의 위력은 새삼스럽게 의심할 필요가 없지만, 시미터는 검의 모양에 걸맞게 위에서 아래로 내려쳐 적을 베기 공격 전문용이기에 과연 저 짧다막한 키로 폼을 잡고 휘두른다고 얼마나 정확하게 베어 넘길 수 있을까, 하는 의문이 들기 때문이다.

루디안은 자신의 신경을 팽팽하게 긴장시키며 헐버트를 두어 번 휘둘러 보고는 짧지만 날카롭게 외쳤다.

"온다!"

루디안과 리도스는 각각 앞으로 나서며 언제든지 떼떼를 구할 수 있는 배열의 형태를 취했다.

"이런! X 밟았군."

루디안은 적이라고 판단한 상대가 네 마리의 케비안이라는 것을 깨닫고는 나직한 신음 소리를 내뱉었다. 리도스 역시 한숨을 내쉬며 루디안을 바라보았다.

"루디안 자네… 죽어났구나."

"망할! 자네도 지금은 드워프라네. 나만 죽어난 것이 아니라는 뜻이지."

그들의 말을 증명이라도 하듯 케비안들은 적의를 불태우며 인상을 찡그렸다.

"이런! 앞으로 몇 년 간 재수 옴 붙었군."

어둠 속에서 빛나고 있는 두 눈동자는 기분 나쁠 만큼 섬뜩한 붉은색이며, 키는 루디안들과 크게 차이나지 않았지만 완력은 드워프들과 비기면 비겼지 뒤쳐지진 않는다. 그렇기에 드워프들은 세상에서 가장 싫은 종족을 꼽으라고 하면 이들 케비안들을 꼽는 것이다.

뭐, 원래가 생긴 것도 구리구리하게 생긴 것들이 노는 것도 꼭 구리구리하게 논다고, 이들은 드워프를 만나면 몇 년 간 재수없다는 미신을 믿고 있었다. 그리고 오로지 그 이유만으로도 세상에 있는 드워프들이 없어져야 한다고 생각하는지, 드워프를 만나기만 하면 그들이 모두 전멸할 때까지 있는 전력을 다한다. 이들에 비하면 무식하기로 소문난 오크도 현자다, 현자!

"하고 많은 몬스터 중에서 하필이면 케비안이 뭐야!? 정말 너무하는구만."

루디안은 자신을 향해 날카롭게 날아드는 헐버트의 뾰족한 도끼 날을 피하기 위해 급하게 자신의 헐버트로 올려쳐 냈다. 힘의 문제다. 밀리면 떼떼에게까지 타격이 간다. 절대로 저 위기 의식없는 꼬마를 내보낼 수는 없는 일이다.

루디안은 아랫입술을 지그시 깨물며 헐버트를 들고 있는 자신의 두 손에 젖 먹던 힘까지 짜내어 버티기 시작했다. 태어나서 지금까지 남에게 힘으로 밀려본 적은 한 번도 없었던 루디안이었다. 그러나 제아무리 루디안이라고 해도 상대는 자신과 비등한 힘을 가지고 있는 케비안이었다. 무기마저 똑같은 헐버트였으니 상대도 루디안에게 호락호락하게 당할 리가 없는 것이다. 루디안은 힘들게 상대의 헐버트를 뿌리치고 짧게 기합성을 내질렀다.

"하압! 좋아! 간닷!"

누가 그랬던가? 공격은 곧 최선의 방어라고… 루디안은 자신의 키만한 그것에 혼신의 힘을 다해 적의 허리를 향해 빠르게 내려쳤다. 물론 케비안이 나무가 아닌 이상 황급히 헐버트를 허리로 내리고는 방어를 취했으나 루디안의 힘이 실린 날과 날끼리 부딪쳐 팔이 저렸는지 인상을 찌푸렸다. 그리고는 재빠르게 자신의 헐버트를 루디안의 머리를 향해 날리자 루디안이 나무가 아닌 이상 도끼질당하는 것은 원치 않는 법. 그는 여유있는 표정으로 헐버트를 자신의 머리 위로 들어 올려 막았다.

어디서나 변수는 생기는 것. 무식하게 힘만 센 케비안에게는 치명적인 약점이 있었다. 장인이 되는 것 또한 로망인 드워프에 비해 무기가 부실했던 것이다. 그 점을 증명이라도 해 보이듯 케비안이 들고 있던 헐버트의 날이 루디안의 그것과 부딪치자 힘을 이기지 못하고는 세 조각으로 부숴지며 사방으로 파편이 튀었다. 정확히 케비안의 이마 정가운데의 하나, 재빨리 몸을 굴려 머리 위로 파편이 튀는 것을 막아낸 아까까지 루디안이 서 있던 땅에 하나, 그리고 열심히 부메랑을 던지고 받는 것에 열중하고 있는 떼떼를 노리고 날아가고 있는 아직 박혀 있지 않은 날이 하나.

"떼떼야! 옆으로 피해!"

"네?"

자신을 향해 뭐가 날아오고 있다는 사실도 모른 채 멍하게 반문하는 떼떼의 모습에 루디안은 저도 모르게 늦었다는 생각에 눈을 감아버렸다. 그런 그의 입에서는 너무 놀란 나머지 비명 소리조차 제대로 나오지 않았다.

"크윽……."

"으아아악!"

"으아아아아아악!"

'응? 어째서 비명 소리가 두 개밖에 안 들리는 거야?'

의아한 마음에 눈을 뜬 루디안은 겨우 안도의 한숨을 돌릴 수 있었다. 웬 케비안이 떼떼의 위에 턱하니 누워 있는 것이다. 물론 그의 뒤통수에는 떼떼를 노리고 있던 헐버트의 도끼 날 파편이 박혀 있어 떼떼의 안전을 확인할 수 있었다.

"히잉! 무거워~!"

떼떼가 온몸으로 퍼덕거리자 이미 시체가 된 케비안은 힘없이 떼떼의 곁에서 떨어졌다. 그제야 떼떼는 이 케비안이 없었다면 자기가 시체 신세가 되었을 거란 것을 깨달았는지 흘끗 루디안 쪽을 바라보았다.

"이거 아저씨가 던졌어요?"

"아니."

"그럼, 누가 던진 거죠?"

말은 도통 모르겠다면서 떼떼의 시선은 어느덧 리도스에게로가 있었다. 리도스는 그런 그들을 곁눈질한 틈도 없다는 듯 오로지 부딪치고, 막고, 막히길 반복하고 있었다. 그에게 검을 수련하며 보낸 세월은 제법 오래된 듯 현재 드워프로 폴리모프한 것이 그다지 큰 장애가 되는 것 같진 않았다.

"이런! 갑자기 지루하단 생각이 들어버렸어. 재밌게 잘 놀았는데… 잘 가라."

리도스는 늘어지게 하품이 나올 듯한 톤의 어조로 마지막 일격을 날렸다. 초승달 모양의 날카로운 시미터는 리도스에 의해 수평으로 휘둘려져 케비안의 배를 베어버렸다. 그는 고통에 일그러진 표정으로 배 안의 모든 걸리적거리는 것들을(?) 쏟아내고서야 자리에서 쓰러져 버렸다.

그 모습에 떼떼는 비위가 상한 듯 약간 눈살을 찌푸렸으나, 곧 얼굴 표정을 풀고 리도스를 향해 미소를 지어 보였다.

"우와! 리도스 아저씨, 굉장해요."

"흠… 이 정도를 가지고 새삼스럽게!"

리도스는 별거 아니라는 듯 손을 내저으며 말로는 겸손을 떨어댔지만, 현재 그의 표정은 아무 말 없이 서 있는 루디안에게 '어서 빨리 이 리도스님을 칭찬해 봐라!' 라는 듯한 야릇한 미소를 짓고 있었다.

"핫! 그래, 잘 싸웠다. 아주 잘~ 싸웠어. 그런데 잘난 마법의 종족께서 마나를 봉인당하기라도 한 건가?! 마법은 어따 두고 칼질이야?! 칼질이!"

"평상시에 떼떼가 하도 검사가 어떻고, 용사가 어떻고 해서 나도 모르게 써보고 싶었나 봐. 요즘은 검 쓴 지도 오래된 것 같고, 무엇보다 재밌잖아. 그래서 마법보다 검을 쓴 거지 뭐. 위험했다면 바로 마법을 썼겠지만. 하하하핫!"

"이래서 드래곤이라는 족속들이란 재미 찾다가 '드래곤 거… 생각보다 팔푼이네~' 하는 소리나 듣는 거라구! 하긴, 너 말고 그런 드래곤이 또 있기야 하겠어? 근엄한 드래곤의 이미지 평균을 네가 다 깎아먹고 있단 말이다. 으휴~ 하긴, 그러니까 우리 같은 드워프들이 널 좋아하는지도 모르겠지만."

루디안은 고풍스러웠던 말투는 어디로 버리기로 했는지 순식간에 버려 버리고, 리도스와 좀 더 친숙한 말투로 대화를 나누자 갑자기 어디서 나타났는지 하얀 마스크가 나타나 루디안의 입을 가려 버렸다.

"우웁! 으으웁! 웁웁!"

루디안은 마스크를 떼어보려고 손으로 마스크를 잡고 당겼으나 입에 딱 달라붙은 것인지 떨어질 생각을 하지 않았다. 리도스는 또 한 번 크게 웃음을 터뜨렸다.

"하하하핫! 언어 교정 중이었으면 말을 하지 그랬어~ 풋! 그런데 드워프가 웬 바른말, 고운 말 교정 마법을 쓰고 있는 거야?"

"우우웁! 우웅! 우웁 으으으웁."

"아, 마스크를 벗어야 이야길 할 수 있겠지? 일시적인 마법 무효화."

리도스의 말이 끝나자 마스크는 온데간데없이 사라져 버렸고, 루디안은 그제야 살 것 같다는 표정으로 짜증 섞인 해명의 말들을 내뱉었다.

"요즘 장로들의 모임 같은 곳에 가면 엘프라든지, 기타 다른 종족들의 말투가 워낙 세련되고 고풍스러워서 왠지 머리 속에서 파리가 기어다니고 있는 기분이었다네. 그래서 적응 좀 할 겸 현재의 장로와 장로 후보들은 이런 말투를 쓰는 것에 익숙해지도록 언어 교정 마법을 걸어놓은 것이네만, 다 좋은데 말실수할 때마다 그 입과 마스크를 붙도록 하는 것은 짜증이 난다네."

루디안의 말에 리도스는 피식 미소를 지었다. 앞으로 장로들의 모임 같은 곳에 가보면 드워프들이 녹차를 홀짝거리며 '세상이

참 아름답지 않나?' 하는 소리를 들을 수 있을 것이란 상상에 저절로 미소가 지어짐을 어쩌지 못한 것이다.

떼떼 역시 그런 생각을 했던지 킥킥거리다가는 루디안의 눈총에 얼른 얼굴에서 웃음기를 지워 버렸다.

"흠흠… 아무튼 이쪽으로 나가면 길이 없으니 왔던 길로 돌아나가야 하네."

루디안이 앞장을 서서 왔던 길을 되짚어가자 떼떼가 가운데, 리도스가 맨 뒤라는 진형을 다시 갖추어 그의 뒤를 따랐다.

그렇게 한참을 걸어나가자 다시 갈림길에 서게 되었고, 그들은 망설임없이 왼쪽의 길을 택해 올라갔다. 마치 미로처럼 얽혀 있는 길은 두세 번의 모퉁이를 돌자 처음 도착했던 입구로 가는 길과 위쪽으로 올라가는 길의 갈림길이 또다시 나타났고, 그들은 갈림길에서 고민할 필요가 전혀 없었다. 이곳에 살고 있는 드워프가 그들의 안내인인데 고생할 이유가 뭐가 있겠는가?

오른쪽의 모퉁이를 돌아 나가 또다시 오른쪽의 모퉁이, 그리고 또다시 오른쪽의……. 아무튼 그렇게 도합 세 번의 오른쪽 모퉁이를 돌자 막다른 골목이 드러났다.

"어라? 아저씨, 여긴 길이 없잖아요."

"내가 안내할 수 있는 곳은 여기까지야."

"수고했어. 출구 쪽의 길은 나도 훤히 아니 그만 가보게. 장로가 기다리고 있겠어. 후훗, 안부 전해주고, 다음에는 날 잡아서 푹~ 놀다 갈 수 있게 넉넉잡고 올 테니 각오들 해두라고."

"건강하게. 떼떼도 다음에 또 놀러오게나."

루디안은 유유히 손을 흔들어 보이고는 오던 길을 되짚어 혼자서 자신을 기다리고 있을 장로가 있는 곳으로 돌아갔다. 리도스는 아마도 또다시 1키라를 빼기 위해 루디안이 다시 뛰어야 한다는 사실을 떠올리며 너털웃음을 터뜨렸다. 140키라가 되기 전까지는 그곳을 지나다닐 때마다 현재 체중의 1키라를 빼야 마을로 들어갈 수 있는데 어쩌겠는가. 짜증나지만 뛰어야지. 그는 워낙 단순해서 그곳에 도착할 때까지 기억도 못할 테지만……

"어라? 아저씨, 여기 길이 없는데 그냥 가게 하심 우린 어떻게 길을 찾으려고 그래요?"

리도스는 떼떼의 말에 싱긋 미소를 지어 보였다.

"여기가 바로 길이다."

"에? …아저씨는 벽도 뚫고 다니나 본데요, 전 길이 아니면 못 다녀요. 그리고 벽으로 막혀 있다는 것은 길이 없다는 뜻이죠."

떼떼의 말에 리도스는 짙은 눈썹을 꿈틀거렸다.

"너… 길이 아니면 안 다닌다? 너, 그럼 날지도 않겠네. 타조 떼 떼라~ 참 멋있기도 하겠다. 제발 일일이 토 달지 말고 따라와라 쫌! 네가 알아듣게 설명하자면 이 벽은 환상이니까, 아니, 환상이라는 말은 어폐가 있군. 문이라고 해두자. 아무튼 이 문은 우리 드래곤들은 통과시키고 타 종족들에게는 통과시키지 않는, 말 그대로 벽이 되는 거니까 조건이 까다로운 문쯤으로 여기면 되지 않겠냐?"

"음… 그래서 루디안 아저씨가 그냥 가신 거군요."

떼떼는 알아들었다는 듯 고개를 끄덕이며 벽을 뚫어져라 바라보았다. 아무리 그렇게 노려봐도 벽은 벽이다. 내키지 않는 것이 당연하지만 리도스가 얼른 따라오라며 벽 저편으로 사라졌을 때는 자신도 모르게 리도스가 보이지 않는다는 사실에 불안해져서 내키지 않는지 어떤지도 모르는 채 눈을 꼭 감은 채 벽을 향해 돌진했다.

쿵!

"아야야야… 거봐 벽이잖아요. 히잉~"

떼떼가 뭔가 단단한 것에 부딪쳐 빨개진 자신의 이마를 만지작거리며 칭얼거리자 리도스는 혀를 쯧쯧 찼다.

"어이! 어이! 떼떼야, 넌 내가 벽으로 보이냐? 앞을 보고 뛰어야지. 기껏 여기까지 왔더니 제일 먼저 하는 짓이 나를 박치기로 밀어버리는 거냐? 조심해, 조심. 으으~ 거 조그만 게 엄청 아프구만."

떼떼는 그 말에 슬쩍 눈을 떴다. 리도스가 자신의 어깨에 손을 올리고 있는 것으로 보아 무작정 달려와선 땅으로 넘어지려는 것을 리도스가 붙잡아준 모양이었다. 그 와중에 떼떼가 머리로 그를 들이박아 버린 것이지만, 그는 차마 떼떼에게 화를 내진 못하겠고 주의만 주는 정도로 넘어가고는 자신도 아픔으로 얼굴이 벌겋게 물들어 있으면서도 떼떼가 어디 다치지 않았는지 걱정스런 눈으로 살피는 것을 잊지 않았다.

"음… 다행히 어디 다치진 않은 것 같네."

"에헤헤, 죄송해요, 아저씨."

떼떼는 귀엽게 혀를 내밀어 보이고는 멋쩍은 웃음을 흘렸다. 그는 떼떼의 모습에 조용히 미소를 지었다. 그러나 그것도 잠시, 리도스는 시선을 떼떼에게서 천장으로 돌리고는 좀처럼 떼떼 앞에서는 잘 짓지 않는 쓸쓸한 표정을 지어 보였다.

떼떼가 이상하다는 듯 리도스의 시선을 따라 그가 응시하고 있는 천장을 바라보자, 그곳에는 칠흑색의 레이피어가 예리한 빛을 뿜어내며 허공에 떠 있었다. 떼떼는 그 검에서 왠지 모를 낯익은 기운을 느꼈다. 둘 다 한동안 아무 말이 없이 레이피어만을 바라보았다.

"네 검이야."

마치 다시는 입을 열지 않을 것 같았던 리도스가 여전히 쓸쓸한 표정으로 뗴뗴에게 속삭였다.

"네 검이니까 네가 가져와라."

리도스는 다시 한 번 뗴뗴에게 그렇게 속삭이고는 한 발짝 검과 뗴뗴에게서 물러섰다. 레이피어는 마치 리도스가 물러서기만을 기다렸다는 듯이 서서히 공중에서 뗴뗴의 발 앞까지 내려오기 시작했다. 자질구레한 마법 하나에도 놀랍다는 감탄사를 터뜨리던 뗴뗴는 검이 자신의 발 아래로 내려오고 있는데도 얼굴 표정 하나 변하지 않았다. 오히려 점점 무표정해져 간다는 느낌이 들 정도로 차분해져 갔다.

"이제야 알겠어! 아저씨, 이 검 왠지 낯익은 기운이 흐른다고 생각했더니, 이 기운… 아버지의 기운이에요. 말해 주세요. 이 검이 왜 아버지의 기운을 풍기고 있는 것인지에 대해."

레이피어는 이제 완전히 뗴뗴의 발 아래에 꽂혀 있었다. 리도스는 누구를 향한 것인지 모를 살기를 내뿜었다. 리도스가 그렇게 극진하게 아껴오던 뗴뗴마저 얼굴이 하얗게 질려 있게 만들 만큼 완연하게 드러나는 살기.

"검부터 뽑아라."

뗴뗴가 알고 있던 리도스가 아닌 것만 같아 슬그머니 오기가 생겨났다. 자신이 어린 만큼 하루 종일 귀찮을 정도로 이것저것 질문을 해댈 때도 겉으로는 시끄럽다 라고 하지만 그 와중에도 뗴뗴가 납득할 만한 이유를 알려주는 자상한 리도스다. 한 번씩 아주 어쩌다 한 번씩 뗴뗴에게 명령조의 말을 내뱉을 때도 있지만 뗴뗴는 그런 그의 얼굴에 한 번도 질린 적이 없었다. 겁을 먹어본 적은 더 더욱 없었다.

뗴뗴는 검에 올리려던 손을 다시 내려놓고는 리도스의 얼굴을 정면으로 바라보았다. 떼떼에게 있어 리도스는 세상에서 가장 좋아하는 드래곤이다. 어쩔 때는 곁에 존재하지 않는 아버지나 어머니보다도 소중하게 여기질 정도로.

"대답부터 먼저 해주세요."

떼떼의 얼굴은 이제 그 어느 때보다 편안해 보였다. 아니, 자신을 쫄게 만든 리도스의 잘못을 따지고 말겠다는 듯한 얼굴로 돌아가 있었다. 그런 그의 영향을 받은 것일까? 리도스도 자신의 실수를 눈치 채고는 본래의 천역덕스러운 표정으로 돌아가 겸연쩍은 듯한 미소를 지었다.

"이런, 미안~ 미안~ 기분 상했나 보구나. 그치만 검부터 좀 뽑아주렴. 그동안 난 너에게 해줄 이야기를 정리하고 있을 테니까."

떼떼는 잠시 고개를 갸우뚱거리다가 리도스를 바라보았다. 자신에게는 이제까지 단 한 번의 거짓말도 하지 않았던 리도스다. 떼떼에게 거짓말을 할 것이라면 아예 입을 열지 않는, 의외로 상당히 고지식하면서도 우직한 면이 있는 리도스였다. 때떼는 할 수 없다는 듯 검을 바닥에서 천천히 뽑아 들었다. 깊숙이 박혀 있을 줄 알았는데 마치 검집에서 칼을 뽑아 드는 것보다 더 쉽게 빠져나오자 균형을 잃고 넘어져 버렸다. 평상시 같았으면 리도스가 잽싸게 떼떼가 넘어지지 않게 잡아줬을 텐데 이번에는 그저 한숨만 내쉬었다.

'하아~ 아직 너무 어려.'

리도스는 안타까운 눈으로 떼떼를 바라보았다. 그런 눈길을 눈치 채지 못했는지 떼떼는 벌떡 일어나서는 의기양양한 표정으로 그를 바라보았다.

"검 뽑았으니까 이젠 말해 주세요. 왜 이 검에서 아버지의 기운이 느껴지는지."

아까의 무표정과는 달리 좀 더 장난스런 표정의 떼떼를 바라보는 리도스의 표정에는 이곳에 들어섰을 때부터 느껴졌던 쓸쓸함이 저절로 묻어 나오고 있었다.

　"그래… 이야기해 줘야겠지. 그것에서 너희 아버지의 분위기가 묻어 나오는 것은 어떻게 보면 당연한 이야기다. 네 아버지가 내게 네가 성년이 되거든 선물로 주라고 부탁한 검이거든."

　"그런데 전 해츨링이잖아요. 왜 벌써 주시는 거죠?"

　"떼떼야, 그 검은 네 명령밖에는 듣지 않을 거다. 일단 네 손에 한번 쥐어지면 말이다. 절대로 소유권을 넘겨주지 말아라. 나에게도 안 돼. 만일 강제로 뺏어가려고 한다면 원래 있어야 할 장소로 돌아가라고 검에게 명령해."

　"그건 대답이 되지 않아요. 게다가 아저씨가 같이 계신데 누가 이걸 뺏어간다는 거예요?"

　"수피아님께서 현재 그 검을 가지고 신이란 작자들의 비위를 맞추려고 하고 계신다. 미리 이야기해 두마. 무슨 일이 있어도 레이피어를 넘겨주면 안 된다. 설령 내가 잡혀서 누군가가 나와 레이피어를 교환하자고 해도 거절하거라."

　리도스의 표정은 한순간 비장해졌지만 불안한 표정을 짓는 떼떼를 바라보자 언제 그랬냐는 듯 자신만만한 표정을 지어 보였다.

　"세상에 크로매틱 드래곤, 이 리도스를 이길 수 있는 작자들은 아데스 전체를 뒤져서도 세 손가락 안에 꼽힌다. 죽으면 죽었지 절대로 납치 같은 건 안 당하니까 걱정 마. 하하핫!"

　그의 자신만만한 표정과 말투에서 떼떼는 간신히 불안한 기색을 떨쳐 버릴 수 있었다.

　"자, 그럼 이제 슬슬 나가볼까?"

　벽을 뚫고 들어가는 것도 했는데 나오지 못할 리가 없으니 그들은 순조롭게 그곳에서 나왔다. 벽을 따라 뱀처럼 구불구불한 길을 걸어나가던 그들은 마침내 빛이 들어오는 곳을 발견할 수 있었다.

"출구다!"

떼떼는 겨우 몇 시간 만에 다시 보는 빛을 마치 몇 년 동안이나 보지 못한 것 마냥 감격한 표정으로 뛰어가기 시작했다. 그런데 이게 웬일? 드워프들이 출구에 새로운 장치를 추가시킨 듯 떼떼가 밟는 땅마다 마치 스위치를 누를 때나 나는 철컥거리는 소리가 들려오는 것이 아닌가. 리도스는 순식간에 당황한 목소리로 외쳤다.

"떼떼야! 뭘 밟은 거야? 에라… 모르겠다. 빨리 뛰어!"

리도스의 불안한 목소리에 타당성을 부여해 주고 싶었는지 말을 마치자마자 동굴이 무너지는 듯한 소리가 들려왔다. 흘낏 뒤를 돌아본 떼떼는 사색이 되어 미친 듯 달리기 시작했다.

"아저씨! 돌 굴러와요!"

리도스는 순간 확인이라도 하려는 듯 휙 뒤를 돌아보았다. 리도스의 키를 두 배는 합쳐 놓은 듯한 집채만한 돌이 연달아 세 개가 굴러오고 있는 끔찍한 상황이 그의 눈앞에서 연출되고 있었다. 여차하면 레비테이션이라도 하려고 했는데 돌과 천장 사이에 남는 공간이라고는 박쥐 한 마리가 겨우 들어가면 꽉 낄 것만 같다. 리도스는 더 이상 뒤 같은 것을 바라볼 여유를 가지지 못했다. 숨이 가빠 헐떡거리고 있는 떼떼를 옆구리에 끼고 달리고 있건만 돌이 구르는 속도는 가속도까지 붙어 점점 빨라지더니, 마침내 리도스의 등에 부딪쳐 온다는 느낌이 들어왔다.

"아저씨, 오른쪽 코너!"

떼떼의 비명 섞인 한마디에 간발의 차이로 거대한 돌덩어리는 애꿎은 벽면만을 들이박았다. 리도스는 간신히 밖으로 나갈 수 있었던 것이다.

"하… 떼떼야… 날 죽일 수 있는 자가… 한 명 더 늘어났구나……."

리도스는 숨을 고르며 출구로 나온 소감을 이야기하자 떼떼는 겸연쩍은 미소를 지었다.

"죄송해요, 에헤헤헤. 그럼 이젠 어디로 가는 거죠?"

"아렌."

"수피아님이 계신 곳으로요?"

"수피아님도 참… 뭐 건져 먹을 거 있다고 그 촌구석에서 계속 버티는 건지 몰라."

"난 말만 들었는데… 인간과 함께 산다면서요?"

"흠… 나도 자세한 건 잘 몰라. 가보면 알게 되겠지."

그는 수피아의 인간으로 폴리모프했을 때의 얼굴을 떠올렸다. 은빛으로 반짝이는 가느다란 머릿결, 하얀 피부, 10대 후반으로 보이는 앳된 얼굴의 아름다운 소녀의 모습. 적어도 그 작은 마을에 그 정도의 미녀가 살고 있다면 모르는 사람은 없을 것이다.

리도스와 떼떼는 동굴에서 한참 떨어진 곳으로 가서는 워프 게이트를 열었다. 아렌같이 작은 마을에 여행자가 나타난다면 여행자에 대한 소문은 순식간에 퍼질 것이고, 호기심 강한 사람들은 그들을 관찰하기 위해 여행자가 묵는 여인숙에 자주 들락날락거리며 여행자를 관찰할지도 모를 일이다.

워낙 작은 마을이라 외지 사람들이 잘 오지 않는 대부분의 작은 마을에서 흔히 있는 이야기들이기에 여행자에게 관심도 많고, 친절해질 수밖에 없는 법. 그러나 갑자기 불쑥 마을 안에 처음 보는 여행자가 돌아다닌다면?

마을 입구로 걸어 들어오는 것을 보지도 못했는데 처음 보는 사람이 갑자기 턱하니 마을 안을 돌아다닌다면? 아마 대부분의 사람들이 그가 마법사라는 것을 눈치 채고 병자의 치료나 몬스터 퇴치 같은 평소에 자기네들이 처리하기 힘들었던 일들을 부탁할지도 모르는 일이다. 그들의 부탁을 거절하게 되면 당연히 그 호기심이 적대감으로 변할지도 모르는 일인만큼 이처럼 골치 아픈 일도 없다. 리도스는 한숨을 내쉬며 편하게 여행하리라는 마음을 버리고는 그저 동굴이 있는 곳에서 벗어나 다시 프로소 섬으로 갈 수 있는 워프 게이트를 뚫었다.

"예정 변경이야. 떼떼, 너도 워프로 가려면 아쉽지? 여행자처럼 가려면 배라도 타고 가는 것이 좋을 것 같군."

"음? 그럼 어디서 가야 하죠? 이 근방에도 다른 곳으로 나갈 수 있는 길이 있어요?"

"길이야 내가 지나가는 곳이면 어디든지 길이 되는 거지 뭐."

"아저씨… 왠지 잘난 척하시는 것 같은데요."

"원래가 잘난 놈이니까. 뭐… 아무튼 아렌이면 리절트인가? 프로소로 돌아가서 돈 좀 챙기고, 거기서 배를 타고 가면 되겠지."

"그렇군요."

떼떼의 짤막한 대답을 신호로 그들은 워프 게이트 안으로 사라져 버렸다.

"다시 한 번 말해 봐!"

이제까지 검과 대화 나누는 것에 끼어들지 않았던 애버딘은 살기등등한 눈빛으로 피스를, 아니, 메디엔을 노려보았다. 메디엔은 애버딘의 그런 눈빛이 재밌다는 표정으로 생긋 웃으며 천천히 입을 열었다.

"내가 받기로 한 것은 그녀의 수.명.이.야."

그러나 그녀가 입을 닫았을 때의 표정은 확연히 구겨져 있었다. 어느새 애버딘이 그녀의 등 뒤로 돌아가서는 그녀의 목을 파타로 겨누고 있었기에.

"흥! 뭘 모르는 모양인데 그걸로 날 찌르면 어떻게 되는 줄 알아? 피스만 죽는 거야. 자! 어디 한번 할 수 있다면 네 손으로 네 동료를 죽여봐. 번거롭더라도 기꺼이 다른 주술사의 육체를 빌려 칭찬해 주러 와줄 테니까."

그녀는 한심하다는 듯한 말투로 피스의 목을 파타에게 더욱 바짝 갖다 대며 애버딘을 조롱했다. 애버딘은 열이 받은 듯 얼굴이 잔뜩 일그러져 있었으나 말은 맞는 말이다.

메디엔은 피스의 육체를 빌린 것이니 찌른다면 피스만 죽을 뿐이고, 그녀는 새로운 주술사와 계약을 맺으면 다시 새로운 육체를 이용해 얼마든지 자신의 앞에 나타나 두고두고 그의 어리석음을 놀려댈 수 있다. 파타를 슬그머니 내리는 애버딘에게 그녀는 피식 미소를 지어 보였다.

"걱정 마, 걱정 말라구. 피스 팔자를 보면 명줄도 아주 길고, 보기보다 신중한 성격이라 어지간한 일이 아니라면 날 부르지도 않으니까. 모르긴 몰라도 90은… 아! 내가 지금까지 총 10년 깎아먹었지? 정정. 80은 산다고. 장수해, 장수."

위로랍시고 그녀가 내뱉은 말에 애버딘은 더욱 열이 받았는지 독기를 품은 듯한 목소리로 그답지 않은 매서운 눈초리로 그녀를 노려보았다.

"닥쳐! 그앤 겨우 열여섯 살이야. 넌 그녀가 15년을 사는 동안 그녀의 인생 중 10년을 깎아먹었어. 그런데 장수라고? 핫! 웃기시네."

그의 비아냥거림에 그녀는 잔뜩 화가 난 듯 새빨개진 얼굴로 한동안 눈싸움이라도 하려는 듯 그녀 역시 그를 노려보았다.

"웃긴다고 해도 할 수 없어. 네가 주술사에 대해 뭘 알아? 15년 중에 10년을 깎아먹었다고? 다크에선 지금도 다섯 살짜리 아이들이 20년도 넘는 수명을 깎아가며 수련을 쌓고 있어. 우리라고 어린아이의 수명을 받고 싶어서 받는 줄 알아? 저주받을 주술들을 만들어낸 게 누군데? 너희들 인간이야. 모르면 가만히 있어! 너희 빌어먹을 인간들이 잘 쓰는 말 있잖아. 가만히 있으면 중간은 간다고!"

그녀는 기분을 망쳤다는 듯 한동안 툴툴거리다가 참는다는 표정을 지어 보였다.

"하긴, 너희에게 이런 이야기해 봤자 바뀌는 게 있는 것도 아니고, 피스가 계속 너희를 따라 다니는 이상 또 언제 볼지도 모르니 오늘은 이만 물러가기로 하지. 다음에 만날 때는 그렇게 오크 보는 듯한 표정 짓지 말아줘. 감정 상하니까."

그녀의 말이 끝남과 동시에 피스는 마치 조종하던 실이 끊어져 버린 듯한 인형처럼 힘없이 털썩 땅바닥에 주저앉았다. 놀란 표정으로 자신을 부축하는 애버딘에게 그녀는 멋쩍은 미소를 지으며 말했다.

"에헤헤, 난 괜찮은데. 그나저나 애버딘님께서 화내니까 굉장히 무섭던데요? 애버딘님께 그런 면이 있는 줄 몰랐어요."

"…미안."

"뭐가 미안해요?"

"아, 그게… 그냥 이것저것……."

차마 목에 파타를 들이대서 미안해 라는 말은 못하겠는지 그가 머리를 긁적거리자, 피스는 씨익 미소를 지어 보였다. 그가 만일 그대로 화가 나서 날뛰었다고 해도 그녀는 그를 미워할 수 없을 것만 같았다. 지금까지 자신이 알고 있던 많은 사람 중에 그 누구도 자신의 수명이 줄어드는 것에 대해 화를 내주는 사람은 없었다. 오히려 호기심 어린 시선으로 바라보다가 결국 곤란한 일이 생기면 무작정 해결해 달라고 매달리는 것이 자신이 기억하고 있는 사람의 일반적인 모습이었던 것이다.

'어떻게 내가 애버딘님을 미워할 수 있겠어? 후훗.'

그녀는 마치 백마 탄 왕자를 동경하는 듯한 눈으로 한동안 그를 바라보다가 카디프의 '언제까지 그러고 있을 거냐?'는 듯한 시선과 마주쳐 버렸다. 그녀는 발그스레해진 얼굴로 애버딘의 곁에서 물러났다. 아직도 땅바닥에 있던 지혜의 검 트리아는 짜증스러운 목소리로 그들에게 명령했다.

"날 빨리 제대로 잡지 못해?! 언제까지 나에게 모욕을 줄 셈이냐? 너희들이 그러고도 검을 쓰는 전사라고 할 수 있어?"

사실 이 일행 중 전사라고 불릴 만한 사람은 아무도 없지만 사정을 모르는 트리아는 아랑곳없이 떠들어대고 있는 중이었다.

"정말이지… 요즘 젊은것들이란 대화 도중에 갑자기 끼어들더니 쑥대밭을 만들지 않나, 이렇게 눈들이 많은 데도 둘만의 세계에 빠져서는 뭐 하자는 거야?! 정말이지 매너라고는 눈곱만큼도 없다니까."

피스는 인상을 찌푸리며 트리아를 잡고는 손잡이에 붙였던 부적을 떼어내는 순간, 그녀는 화들짝 놀란 나머지 검을 팽개치고 말았다. 카디프가 의아한 듯 그녀를 바라보자 그녀는 그를 향해 어색한 미소를 지어준 다음 다시 검을 집어 들었다.

"그러게 누가 비명을 지르래? 아프긴 뭐가 아프다고 엄살이야?"

볼멘소리로 중얼거리는 것으로 보아 아프다고 비명을 지르는 소리에 피스가 놀란 모양이었다. 그녀는 트리아에게 짜증스럽다는 표정으로 외쳤다.

"시끄러! 시끄러! 빨리 길이나 알려줘."

영문을 모르는 카디프나 애버딘으로서는 그저 피스의 원맨쇼를 감상할 수밖에 없었다. 이윽고 피스는 그 검에게 들을 대로 줄줄 읊어 나갔다.

"음… 우리가 아까 들어왔던 문으로 다시 나가서 오른쪽으로 가라는데요."

애버딘은 그 말이 떨어지기가 무섭게 문을 향해 외쳤다.

"드워프의 로망은 광산에 있다."

문은 처음과 같이 변함없이 매끄럽게 열렸고, 일행들은 애버딘의 뒤를 쫓아 문밖으로 나왔다.

"그러나 장인이 되는 것 또한 그들의 로망이다."

문이 닫히는 것을 확인할 겨를도 없이 애버딘은 뛰기 시작했다. 일단 방법이 없을 때야 여유를 부리든지 검과 유령이 대화를 나누는 것을 듣고 있든지 할 수 있었지만, 리즈를 구할 수 있는 방법을 알았는데 시간을 지체한다는 것은 왠지 그녀에게 너무 미안한 일인 것 같기도 하고, 자신 또한 불안했기에 마음이 성급해지고 있었던 것이다.

처음 들어왔을 때처럼 잔뜩 긴장해서 채찍으로 일일이 땅을 점검하는 짓 따위는 드워프가 어쩌고저쩌고할 때 이미 갖다 버렸는지 몇 번 눈으로 쓱쓱 주위를 둘러보고는 누가 보면 달리기 경주라도 하는 사람처럼 뒤쫓아오는 일행들을 간간히 확인하며 속력을 좀 더 높일 뿐 말을 걸거나 하는 일도 없었다.

그렇게 한참을 달리다 보니 마치 버섯 농장을 연상시킬 만큼 끝도 없이 펼쳐진 버섯에 입이 쩍 벌어졌다. 버섯은 일행 모두가 처음 보는 종류였고, 크기도 제각각이었다.

"이런! 길이 없잖아. 이 길이 확실해?"

피스는 트리아를 다그치며 다시 버섯 천국을 바라보았다.

"이거… 밟고 가든지, 베고 가라는 데요? 그편이 제일 빠른 지름길이라고……."

피스의 말에 애버딘은 사정없이 버섯을 베어내기 시작했다. 파타의 길이는 일반 검보다는 짧지만 단검의 길이는 충분히 나왔기에 특별히 불편함을 느끼진 못했다. 그렇게 키가 작은 버섯은 그들이 발 아래로 밟혔고, 키가 제법 큰 버섯은 날카로운 칼날 아래 잘려 나갔다.

애버딘과 카디프가 버섯을 무자비하게 없애는 동안 피스도 가만히 있을 수 없다는 듯 한몫 단단히 거들고 나섰다. 요염한 그녀의 눈동자가 빛을 뿜어내며 유연한 팔놀림으로 트리아를 휘두르는 모습은 꼭 검무를 보는 듯한 느낌마저 들었다. 상대가 위력적인 몬스터가 아닌 버섯이라는 게 아쉽지만 말이다.

버섯이 잘릴 때마다 희뿌연 가루 같은 것이 날려 이내 그들은 자신의 목이 컬컬해져 오는 것을 느낄 수 있었다. 기침까지 해대며 버섯들을 제거한 효과가 있었든지 마침내 정상적인 길이 보이기 시작했다. 벽을 따라 위로 올라가던 그들 앞에 웬 보물 상자가 떡하니 놓여 있었다. 애버딘은 이리저리 살펴보더니, 결국 딱히 설치된 함정이 없다는 것을 깨닫고는 상자를 열어 보았다.

"와우! 그 검에 장식하는 보석 같은데?"

애버딘은 파란색의 에메랄드를 피스에게 건네주었다. 과연 눈썰미 좋은 애버딘의 말답게 트리아의 손잡이에는 에메랄드가 들어갈 만한 구멍이 나 있었고, 피스는 그 에메랄드를 구멍에 끼워 넣었다. 순간 빛이 번쩍하는 느낌이 들더니 군데군데 이빨이 다 나가 있던 트리아는 마치 이제까지 낡았던 모습은 다 거짓말이라는 것처럼 새파랗게 선 자신의 날에 피스의 얼굴을 비칠 정도로 완전한 새 검이 되어버린 것이다.

"마법석인가?"

카디프의 말에 애버딘은 입맛을 쩝쩝 다셨다.

"흠… 저렇게 큰 상자에 딸랑 보석 하나만 넣어놓다니 왠지 낭비라는 생각이 드는걸. 마법석이라는 게 그렇게 대단한 건가?"

"눈으로 보고도 모르냐? 꾀죄죄하고 낡은 검을 단번에 새 검으로 만들어 버리는데, 대단한 거지."

"그렇구나."

애버딘은 겸연쩍은 표정으로 피스를 바라보았다. 그녀는 아주 흡족한 표정으로 트리아를 바라보며 미소를 짓고 있었다.

"그래그래, 멋져, 멋있다고. 그게 원래 네 모습이라 이거지?"

"음… 다.좋으니까 빨리 서두르자고."

애버딘의 말에 피스는 고개를 끄덕이고는 앞장을 서서 한참을 또 위쪽으로 올라가기 시작했다. 그러나 그들은 이내 표정이 굳어 버렸다. 아까와 같은 버섯이 좀 더 오밀조밀하게 붙어서는 빽빽하게 공간을 채우고 있는 것이다. 말없이 버섯을 제거하며 버섯이 없는 곳으로 나오는 순간, 트리아는 다시 예전의 이빨 빠진 낡은 검으로 돌아가 버렸다. 당황한 피스는 트리아의 손잡이에 박힌 에메랄드를 다시 뺐다가 끼워보았지만 결과는 마찬가지였다. 카디프는 그것을 보더니 갑자기 눈을 감고 파이어 볼의 주문을 외웠으나 어찌 된 일인지 마법은 발동되지 않았다. 그는 이미 마법이 발동되지 않을 거란 사실을 알고 있었는지 침착한 표정으로 애버딘에게 말했다.

"마력 무효화시키는 버섯이었어. 우리가 당한 거야."

"에에엑?! 뭐야, 그거. 그럼 카디프, 너 마법 못 쓰는 거야?"

"당분간은 그렇겠지. 넉넉잡아 일주일 정도?"

마치 남의 일 이야기하듯 말하는 그를 보며 피스는 어쩔 줄 몰라 했다. 길을 안내한 것은 피스 자신이었으니 미안할 수밖에. 엄밀히 말하자면 트리아가 안내를 한 것이지만, 트리아는 버섯에 대해 모르고 있었던 듯했다.

"야! 이게 어떻게 된 일이야?"

피스가 따지듯 트리아에게 언성을 높였다.

"뭐래?"

"…얘는 길밖에 모른데요. 함정이고, 서식하는 몬스터에 대해선 그렇게 상세하게 알진 못하니까 아는 것만 가르쳐 줄 거고, 주로 자기는 지름길로 안내하는 거니까 싫으면 헤매라는데요?"

피스의 말에 모두는 한숨을 내쉬었다.

"어차피 여기서 이러고 있어봐야 아무 소용 없어. 일단 전투력부터 챙겨보자고. 카디프, 너 그 배낭 안에 무기 챙겼어?"

카디프는 활과 화살을 들어 보였다. 굳이 활의 종류를 따지자면 컴포짓 보우 정도? 사실 카디프의 활은 카디프가 사용하기 좋도록 일종의 개조를 거친 것이라 종류로 가름한다는 자체가 힘들지만, 모양으로 따지자면 일반 활보다 작아 휴대하기 좋으며 파괴력 또한 롱 보우 못지 않다. 그렇기에 애버딘 광신도가 살고 있던 동굴까지 가서 가지고 나온 정도로 꽤나 아끼는 물건이었고, 손질이 잘되어 있음은 두말할 나위 없었다.

"그 외에는?"

"없어."

"검 종류는 하나도 없는 거야?"

"없어."

"…이봐, 뭘 믿고 그렇게 아무것도 안 챙긴 거야? 지난번에 진실의 숲에서 들고 있던 검은 어쨌어?"

"프로소에 두고 왔어. 활과 화살이면 충분하리라 보는데? 평상시에는 주로 마법이나 정령을 이용해 싸웠으니 무기야 아무렴 어때?"

애버딘은 오랜만에 슬라임 제리를 잔뜩 입에 문 듯한 표정을 짓고는 고개를 흔들었다. 그리고는 자신의 품에 넣어두었던 단검을 그에게 건네주었다.

"없는 것보단 낫겠지. 만일 적의 움직임이 빨라서 네 코앞에 있을 때도 검이 필요 없다는 소리를 할 거야? 목숨을 잃는 건 순식간이야, 순식간."

카디프는 그 말에 싱긋 미소를 지어 보이고는 단검을 받아 허리춤에 꽂아넣었다. 이번에는 피스의 차례.

"피스, 혹시 그 주술이라는 게 마력을 이용해서 쓰는 거야?"

"아뇨. 그런 거랑은 상관없지만, 이 검이 무용지물이겠는데요. 아무래도 마법 검이라니까 마력이 봉인당하면 그저 평범한 검이 될 뿐이잖아요?"

"흠… 피스, 넌 주로 쓰는 공격법이 뭐야?"

"원거리, 근거리, 직접, 간접 다 자신 있어요. 전 이래봬도 유능한 주술사라구요. 적어도 방해는 되지 않을 테니까 두고 보세요."

애버딘의 질문에 피스는 가볍게 윙크를 해 보이며 자신의 배낭에서 작은 주머니를 꺼내 들었다. 뭐가 들어 있는 건지 알 수는 없지만 제법 묵직해 보이는 것이 그녀의 말대로 일행의 짐이 될 것 같진 않았다. 그는 가볍게 한숨을 내쉬며 자신이 맨 앞 선두를 맡기로 하고 뒤를 카디프에게 부탁했다. 피스에게 가운데를 맡으라는 말을 하다 말고 애버딘은 왠지 꺼림칙하다는 표정으로 그녀를 바라보았다. 메디엔의 말이 생각이 났던 걸까?

"너, 주술 쓸 때 수명이 깎이는 거야?"

"아뇨, 메디엔을 불러낼 때만 그런 거예요. 너무 신경 쓰지 말아요. 아무래도 제가 애버딘님보다 오래 살면 오래 살았지, 일찍 죽지는 않을 테니까요. 후훗."

그녀의 말에 애버딘은 씁쓸한 미소를 지었다.

'나보다 오래 살려면 아마도 넌 마녀가 되어야 할 거야.'

"이제 다 된 거라면 여기서 시간 지체하지 말고 빨리 앞으로 가자고. 리즈 기다리겠어."

카디프의 말에 정신을 차린 듯 애버딘은 발걸음을 재촉했다. 길은 아직 한 갈래뿐이었으므로 순탄하게 앞으로 나가는 듯했으나, 오른쪽 모퉁이를 돌아서는 순간 피스는 비명을 지르며 뒤로 주춤 물러섰다.

"왜 그래?"

의아한 표정의 카디프에게 애버딘이 피스를 대신해 미소를 지어 보였다.

"별거 아냐. 아마도 이 던전을 먼저 탐사했던 사람 중 한 명의 잔해인 것 같아."

"해골이군."

"피스, 그렇게 겁낼 필요 없어. 이 해골은 절대로 안 움직인다고. 메롱~ 봐! 이런 짓을 해도 가만히 있잖아."

애버딘은 피스를 위로해 준답시고, 해골 앞에서 알짱거리며 너스레를 떨었다.

"애… 애버… 애버딘님……."

"내 이름이 그렇게 기냐? 왜 그러는데? 아직도 그렇게 무서워?"

"바보야, 뒤나 돌아봐라. 그 해골은 평범한 해골이 아니라고."

카디프가 활시위를 당기며 애버딘에게 주의를 주자 그는 황급히 엎드리며 뒤를 돌아보았다. '퍽' 소리와 함께 화살은 해골의 로

브를 정확하게 꿰뚫고 벽에 박혀 버렸다. 졸지에 벽에 박힌 로브 때문에 균형을 잃고 휘청거리던 해골은 눈동자가 있어야 할 자리를 대신하고 있는 희미한 불빛을 번뜩이며 그들을 노려보았다.

"신성한 이곳을 침범한 이유가 뭐냐?"

음산한 목소리가 동굴 안을 가득 메우자 애버딘은 살짝 인상을 찌푸렸다.

"제가 아저씨더러 '메롱!'이라고 혀를 날름거린 건 잘못했지만, 그렇다고 갑자기 일어나시면 기껏 긴장이 풀리려던 피스가 더 겁먹잖아요."

"이곳에 뭐 때문에 들어왔냐고 물었다."

카디프는 나서려는 애버딘을 얼른 붙잡고는 정중하게 예를 갖췄다.

"일행이 지금 저주를 받았기에 그것을 풀 수 있는 아이템을 찾으려 들어왔습니다."

그의 말에 해골은 앙상한 자신의 손으로 로브에 박힌 화살을 뽑아 들었다.

"네 것이지? 넌 나중에 상대할 테니 얌전히 기다리고 있어. 거기 있는 아가씨들은 무슨 이유로 들어온 거냐?"

해골은 피스와 애버딘을 통틀어 아가씨라고 묶어버리고는 그들의 대답을 기다렸다. 애버딘은 짐짓 못 들은 척하며 피스의 어깨를 툭 쳤으나, 해골은 끝내 확인 사살을 하고 말았다.

"금발의 아가씨, 다른 아가씨가 떨고 있는 것 같으니 아가씨가 먼저 이야기를 해주지 그러나? 아가씨가 좀 더 담력이 있어 보여서 하는 말이네."

애버딘은 한숨을 푹 내쉬며 카디프를 바라보았다. 마치 이젠 귀찮으니까 네가 대신 이야기해 달라는 듯. 카디프는 고개를 끄덕이며 해골에게 말했다.

"뭔가 오해하신 듯한데… 애버딘은 그러니까, 당신이 금발 머리의 아가씨라고 부른 그는 남자입니다. 그리고 저는 당신에게 공격을 가한 것이 아니라, 당신이 애버딘을 해치려는 것 같아 주의를 준 것뿐입니다."

"그렇게 말하는 것을 보니 너희들은 다들 한 패로구나. 그렇다면 이곳에 들어온 목적도 같겠군. 좋아, 그렇다면 더 들을 것도 없지."

을씨년스러운 목소리는 카디프의 말을 무시한 채 자신의 검을 꺼내 들었다. 살아 있었을 때 힘 꽤나 쓰던 양반이었는지, 그가 꺼내 든 검의 종류는 바스타드 소드였다. 애버딘은 약간 긴장한 눈빛으로 선방을 날렸다.

챙!

애버딘이 틈을 주지 않으며 재빠르게 휘두른 파타를 그는 가소롭다는 듯 손쉽게 자신의 검으로 막아내며 부츠를 신은 발로 애버딘의 배를 걷어차 버렸다. 하지만 애버딘은 특유의 빠른 몸놀림으로 간신히 해골과의 거리를 유지한 채 떨어졌고, 기다렸다는 듯 카디프의 화살이 해골의 두개골을 노리며 날아들었다. 피스는 그제야 간신히 정신을 차린 듯 카디프를 향해 외쳤다.

"적의 약점은 뭐죠?"

"머리! 산산조각내 버려야 해."

카디프의 말을 들은 그녀는 자신이 들고 있던 주머니에서 하얀 종이 뭉치를 꺼냈다.

"그대의 시간은 곧 내가 가지고 있는 시간, 우리는 같은 시간을 살아가는 자들… 나의 시간을 포기할 터이니, 너의 시간을 나에게 다오."

마치 손으로 별 모양을 그리는 듯한 동작을 취하던 피스는 해골의 바스타드 소드가 바람을 가르며 애버딘을 내려치려는 순간 날카롭게 외쳤다.

"그대로 멈춰라!"

놀랍게도 피스의 그 한마디에 애버딘이고, 해골이고 할 것 없이 그 자리에서 멈춰 버렸다. 해골을 노리고 날아오던 카디프의 화살마저 피스의 명령대로 멈춘 판인데 생명을 가진 자들이 어련하겠는가. 피스는 트리아를 높게 치켜들고는 그대로 해골의 머리를 내려쳤다.

픅!

두개골의 파편은 사방에서 멈추었고 피스는 식은땀을 닦아내며 만족스럽다는 듯한 미소를 지었다.

"후후, 이것으로 메디엔을 불러내었을 때의 수명은 회복이 되겠지."

트리아가 의아한 듯한 목소리로 그녀에게 물었다.

"수명을 회복하는 방법도 있어?"

"있어. 아까 같은 언데드 몬스터나, 아니면 몬스터들을 죽일 때 그들의 시간과 내가 가진 시간을 바꾸는 거지. 해골 병사가 활동할 수 있는 시간이 얼마나 될 거라고 생각해?"

"흠… 언데드 몬스터를 쉽게 죽일 수 있을 정도의 실력자라… 적어도 50~60년은 활동할 수 있겠지. 여기처럼 찾기 힘든 던전이라면 100년까지도 가능할지도 모르겠네… 혹시 네가 메디엔을 소환하는 것에 큰 부담을 가지지 않는 이유가 거기에 있는 거야?"

"호호호, 네가 생각한 그대로야. 주술사가 빨리 죽는다는 말은 그만큼 유능한 주술사가 없다는 소리지, 주술사가 되면 빨리 죽는다는 소리는 아니야."

그녀의 말에 트리아는 안심했다는 듯한 목소리로 한숨을 내쉬었다.

"하~ 나로서는 다행스러운 이야기지. 모처럼 세상을 구경하게 생겼는데 아무래도 명이 짧은 주인보단 긴 쪽이 낫지. 그건 그렇고… 네 일행들 언제까지 이렇게 멈춰 놓을 건데?"

"나 혼자만 움직일 수 있는 시간이야. 원칙적으로는 너도 움직일 수 없는 것이지만, 내 소유물이기에 가능한 거지. 저들은 내 소유물이 아니야. 그저 동료일 뿐이지. 나의 시간이 끝나는 대로 움직이게 될 테니까 신경 쓰지 않아도 돼."

피스는 조용히 미소를 지으며 애버딘을 바라보았다. 소녀같이 깨끗하고 하얀 피부, 반짝이는 금발 머리, 생기있는 파란 눈동자… 다들 소녀라고 오인해도 어쩔 수 없다는 생각이 들었다. 그녀는 조용히 애버딘의 허리를 뒤에서 끌어안았다.

"뭐 하는 짓이야?"

트리아가 남사스럽다는 듯한 목소리로 피스를 훈계하러 들자 그녀는 그저 피식 웃으며 그를 뒤로 당길 뿐이었다.

"시간이 다시 제대로 돌아갔을 때 애버딘님께 해골의 파편을 맞게 할 수는 없잖아."

"저 엘프 양반은?"

"카디프님도 물론 챙겨야지."

피스는 애버딘을 옮길 때와는 상당히 대조적으로 카디프는 팔만 잡아서는 질질 끌다시피 옮기고는 만족했다는 듯한 표정을 지어 보였다. 트리아는 어이없다는 듯한 목소리로 피스를 바라보았다. 그리고는 뭔가를 깨달았다는 듯한 목소리로 떠들어대기 시작했다.

"애버딘이라는 녀석을 좋아하는 모양이구나, 너?"

"어, 어떻게 알았어?"

"네가 하는 행동 보면 딱이지 뭐. 도대체 저렇게 계집애같이 생긴 녀석이 어디가 좋다는 거야?"

"어디가 좋다니 어떻게 그런 말을 대놓고 해? 부끄럽게시리…
그래도 굳이 이야기하자면 예쁘게 생긴 것도 좋고, 착한 것도 좋
고, 밝은 것도 좋고, 또……."

"야! 야! 야!"

"왜?"

"그만 해라. 날 새겠다."

"쳇! 그럴 거면 묻질 말지."

피스는 다시 트리아를 허리춤에 꽂아넣었다. 슬슬 그녀만의 시
간이 끝나가고 있었기에 그녀는 트리아와의 대화를 중단한 것이
다. 그리고 그녀의 판단이 옳았다는 것을 증명해 주듯 해골의 파
편이 사방으로 튀었다.

"어?"

어리둥절한 애버딘이 사방을 두리번거렸고, 카디프 역시 마찬가
지 상황이었다. 피스는 의기양양한 표정으로 그들을 향해 외쳤다.

"다 끝났어요. 얼른 가요."

카디프는 얼떨떨한 눈으로 그녀를 바라보았다.

"어떻게 해치운 거야?"

"뭐… 설명할 수도 없고, 한다고 해도 안 믿을 테니 그냥 넘어가
요. 그나저나 리즈 언니 혼자서 불안할 텐데 서두르는 게 좋겠어요."

피스는 지나가는 말투로 화제를 전환시키고는 걸음을 재촉했다.
카디프는 미심쩍은 표정으로 그녀의 뒤를 따랐으나 곧 그런 생각
들을 떨쳐 버리고는 주변을 경계하기 시작했다. 한참을 걷다 보니
사다리로 이어진 길과 아래로 향하는 길이 나왔다. 리즈는 카디프
와 애버딘에게 물었다.

"사다리로 가는 곳은 몬스터가 득실거리고, 길이가 제법 길데

요. 아래로 가면 길이는 짧지만 길이 복잡하고, 함정이 설치되어 있을 거라는데 어디로 가실래요? 어차피 그것에 대한 정보는 기대할 수 없겠지만… 일단 대충 그렇다니까 선택하는 데 참고는 하라는군요."

그들은 한참 고민하는 듯한 표정을 짓다가 이내 아래로 가는 것으로 의견을 일치시켰다. 함정 해체하는 데는 애버딘 스스로 어느 정도 이골이 나 있다고 말하기도 했고 피스나 카디프 역시 애버딘의 능력을 높이 평가하고 있었기 때문이기도 하지만, 몬스터가 득실거리는 쪽은 시간이 얼마나 걸릴지 기약이 없었다.

"길이 점점 복잡해지네."

세 갈래의 갈림길에 선 피스가 문득 내뱉은 한마디였다. 말이 세 갈래지 그 길이 다 분기점이다. 선택을 잘못했다간 어디서 무슨 일이 벌어질지 알 수가 없는 곳이니 다들 피스의 말에 동감한다는 듯한 표정을 지어 보였다.

사방이 막혀 있는 길다란 통로에서 애버딘은 다들 거기 꼼짝 말고 있으라는 말을 남기고는 바닥들을 살피기 시작했다. 거의 한 발자국 차이로 빼곡이 들어 차 있는 함정들을 발견한 애버딘은 자신이 밟아온 길에 파타로 'X' 자 표시를 해두고는 일행들을 향해 'X' 표시가 그려진 곳만 밟고 오라고 외쳤다. 간격이 워낙 빡빡해서 세심한 주의를 기울이지 않는 한 십중팔구 함정을 밟게 되어 있었기에 다들 조심스럽게 바닥을 살폈다. 발판과 발판 사이에 살짝 금이 가 있었는데 피스의 발이 그만 그 금에 끼어서 넘어지려는 것을 간신히 그 뒤를 따르던 카디프가 하체의 중심을 잘 잡고는 재빨리 상체를 숙여 그녀를 받쳐 주었다.

"빨리 균형 잡아. 이러다간 나도 넘어질 것 같아."

그의 말에 그녀는 황급히 카디프의 위로 쓰러져 있는 몸을 일으켰다. 그러나 그녀가 너무 서둘러 움직이는 바람에 그녀의 허리에 매달려 있던 트리아가 균형을 잃고 한쪽으로 쏠리더니 마침내 땅으로 떨어져 버린 것이다. 일단 검이라고 하면 어지간한 아이의 키만하거나 그보다 큰 경우가 대부분. 트리아 역시 예외는 아니었기에 그들의 노력은 물거품이 되어버렸다. 어디선가 바람을 가르는 소리가 들려오는 듯하자 애버딘은 재빨리 자신의 몸을 땅에 붙이며 외쳤다.

"엎드려!"

애버딘의 목소리와 함께 모두는 땅에 납작 엎드렸다. 아슬아슬하게 그들의 머리 위로 마치 소나기 같은 화살들이 지나가기 시작했다. 앞뒤, 좌우로 날아드는 화살을 무시하고 일어났다가는 온몸에 화살이 꽂힌 멋진 과녁판 하나가 탄생하는 것이다.

"미, 미안해요!"

그 외중에도 잘못을 깍듯하게 사과하려는 듯 피스는 주눅이 잔뜩 든 목소리로 그들에게 용서를 빌었으나, 애버딘과 카디프는 이런 순간에 잘잘못을 따질 만큼 멍청이들이 아니었다. 애버딘은 엎드린 자세에서 땅바닥을 기어가기 시작했다. 어딘가 분명히 이 빗발치는 화살들을 멈추게 하는 스위치가 있을 것이다. 그는 포복을 하다가 말고 잠시 몸을 뒤집어 천장을 바라보았다.

"있다! 있어!"

애버딘은 뛸 듯이 기뻐하며 천장에 볼록 튀어나온 스위치 부분을 바라보았다. 문제는 이렇게 화살이 빗발치듯 떨어지고 있는데 어떻게 천장의 스위치를 누르느냐 하는 것이었다.

"카디프, 저쪽 천장에 푹 튀어나온 부분 맞춰서 들어가게 할 수 있겠어?"

"그 정도야 얼마든지 할 수 있지."

카디프는 자신만만한 목소리로 답하고는 천장을 바라보았다. 주변에서 쏟아지는 화살을 피하기 위해서는 팔을 올려서는 안 된다. 날아드는 화살과 그들이 엎드린 공간의 차이는 불과 10세르도 되지 않는다.

그는 미소를 지으며 활을 천천히 가슴에 가져다 대고는 천천히 활시위를 당겼다. 화살을 바람을 가르며 곧장 위를 향해 날아갔다. 옆으로 날아오는 화살마저 꿰뚫어 버릴 정도로 카디프의 화살은 위력적이었다. '탁' 하는 소리와 함께 천장의 스위치가 들어가자 화살 비는 언제 내렸냐 싶게 그쳤다. 그들은 안전하다는 것을 확인하고는 자리에서 일어났다. 피스는 카디프가 벽면에 못을 치듯 몇 개의 화살을 더 박아넣자 안도의 한숨을 내쉬며 카디프의 활 솜씨를 칭찬했다.

"휴~ 역시 카디프님은 명사수군요. 엘프들이 활을 잘 다룬다는 말을 이제야 실감했어요."

"그런 칭찬하고 있을 시간 없어. 저건 임시방편이야. 곧 저 돌이 다시 튀어나올 거란 말이다. 서둘러!"

애버딘의 말에 그들은 자리에서 벌떡 일어나 죽어라고 뛰기 시작했다. 아까처럼 누워서 꼼짝 못하는 것은 그들의 적성에 맞지 않는 일이다. 잠 잘 때면 또 모를까… 아무튼 통로는 길기도 길었다. 그들이 거의 다 건너갈 무렵에는 또다시 화살이 날아들기 시작했고, 뒤처지는 피스를 챙기느라 미처 피할 겨를도 없이 카디프와 애버딘은 피스를 이 통로의 출구 쪽으로 밀어 넣고는 각각 어깨에 화살 한 대씩 맞고는 뒤로 나뒹굴었다.

"꺄아아아! 애버딘님! 카디프님!"

피스는 비명을 지르며 오도 가도 못하는 신세가 되어 발만 동동 굴렀다. 트리아는 다시 시간을 멈추면 되지 않냐고 말했지만 그것은 어디까지나 희생물, 즉 공격 대상이 있어야만 쓸 수 있는 수법이고, 하루에 한 번으로 제한되어 있는 것이었다.

"카디프… 많이 아파?"

"괜찮아, 넌 어때?"

"괜찮아, 그럼 우리 중에 환자는 없다는 얘기니까 기어서 여길 벗어날 수 있겠지?"

"못할 거라고 생각해? 누가 빨리 갈지 내기할까?"

"도대체 그놈의 '내기할까?'는 누구한테 배운 거냐?"

"리즈."

"미치겠군. 제발 안 좋은 건 못 본 척해 주면 안 되냐? 걔가 엘프 다 버려놓는다니까."

"왕년에 네가 나한테 가르친 것들보단 훨씬 양호하다고 생각하는데."

"에엑?! 내가 언제!"

"그래, 아직 확증된 게 아니라 이거지? 그래도 난 네가 그라고 생각되는데 어쩌나? 물증은 없지만, 내가 애버딘을 못 알아본다는 건 말이 안 돼. 아무리 생각해도 넌 그야. 내기할래?"

애버딘은 어쩔 수 없다는 듯 머리를 절레절레 흔들었다.

'저 녀석! 300년 전보다 상태가 더 날카로워졌잖아? 정말이지 방심할 수 없는 녀석이라니까. 첫인상과는 너무 틀리단 말이야. 엘프라고 잠시나마 감탄했던 게 억울할 만큼… 어라? 그러고 보니 내가 카디프의 300년 전의 모습을 어떻게 알고 있는 거지?'

그가 가지고 있는 카디프에 대한 이미지는 어레인 계곡이 보여줬던 시에라와의 단편적인 기억과 진실의 숲에서의 모습뿐이었다. 게다가 '저 녀석'이란 호칭은 애버딘에게서 쉽게 들을 수 있는 호칭이 아니다. 남이야 뭐라고 생각하든지 말든지 그는 일단 자신에게 예의를 갖추는 자에게는 자신도 깍듯하게 예의를 지켰다.

'조금씩 기억이 되돌아오고 있는 건가?'

애버딘이 멍한 표정으로 그 자리에서 움직이지 않자 카디프는 피식 웃으며 그의 어깨를 툭툭 쳤다.

"뭐가 그렇게 심각해? 피스가 걱정돼서 울먹거리고 있는 거 안 보여? 빨리 가서 멀쩡하다는 거 보여줘야지."

"으응, 그래."

그는 그제야 정신을 차리고 출구를 향해 기어나갔다. 공간이 좁았기 때문에 화살들은 사방의 벽면으로 꽂힌 것이지, 가로로 조금만 더 여유가 있었더라면 바닥으로도 꽂혀 버렸을 것이다. 그랬다면 그들은 모두 지금쯤 리도스의 표현대로 육체를 잊어버리고 영혼만 빠져나간 얼치기 모험가가 되어 있었겠지만, 아슬아슬하게 살아난 것을 느끼며 카디프는 한숨을 내쉬었다. 애버딘이 카디프에게 입을 꽉 다물라는 말을 하며 그의 어깨에 박힌 화살을 뽑아내자 그 사이로 붉은 핏방울이 마치 펌프질을 해댄 것처럼 뿜어졌다. 카디프는 인상 쓰는 법도 없이 그저 무덤덤하게 자신의 상처를 치료하고 있는 애버딘을 바라보았다. 어디서 꺼낸 것인지 하얀색의 손수건으로 지혈을 끝낸 그는 이번에는 자신의 어깨를 카디프에게 맡겼다. 마치 오랜 세월 동안 같이 여행해 온 듯 그들이 행동은 아주 자연스러웠고, 그렇기에 피스는 그저 걱정스러운 표정으로 둘이 서로의 치료를 끝낼 때까지 바라보는 일밖에 하지 못했다.

"혹시 약초 같은 거 가지고 온 것 없어?"

카디프의 말에 애버딘은 고개를 저었다. 솔직히 마법사가 둘이나 있는데 짐만 늘게 약초를 왜 챙기겠는가? 다크에서 살아왔다고는 믿어지지 않을 정도로 눈치없는 그녀는 그제야 눈물만 글썽이다가 자신의 주머니에서 새끼손톱만한 약초를 꺼내 들었다.

"내가 가지고 있어요. 여기."

"가지고 있었다면 진작에 이야기하지. 그리고 이왕 주는 거 그냥 주지 말고 근방에 돌이나 딱딱한 것으로 찧어서 주지 않을래?"

솔직히 이야기하자면 피스는 응급 치료법을 모르고 있다고 하는 편이 맞는 듯싶다. 약초는 가지고 있되, 사용을 해본 적이 없으니 카디프의 지시를 일일이 받을 수밖에 없었던 것이다.

'모르긴 몰라도 주술사는 무척 강한 자들 같군. 약초 다루는 법을 알 필요도 없을 정도라면. 알고 보면 우리 셋 중 가장 강한 자는 피스가 아닐까?'

카디프는 아무리 생각해도 미심쩍다는 눈빛으로 그녀를 바라보았으나 둔한 피스가 그런 카디프의 눈빛을 읽을 수 있을 리가 없었다.

"여기요."

"고마워."

정말이지 약초였다는 것을 알아보기 힘들 정도로 짓이겨진 초록색의 약초 뭉치를 받아 든 카디프는 그것을 반으로 나누고는 애버딘의 어깨에 붙이기 위해 그의 어깨를 들여다 보았다.

"헉!"

"신음 소리는 내가 내야지. 왜 네가 내?"

애버딘이 무안한 듯 틱틱거리자 카디프가 인상을 확 구겼다. 솔직히 카디프의 상처는 지금 지혈된 것을 제대로 치료가 끝났다고 볼 수 있지만, 애버딘의 상처는 화살이 뼈 속 깊이 박혀 버려 뽑기도 힘들거니와 약초와 지혈만으로 끝날 만한 성질의 것이 아니었던 것이다.

카디프는 눈살을 찌푸리며 잘못하다가 혀 깨물면 안 된다 싶었던지 피스를 시켜 다른 천을 애버딘의 입에 쑤셔 넣었다.

"기절하지 마라, 내게 이 이상 빚을 지고 싶지 않다면."

그는 그 한마디만 내뱉고는 이를 악물고 애버딘의 어깨에 꽂혀 있는 화살에 조심스럽게 손을 갖다 대었다. 만일 화살을 그대로 뽑으려고 한다면 워낙 깊이 박혀 있는지라 화살촉이 부러져 살에 파묻힐 위험이 있기에, 고통스럽더라도 확실히 빼려면 돌려서 빼는 수밖에 없다고 판단한 카디프는 이마의 양미간을 찌푸렸다. 조금씩 화살이 애버딘의 어깨에서 빠질수록 상처를 헤집어놓은 듯 나중에는 그 틈으로 하얀 뼈가 보일 정도였다.

애버딘은 거의 초인적인 인내심으로 고통으로 풀린 눈을 다잡았다. 이대로 정신을 잃는다면 그를 비롯한 일행들은 꼼짝없이 몬스터의 맛있는 식사거리가 될 것이다.

"끝났어."

카디프는 자신이 뽑아낸 화살을 땅바닥에 팽개쳐 버린 후 수통을 꺼내고는 물을 부어 상처 주위를 깨끗이 씻어내고는 약초를 얹었다. 그의 맨살에 약초가 닿자 하얀 거품 같은 것이 부글부글 끓는 것처럼 생겼다. 애버딘의 표정이 완전히 일그러지는 것을 못 본 척하며 카디프는 그의 어깨에 붕대를 단단히 감고는 피스에게 부탁해 자신의 어깨에 감긴 손수건을 풀어 약초를 올리고 다시 감아달라고 하자, 애버딘이 나서서 자신에게 맡겨 달라며 피스의 손에 쥐어진 붕대를 뺏어 들었다.

"복수의 시간이다."

애버딘은 히죽 미소를 지었고, 카디프의 표정은 눈에 뜨일 만큼 일그러졌다.

리도스의 속셈은?

"떼떼야, 그냥 루비아로 챙겨 넣어라. 행여나 다른 쪽에 볼일이 생길지도 모르니까 공동 화폐가 낫겠지. 아! 챙기는 김에 보석도 몇 개 챙겨 넣고."

"보석은 왜요? 돈도 이렇게 많이 챙겨 가시면서."

"행여나 꼬실 일이 생길지도 모르잖아."

리도스의 말에 떼떼는 눈살을 찌푸렸다. 거참, 아저씨는 여자를 너무 좋아한단 말이야, 라는 어린애답지 않은 생각을 하며 그는 굉장히 아름답고, 진기한… 그러니까 쓰면 리도스가 한동안 아까워서 잠을 자지 못할 것들로만 고르고 골라 이것저것 챙겨 넣기 시작했다.

'어디 한번 쓸 수 있으면 써보세요. 헤헤.'

떼떼의 사악한 생각을 아는지 모르는지 리도스는 돈과 몇 가지 생필품이 든 배낭을 메어 들고는 방문을 열었다.

"서둘러. 지금 다른 드래곤들과 마주쳐서 좋을 것 하나도 없다."

리도스는 서둘러 뗴뗴와 함께 발걸음을 서둘렀다. 출구 쪽 복도를 막 벗어나려던 차에 그들을 잡아끄는 목소리가 들려왔다.

"전하? 언제 오신 거고, 또 어디 가시는 겁니까? 인간들을 전하의 던전으로 보내놓으시고는 어떻게 되었는지 가보지도 않을 셈입니까? 일행이라고 하시더니… 이것은 일행을 대하는 태도가 아니시지 않습니까? 게다가 그 검… 도대체 왜?"

그가 뗴뗴의 레이피어를 언급하려 하자, 리도스는 급하게 그의 말을 가로막았다.

"뗴뗴야, 골치 아프게 됐구나. 밖에서 잠시만 기다려라."

뗴뗴가 불안한 듯한 표정으로 자신을 한번 홀낏 쳐다보자 리도스는 아무 염려 말라는 듯한 미소를 지어주었다. 안심한 표정으로 뗴뗴는 고개를 끄덕이고는 복도 밖으로 걸어나갔고, 리도스의 시야에서 완전히 사라질 무렵 그는 입을 열었다.

"전하, 뗴뗴님께서 들고 계시던 그 검은……?"

"신경 쓰지 말게. 수피아님의 부탁이라 거절할 수 없었다네. 그렇게 이야기하고 손 털고 싶지만 도저히 내 손으로 이 검을 신들에게 건네줄 수는 없을 것 같아. 만일 내게 무슨 일이 생긴다면……."

"저, 전하!?"

"크로매틱 드래곤의 멸망을 각오하고라도 뗴뗴를 지켜주게. 이 기적이라고 날 비난해도 좋아. 그러나 이것만은 명심하게. 뗴뗴를 지켜 달라는 것. 그것이 바로 왕으로서 내가 그대들에게 내린 처음이자 마지막 부탁이라는 것을."

리도스는 비장한 표정으로 40대 후반의 남자를 바라보고 있었다. 그는 한동안 말을 잇지 못했으나, 금방이라도 떠날 것 같은 차림의 리도스를 차마 만류하지 못했다.

"전하께서 우리들의 왕이시라는 자각이 있다면 일족을 파면으로 몰고 가시진 않으시겠죠?"

리도스는 그의 말에 순간 죄를 지은 듯한 표정으로 고개를 푹 숙였다. 지금 당장 떼떼를 어쩌겠다는 것도 아니고, 그저 카시우스가 전해주라고 한 검을 지키느라 일족을 파멸로 몰고 갈지도 모르는 일을 부탁하다니⋯ 분명 왕으로서는 실격이다.

"전하, 그런 표정 짓지 마십시오. 저희는 전하를 믿습니다."

리도스는 고개를 들어 그를 바라보았다. 세월의 연륜이 느껴지는 그의 눈은 금방이라도 눈물이 떨어질 것만 같이 붉게 충혈되어 있었고, 그의 목소리는 무언가를 억지로 누르는 듯 가느다랗게 떨려왔다.

"살아서 돌아오리란 것을⋯ 믿고 있겠습니다. ⋯전하."

"뭐가?"

"왕으로서의 최소한의 자각은 뭐라고 생각하십니까?"

"글쎄, 긍지나 정의감, 이상⋯ 뭐 그런 것이 아닐까?"

"왕으로서의 최소한의 자각은 살아남는 것입니다. 긍지와 정의, 이상과 같은 것들은 살아남아 두고두고 실천해 갈 수 있지만, 죽어버린다면 전하께서 지키려 했던 정의나 이상마저 죽어버린다는 것을 명심하십시오. 이것은 신하로서의 간청입니다."

"⋯위급하면 꼬리 내리고 내빼라?"

"전하고 싶은 말대로 이야기해 드리죠. 뒤도 돌아보지 않고 후퇴하십시오. 그러나 착각하지 마십시오. 그것이 도망가는 것을 의미하는 것은 아닙니다. 살아남아서 상대편에게 복수라는 처절한 응징을 가해줄 때까지 힘을 기르라는 것이니까요."

잠시 감상에 젖어 있던 그의 눈은 다시 흔들림없는 평상시와 같은 충성스런 신하의 눈이 되어 있었다. 리도스는 한 방 먹었다는 표정으로 너털웃음을 터뜨렸다.

"하하하, 난 마음대로 죽을 수도 없겠군. 여기저기서 믿는다는 말로 날 잡아두려 하니 말이야… 그러나 자네도 잘못 안 것이 있네."

"……?"

"뭔가를 믿는다는 것은 말로 하는 것이 아니라, 무언으로써 기다릴 줄도 알아야 한다는 것이지. 나보다 곱절의 세월을 살아온 자네니 자질구레한 이야기를 늘어놓을 필요는 없겠지. 하하, 다녀올 테니 성을 부탁하네."

"잘 다녀오십시오."

"아차! 잊을 뻔했군. 혹시나 내 일행이 나보다 먼저 돌아오거든 잘 부탁하네. 내가 돌아올 때까지 눈치 못 채게 성 안내라도 해주면서 잘 잡아주게."

"염려 마십시오."

리도스는 그에게 미소를 지어 보이며 성밖을 나섰다.

"거참, 서운하게 한번도 뒤돌아 보시지 않는군. 아무 일 없어야 할 텐데……."

그는 자신의 왕이 아무 일 없이 돌아와 주길 바라며 등을 돌렸다.

"많이 기다렸지? 가자."

리도스가 아무 일 없었다는 듯 떼떼의 머리를 쓰다듬으며 전에 배를 대어둔 곳으로 다가갔다. 드래곤들의 섬이라 그런지 배는 시시하다는 듯 아무도 손을 대지 않았기에 리도스는 안심하고 배에 올라갔다.

"아저씨, 우리 저번에 프로소로 올 때는 다크에서 이쪽으로 온 거잖아요? 이번에도 다크로 가서 리절트까지 가는 건가요?"

"…떼떼야, 아무리 네가 해츨링이라고 하지만 설마 프로소가 어디에 위치해 있는지도 모르는 건 아니겠지?"

리도스가 미심쩍다는 눈으로 떼떼를 흘겨보자 떼떼는 귀엽게 웃으며 고개를 끄덕였다.

"당연히 알 리가 없죠."

떼떼의 너무나도 당연하다는 말투에 리도스의 인상이 확 구겨졌다.

"'당연히 알 리가 없다' 라? 왠지 서운한데. 난 적어도 네가 이 프로소를 네 집이라고 생각하는 줄 알았다만… 잘못 안 모양이구나?"

약간은 쌀쌀맞은 듯한 리도스의 말에 떼떼는 얼른 고개를 내저었다.

"제 집은 따로 있어요. 제가 알고 있어야 할 지도는 이미 사라지고 없는 골드 일족의 위치죠. 프로소는 저 말고도 이미 기억하고 있는 자도, 기억할 자도 많지만 골드 일족의 섬은… 제가 아니면 앞으로 아무도 기억조차 못할 거예요. 이미 사라지고 없으니까."

리도스는 떼떼의 말에 서글픈 미소를 지었다.

"프로소 역시 네가 기억하지 못하면 아무도 기억하지 못할 곳이 되어버릴지도 모른단다. 떼떼에게 너무 가혹한 일인 셈이군. 후후후."

떼떼는 그의 쓸쓸한 미소에 서운해서 그러는구나 싶었든지 황급히 변명조의 말을 늘어놓았다.

"저… 그렇지만 프로소를 제 집처럼 여기지 않는 것은 아니에요. 그게 말하라면 본가와 별장이라는 그런 느낌이지만 프로소도 소중한 제 집이라고 생각하고 있어요. 정말이에요"

떼떼의 말에 리도스는 싱긋 미소를 지으며 그의 머리를 쓰다듬었다.

"그럼 지금이라도 위치 정도는 외워주지 않겠니?"

"그렇지 않아도 물어보려던 참이었다면 믿어주시겠어요? 헤헤."

"하하, 음… 자질구레하게 방위니 뭐니 하는 것들까지 떠올릴 필요 없이 그냥 아데스 전체를 네모난 종이 위에 옮겼다고 생각하고 그 한가운데에 프로소를 올려놔. 나머지의 여백은 물로 채워버리고."

"그리고는요?"

"프로소를 중심으로 네 번을 접는 거지. 바다가 보이지 않게. 그게 바로 초기의 아데스의 모습이지. 거대한 하나의 땅 덩어리, 그리고 그것의 부속 섬처럼 가까운 곳에 위치했던 곳. 지금은 바다가 생겨나고, 섬이 그 바다로 인해 한참이나 떨어져 있고, 그래서 결국은 드래곤만의 섬이 되어버렸지만 말이야."

"흠… 프로소로 가고 싶으면 아데스의 중심으로 가라는 거죠?"

"그렇지. 그러니까 결국은 다크에서 프로소로 가든, 리절트에서 가든 똑같다는 얘기지."

"흐음… 그런데 아저씨, 배 운전은 누가 해요?"

"그러게 말이다."

배에 올라탄 것까진 좋았다. 솔직히 프로소에 왔을 때는 배 조종이고 뭐고 자기네들끼리 윈디를 써서 가고자 하는 방향으로 갔었지만—게다가 막판에는 리도스가 등에 태우고 왔으니 조종에 대한 걱정은 하나도 하지 않았었다—이번에는 경우가 틀렸다. 사람들의 이목을 끌지 않기 위해 배를 타고 가는 것인데 달랑 둘이서 배를 조종하는 것도 아니고 유유자적 대화를 나누며 한가롭게 나타나면 더 눈에 띄는 게 아닐까?

"뭐 좋은 방법 없어요?"

"흠… 부탁해 볼까?"

"네? 누구에게요?"

"하얀 마녀, 훼이나……."

"에엑! 아저씨, 제정신이에요?!"

"이 녀석! 어른에게 그게 무슨… 뭐, 네 말도 맞지만 어쩌겠니. 급한데."

"아저씨, 아무리 급해도 말이죠… 자기 무덤은 자기가 파는 게 아니래요."

"…이미 불렀는데?"

"에엑!? 어디? 어디?"

떼떼는 황급히 주위를 두리번거리더니 아무것도 보이지 않는다는 것을 확인하고는 이내 안도의 한숨을 내쉬었다.

"휴~ 아저씨, 농담도 제발 골라가면서 하세요. 순진한 해츨링 그러다가 심장 마비 걸리는 수가 있어요."

"순진한 해츨링? 어디? 그런 게 어디에 있는데~?"

약간은 날카로운 듯한 고음의 익숙한 목소리.

"허헉… 아줌마?"

"아~ 줌~ 마? 떼떼, 너 이렇게 젊고 예쁜 아줌마 봤어? 누구보고 아줌마래?!"

떼떼는 얼른 리도스의 뒤로 가서 숨어버렸다. 리도스는 그런 떼떼를 보며 피식 미소를 지었다. 언제나 느끼는 거지만 떼떼는 필요 이상으로 훼이나 앞에서는 긴장을 하는 것 같았다. 물론 리도스가 워낙 훼이나를 마녀니 뭐니 하고 부르면서 겁을 먹은 모습을 보여주니까 영향을 받았다고 볼 수도 있겠지만, 그보다는 훼이나의 외모가 아이들이 좋아할 만한 착하고, 순박해 보이는 인상이 아닌 탓이 크다.

솔직히 말해서 훼이나는 기가 세게 생겼다. 겉보기에도 고집으로 똘똘 뭉친 듯한 날카롭게 치켜 올라가, 마치 보는 사람을 도발시키는 듯한 당돌하게 생긴 눈매, 보통의 화이트 드래곤 같지 않은 구릿빛 까무잡잡한 피부, 윤기 나는 촉촉한 입술, 그래서인지 요염한 이미지가 강하다.

리도스가 언젠가 왜 까만 피부를 고집하느냐고 물었더니, 자신의 아름다운 하얀 머리카락과 대비시켜서 더 아름다운 머리카락이라고 생각하게 만들고 싶었다는 말을 해서 같은 드래곤인 리도스마저 고개를 절레절레 흔들게 만들 정도로 그녀는 미의식이 독특했다.

"내가 어떻게 도와주면 돼?"

떼떼를 놀리는 것에 흥미를 잃었는지 그녀는 슬쩍 리도스 쪽으로 고개를 돌렸다. 평상시 그녀답지 않은 사무적인 태도에 떼떼는 의아한 눈초리로 그녀와 리도스를 번갈아가며 곁눈질을 했지만 리도스는 이미 이런 그녀의 태도를 예상하고 있었는지 그 역시 사무적인 태도를 취하고 있을 뿐이었다.

"자신의 일 외에는 관심없는 녀석… 그중에서도 선원으로 일을 해본 적이 있는 애 몇 명만 불러줘."

"대가는?"

"…이 배라고 하면 웃으려나?"

"충분해. 아직도 자신의 꿈에 대해 미련을 가지고 있는 녀석들에겐. 더군다나 네가 주는 배라고 하면 좋아서 기절할지도 모르지."

"불러주는 너에겐 아니라는 소리군."

"당연하지. 그 녀석들을 통솔하기 위해선 나도 이 배가 있어야 하는데 난 배 같은 것은 필요하지 않고, 그 녀석들처럼 선원으로서 꿈을 꾼다던가 하지는 않을 테니까."

"흠… 뭐가 갖고 싶어?"

그녀는 잠시 떼떼의 눈치를 보더니 리도스를 떼떼로부터 조금 떨어진 곳으로 끌고 갔다.

"만일 네가 잘못되면 프로소에 대한 발언권을 나에게 넘겨줘."

"뭐?"

"만일 네게 무슨 일이 생긴다면 프로소에 대한 발언권을 내게 넘겨 달라고 했어."

리도스는 의아한 얼굴로 그녀를 쳐다보았다. 일이 잘못된다는 것은 곧 크로매틱 드래곤의 멸망을 뜻한다. 그런 종족을 옹호하는 발언권을 얻는다는 것은 자신의 종족에게 이득이 될 것이 없다.

"뭣 때문에 발언권을 달라고 하는지 모르겠다는 얼굴이네?"

"발언권을 넘겨 달라는 뜻을 알고 말하는 거야? 네가 입을 잘못 놀리면 화이트 일족은 망하는 거야. 크로매틱과 세트로."

"에휴~ 이 바보야! 관두자, 관둬. 내 마음 같은 건 하나도 몰라줘도 괜찮으니까 그냥 발언권만 넘겨줘. 너 같은 바보 죽든 살든 내 알 바 아니지만, 너 하나 때문에 크로매틱 일족 전체가 피해를 보는 것은 참을 수가 없어."

"너, 뭐 잘못 먹었냐? 독단적으로 결정을 내리고 나선 뒷수습을 어떻게 하려고 그래?"

"시끄러. 그거야 내 맘이니까 참견 말고 묻는 말에 대답이나 해. 줄 거야? 말 거야?"

"다른 걸 말해. 내가 들어줄 수 있는 다른 것."

"야! 너 정말… 네가 손해 보는 거 아니잖아! 왜 그래?! 좋은

게 좋은 거라고, 내가 미친 척하고 네 뒤를 봐주겠다는데."

"그게 싫다는 거야. 마녀라고 불리는 네가 아무런 대가 없이 내 뒤를 봐준다는 게 아무리 생각해도 좋게 보이지 않아. 이것은 거래야, 거래! 자선 사업으로 착각하지 마."

냉정한 리도스의 말에 그녀는 분하다는 듯 아랫입술을 지그시 깨물었다.

"좋아, 요구 사항을 바꾸지. 만일 네가 잘못되면 떼떼는 내가 맡겠어."

"훼이나!"

"이건 자선 사업이라고 말 못하겠지? 네가 자신의 일족보다 소중히 여기는 아이니까. 뭐… 어차피 해츨링 보호는 모두의 일이긴 하지만, 네가 믿을 수 있는 자가 맡는다고 하는 편이 좋지 않겠어? 그러니 내가 맡겠다는 거야. 불만없지?"

"…지금이라도 늦지 않았어. 너한테 이득이 되는 것을 요구해."

"허락한 것으로 여겨도 되겠지?"

"정말 고집불통이군. 좋아, 대신 모든 일이 해결되고 나면 네가 원하는 것을 한 가지 들어주도록 하지."

"좋아! 거래 완료다."

그녀의 말이 끝나기가 무섭게 공간이 일그러지더니, 그 속에서 십여 명의 남자들이 튀어 나왔다.

"가자."

"네?"

"명령이니까 배 몰아."

"저기… 전하, 그러니까 저희를 급히 부르신 이유가?"

"뱃놀이하고 싶어서 그랬어. 리절트까지 부탁해."

"전하, 그러니까 단순히 배를 타고 싶어서 부르신 겁니까?"

"왜? 안 돼? 너희들은 하고 싶은 거 다 하면서 난 일만 하라는 거야? 그럼 나도 서류 처리하기 싫으니까 이제부터 안 할 거고, 갖고 싶은 것도 많으니까 세금도 확 더 늘려 버리면 되겠네?"

"그, 그런 억지가 어디 있습니까?"

"여기 있다. 왜? 불만있어? 그럼 네가 왕해. 내가 전하라고 불러 줄게."

"…불만없습니다."

"진작 그럴 것이지. 호호홋!"

분주하게 움직이는 십여 명의 건장한 미청년 집단들을 뒤로한 채 리도스는 머쓱한 얼굴로 떼떼에게 돌아가자, 훼이나는 가느다랗고 긴 눈썹을 일그러뜨리며 어린아이처럼 입술을 삐죽거려 댔다.

"도대체 저 바보는 알고 있으면서 모르는 척하는 거야, 아니면 정말 모르는 거야? 다른 쪽으로는 지나치게 똑똑하더니 연애 면에서는… 쳇!"

"전하, 무슨 말씀이신지……?"

"알 것 없어. 넌 일이나 해."

훼이나는 한번 더 리도스의 뒷모습을 흘겨보고는 선실로 들어가 버렸다. 그녀의 눈빛을 느꼈는지, 느끼지 못했는지 리도스는 그저 무심하게 떼떼와 함께 선선하게 불어오는 바람에 기분 좋은 미소를 지으며 바다를 바라보았다. 어차피 바다란 것이 다 똑같은 물인데 어떤 녀석은 빛을 받아 한껏 아름다운 자태를 뽐내고, 어떤 녀석은 바위에 부딪쳐 파도가 되어 새하얗게 부서지고, 어떤 녀석은 아무 개성도 없는 푸르스름한 물빛 그대로 떼떼, 혹은 리도스의 얼굴을 비추고 있다. 세상이란 게 다 이렇게 불공평한 것일까?

"아저씨, 아렌은 어떤 곳이죠?"

"리절트에 있는 작은 마을이야. 하일리 산맥 끄트머리에 붙어 있지. 뭐… 그곳 사람들은 그 산맥이 하일리 산맥이라는 것도 모르지만, 아무튼 볼 것도 없는 촌구석이야."

"그곳까지 얼마나 걸릴까요?"

"여행하듯 평범하게 즐기는 거라면 한 달 이상은 걸릴 것 같다만 어디까지나 이건 눈속임이고, 속도를 낼 수 있는 곳에선 속도를 내줘야겠지."

리도스의 말을 증명이라도 하듯 배는 무서운 속도로 바람을 가르며 앞으로 나가고 있었다. 놀란 눈으로 주위를 두리번거리던 떼떼의 눈에 돛에 매달려 윈디를 쓰고 있는 여러 명의 선원들이 들어오자 떼떼는 이내 납득했다는 듯 고개를 끄덕였다. 한 시간 남짓 배는 별다른 장애 없이 순조롭게 운행되었고, 어느새 드물긴 해도 배들이 한두 척씩 희미한 실루엣들을 보이자 선원들은 재빨리 마법을 거둬들이고는 원위치로 돌아가 갑판 청소라든지, 측량 같은 평범함을 가장한 행동들을 시작했다.

"헤~ 저게 바로 눈속임이란 거군요?"

"훗! 바람이 차갑구나. 그만 선실로 들어가자."

님프의 강과 바다가 만나는 곳. 배는 서서히 속도를 줄이며 조심스러운 움직임을 보이며 어느새 리절트의 영역으로 서서히 들어서고 있었다.

"난 저 녀석들과 다시 돌아갈 거야. 내게 할 말 있다면 지금 해 둬."

훼이나의 말에 리도스는 고개를 끄덕였다.

"고마웠어."

"그렇게 고맙다는 말로 딱 자르지 말고, 같이 가자고 잡아봐. 그럼 따라가 줄게."

"안 따라와도 돼."

"너무하네, 정말."

"어떻게 생각하든지 네 자유지만… 정말 고마웠다."

"그런 건 말로 하는 게 아니야. 행동으로 보여주는 거지."

"행동으로?"

리도스가 되묻자, 그녀는 떼떼를 향해 미소를 지어 보이며 잠시만 비켜 달라는 손짓을 해 보였다. 떼떼가 알아들었다는 듯 문을 열고 나가자, 훼이나는 이내 자신의 말을 되풀이했다.

"다시 한 번 말하지만, 내가 그렇게 고마우면 행동으로 보여줘."

"뭘 원하는 건데?"

그녀는 살짝 양미간을 찌푸리며 답답하다는 듯한 표정을 짓다가는 이내 뭔가가 떠오른 듯 리도스를 향해 활짝 웃어 보였다.

"잠시 귀 좀 빌려줘."

"왜?"

머쓱한 표정으로 훼이나의 얼굴 가까이로 자신의 얼굴을 가져다 대는 순간 향긋한 그녀의 입술이 자신의 입술 위로 살포시 겹쳐졌다. 따스하고 부드러운 느낌의 온기가 그녀의 촉촉한 입술에서 느껴져 왔다.

"헉?! 무슨 짓이야?!"

"우리 사이에 뭘 그렇게 수줍어하고 그래? 호호홋, 무사히 잘 다녀와."

리도스가 얼굴을 붉히며 뭐라고 하는 소리를 무시하며 천연덕스럽게 손까지 흔들어준 그녀는 문밖으로 나가며 밝은 미소를 지어 보였다. 복도에서는 떼떼가 멋쩍은 얼굴로 그녀를 바라보고 있었다. 그녀는 떼떼가 기억하는 한 처음으로 자신에게 따뜻한 미소를 지어주었다.

"아저씨 말씀 잘 듣고 무사하게 다녀와."

왠지 모르게 쑥스러워진 떼떼는 그저 고개만 끄덕이고 리도스 가 있는 방으로 들어가 버렸다. 그녀는 그런 떼떼를 웃으며 보내 고는 갑판 위로 올라갔다. 자신의 입으로 내뱉은 말을 꼭 지킨다 는 리도스를 익히 알고 있었기에 꼭 살아올 거라는 것을 믿고 싶 었다.

게다가 리도스를 쓰러뜨릴 만한 기량을 지니고 있는 자는 훼이 나가 알고 있기로는 세 손가락 안에 꼽힌다고 들었다. 그중 카시 우스는 죽었고, 남은 자들은 아렌 같은 촌구석에 박혀 있을 리가 없다며 스스로를 위안하고는 바쁘게 움직이고 있는 선원들을 재 촉하기 시작했다.

"거 좀 빨리빨리 움직여! 왜 그렇게 굼뜨는 거야? 리절트에 도 착하기 전에 나 속 터져 죽는 꼴 보고 싶어서 그래?!"

짜증 섞인 그녀의 말투에 선원들은 한숨을 내쉬며 좀 더 바쁘 게 움직여 댔다. 경험으로 미루어 보건대 지금처럼 기분이 엉망인 그녀의 말을 거스른다는 것은 거의 죽음을 자초하는 것이나 마찬 가지다. 그저 '나 죽었소~' 하는 표정으로 쥐 죽은 듯 조용히 그 녀의 말을 듣는 것이 최선책.

"전방에 육지!"

파수꾼의 말에 선원들의 손길이 더 분주해지자, 그녀는 갑판으 로 올라가 아래를 내려다보았다. 바다에서 언제 강으로 거슬러 올 라갔는지 물빛은 짙은 남청색에서 투명한 빛으로 바뀌어 자신의 모습을 비추고 있었다. 강 밑이 어찌나 맑았는지 물고기가 배를 비켜 나가는 모습까지 보일 정도였다.

"하아~ 님프의 강이 맑긴 맑구나. 덕분에 내 기분까지 가라앉아 버린 느낌이야."

훼이나의 한숨도 잠시 한참을 올라가던 배는 마침내 종착지에 다다랐다. 누군가가 불렀는지 떼떼와 리도스는 이미 갑판 위로 올라와 있었고, 그녀는 참참한 심정을 떨쳐 버리며 그들에게 다시 한 번 잘 다녀오라는 인사를 건넸다. 선원들은 그들이 누구인지에 대해 별다른 관심을 갖지 않았으며, 그녀 역시 배에서 내리기 전까지는 설명을 해주지 않을 셈이었다. 무심한 리도스는 끝내 한번도 돌아보지 않은 채 묵묵히 배에서 내렸고, 그녀는 서운한 빛을 감출 수 없어 결국 그를 향해 빽 고함을 지르고 말았다.

"리도스! 한번쯤은 뒤도 돌아보고 그럼 안 되냐?!"

리도스가 그녀의 말에 너털웃음을 터뜨리며 손을 흔들어주자 그녀는 기분이 좋아진 듯 어안이 벙벙해진 선원들을 향해 미소를 지었다.

"브레스 뿜어서 겁주기지. 에휴, 도대체 저 녀석은 너무 무디단 말이야. 하긴 빠진 쪽이 잘못이겠지. 흠흠! 뭘 그렇게 봐? 나한테 뭐 맡겨놨어? 아! 맞다! 맡긴 거 하니까 생각난 건데. 이 배 말야, 리도스가 너희에게 주는 선물이라니까 너희들 가져. 불만없지?"

"그, 그럼 그분이 정말로 리도스님이셨단 말씀입니까?"

"이런, 이럴 줄 알았다면 싸인이라도 받아두는 건데……."

"자! 자! 그만 해. 그런 거보다 직접 보고 그로부터 선물을 받았다는 게 더 좋지 뭘 그래? 딴소리 말고 서둘러 돌아가자. 처리해야 할 일이 태산 같아."

"뱃놀이하고 싶다고 해서 아무런 준비도 없이 여기까지 불러놓으시고는 물품 보급도 않고 그대로 돌아가자는 겁니까?"

그녀는 단호하게 고개를 끄덕였다.

"응!"

"그렇게 말씀하셔도 물품이 하나도 없는데 어떻게 그냥 가려고 그러십니까?

"너, 드래곤이지? 그럼 그 정도 굶는 거 가지고 안 죽어! 그런데 물품은 무슨 물품이야. 정 목마르면 바닷물이라도 떠 마시던지."

훼이나의 내 알 바 아니다 식의 말투는 그들에게도 익히 잘 알려져 있었는지 그들은 곧 체념 어린 한숨을 내쉬고는 내렸던 돛을 올렸다.

리도스는 급히 사라지는 배를 보며 그저 훼이나가 성질을 부리나 보다, 라고 생각하고는 혀를 쯧쯧 찼다.

"쯧쯧, 저 불 같은 성질만 아니라도 훼이나를 좋아할 만한 드래곤들은 많을 텐데."

"아저씨, 이제 어디로 가요?"

"일단 어디 근처 여관이라도 가서 식사한 다음에 가야겠어. 아직 갈 길이 멀거든."

"저도 배고파요. 헤헤."

떼떼가 자신의 배를 텅텅 소리나게 두드리며 배고프다는 표정을 지어 보이자 그는 부드러운 미소를 되돌려 주곤 주위를 두리번거렸다. 한 나라의 수도라서 그런지 거리는 상당히 번화했다. 물건을 사기 위한 손님과 물건을 파는 상인의 흥정 소리, 어린아이가 물건을 사 달라고 조르는 소리 등이 어우러져 기분 좋은 북적거림을 만들어내고 있었고, 이제 그 북적거림의 한가운데로 들어서야 하는 그들은 잠시 고민에 빠졌다.

"흠… 어디로 가야 되나?"

"아저씨, 제가 아는 곳이 있는데 거기로 갈래요?"

"가출해서 온 곳이 리절트였냐? 난 진실의 숲에 있길래 샤아플린으로 간 줄 알았더니. 뭐, 상관없겠지. 그럼 부탁하마."

"저만 믿으세요!"

좀처럼 결정을 내리지 못하는 리도스에게 떼떼는 예전에 애버딘과 만났던 하레라의 여인숙이 떠올랐는지 자신이 안내를 하겠다고 나섰다. 예전의 기억을 되살려 찾아낸 골목은 램프와 눈 보호개 등을 파는 노점상이 여전히 존재하고 있었다. 낯익은 하얀색 건물도 그대로였으나 간판이 하나 더 추가된 것 같았다. 눈에 확 띄는 붉은 글씨로 쓰여진 간판에 새겨진 글은 '엘프가 마시고 뻗을 정도로 맛있는 술 구비'였다.

"아저씨, 엘프도 술 마셔요?"

의아한 표정의 떼떼의 말을 리도스는 카디프를 떠올리며 가볍게 웃어넘겼다.

"하하하, 카디프같이 무늬만 엘프인 녀석이 또 있었나 보지."

"그런 게 아니라 아예 카디프 아저씨 아닐까요?"

"아무리 카디프라도 술을 먹겠냐? 게다가 저렇게 엘프가 뻗을 정도로 맛있는 술 운운할 정도라면 빈 병들이 제법 쌓였을 테고 무방비한 상태로 있었다는 이야긴데, 이제까지 내가 봐온 카디프가 그렇게 마셨다고 하기엔 너무 허술해."

"그냥 농담이에요, 농담. 그렇게 정색하시면 제가 무안하잖아요."

떼떼가 귀엽게 손을 내젓자 그는 머리를 긁적거리며 여관 입구로 들어섰다.

딸랑~

경쾌한 방울 소리가 손님이 왔음을 알리자, 척 보기에도 마음씨 좋아 보이는 아줌마 한 분이 어디에선가 뛰어나와 그들을 반겼다.

"어서 오세요. 묵고 가실 건가요?"

"아니요. 식사만 하려고 합니다."

"네, 식당은 이쪽입니다."

사람 좋아 보이는 미소를 지으며 아주머니는 친절하게 그들을 식당으로 안내했다. 식당은 사람들로 무척 북적거렸으며 테이블 또한 하나밖에 남지 않았었다. 그들은 그 빈자리를 채워 버리고는 메뉴판을 바라보았다. 아주머니가 물을 가지고 다시 그들에게 왔을 때 곧바로 주문을 할 수 있도록 아주머니는 여전히 친절한 미소를 지으며 그들의 앞에 물을 내려놓았다.

"어떤 것으로 드시겠습니까?"

"생크림 케이크랑 우유 주세요!"

"맥주와 뭐 어울릴 만한 고기 요리 아무거나 주세요."

"네, 생크림 케이크와 우유, 그리고 맥주와 고기 요리 맞죠?"

"네."

아주머니는 주문서를 들고 사라졌고, 리도스는 이 시끌벅적한 사람들이 무슨 이야기를 하나 약간 귀를 기울여 보기로 했다.

"지난번에 봤던 드래곤이 사실은 해츨링이라고 하더군. 믿어지나? 그 집채만한 몸집이 어린아이라니."

"꼼짝없이 죽는 줄 알았다구. 온몸이 뻣뻣하게 굳어서는……."

"쳇! 갑자기 리절트에 웬 드래곤이냐구. 덕분에 요즘 드래곤 피하는 훈련과 대처하는 훈련, 내친 김에 해치우려는 건지 몬스터를 만나면 어떻게 하라는 대처 방안까지 훈련받고 있잖아. 훈련, 훈련, 훈련… 무슨 군대도 아니고, 이게 뭐냐구."

"흠… 그 귀여웠던 금발 꼬마가 사실은 드래곤이었다니… 아직도 믿기질 않아."

"얼굴이 기억나나 보네?"

"어이! 어이! 저 사람 말은 믿지 않는 게 좋아. 80%는 뻥이니까 말이야. 아마 그 자리에 있지도 않았을 걸세."

"무슨 섭섭한 소리야? 저 꼬마처럼 선명한 금발의 꼬마였다고."

그는 흥분한 사람처럼 얼굴이 빨갛게 달아올라서는 떼떼를 손가락으로 가리켰다. 리도스는 그 말에 움찔해서 자신의 허리에 있는 검을 만지작거렸다.

'떼떼 녀석이 뭘 어쩐 건지는 모르지만, 이런 곳에서 칼을 쓰고 싶진 않은데.'

그러나 그는 곧 이어 들려오는 남자의 목소리에 힘이 쫙 빠지는 것을 느꼈다.

"물론 그 꼬마가 조금 더 귀엽긴 했지만."

리도스는 '나중에 사람 없을 때 두고 보자' 라는 무언의 눈길이 담긴 험악한 표정으로 떼떼를 흘끗 노려보았다.

"주문하신 생크림 케이크와 우유, 맥주와 닭구이 나왔습니다. 맛있게 드십시오."

그녀는 테이블에 음식을 놓고는 사라졌다. 떼떼의 주눅 든 표정에도 아랑곳없이 리도스는 오로지 먹는 데만 열중하기 시작하자 떼떼도 나중 일은 나중에 생각하자, 라는 표정으로 케이크를 먹기 시작했다. 얼마나 혼나든지 혼나는 것은 나중의 일이고, 당장 눈앞의 이 달콤한 물체를 바라만 보고 있는 것은 떼떼에게는 고문과도 같은 일이었기에.

애버딘은 카디프의 다친 부위에 꼼꼼하게 약초를 붙이고는 붕대로 감았다.

"괜찮냐?"

"괜찮아. 너 정도는 아니니까 뭐 별문제가 있겠냐? 다만 이 상태로는 몬스터 만날 일이 걱정인데……."

카디프의 말대로 그들의 전력은 형편없이 떨어졌다. 우선 리즈가 봉인되었으며, 카디프는 당분간 마력을 쓸 수 없다. 전투시 마법과 같은 특수한 능력이 없으니까 싸우는 법이라면 그저 몸으로 때워야 하는 것 말고 방법이 없는 애버딘은 오른쪽 어깨에 심각한 부상을 입었으며, 마력을 사용할 수 없는 카디프 역시 몸으로 때워야 하건만 덜컥 부상을 입어버렸다. 온전한 전력이라고는 피스 하나이므로 이 상태로 강행군을 하기에는 피스에게 짐이 너무 크다는 생각에 애버딘과 카디프는 골똘히 생각에 잠겼다.

"하~ 정말… 이것만은 쓰고 싶지 않았는데… 뭐, 상황이 상황이니 할 수 없지."

피스는 배낭에서 쇠붙이를 주섬주섬 얇게 펴서 만든 동그란 냄비 모양의 철판과 자신의 팔꿈치까지 오는 길이의 막대기를 꺼내 들었다. 물론 그것들은 애버딘과 카디프에게는 하나같이 처음 보는 물건들이라 그들은 호기심 반, 의아함 반이 섞인 눈길로 그 물건들을 뚫어져라 쳐다보았다. 그 모습에 피스는 발그레해진 얼굴로 한숨을 내쉬며 카디프가 드워프 어쩌고저쩌고할 때의 기분을 깨달았다.

'쪽팔려. 이걸 정말 해야 하나?'

"뭐, 꼭 몬스터가 나오라는 법도 없잖아? 우리한테는 든든한 안내자도 있고, 아무튼… 이거야 원, 우리가 짐이 되어버렸으니 피스에겐 면목이 없군."

애버딘의 말에 피스는 황급히 손을 내저었다.

"아니에요. 아니에요. 애버딘님을 위해서라면 이 정도 꼴사나워지지는 것은 얼마든지 감당할 수 있어요."

"꼴사나워? 뭐가?"

"아, 아무것도 아니에요."

미심쩍은 애버딘의 눈빛을 뒤로하고 피스는 씩씩하게 앞을 향했다… 라고 해도 한 손에는 정체 불명의 철판과 막대기를, 다른 한 손에는 길을 찾기 위해 커틀러스를 들고 가는 모습은 애버딘이나 카디프가 보기엔 과히 좋진 않았다. 그렇다고 들어준다고 할 수도 없는 입장이니 군말없이 뒤를 따르고는 있지만 말이다.

한참을 가고 나니 거대한 문이 나타났다. 굳게 닫힌 문은 예전의 암호 문들과 같이 손잡이는 없었지만, 암호 문과 다른 것이 있다면 손잡이가 있어야 할 곳에 조각이 새겨져 있다는 것이다.

"무슨 조각이지?"

피스는 조각 쪽으로 좀 더 바짝 다가가며 안에 새겨져 있는 모양을 바라보았다. 몸통은 하나이되 머리는 다섯 개의 드래곤이 몸집이 조금 작은 듯한 금색 드래곤을 보호하듯 뒤로 감싸고는 일제히 머리를 들고 다섯 가지의 브레스를 뿜어내고 있는 모양.

"크로매틱 드래곤인 것 같은데 이런 게 왜 새겨져 있는 거죠?"

피스는 의아한 얼굴로 어느새 자신의 옆에 서서 문을 뚫어져라 바라보는 카디프에게 묻자, 그는 고개를 갸웃거렸다.

"어차피 이 던전을 알고 있었던 자가 크로매틱 드래곤이었잖아? 그자의 던전이라면 크로매틱 드래곤의 조각이 새겨져 있다고 해도 이상할 거 없지 않아? 그보다 여기 골드 드래곤이 더 신경 쓰이는데……."

카디프의 말에 애버딘은 머리를 긁적이며 금빛의 드래곤이 새겨진 문을 만지작거리다가 문득 뭔가 생각났다는 듯한 표정으로 카디프를 바라보았다.

"내가 생각하기에도 멍청한 말 같긴 한데… 헤~ 이건 마치 떼떼랑 리도스 같지 않아?"

"내 생각도 마찬가지야. 이런 조각이 새겨져 있다는 것은 유명하다는 건데, 크로매틱 드래곤이 골드 드래곤 전용 보모가 아닌 이상 그런 녀석들이 또 있을 리가 없잖아."

　나름대로 심각한 표정으로 대화를 나누고 있는 그들에게 갑자기 피스의 비명조의 목소리가 날아들었다.

　"뭐?! 그게 정말이야?!"

　애버딘은 쟤가 갑자기 왜 소리를 지르고 그러냐는 듯한 얼굴로 피스를 바라보았으나, 곧 그의 시선은 그녀의 손에 쥐어진 트리아 쪽으로 옮겨졌다. 그녀가 갑자기 소리를 지른 것은 트리아가 필시 무슨 소리를 했음이 분명했다. 카디프 역시 트리아의 말을 통역해 달라는 듯한 얼굴로 피스를 바라보고 있자, 계속 놀란 표정으로 검을 쥐고 있던 피스는 그제야 일행들에게로 시선을 돌렸다. 아니나 다를까 애버딘이 기대에 찬 표정으로 그녀에게 물었다.

　"왜 소리를 지르고 그래? 뭔가 도움이 될 만한 이야기라도 들은 거야?"

　"잘 들어요. 믿건 안 믿건 카디프님과 애버딘님의 자유지만, 지금부터 트리아의 말을 토씨 하나 바꾸지 않고 그대로 전해드리죠. '이 던전의 소유자는 리도스라는 크로매틱 드래곤의 왕이다. 이 던전으로 원래 목적으로 말하자면 나의 무덤이지. 한때 인간의 검사로서의 꿈을 꾸던 리도스가 나를 위해 만들어놓은 마지막 배려라고 생각하면 될 거다. 너희들은 하나도 아는 것이 없는 것 같아 알려주는 건데, 이 던전이 드래곤이 소유한 던전치고는 유달리 레벨이 낮다는 것을 느끼지도 못했나? 처음에는 소원의 동전 때문에 온 건 줄 알았더니 지금 보니 그것도 아니고, 뭘 건져 먹을 게 있다고 여기까지 들어왔는지 모르겠지만 이 동굴 내에 보물이라고는 소원의 동전 말고는 이렇다 할 만한 물건도 없으니까 지금이라도 마음 돌리고 나가는 것이 좋을 것이다. 입구는 바로 코앞에 있으니 말이야'. 무슨 말인지 아시겠죠? 목적 같은 건 잘 모르겠지만 리도스님께서… 우리에게 거짓말을 한 거예요."

순간 어색한 침묵이 그들 사이에서 맴돌았다. 아무도 선뜻 나서서 입을 열지 못하자, 애버딘은 한숨을 내쉬며 피스를 바라보았다.

"하아~ 그래, 그래서?"

피스는 자신을 정면으로 바라보고 있는 애버딘에게 그걸 몰라서 묻느냐는 표정을 지었다.

"네?"

"그래서 우리가 뭘 어떻게 하면 좋겠냐구. 감히 날 속여?! 나쁜 놈 같으니. 어디 한번 두고 보자! 라고 길길이 날뛰어줄까? 아니면, 흑흑… 리도스가 우리를 속이다니, 무사히 이 던전에서 빠져나갈 수 있을까… 흑흑… 하고 울어줘?"

혼자서 거의 원맨쇼를 하고 있는 애버딘의 의도를 모르겠다는 표정으로 바라보고 있는 피스와 카디프에게 그답지 않은 무뚝뚝한 얼굴로 자신의 말에 설명을 더했다.

"어차피 우리가 속았든지 그에게 피치 못할 사정이 있든지, 과제는 변하지 않는다는 거야. 우선 이 문을 열고 리즈를 구해야 하고, 무사히 이 던전에서 빠져나가야 한다는 것. 리도스에 대해서는 그 뒤에 생각해도 늦지 않아. 내 말은 괜히 미리부터 골치 아플 필요가 없다는 거야. 알겠어?"

"네 말은 잘 알아들었어. 그렇다고 사람 무안하게 말도 못하게 하냐? 라고… 트리아가 그러는데요."

"하고 싶은 말 있으면 직접하라고 그래. 트리아든, 피스든."

애버딘의 장난스런 말에 피스는 얼굴을 새빨갛게 물들이고는 애꿎은 검만 노려보며 툴툴거렸다.

"괜히 너 때문에 나만 오해받잖아. 뭐?! 누가 그런 것까지 말하라고 했냐고? 뭐 이런 검이 다 있어~!"

"어이! 어이! 그만 하고, 리도스가 들고 다녔던 검이라면 암호 같은 것도 알지 않을까? 이 문 어떻게 여는 건지나 좀 물어봐."

애버딘의 말에 피스는 막 땅바닥에 팽개치려던 자세에서 다시 트리아를 고쳐 들고는 강압적인 태도로 트리아를 욱박질렀다.

"순순히 아는 것 다 불어!"

그녀는 마치 건달 나부랭이가 협박을 하는 듯한 어투를 떠올리며 심술궂은 표정으로 트리아를 땅에 툭툭 쳐댔지만, 트리아는 암호를 가르쳐 주기는커녕 피스의 화만 돋우고 있었다.

"뭐? 전직이 의심스럽다구? 그래! 나 전직이 칼 갈이 장수야! 우쒸! 확 갈아엎어 버릴까 보다. 이러니 리도스님이 이런 던전에 쿡 쳐박아, 아니, 봉인시켜 버리지. 뭐?! 배려였다구? 흥! 그건 네 착각이라니까. 너같이 골치 아픈 검을 누가 귀찮게 봉인씩이나 해 준다고 그래? 귀찮은 건 둘째치고라도 봉인이라는 게 얼마나 수고스러운 건지 알고 그런 말을 하는 거야?"

누가 보면 혼자서도 참 잘 논다고 칭찬… 이 아니라 아무튼 피스는 그만큼 트리아와 동화되어 가고 있었다. 그 모습을 지켜보던 애버딘의 얼굴에는 어이없다는 듯한 미소가 지어져 있었다.

"애들은 싸우면서 크는 법이라지?"

"넌 어른이고? 안 되겠다. 그 검 나한테 좀 줘봐."

"하, 하지만 트리아가 엘프는 안 좋아한다는데……."

"괜찮아. 줘봐."

"하긴 검에 저주가 걸린 것도 아니고, 한번 잡는다고 무슨 일이 생길 리가 없겠죠."

피스에게 건네받은 트리아를 잡자마자 카디프는 인상을 찌푸리며 한 손으로 귀를 만지작거렸다.

"헤~ 검이 비명을 지르네? 이거… 재밌겠는데~"

카디프는 왠지 애버딘과 닮은 듯한 자신의 말투에 스스로 흠칫
하면서도 트리아에게 짓궂은 미소를 지어 보이는 것을 잊지 않았
다.

"이걸 어떻게 갖고 놀아야 부러지지 않을 정도로만 혹사시킬
수 있을까?"

그리고는 검날을 땅바닥에 꽂고는 원래 구부러진 초승달 반대
방향으로 이리저리 휘어지게 활자 모양으로 꺾기 시작했다. 처음
에 트리아를 건넬 때 짓던 불안한 표정은 온데간데없이 사라진
피스는 속이 시원하다는 듯한 표정으로 흥미롭게 카디프와 트리
아를 번갈아 바라보았다.

"음… 보기보다 이 검 무척 유연하군. 좀 더 꺾어도 괜찮겠는
데?"

애버딘 역시 재밌다는 듯한 표정으로 한마디 거들고 나섰다. 카
디프는 입가에 야릇한 미소를 띠며 애버딘의 말을 맞받아쳤다.

"그래, 어디 한번 더 꺾어볼까? 이런~ 이거이거, 검도 허리가
생명이란 말을 할 줄 몰랐는데? 애버딘. 이런 말까지 하는데 봐줘
야 하냐? 말아야 하냐?"

"아는 거 다 불라고 그래."

"들었지? 순순히 아는 거 다 불어."

진정한 깡패다운 말투는 행동에서부터 시작된다는 명언을 떠올
리며 피스는 트리아를 넘겨받았다. 트리아는 다시 피스에게 넘겨
지자 그녀에게 뭐라고 툴툴거린 모양이다. 피스가 장난스런 표정
으로 카디프를 바라보며 말을 건넸다.

"카디프님, 애가 무슨 엘프가 저렇게 무식하냐면서 불평하느라
이야길 안 해요."

"그래? 그럼 더 꺾어버려. 인정사정 봐주지 말고 더 이상 꺾이

지 않을 때까지 힘을 주다 보면 부러져 버릴 거야. 애당초 약속은
검의 수명이 다할 때까지 함께한다는 거였으니까, 아예 우리 손으
로 수명을 없애 버리고 출발해도 약속은 약속이니까 지킨 셈 아
냐?"

카디프의 능청스러운 말에 피스는 풋, 하고 웃음을 터뜨렸다.

"풋… 후후후! 협박도 수준급이시네요. 트리아가 쫄았어요, 쫄
았어. 후훗."

"농담이 아닌데."

"푸하하핫, 제발 진지한 얼굴로 그런 말 좀 하지 말아요. 하하
하… 하……."

피스는 너무 웃어서 눈물이 고인 눈으로 애버딘을 바라보았다.

"암호는 크로메틱 드래곤의 서식처의 이름이래요. 닫히는 건 자
동으로 닫힌다고 암호를 댈 필요가 없고, 자기는 서식처의 이름까
진 알려주지 않을 거래요."

"안 알려줘도 상관없잖아. 이젠 트리아 그만 괴롭히고 들어가
자."

애버딘의 말에 피스는 고개를 끄덕이며 의기양양하게 암호를
외쳤다.

"프로소!"

문은 소리없이 부드럽게 스르륵 열렸고 일행들이 모두 안으로
들어서자 소리없이 자동으로 닫혔다.

"흠… 신기한데."

애버딘이 문에 어떤 장치를 해둔 건지 궁금했는지 문을 이리저
리 살펴보는 동안, 피스는 토라진 트리아를 달래기 바빴다. 카디프
는 한쪽 구석에 놓여진 나무 상자로 다가가 손을 내밀었다. 순간.

"헉?!"

나무 상자에서 주먹이 튀어나와 카디프의 손을 세게 쳐내는 것이었다.

"뭐야?"

애버딘이 카디프의 목소리에 상자가 있는 곳으로 다가왔다. 그리고는 발로 힘차게 상자를 찼다. 그러자 상자에서 또다시 주먹이 튀어나왔고, 애버딘은 그것을 어이없다는 듯 바라보고는 머리를 절레절레 흔들었다.

"나참~ 이젠 얻어터질 때가 없어서 상자에게도 얻어터지고 다니냐? 하아~ 우리 신세가 어쩌다 이렇게 처량해졌지?"

"마법을 걸어놓은 건가요?"

"뭐… 그런 건 아니고, 미믹이라고 하는 보물 상자인 척 위장하고 있다가 뚜껑 열려고 다가가서 손을 대면 때리는 변태야, 저거."

"아! 그러고 보니 마을에서 들은 적이 있어요. 보는 건 처음이지만."

피스는 신기하다는 표정으로 한동안 미믹을 바라보다가 이내 다른 상자를 찾기 시작했다.

"트리아가 소원의 동전을 찾아서 한 사람씩 소원을 빌라고 그러네요. 꼭 호수가 있는 곳까지 갈 필요도 없고, 그냥 땅에 던지래요."

"흠… 그럼 리즈를 구하기 위해선 우리 중 한 사람이 소원의 동전으로 그녀가 무사히 빠져나오길 빌라는 말이네."

"맞아요. 그리고 동전은 일생 동안 단 한 번의 소원밖에 들어주지 않아요."

"괜찮아. 리즈를 꺼내 달라는 소원은 내가 빌 테니까. 각자 빌고 싶은 소원이나 생각해 둬."

애버딘의 망설임없는 말에 피스는 순간적으로 표정을 일그러뜨렸다.

"평생 한 번밖에 들어주지 않는 소원을 그냥 그렇게 써버릴 거예요?"

"그럼 소원 몇 개 더 들어 달라고 그래 봐?"

"트리아가 그러는데 말도 안 되는 억지를 부리면 소원을 빌 자격마저 박탈해 버린다고 하는데요."

"흠… 거봐. 역시 리즈를 꺼내 달라는 소원밖에 빌 수 없는 거잖아."

"…그런데 한 가지 문제가 있어요."

"뭔데?"

"리즈 언니를 꺼내 달라는 것은 좋은데… 그 호수에서 언니가 나오게 되면 영문도 모르는 채 혼자 그곳에 있게 된다는 거예요. 우리가 갈 때까지 그냥 얌전히 그곳에 있으면 별문제는 안 되겠지만… 사람 심리라는 게 어디로 튈지 모르는 일이잖아요."

"그런 문제가 있었군. 그 성격에 얌전히 우리가 올 때까지 기다리고만 있을 것 같진 않은데… 리즈를 우리가 있는 이곳까지 데려다 주지 않는다면 골치 꽤나 아프겠는데?"

"소원을 빌 때 우리가 있는 곳으로 리즈를 보내 달라고 하면 안 되는 거야?"

"소원은 단 한 가지만 이루어준다고 했으니까 안 되는 거죠. 잘 생각해 보세요. 리즈 언니를 이곳으로 데려다 달라는 말은 일단 언니를 호수에서 나오게 해달라는 것과 우리가 있는 이곳까지 보내 달라는 것을 포함하고 있는 말이잖아요. 소원을 두 개나 빌어 버린 셈이죠. 그렇게 되면 아마도 억지 부린다면서 소원을 들어주지 않을 거고, 아까운 기회만 버리게 되는 셈이라구요."

피스의 말에 애버딘은 곰곰히 생각에 잠겼다.

"그럼 말이야… 소원은 한 가지밖에 들어줄 수 없다고 했지만 소원을 빈 한 사람만 대상이 된다는 말은 아니지?"

"네?"

"그러니까 만일 '내가 사랑하는 모든 사람을 행복하게 해주세요' 라는 소원을 빌었을때 내가 사랑하는 모든 사람이라고 그러니까 여러 명을 지칭했다고 해서 그 소원이 억지라며 무효라는 말을 하진 않겠지?"

"그렇죠. 일단 애버딘님이 말씀하신 것은 한 가지니까… 대상이야 몇이 되었든 트리아 생각엔 반드시 들어줄 거래요."

애버딘은 그 말에 다소 위안이 되었는지 고개를 끄덕였다.

"좋아! 그럼 어서 소원의 동전이 들어 있는 상자부터 찾자. 피스는 혹시 모르니까 트리아에게 상자 위치를 알고 있는지 좀 물어봐 줄래?"

"들었지? 음… 그래?"

피스는 트리아를 붙잡고 한참을 뭐라고 고개를 끄덕이며 마치 그의 안내를 받는 듯 천천히 자신이 짚고 있는 벽 끝으로 가더니 어떻게 찾아냈는지 헐거워 보이는 돌 하나를 빼 들고는 그 속에서 자신의 한쪽 주먹만한 상자 하나를 들고 나왔다. 피스가 상자를 찾은 것까진 좋았지만 곧 상자 입구에 놓여 있는 견고하게 채워진 자물쇠를 어떻게 열 수 있을까 하는 고민에 빠졌다. 상자를 부숴야 하나 말아야 하나, 갖가지 생각들이 피스의 머리를 스치고 지나가고 있을 때 애버딘이 미소를 지으며 그녀를 바라보았다.

"나에게 맡겨."

어느새 애버딘의 손으로 넘겨진 상자는 애버딘이 자신의 주머니에서 꺼내 든 작은 철사에 의해 '딸깍' 소리를 내며 손쉽게 열리자 카디프와 피스는 너무 감탄한 나머지 입을 열지 못했다. 애버딘은 상자를 이리저리 살피며 별다른 함정 장치가 되어 있지는 않은지 체크해 보고는 안전하다고 판단했는지 궁시렁거리기 시작했다.

"흠… 자물쇠가 좀 엉성한데, 이렇게 쉽게 열리는 걸 보면? 게다가 별다른 함정 같은 것도 없고, 이거 정말 소원의 동전을 담아둔 상자가 맞는 거야?"

"애버딘, 너 혹시 호비트에게 자물쇠 따기, 함정 찾기, 뭐 그런 특훈이라도 받은 거야?"

"하하, 뭐 그런 셈이지. 내 전직이… 도적이거든."

"네에?! 도적이요? 농담이죠?"

"농담 아니야. 걱정 마, 어디까지나 전직이니까 말이야."

"헤… 그랬구나. 어쩐지 함정이나 던전에 대해 제법 빠삭하다고 생각했다."

드디어 애버딘은 자신의 마음속에 담아두었던 도적이란 자신의 신분을 속 시원히 밝히며 소원의 동전을 꺼내 들었다. 피스와 카디프는 고맙게도 '아~ 그래, 전직이 도적이었구나' 라는 무덤덤한 반응을 보였기에 애버딘은 한결 마음이 가벼워지는 것을 느낄 수 있었다.

아무튼 소원의 동전이라기에 황금으로 된 동전이거나 좀 화려한 동전을 상상했던 피스는 애버딘의 손에 들려 있는 동전을 보고는 실망감이 깃들었다. 척 보기에 일반 동전을 만들 때 쓰는 구리로 만든 평범한 동전에 불과했기 때문이다.

"정말… 이게 소원의 동전이야?"

그녀는 확인이라도 하려는 듯 트리아에게 물었다.

"어떻게 생겼냐고? 그냥 구리로 만든 평범한 동전 같은데? 헤에~ 그래? 원래 저렇게 생긴 거였단 말이지? 그치만 저렇게 평범

해 보이는 동전이 소원을 들어주는 동전이라니… 왠지 신뢰가 안
가는걸?"

아직 혼자서 묻고 답하는 것에 익숙해지지 않은 듯 그녀는 트
리아에게서 들었던 답을 다시 한 번 말해서 확인한 후에 자신이
하고 싶은 말을 하는 그녀를 보며 카디프는 미소를 지었다.

"외형이야 그렇게 중요한 게 아니니까 신경 쓰지 마. 어차피 소
원만 들어주면 되는 거잖아? 그런데 동전이 하나밖에 없는 것 같
은데… 동전이 없는 다른 사람들은 어떻게 소원을 비는 거야?"

자연스럽게 '트리아에게 물어봐 줄래?'가 빠진 그의 질문을 피
스는 되도록 트리아에게 간단 명료하게 전했다.

"들었지? 어떻게 하는 거야? 어~? 정말? 진짜 신기하네. 동전
이 다시 그 상자 속으로 들어간다고? 흠… 그럼 다른 사람이 그
동전을 들고 소원을 빌면 소원을 들어준다 그 말이지? 카디프님,
그냥 상자 안에 동전이 다시 들어온데요."

"고마워."

"들었지? …응? 나보고 한 소리라고? 아니야. 잠깐, 물어볼게. 카
디프님, 그건 방금 누구한테 한 소리예요?"

"둘 다."

"아, 네. 아니, 그러니까 뭐 그거 가지고 고맙다고 할 것까지야…
에헤헤."

피스는 잠시 동안 버벅거리다가 이내 겸연쩍은 미소로 어색한
분위기를 자연스럽게 넘겼다.

"음… 그런데 이거 아무 데나 던지고 소원 빌면 되는 거야?"

"네, 트리아가 그렇게 해도 된데요."

애버딘은 피스의 말이 끝나기가 무섭게 동전을 휙 뒤로 집어
던졌다.

"일행들의 몸 상태가 동굴 안으로 들어오기 전의 모습으로 돌아갈 수 있기를……."

애버딘은 상처 치료, 마나 회복, 저주 해제에 관한 모든 것을 원상 복귀시켜 달라고 빌었지만, 어디까지나 그의 소원은 동굴에 들어오기 이전 상태로 돌아가는 한 가지였으므로 그의 소원은 이루어졌다.

애버딘은 이제껏 뻐근했던 자신의 어깨가 씻은 듯이 나았다는 걸 깨달았다. 카디프의 상처 역시 흔적도 남기지 않고 사라졌으며, 무엇보다 큰 성과는 리즈가 그들의 곁으로 무사히 돌아온 것이었다.

"어라? 이게 어떻게 된 거야?"

리즈는 멍한 표정으로 한동안 주위를 둘러보며 일행들의 얼굴을 확인했다.

"분명히 난 이상한 물속에 있었던 것 같은데? 내가 꿈이라도 꾼 건가?"

"저 봐라, 저 봐. 자기가 호수에 갇혀놓고도 기억도 못하는 거 봐라. 얘가 둔한 거야, 긴장감이 없는 거야?"

"에……?"

애버딘은 기운이 빠진다는 듯 리즈를 보자마자 핀잔 섞인 말을 늘어놓았다.

"'에……?'는 무슨 에야! 도대체 혼자서 뭐 하려고 그렇게 서둘러서 간 거야? 봉인된 호수 속의 공주라는 동화라도 만들어주고 싶었던 게 아니라면 좀 더 조심했어야지. 아무튼 몸은 괜찮은 거야?"

"어… 응, 괜찮아."

"그럼 됐어. 소원 빌 거나 생각해 둬."

"뜬금없이 웬 소원?"

"언니가 봉인된 사이에 언니 구하려고 여기까지 내려온 거예요. 소원의 동전이라는 게 있어서 한 사람에게 일생 동안 단 한 번 소원을 들어주는 동전이 있는데… 애버딘님은 그걸 가지고 언니를 구했어요. 바로 이 동전으로……."

피스는 상자에서 구릿빛 동전을 꺼내 리즈에게 들어 보였다.

"에?! 그게 정말이야? 이런… 애버딘, 너 소원이 뭐야?"

"뭐?"

"소원이 뭐냐고. 난 빚지고 못 살아. 내 걸로 갚아줄게. 응? 소원이 뭐야?"

리즈의 말에 애버딘은 순간 양미간을 찌푸렸다.

"없어."

"에? 그러지 말고 말해 봐. 뭔데?"

"없다니까. 내 소원 정도는 내가 이룰 수 있어."

"그럼 난 나중에 소원 빌래. 나중에 혹시라도 마음 변하면 말해."

"변할 일 없을 거야."

"왜 그렇게 툴툴거리고 그래? 남은 미안해서 그러는 건데."

"이 철부지 공주야, 에휴~ 내가 말을 말지. 됐어."

애버딘은 시선을 리즈에서 카디프에게로 옮겼다. 그는 피스에게 동전을 받아 들고는 잠시 망설이는 듯한 표정으로 물었다.

"…소원이라는 것. 혹시 부활의 주문도 가능한 건가?"

"트리아 말이 영혼을 가지고 있는 자라면 가능하지만 실프나 드리드어스, 사라만다 같은 영혼이 없는 정령들이나 동물은 불가능하다고 하네요. 그런데 누구 살리고 싶은 사람이라도 있는 거예요?"

피스의 말에 그는 대답 대신 어두워진 안색으로 고개만 끄덕였

다. 동전을 손에 쥔 그 순간은 짧았지만 잠깐이나마 희박한 가능
성에 마음을 조렸건만⋯⋯.

"그런 건가."

왠지 씁쓸한 미소를 짓는 그에게 애버딘은 한 가지 제안을 해
보였다.

"혹시⋯ 부활시키고 싶은 자란 시에라를 말하는 거야?"

"⋯⋯."

"그럼 영혼을 가지게 해주는 건 어때? 다음 생에서나마 환생할
수 있도록."

"그렇군! 왜 진작 그 생각을 못했지? 고마워! 정말 고마워!"

카디프는 뛸 듯이 기뻐하며 마치 애버딘에게 감사의 키스라도
퍼부어줄 듯한 얼굴로 감사의 인사를 건넸다. 카디프는 잠시 동안
흥분을 가라앉히며 눈을 질끈 감은 채 소원의 동전을 집어 던졌
다.

"드리드어스 시에라에게 영혼을 주십시오. 그녀가 다음 생에서
환생을 할 수 있도록."

또 한 번의 빛이 그들을 감싸고 잠시지만 그들은 아름다운 연
녹색의 머릿결을 가진 여인이 환하게 미소를 짓는 모습을 볼 수
있었다. 그녀를 바라보는 카디프의 얼굴에는 좀처럼 볼 수 없었던
안타까운 표정과 함께 금방이라도 눈물이 떨어질 듯 붉게 충혈된
눈에는 그리움이 짙게 묻어 나왔다.

"울지 말아요, 카디프님. 이번에는 당신이 절 기다려 주시지 않
겠어요? 당신처럼 오랫동안 기다리게 하진 않을 테니까."

"기다릴게. 꼭 기다릴게."

카디프는 목이 매여와 더 이상의 말을 잇지 못했다. 시에라는
그런 그의 얼굴에서 눈물을 닦아주었다.

"곧 돌아올 게요. 그동안 저 잊으면 안 돼요. 후훗."

시에라의 장난기 어린 목소리에 카디프는 미소를 지어 보였다.

"빨리 돌아오지 않으면 잊어버릴 거야."

"흐음~ 그럼 올라가자마자 신께 귀찮도록 졸라보죠 뭐. 후훗. 그럼 카디프님을 잘 부탁드립니다."

그녀는 애버딘을 향해 고개를 숙이자, 애버딘 역시 그녀에게 고개를 숙여 보였다.

"걱정 말아요. 제가 살아 있는 한 바람은 못 필 테니까."

"후훗, 믿고 있겠습니다."

"그럼요. 대신 카디프가 오랫동안 청승을 떨지 않게 빨리 돌아오세요."

시에라는 또 한 번 미소를 지어주며 고개를 끄덕였다. 그리고 동굴 안을 가득 채우던 빛이 서서히 사라짐과 동시에 그녀의 형상도 엷어져 가기 시작했고, 이내 동굴의 빛이 완전히 사라져 버리자 그녀 역시 흔적 하나 남기지 않고 사라져 버렸다. 오랜 연인의 재회치고는 너무나도 짧은 순간이었지만 카디프는 행복해 보였다.

"고마워, 애버딘."

"내게 고마워할 필요없어. 난……."

애버딘의 말을 가로채며 그는 이내 평상시의 평온한 얼굴을 되찾았다.

"아니, 넌 내게 살아갈 희망을 되찾아줬어. 그것만으로도 넌 충분히 내게 고마운 사람이야. 무슨 일이 있었다고 해도……."

시에라가 누군지, 카디프와 무슨 사인지 아무런 영문도 모르는 리즈와 피스는 무거웠던 분위기가 다시 밝아지려 하자 서로의 얼굴을 번갈아 바라보다가 곧 카디프에게 시선을 집중시켰다.

"아까 그분 누구였어요? 굉장한 미인이던데……."

"드리드어스니까 예쁜 건 당연한 거고, 둘이 연인 사이야?"

"음유 시인이 들었으면 굉장히 멋진 노래나 이야기가 나왔을 법한 소재 거리였을 텐데 언젠가 괜찮은 마을에 가게 되면 그거 가지고 시나 노래 하나 만들어 달라고 해볼까?"

완전히 분위기 띄워보자는 속셈이었으나 순진한 엘프에게는 고문과도 같은 일이었다. 물론 그가 시에라와의 러브 스토리를 쑥스럽게 생각하거나 하진 않았지만, 남자에게 있어 정말로 사랑했던 연인과의 연애사를 남들 앞에서 말하기란 대단한 용기를 필요로 하기 때문이다. 그는 이제까지 무늬만 엘프 어쩌고저쩌고했던 이미지를 씻어주기에 충분할 만큼 수줍음으로 붉게 물든 얼굴로 간신히 피스에게 입을 열었다.

"피스, 넌 소원 안 빌 거야?"

"말 돌리려고 해도 안 넘어가네요."

"그만 해. 트리아가 세인트가 아니란 것이 밝혀졌으니 리도스를 기다려야 할지에 대해서도 결정 내려야 하고, 할 게 많아. 피스도 소원을 빌려면 지금 빌고, 딱히 생각나는 게 없다면 후회하지 않도록 동전 잘 챙겨둬. 언제 소원을 빌게 될지 모르니까 말이야."

애버딘이 궁지에 빠진 카디프를 구해주려는 듯 운을 띄우자 카디프는 기회를 놓치지 않고 또다시 피스를 재촉했다.

"애버딘 말이 맞아. 소원 빌지 않을 거면 동전이나 잘 넣어둬. 빨리 동굴 밖으로 나가서 리도스 문제를 이야기해 봐야지. 그를 기다릴 것인가, 아니면 프로소로 돌아갈 것인가, 이도 저도 아니라면 우리는 어디로 가야 하는가… 할 말 많지 않겠어?"

피스에게는 애버딘이 하는 말은 언제나 효과 만점이었다. 그녀는 트리아를 보며 물었다.

"혹시 좋아하는 사람과 맺어지게 해달라는 소원도 빌 수 있어? 흐음… 왜? 인연의 끈? 그런 것도 있어? 흐음… 그렇구나. 강제로 맺어 달라는 소원은 안 되는 거구나. 그럼, 나 시력이나 강하게 만들어 달라고 할래. 그게 현재로선 제일 바라는 거니까. 에라~ 모르겠다. 드워프나 엘프처럼 어둠이나 빛 어디에서도 강한 시력을 가지게 해주세요."

그녀가 동전을 던지며 시력을 회복시켜 달라는 소원을 빌자 빛이 그녀의 곁을 에워싸며 그녀의 소원을 이루어주었다.

"며칠만 더 참으면 될 걸 뭐 하려고 아깝게 소원을 그런 걸로 쓰고 그래?"

"음… 리즈 언니가 나처럼 갑갑해 봤으면 내 심정 충분히 이해하고도 남았을 거예요."

"하긴… 나도 갑갑한 건 싫어."

"아무튼 이제 밖으로 나가면 그렇게 꿈에도 그리던 빛을 볼 수 있다는 말이니까 힘내서 나가자구. 행선지도 나가서 정하고 일단 트리아가 아는 게 더 있을지도 모르니까 가서 좀 더 이야기를 나눠보자구."

애버딘은 지도를 건네받고는 주위를 살폈다. 트리아의 말대로 이곳은 입구에서 가까운 곳으로 처음부터 여러 개의 갈림길이 즐비하게 늘어져 있었다.

"짧은 곳은 이유가 있으니까 짧겠지? 트리아에게 몬스터가 가장 많이 나오는 코스는 어디고, 주로 어떤 종류가 나오는지 물어봐줘."

"이젠 알아서 척척이라 물어볼 필요도 없을 것 같네요, 뭐… 아무튼 가장 주의할 길은 몬스터가 나오지 않는다는군요."

"그럼? 함정밖에 없다는 소리야?"

"아뇨… 그렇게 많은 숫자는 아니지만, 광전사가 나온다는데요?"

"광전사라니?! 이 동굴에 우리 말고 살아 있는 사람이 있다는 거야?"

"리즈 언니, 광전사를 살아 있는 사람이라고 생각하지 말아요. 광전사가 가지고 있는 감정이라고는 오로지 살의밖에 없어요. 때문에 광전사에게는 감정을 지배하는 그 어떤 마법과 저주도 듣지 않고, 무조건 상대방이나 자신이 죽을 때까지 싸우는데… 말 그대로 광전사, 아니, 살인 병기라고 보는 편이 낫지. 인간이라고 여기고 상대하다간 그야말로 '앗' 하는 사이에 죽게 될 걸요? 가능하다면 될 수 있는 한 광전사만큼은 피해가고 싶은 게 솔직한 제 심정이에요."

"나도 피스의 의견에 찬성이야. 이곳에서 살아 있을 정도라면 제법 강한 자라고 봐야겠지. 서로 부딪쳐 봐야 죽이거나 죽거나 둘 중 하나거든."

"그럼 제일 짧은 코스로 직선으로 나가서 오른쪽으로 꺾어지는 곳이 있는데 주의할 점 같은 건 없어?"

"음… 그냥 입구에서 들어오는 길이라 리도스님께서 어차피 좀 더 안으로 들어오면 죽는 것이 과반수 이상인데, 혹시라도 그사이에 마음이 바뀐 채 돌아가려는 사람은 자비를 베풀어 살려주는 차원으로 별다른 장치를 해두지 않았다고 하네요."

"그럼 뭐 더 볼 것도 없이 이곳으로 나가면 되겠네 뭐."

애버딘은 주위를 둘러보았다. 밖으로 통하는 문은 모두 네 개. 그중 하나는 자신들이 들어온 길이고, 그들이 선택한 문은 아래쪽에 있었다.

"프로소!"

문은 언제나 그렇듯 소리없이 스르륵 열렸고, 그들은 별 어려움 없이 밖으로 나갈 수 있었다. 주변을 경계하며 밖으로 나갔다. 출구에 가까운 함정을 입구로 해서 입구를 출구로 나오는 기분은 왠지 묘하긴 했지만, 그들은 어쨌거나 소기의 목적은 달성했다고 생각하는 것도 잠시 어디선가 많이 듣던 여인의 목소리가 그들의 귓가를 잡아끌었다.

"그쪽으로 가시면 안 됩니다!"

청각이 예민한 엘프답게 여인의 목소리에 가장 먼저 반응을 보인 것은 카디프였다.

"투희야님?"

"무슨 소리야? 투희야님이라니?"

애버딘이 주위를 두리번거리자 다시 한 번 낯익은 여인의 목소리가 들려왔다.

"그쪽으로 가시면 안 됩니다. 이미 리도스의 명을 받은 부하들이 당신들이 이 섬에서 나갈 수 없도록 지키고 있습니다. 그들 몰래 이곳에서 벗어나려면 당신들이 왔던 곳으로 가셔야 합니다."

투희야는 마침내 그 모습을 드러내며 그들 앞을 막아섰다.

"나는 이제 시간이 얼마 없습니다. 당신들을 위해 해줄 일이 얼마 남아 있지 않아요. 제 말을 믿고 당신들이 왔었던 길로 되돌아가 주세요."

"만일 제가 싫다고 하면 어쩌실 거죠?"

"강제로라도… 신의 권능을 사용해서라도 당신들이 원래 있어야 할 곳으로 보내겠습니다."

제5장
대립의 시간

이야기가 시작되는 마을 아렌

"넌 도대체 자각이 있는 녀석이야, 없는 녀석이야?! 내가 그토록 폴리모프할 때는 신중하게 해야 한다고 일렀는데, 그것도 언제나 대낮인 이 리절트에서 조심성도 없이 인간들의 마을에서 폴리모프를 해? 만일 네가 마법이나 제대로 다룬다면 말도 안 해. 도대체 무슨 배짱이야? 그러다가 드래곤 슬레이어라는 칭호를 얻고 싶어 환장한 작자들이 무작정 네게 덤벼들면 어쩌려고 그랬어?!"

반복되는 리도스의 잔소리와 걱정에 떼떼는 잔뜩 풀이 죽은 얼굴로 고개를 숙였다. 식사를 마친 후 아까 옆 테이블에 앉았던 사람들의 시선을 끌지 않겠금 조용히 여관에서 빠져나오면서 한숨 돌린 이후로 리도스는 사람이 자주 드나들지 않는 한적한 길목에 다다르자 대놓고 떼떼에게 야단을 치기 시작했던 것이다.

"죄송해요."

떼떼는 순순히 자신의 잘못을 인정하고는 리도스에게 백기를 흔들어 보였지만 그의 화는 좀처럼 가라앉지 않았다. 게다가 금발

이라는 것이 흔한 것이 아니다 보니 떼떼의 선명한 금발은 아무
리 봐도 튀었기에 사람들은 지나가면서 흘끔거리며 자기들끼리
소곤소곤거릴 때면 리도스는 조건 반사적으로 움찔거려 댔다.

　니니아에서 아렌까지는 앞으로도 갈 길이 멀었기에 그는 한숨
을 내쉬며 장이 서고 있는 곳으로 가서 튼튼한 말 한 필을 사서
떼떼와 함께 올라탔다. 난생처음 말을 탄 떼떼는 마냥 신이 났지
만, 리도스는 떼떼를 앞에 태우고 감싸 안듯 앉아 있었기 때문에
여간 신경이 쓰이는 게 아니었다. 말을 출발시키자 처음에는 마냥
좋아하던 떼떼도 중심을 잡으려 애를 쓰기 시작했다. 로잔 신전의
종이 밤을 알릴 때까지 단 한 번도 쉬지 않고 말을 달리자 떼떼의
얼굴은 점점 불만스러운 표정으로 일그러져 가고 있었다. 이젠 엉
덩이까지 저려올 정도지만 리도스는 뭐가 그리 급한지 오는 동안
에 한 번도 쉬지 않고, 게다가 앞으로도 전혀 쉬어갈 생각이 없는
듯했다. 떼떼에겐 슬슬 아파오는 허리나 엉덩이도 문제지만 졸음
과 지루함이 더 큰 문제였는지 좀 쉬다 가자는 말을 하기 위해 리
도스의 표정을 살폈다.

　"아저씨……."

　"왜?"

　"이거 얼마나 타고 있어야 해요?"

　"적어도 날밤 새면 삼 일은 더 타고 있어야 하는데."

　"사, 삼일이요?!"

　"쉬지 않고 바로 갈 거니까 졸리면 나한테 기대서 자라."

　"아저씨… 저… 말 타는 거 얼마나 있으면 적응이 될까요?"

　"글쎄다, 아마도 우리가 말에서 내릴 때쯤이면 적응되어 있지
않을까 싶은데. 그건 왜?"

　"히잉~ 허리랑 엉덩이랑… 안 아픈 데가 없어요."

약간의 항의성이 섞인 뗴뗴의 말에 리도스는 미소를 지었다.

"하루만 말에서 보내봐라. 그런 소리조차 쏙 들어갈 테니."

"······?"

"거의 반죽음 상태가 된다는 말이다. 피곤하면 눈이나 감아."

뗴뗴는 자포자기하는 심정으로 리도스에게 기댄 채 눈을 감았다. 역시 덜컹거리는 말 위라 잠자리가 편하지 않아서인지 쉽사리 잠이 들지는 못했지만, 뗴뗴의 사정은 리도스보다는 좋은 편이었다. 말고삐를 잡고 방향을 잡느라 잠을 못 자는 것은 물론이고, 뗴뗴가 좀 더 편하게 잘 수 있도록 움직임도 최소한으로 자제하느라 몸에서 쥐가 날 판이다.

뗴뗴가 불편하나마 잠이라도 청할 수 있었던 건 리도스의 배려 덕분이지만, 확실히 그가 하는 대부분의 배려들이란 언제나 티가 안 나는 것들이라 아직 어린 뗴뗴는 다시 떠올려 보지 않는 이상 리도스의 배려에 대해 알아차릴 리가 없었다. 덕분에 그는 뗴뗴로부터 가끔씩 원망 섞인 투정을 들을 때도 있지만 그에게는 뗴뗴가 그가 자신을 끔찍이도 위한다는 인상을 심어주기보단 그저 투정부리기 쉬운 아저씨로 남고 싶었다. 아무튼 뗴뗴가 고른 숨소리를 내며 잠이 들었을 무렵 리도스는 워프 게이트를 열었다.

"애버딘들이 던전에서 나오기 전에 해결을 보려면 부지런히 가야겠어. 아렌까지 워프해서 들어가면 의심받을 소지가 있으니까 내일 아침이면 도착할 정도의 거리면 좋겠지."

적당한 거리 계산이 끝난 그는 워프 게이트의 일그러진 공간 안으로 말을 몰았다.

리절트는 야심한 밤이라고 해서 결코 어두워지는 법이 없었다. 어둠이란 개념은 이미 그곳에 살고 있는 이들의 뇌리에서 잊혀진 지 오래다. 덕분에 리절트인들은 시간을 알리는 신전의 종소리만 무시한다면 하루의 시간을 어떤 식으로 쓰든 자유롭다.

어릴 때부터 그런 습관이 들어서인지 리절트인들은 샤아플린인들에게 종종 시간 관념이 없다는 소리를 듣기도 하지만 대부분의 사람들은 신전의 종소리에 맞춰 생활을 하기 때문에 어둠이 없다고 해도 샤아플린의 저녁처럼 일정한 시간이 지나면 거리에서 사람을 발견하기가 힘들어진다. 만일 그 장소가 거리에서 숲 한가운데로 바뀐다면? 사람과 마주칠 확률은 드워프가 베틀 엑스로 전투를 벌이다가 자기 발을 찍을 만큼 줄어버린다.

"정말 잘 자는군."

리도스는 자신에게 기댄 채 고이 잠들어 있는 떼떼를 귀여워 죽겠다는 표정으로 흐뭇한 미소를 지어 보였다. 부성애라는 게 이런 느낌이 아닐까 싶은 생각에 그는 또다시 미소를 지으며 주위를 둘러보았다. 리절트라 밤의 숲 속 특유의 위험스러워 보이거나 몽환적인 분위기는 찾아볼 수 없었지만, 거의 대낮과 같은 분위기라 다람쥐가 리도스를 보고 숨는다든지, 기분 좋은 새들의 지저귐 같은 평화로운 분위기로 적어도 다크나 샤아플린의 숲처럼 갑작스러운 몬스터의 출현은 걱정할 필요도 없었다.

밤만 쭉 계속된다든지, 낮만 계속된다든지 하는 환경 조건이 같아지면 시간에 얽매이게 되는 생명체는 인간밖에 없어진다. 시간은 인간을 구속할 수 있는 수많은 것들 중 가장 강력한 것으로 덕분에 리도스는 로잔의 신전의 종이 다시 아침을 알릴 때까지 아무와도 부딪치지 않고 여유롭게 말을 몰 수 있었다.

"우하암~ 아저씨, 이제 얼마나 남은 거예요?"

"어? 벌써 일어났어? 이제 곧 도착할 테니 이제껏 참은 김에 조금만 더 참아라."

"네? 며칠 걸린다고 하지 않으셨어요?"

"너 자는 사이에 요령 좀 부렸지. 그건 그렇고 불편하다고 말한 것치고는 잘 잔 것 같아 보여 안심이구나. 일어나서 기운 빠져 있으면 어쩌나 했는데 말이다."

"영웅이 말을 못 탄다고 해서야 말이 안 되죠."

"거참, 말이나 못하면, 음… 여기가 마을 입구구나."

리도스는 마을이 얼마 남지 않았음을 알리는 낡은 나무 안내판을 발견하자 떼떼는 안심했다는 듯이 안도의 한숨을 내쉬었다.

"하아~ 드디어 말에서 내릴 수 있겠군요."

"하하, 수피아님이 어디 계실지 모르겠지만, 내가 전에 했던 말들 잊지 말아라."

"이 검에 대한 이야기요?"

"그래, 검사에게 있어 검은 자신의 생명을 뜻한다. 검을 부러뜨리거나 빼앗기는 것은 자신의 목숨을 스스로 끊는 거나 마찬가지지. 난 네가 수피아님 앞에서 만일 예상치 못한 일이 생기더라도 당당하게 행동했으면 좋겠구나. 할 수 있겠니?"

"…네."

떼떼는 다소 자신없다는 듯한 표정을 짓긴 했지만 리도스는 떼떼의 대답을 들은 것만으로도 충분하다는 듯 고개를 끄덕이고는 마을 안으로 들어섰다. 수도에 비해 터무니없이 작은 마을이라곤 하지만 있을 건 제대로 다 갖추고 있었다. 길 양 옆으로 늘어선 여관이라든지 주점, 잡화점, 그리고 로잔의 신전과 몇몇의 과일 가게 등은 분주하게 영업 준비를 하려는 듯 가게 주인들로 보이는 사람들이 분주하게 자신들의 가게 앞을 쓸고 있었을 뿐, 이른 아침이라 그런지 길가에 나와 있는 사람은 그리 많지 않았다(워낙 대낮 같은 햇살이라 이른 아침같이 느껴지진 않았지만 말이다).

"일단 식사부터 해야겠지?"

바람에 흔들리는 여관 간판을 바라보던 리도스는 떼떼에게 미소를 지어 보이며 말에서 훌쩍 뛰어내리고는 가볍게 떼떼를 안아서 바닥으로 내려주었다. 여관 앞을 깨끗이 쓸고 있던 스무 살이 될까말까 해 보이는 청년 하나가 그들이 여관에 볼일이 있다는 듯 말에서 내리자 눈치 빠르게 빗자루를 한쪽 편에 세워두고는 재빨리 리도스에게서 고삐를 건네 받았다.

"여관에 가실 거죠? 말은 제가 마굿간에 매어놓고 여물이랑 물을 줄 테니까 안으로 들어가세요."

친절한 얼굴로 미소를 짓는 청년에게 리도스는 고개를 끄덕이며 기분 좋은 미소를 지었다.

"하하, 규모는 그리 크지 않지만 매우 깨끗하고 좋아 보이는 여관이군요. 안에 다른 분 계신가요?"

"죄송합니다. 지금은 저밖에 없어서… 아무래도 아침에는 그다지 손님이 없기 때문에 오후에나 돼야 아르바이트생이 오거든요. 식사하실 거라면 잠시만 테이블에 앉아서 기다려 주시면 고맙겠습니다. 마구간에 새로운 건초와 물이 있으니까 매어두고 가기만 하면 되거든요. 잠시면 됩니다."

"아, 네. 천천히 하십시오."

리도스는 떼떼와 함께 여관의 문을 열고 안으로 들어섰다. 경쾌한 종소리가 손님이 왔음을 알렸지만 일손이 없는 듯 청년의 말대로 사람이 나오거나 하진 않았다. 문 맞은편에는 식당과 카운터를 구분하기 위해 '이곳은 식당입니다. 어서 오십시오'라고 작은 글씨로 쓰여진 간판이 걸려 있는 문이 보였다.

식당 안으로 들어간 리도스는 의외로 테이블이 많은 것에 이집의 음식 맛에 기대를 걸었다. 여관이라고 해도 동네도 작고 근방에 이렇다 할 만한 관광지도 없으니 손님이 그렇게 많을 것 같지 않았지만, 식당을 이용하는 사람은 많은 듯 여러 개의 테이블이 한 사람씩 한 줄로 들어가야 지나갈 수 있을 정도로 빽빽하게 들어 서 있는 것이, 장사가 잘된다는 것을 의미하는 것과 동시에 음식 맛이 좋은 곳일 확률이 높다는 의미가 담긴 것이기에 그는 괜스레 기분이 좋아졌다.

"호~ 간만에 음식 잘하는 여관을 발견하게 됐군."

조금 있으면 여관 주인으로 보이는 청년도 올 것이고, 그동안 별로 할 일도 없는 리도스와 떼떼는 자신들과 가까운 테이블에 앉아서 주위를 천천히 둘러보았다. 대부분의 여관이 다 그렇듯 벽 한쪽 면에 무명의 화가가 그렸을 법한 평범한 그림들이 걸려 있었고, 이렇다 할 만한 화려한 장식이 되어 있다거나 하진 않았지만 전체적으로 깔끔한 분위기라 오히려 어줍잖은 여관보다 편안함이 느껴졌다.

"많이 기다리셨죠?"

"아니요. 금방 왔는걸요."

떼떼가 고개를 저으며 청년에게 대답하자 그는 떼떼의 금발을 잠시 동안 뚫어져라 바라보며 미소를 지었다.

"제 얼굴에 뭐 묻었어요?"

떼떼의 말에 그는 고개를 저으며 자신이 들고 온 메뉴판을 건넸다.

"아니, 너 참 귀엽게 생겼구나 싶어서. 하하, 내가 아는 친구 녀석도 금발이라 널 보니까 왠지 그 친구가 떠오르는군. 이런, 이거 시장한 사람 붙잡고 말이 너무 길었군요. 자, 주문하시죠."

그는 리도스를 의식했는지 이쯤에서 잡담을 끝내자 싶어 종이와 펜을 꺼내 들었다. 리도스는 한참 동안 메뉴판을 바라보다가 이내 그것을 덮어버렸다.

"여기서 제일 잘하는 게 뭡니까?"

"저희 집은 주로 메인 메뉴보다 디저트류를 잘합니다만, 훈제 연어 크랩 샌드위치는 어떻습니까?"

"네, 부탁합니다."

"저도 아저씨랑 같은 걸로 먹을래요."

"식후 디저트는 무료입니다."

"에… 저는 초콜릿 무스로 주세요."

떼떼의 말에 리도스는 피식 미소를 짓다가 여차하면 떼떼에게 넘겨주기 위해 같은 것으로 시켰다. 청년은 보는 사람으로 하여금 기분 좋아지게 만드는 서글서글한 미소를 지었다.

"그럼, 잠시만 기다려 주십시오."

"네."

떼떼가 고개를 끄덕이자 그는 다시 한 번 떼떼에게 미소를 지어주며 주방으로 들어갔다. 리도스는 웬만한 귀족들이 드나드는 식당에 들어갈 때보다 이곳에서 더 예의를 갖추게 되는 것에 의아한 마음이 들었지만, 정중한 상대에 한해 정중해지는 것은 당연한 일이라고 생각하며 고개를 끄덕였다. 잠시 후 청년이 하얀 접시 위에 별 모양으로 보기 좋게 놓아둔 샌드위치를 테이블에 내려놓자 떼떼는 탄성을 질렀다.

"와~ 예쁘다."

"후후, 감사합니다. 손님, 맛있게 드세요."

"잘먹겠습니다!"

떼떼는 갓 구운 듯한 따끈따끈한 샌드위치를 입에 밀어 넣으며 먹성 좋게 외쳤다.

"어? 빵이 굉장히 얇고 특이한데요?"

"그건 크랩이니까 그래. 빵이랑 만드는 법이 좀 틀려. 빵은 오븐에 구워 만들지만 크랩은 프라이팬에 동그랗게 지져 내거든."

"아저씨가 요리도 할 줄 알아요?"

"왕년에 요리사로서의 꿈 좀 꿨지."

"왠지 아저씨와는……."

"안 어울린다고? 하하, 그런 소리 말고, 어서 먹기나 해. 나보다 늦게 먹으면 내가 다 뺏어 먹을지도 몰라."

리도스의 말에 떼떼는 누가 보면 체할까 염려될 정도로 허겁지겁 입 안으로 샌드위치를 쑤셔 넣었다. 접시가 깨끗하게 비워지자 청년은 눈치 빠르게도 바로 초콜릿 무스를 들고 나왔다. '맛있게 드십시오' 하고 가려는 청년의 옷깃을 붙잡은 리도스는 악의없다는 미소를 지어 보이며 말을 걸었다.

"이 마을에 아주 놀라울 정도의 미인이 있다는 소문이 들었는데요?"

"아, 에르린 누나를 말하시는 거라면 누나는 이미 마을을 떠났습니다만."

"네?! 떠나다니요?"

화들짝 놀라는 리도스를 그는 미심쩍은 눈으로 바라보았다.

"왜 그러시죠?"

"아… 아니, 저 그게……."

곤혹스런 표정을 짓던 리도스는 계속 악의가 없다는 듯한 미소를 입가에 걸치며 말을 이었다.

"하하, 그냥… 그런데 에르린이라는 아가씨와 잘 아는 사이 같군요."

"제 친구의 누나입니만… 에르린 누나에게 무슨 볼일이시죠?"

"친구의 누나요? …그럼, 그 친구 분은요?"

이제껏 친절하고 호의적인 청년의 눈빛이 그 한마디에 싸늘한

냉기가 흐를 정도의 적의로 바뀌어 버렸다.

"애버딘에게 무슨 볼일이십니까? 당신… 정체가 뭐죠?!"

"애, 애버딘?!"

뗴뗴와 리도스는 이게 무슨 자다가 봉창 두들기는 소리냐는 듯한 표정으로 그를 바라보았지만, 그는 그들을 적으로 판단했는지 품에 감추어두었던 표창을 손에 꽉 쥐어 보였다.

"저는 애버딘의 의형 디르아라고 합니다만, 당신은 누구십니까? 무슨 볼일로 그들을 찾는 건지 솔직히 말하지 않으신다면 예언 하나 하죠. 제 손에 들려 있는 이것들이 당신들을 곱게 돌려보내 주진 않을 거라는걸."

"투희야님께선 지난번에 이쪽에서 물러나겠다고 말씀하셔 놓고 왜 오신 거죠?"

리즈의 말에 피스는 어리둥절해했다. 카디프고, 리즈고, 애버딘 이고, 왜 정체 모를 저 여인에게 신의 이름을 대고 있는 걸까?

"저… 죄송하지만 언니, 저분이 누군지 피스만 모르는 것 같은 데요?"

리즈는 흘끗 곁눈질로 피스를 바라보다가 그녀의 귓가에 나즈 막하게 속삭였다.

"재수없는 여신 투희야."

"에엣?! 투희야님?!"

그녀는 매우 놀란 듯 투희야라고 불리는 여인을 바라보았다. 잡 티 하나 없는 뽀사시한 하얀 피부에 마치 그림 속에서 그대로 걸 어나온 듯한 우아한 분위기의 여인.

"다시 한 번 말하죠. 당신들이 들어온 곳으로 나가세요. 그렇지 않고서는 당신들이 가고자 하는 곳으로 갈 수 없을 것입니다."

카디프는 그녀의 말에 고개를 끄덕였다. 어디까지나 그가 섬기는 여신이다. 그녀의 말을 거역한다는 것을 그는 꿈에서조차 상상하지 못했을 것이다. 그러나 애버딘은 달랐다. 그녀는 그가 섬기는 신도 아니었으며 자신의 일행도 아닌, 그저 자신의 참견꾼에 불과했다.

"난 당신에게 들을 말이 있습니다. 어레인 계곡을 통해 제게 하고 싶은 이야기는 뭐였습니까? 왜 미끼를 던져 물고기를 낚는 듯한 태도로 저에게 기억을 던져 주시는 겁니까?"

애버딘은 항의하는 듯한 표정으로 그녀를 바라보았지만 그녀의 입에서 나오는 말은 한결같았다.

"제겐 시간이 없습니다. 당신들이 돌아가야 할 곳으로 돌아가십시오."

리즈는 그녀가 신이라는 생각조차 들지 않는지 사납게 쏘아보며 외쳤다.

"리도스는 우리의 일행이에요. 결코 우리에게 해가 가는 짓은 하지 않을 겁니다. 전… 리도스보다 솔직히 투회야님이 더 신경쓰여요. 까놓고 말해 봐요. 도대체 우리에게 무슨 말씀을 하고 싶으신 거죠?"

그녀는 한숨을 내쉬었다.

"하아~ 결국은… 신력을 사용하게 되었군요. 입구 봉쇄."

그녀는 그 한마디를 남기고는 흔적 하나 남기지 않고 그대로 사라졌다. 그리고 몇 발자국만 더 걸었다면 출구로 나갈 수 있었을 그 지점에서 그들은 되돌아갈 수밖에 없었다. 어디선가 묵직한 뭔가가 굴러오는 소리와 자신들이 서 있는 바닥이 흔들렸기에 본능적으로 위험을 감지한 것이다.

"뛰어!"

애버딘의 목소리를 신호로 그들은 왔던 곳을 되짚어 달리기 시작했다. 예상대로 집채만한 바위가 그들을 노리고 맹렬하게 굴러 들어왔고, 너무 당황한 나머지 자신들이 들어갔어야 할 위쪽 방향의 갈림길을 놓치고 말았다. 옆으로 좀 더 달리다 보니 위와 아래로 길이 나뉘었다. 아래에서 뭔지 모를 여인의 비명 소리가 울려 퍼지며 희미한 빛이 새어들었다. 너무나 마음이 급한 나머지 그들은 위쪽으로 달려가지 못하고, 빛이 새어드는 아래 쪽으로 몸을 날렸다. 돌은 간발의 차이로 아슬아슬하게 피스를 비껴가 버리자 그녀는 안도의 한숨을 내쉬었다.

"휴~ 간발의 차이였어요. 그런데 여긴 어디죠?"

리즈의 질문에 애버딘은 주위를 살폈다. 여전히 여인의 '꺅꺅!' 거리는 비명 소리와 빛이 새어 나오고 있었다. 희미하나마 갑작스런 빛에 잠시 눈이 부신 듯 애버딘과 리즈는 몇 차례 눈을 깜빡거렸으나 피스는 기쁨의 환호성을 질렀다.

"우와! 이게 빛이에요?"

"빛이긴 한데 그건 희미한 거고, 정말 빛을 보려면 동틀 무렵이나 대낮의 빛도 좋겠지. 그런데 이 신경 거슬리는 비명 소리는 대관절 어디서 나는 거야?"

애버딘의 말에 카디프는 피식 미소를 지었다.

"이런 곳에 여자 목소리라니… 함정이야. 비명 지르는 버섯 아니면 곰팡이겠지."

카디프가 앞장서서 그들을 안으로 안내하자 곧 시야를 밝힐 만한 빛들이 눈에 들어왔다. 리즈는 자신도 모르게 비명을 지를 뻔한 자신의 입을 틀어막으며 고개를 돌려 버렸다.

썩어가는 시체 한 구에서 송장벌레가 스멀스멀 기어나오고 주변에서는 기분 나쁜 곰팡이가 주변의 벽과 부딪치며 기묘한 비명 소리를 만들어내고 있었다.

"빨리 지나가자."

애버딘은 파랗게 질린 리즈와 피스의 얼굴을 바라보며 카디프에게 고갯짓을 해 보였다. 그리고 카디프와 그는 각각 피스와 리즈의 앞에 서서 그것이 보이지 않게 그들을 잘 감싸주었다. 위쪽으로 나가려는 순간 그들은 또다시 자신의 디디고 있는 발 밑이 흔들리는 느낌을 받았다. 그리고는 묵직한 것들끼리 인정 사정없이 부딪치는 소리가 들려왔다.

쿵!

드르르륵—

쿵!

아까 굴러갔던 돌이 어딘가의 함정을 건드렸는지 비슷한 크기의 돌이 굴러다니며 부딪치고 있는 것이 틀림없었다.

"어쩌지?"

리즈가 난감한 표정으로 애버딘에게 묻자 애버딘은 고개를 불쑥 내밀어 밖을 바라보았다. 커다란 돌은 주기적으로 부딪쳤다가 들어가곤 했고, 반대 방향으로 돌아간 돌끼리 다시 같은 방향에서 부딪치기까지 걸리는 시간을 재보니 1분 정도?

"한 사람씩 천천히 뛰어가면 될 거야. 통로가 좁으니까 여러 명이 뛰면 아무래도 불안해. 뒤쳐지는 사람도 있을 거고, 카디프부터 먼저 가."

애버딘은 일행 중 가장 빠른 카디프를 선두로 세웠다. 그리고는 품에서 주머니 하나를 꺼내 들고는 빛을 내뿜는 송장벌레와 비명 지르는 곰팡이를 주워 담았다.

"엣?! 더럽게 그건 왜 챙겨!?"

리즈가 질색을 하며 목소리를 높이자 애버딘은 멋쩍은 표정으로 미소를 지었다.

"어딘가 필요할지도 몰라. 생각 같아선 좀 더 챙기고 싶지만 주머니가 몇 개 없어."

애버딘의 말에 그녀는 수긍하는 듯 고개를 끄덕였지만 좀처럼 인상이 펴지지 않는 것이 사실이었다. 명색이 모험이라 함은, 아니, 적어도 마법 수행이라고 하면 좀 더 엄숙할 거라고 생각했던 게 잘못이었는지도 모른다. 스승까지 엘프, 드래곤으로 화려하지만 어떻게 된 게 제대로 된 적하고 맞닥뜨려 본 적이 없다. 라고데사나 곰팡이나 송장벌레 등등, 이놈의 몬스터들은 그녀가 생각하는 이상적인 적이 아닌 것이다.

"하아~ 내가 생각해도 철없는 생각이야… 정신 차리자. 아! 다음은 내가 갈게."

"좋아. 조심하고, 뒤돌아보지 말고 바로 뛰어가."

"알았어."

리즈는 고개를 끄덕이며 돌이 다시 떨어져서 자신의 옆을 지나가는 그 순간 카디프가 뛰어간 위쪽 방향으로 젖 먹던 힘을 다해 뛰기 시작했다. 평소 몸놀림이 가벼운 편이라고 생각했건만, 엘프가 달린 다음에 바로 달린다는 것은 그녀를 거북이처럼 느려 보이게 만들기에 충분했다. 돌이 양 옆에서 그녀를 노리고 굴러 들어오고 그녀는 이를 악물며 위를 바라보았다. 카디프가 잽싸게 달려와 그녀를 끌고 위쪽으로 데리고 올라가자 애버딘은 안도의 한숨을 내쉬었다.

"피스, 뛰는 거 자신있어?"

"아니요. 그다지……."

"그래. 잠시만… 흠흠!"

그는 한껏 목청을 가다듬고는 카디프를 향해 외쳤다.

"카디프! 피스 뛰는 게 좀 느리니까 부탁해!"

"알았으니까 타이밍이나 잘 맞춰서 와!"

카디프의 대답이 떨어지자 애버딘은 다시 밖의 돌들의 위치를 살폈다.

"지금이야!"

애버딘의 목소리를 신호 삼아 피스는 죽어라고 달리기 시작했다. 그러나 어디에 걸린 것인지 반도 채 가지 못해 넘어지고 말았다. 돌은 그녀를 향해 무서운 속도로 굴러 들어왔고, 그녀가 오도 가도 못하고 눈만 감고 있는 사이에 카디프는 잽싸게 그녀를 안아 들고는 위를 향해 가볍게 달렸다.

"피스! 괜찮아?"

애버딘의 염려 섞인 목소리에 정신을 차린 듯 피스는 눈을 번쩍 뜨고는 목청 하나 끝내 주게 크다는 사실을 또 한 번 인식시켜 주었다.

"네! 괜찮아요!"

카디프의 예민한 귀가 몇 번 쫑긋거리자 피스는 인간과는 다르게 엘프는 귀를 움직일 수 있구나, 라는 생각에 신기하다는 듯한 눈으로 그를 올려다보았다. 그는 그것을 내려 달라는 것으로 알아 듣고는 그녀를 가볍게 땅에 내려주었다. 애버딘은 본래 몸놀림이 빠르기 때문에 별 무리 없이 쉽게 건너올 수 있었다.

"이제 어디로 가야 해?"

리즈의 질문에 애버딘은 다시 지도를 펼쳐 보였다. 길은 복잡하게 엉켜 있었고, 자신들이 가야 할 출구 쪽의 함정으로 통해진 길은 많았지만 어떤 길을 택할지는 고민되지 않을 수 없었다. 그의 심정을 잘 알겠다는 듯 카디프가 말했다.

"길이 따지지 말고 현재 위치에서 가장 가까운 쪽으로 가자. 그게 제일 나을 것 같다."

"하긴, 그쪽으로 가면 마력 무효화시키는 독버섯은 나오지 않을 테니까."

애버딘도 수긍한다는 듯 지도를 접으며 미소를 지어 보였다.

"왼쪽이야. 지금부터 또다시 슬슬 긴장되기 시작하는데… 하하."

"무슨 걱정이야, 넌 함정 해체하는 데 전문가 아냐?"

카디프의 농담조의 말에 그는 멋쩍은 미소를 지으며 앞장서서 나가기 시작했다. 아무런 문제 없이 한참 동안 한 가지의 길은 계속되었으나 곧 갈림길이 나타났고, 그들이 멈춰 선 곳의 갈림길은 모두 세 개로 구성되어 있었다.

"위쪽인데… 잠시만 기다려."

애버딘은 자신의 옆에 난 길에 미세한 흙의 색깔의 차이를 눈치 채고는 또다시 채찍을 휘둘렀다. 우르르르 흙이 무너지는 소리가 들렸고 거기에는 어른 넷은 족히 들어갈 만한 크기의 구덩이가 파여져 있었다.

"와우, 모르고 밟았다간 고생 좀 했겠는데?"

리즈는 군침을 삼키며 함정을 바라보았다. 안에는 별다른 장치가 되지 않은 그저 깊고 넓은 구덩이일 뿐이었지만 빠져서 좋은 일은 하나도 없었다.

조금 위로 올라가다가 애버딘의 뒤를 따라 오른쪽으로 꺾어진 모퉁이에서 엷은 녹색의 정체 모를 끈끈이가 그들을 향해 스멀스멀 퍼져 나왔다.

"조심해!"

애버딘은 끈끈이를 경계하며 바닥의 돌을 주워 들었다. 끈끈이 액이 성분을 알아보기 위해서는 돌팔매처럼 효율적인 방법이 또 어디에 있을까. 그가 던진 돌은 정확히 끈끈이의 한가운데에 떨어졌고, 돌은 그 자리에 딱 달라붙어 버렸다.

"산성액을 가지고 있는 것 같진 않네."

애버딘이 돌이 녹지 않는 것을 확인하며 말하는 것도 잠시, 끈끈이의 뒤로 사람의 입 모양의 촉수가 툭 튀어나왔다. 그리고는…….

카아아아악~ 퉤!

노랗고 끈끈한 액체.

"으악! 가래침이야!"

시력이 강해진 피스가 제일 먼저 액체의 성분을 눈치 채고는 질색을 하며 몸을 피했다.

카아아아악~ 퉤!

일행은 순식간에 아수라장이 되었다. 누군들 가래침을 맞고 싶겠는가. 노랗고 끈적끈적하고 냄새나는 불쾌한 액체를… 그러나 통로를 지나가기 위해선 끈끈이를 지나가야만 했고, 끈끈이는 발이 달려 있었다. 일행들을 이리저리 쫓아오며 듣기 싫은 가래 뱉는 소리를 내며 쫓아오는 끈끈이를 피해 가며 비명 섞인 목소리로 서로에게 물었다.

"어떻게 좀 해봐요!"

"어떻게 해?!"

"저대로 피해가면 안 될까?"

"그건 엘프인 너나 가능한 소리지. 잠시만… 저거 사람 말 알아듣나?"

애버딘은 끈끈이와 조금 떨어진 곳에서 끈끈이를 향해 외쳤다.

"거기 나이가 몇 살인데 침을 아무 데나 뱉어?! 싸가지없는 끈끈이! 아니면 바보라서 그런가? 어이, 저능아 끈끈이!"

끈끈이는 애버딘의 말을 알아들었다는 듯 촉수를 애버딘 쪽으로 돌렸다. 그리고는 가래 끓는 소리를 내며 침을 뱉어댔지만 애버딘이 그걸 맞을 만큼 느려 터지진 않았기 때문에 끈끈이는 더욱더 화가 치밀어 오르는 듯했다. 애버딘은 걸어나온 길을 되짚어 아래쪽으로 달려갔다.

"여기! 여기! 그렇게 침이나 뱉어대니까 속도가 느려 터진 거야. 뭐 해? 빨리 와보라니까. 뭐… 이런 말은 정말하고 싶지 않았지만 좀 더 유치하게 가주지. 메롱메롱~!"

애버딘은 자신의 히프를 씰룩씰룩 흔들며 손으로 탁탁, 치더니 혀를 길게 내밀어 보았다. 끈끈이는 열 받았는지 침을 뱉는 것도 잊은 듯 애버딘에게로 최대한의 속도로 달려나가기 시작했다. 이제 한 발자국만 더 가면 애버딘은 그의 침 세례를 받게 될 것이다.

카아아아아아아아아아악~ 퉤에엣~!

끈끈이는 최대한의 침을 잔뜩 입에 물고는 뱉었으나 그 침은 애버딘에게로 가지 않았다.

"바보 녀석아, 네 뒤다!"

어느새 끈끈이의 뒤로 돌아간 애버딘은 발로 끈끈이를 함정으로 밀어버리고는 의기양양하게 일행에게로 돌아왔다. 피스와 리즈는 숨을 고르느라 정신이 없었고, 카디프는 자신의 신발을 내려다보며 인상을 찌푸렸다.

"왜 그래?"

"침 밟아버렸어. 제길……."

"뭐, 그거 가지고 그러냐, 내 발 봐라."

애버딘은 끈끈이를 밀어버리느라 벗겨져 버린 신발 없는 발 한 짝을 내밀어 보였다.

"처참하군."

"풋! 애버딘 신발 어쨌어? 발바닥 봐라. 까마귀가 친구하자 그러겠다."

리즈는 웃겨 죽겠다는 듯한 표정을 간신히 참아내며 오만상을 찌푸리고 있는 애버딘에게 자신의 손수건을 내밀었다.

"일단 닦기라도 해."

"고마워. 나중에 호수라도 나오면 그때 이 손수건 빨아서 줄게."

"아니야, 넣을 때도 없는데 아까 그 끈끈이한테라도 주고 와라. 안 그럼 그걸 어디다 넣을 거야?"

"하긴, 다시 쓰려고 해도 찝찝할 거야. 그치? 하하하."

애버딘은 자신의 발을 깨끗이 닦은 후 배낭에서 또 다른 신발을 꺼내 들고는 주섬주섬 갈아 신었다. 이를 신기하게 여긴 피스는 애버딘의 배낭을 뚫어져라 쳐다보았다.

"어라? 애버딘, 네 배낭에선 무슨 물건이 그렇게 끊임없이 나오는 거야?"

"아, 이거 마법 아이템이야. 부피, 무게 상관없이 30가지 물건이 들어갈 수 있는."

"그런 게 있었음 진작 말해 주지. 나 챙기지 못한 물건들 잔뜩 있었는데……."

리즈는 뾰로통한 표정으로 말하자 애버딘은 고개를 휘휘 저었다.

"구질구질한 불량품 마법 스크롤?"

"쳇! 무슨 말을 그렇게 하니? 남은 힘들게 사람들 밀쳐 가며 손에 넣은 건데."

"그래도 앞으로는 세일이라고 무턱대고 사지 말고, 어지간하면 확인하고 사라. 보증서라도 하나 받아두던지."

"아무튼 그거… 나한테 팔지 않을래?"

"왜?"

"에이~ 그러지 말고 팔아라."

"구하기도 힘들거니와 팔고 싶어도 못 팔아."

"왜?"

"누나 걸 억지로 뺏은 거기 때문에 나중에 갖다 줘야 해."

"누우~ 나? 너한테 누나가 있었단 말이야?"

"어? 내가 이야기 안 했었나?"

"잠깐! 잠깐! 그런 문제가 아니야! 내가 전해 듣기엔 너희 일족 전체가 몰살되었다고 들었고, 게다가… 네가 '그'라면 누나란 존재는 있을 수가 없지 않아?!"

"잠시만, 잠시만… 이거 뭔가 이상한데… 이상해도 단단히 이상해. 도대체 이야기가 어떻게 돌아가는 거야? 나도 이해가 가지 않는데… 애버딘, 네 누나 친누나 맞아?"

"친누나 맞아. 누가 봐도 알아볼 만큼 나랑 아주 비슷하게 생겼어. 물론 누나가 조금 더 이쁘긴 하지만, 자, 잠깐. 뭐야, 그럼 우리 누나도 300년 이상 살았다는 거야?"

애버딘은 자신이 말해 놓고도 뭔가 미심쩍은 말투가 되어버렸다. 이제까지 누나에 대해 생각한 적은 있지만 이상하다고 느껴본 적은 없다.

'도대체 내 머리가 어떻게 돼버린 거지? 그런 기본적인 것들까지 놓치고 있었다니!'

애버딘은 멍한 표정으로 카디프를 바라보았으나 카디프 역시 뭔가 생각에 잠긴 듯했다. 그러다가 문득 비명을 지르는 리즈의 말에 퍼뜩 현실로 돌아올 수 있었다.

"꺄아아아악! 이번엔 벌레야!!"

"뭐?!"

놀란 애버딘의 외침을 신호탄으로 새실리아, 라고데사 같은 것들이 그들을 노리고 달려들었다. 빽빽이 들어차 버린 벌레들로 인해 그들은 따로 떨어져 버렸고, 곤혹스러운 얼굴로 검을 빼어 들었다. 리즈는 파이어 볼로 모두를 태워 버리고 싶었지만, 너무나 좁은 통로에서 자칫하다간 자신들까지 불 타버릴지도 모를 일이었다. 애버딘과 피스, 카디프들은 이미 전투 태세에 들어간 상태. 그녀는 되든 안 되든 일단 스크롤을 꺼내 들었다.

"이번에 돌아가면 리도스에게 위생 관념 좀 철저히 가르쳐 줘야겠어. 내 앞에 어지럽게 널려 있는 저 벌레들을 깨끗하게 쓸어버려라. 청소!"

그녀의 말이 끝나기가 무섭게 하늘에서는 거대한 빗자루와 쓰레받기가 나타났다. 그리고는 빗자루는 놀랍게도 라고데사와 새실리아를 바닥으로 힘껏 내려쳐 눌러 죽이기 시작했다. 덕분에 그것들의 체액은 리즈에게 튀어 그녀는 손으로 입을 가리고는 이리저리 체액을 피하느라 바쁘게 움직이며 양미간을 찌푸렸다.

"대단해~"

애버딘은 어느새 그 많던 벌레들이 자신의 시야에서 나가떨어지자 존경스럽다는 듯한 표정으로 리즈를 향해 감탄사를 내뱉었다. 빗자루는 자신이 죽인 벌레들을 쓰레받기에게 밀어 넣기 시작했고, 쓰레받기에 담긴 벌레들은 흔적도 없이 순식간에 사라져 갔다. 카디프와 피스마저 두 손 놓고 빗자루와 쓰레받기를 구경할 정도로 상황이 역전되자 리즈는 의기양양한 표정으로 애버딘을 바라보았다.

"봤지? 20% 세일 마법 스크롤의 위력을! 호호홋."

리즈의 말에 애버딘은 졌다는 듯 고개를 끄덕였다. 잠시 후 빗자루와 쓰레받기가 사라진 장소에는 조그마한 글씨가 새겨졌다. '마법 스크롤은 역시 마법사 협회 스크롤. 정품을 이용해 주세요'라는 마법사 협회 마크인 두루마기 모양의 그림도 함께.

"마법사 협회 스크롤… 요즘 장사 안 되나?"

"그런가 보지. 마법 좋아하는 내가 봐도 좀 추한데 다른 사람들은 오죽하겠어."

그들은 시답잖은 대화를 나누며 한참을 위로 올라갔다. 스크롤 덕분인지 올라가는 길은 먼지 하나 없이 깨끗했다. 그러나 한두 시간 안에 끝나지 않을 정도로 너무나도 길었다. 벌써 던전에 들어온 지 하루가 지나가려 하고 있었다. 피곤해진 일행들은 자신의 눈꺼풀 위에 마치 커다란 납덩이라도 얹어놓은 듯 무겁게 느껴져 오자 누워서 잠을 청할 수 있을 만한 장소가 있는지 주변을 물색하기 시작했다. 동굴 안이라 사방은 온통 습하고 춥기까지 했지만, 다리만 뻗고 누워 잘 수만 있다면 지금은 어디라도 상관없었다.

"보초는 내가 설게."

카디프가 보초병을 자청하고 나서자 일행들은 고맙다는 표정으로 고개를 끄덕였다. 우선 사악함 퇴치가 적힌 마법 스크롤을 발동시키고 주위에 결계를 쳐 몬스터의 접근을 막은 리즈는 애버딘이 꺼내는 모포를 피스와 함께 사용하기로 했다.

몸이 덜덜 떨릴 만큼은 아니지만 동굴은 추운 곳이다. 밤이라 그런지 날씨는 점점 더 쌀쌀해져 왔고, 애버딘이 배낭에서 나뭇가지 하나를 꺼내자 카디프는 그 앙상한 나뭇가지를 마법으로 하루 정도는 충분히 타고도 남을 만큼의 크기로 만들었다. 다행히 그것을 여러 조각으로 쪼개어 모닥불을 피웠지만 그것으로 만족할 애버딘이 아니었다.

"카디프, 망토."

"하아……."

"에헤헤, 미안미안."

카디프의 망토로 피스와 리즈를 덮어주자 이내 모두는 피곤했든지 고른 숨소리를 내고 잠이 들어버렸다. 카디프는 힐끔 모닥불을 마주하고 누워 있는 그들을 바라보다가 눈을 감고 고이 잠이 들어 있는 것 같아 보이는 애버딘을 향해 나즈막하게 속삭였다.

"언제까지 시치미 뗄 셈이야?"

잠들었다고 생각했던 그가 눈을 뜨며 일어나 앉았다.

"…그러는 넌 언제부터 눈치 채고 있었던 거야?"

"내가 누누이 이야기한 것 같은데? 처음부터 너라는 느낌이 들었다고."

"하하, 정말이지 면목없게 만드네. 아무튼 미안해. 그동안 쭉 속여서……."

"그럴 만한 사정이 있다고 생각했어. 그러니 미안해할 필요는 없지. 그러는 너야말로 언제 기억이 돌아온 거야?"

"언제인지는 잘 모르겠는걸. 어레인 계곡에서 너와 시에라를 처음 만난 기억을 넘겨받았어. 어떻게 된 일인지는 몰라도 그걸 계기로 조금씩 기억이 돌아오고 있는 듯해. 그러니까 아직 완전한 내 모습이 아니란 소리지. 내게 갚아야 할 빚이 있거들랑 지금이라도 안 늦었어. 도망가."

"하하하."

고요한 동굴 속에서 소리를 내고 깨어 있는 것이라고는 타고 있는 모닥불과 애버딘, 그리고 카디프밖에 없었다. 애버딘은 시에라의 얼굴이 떠올랐는지 우울한 낯빛으로 조용히 한숨을 내쉬었다.

"하아~ 사랑을 하는 것은 정말 미친 짓 같아. 남는 게 하나도 없잖아. 간, 쓸개까지 원한다면 모두 주고 싶은 심정이 되어버리니 말이야."

그의 말을 듣고 있던 카디프는 나지막하게 너털웃음을 터뜨렸다.

"후후훗, 그건 세상에 결코 공짜가 없다는 소리겠지. 한마디로 네가 그녀로 인해 겪은 고통만큼 그녀로 인해 행복도 겪는다는 거지. 일종의 수업료인 셈인가? 너보고 사랑을 하라고 아무도 강요하지 않는 것처럼 네가 수업료를 지불하고 싶지 않다면 그냥 무덤덤하게 살아가면 그뿐인 거지."

애버딘은 시선을 카디프에게 돌렸다. 자신은 시에라에 대한 이야기를 한 것이지만 그는 애버딘이 진지하게 리즈에 대해 고민을 한다고 생각하는 걸까? 어느새 평상시의 밝은 얼굴로 되돌아온 카디프의 표정에 애버딘은 자신의 얼굴에 가득찬 장난기를 지우지 못하고는 엷은 미소를 지어 보였다.

"요컨대 사랑을 할 만한 용기가 없으면 뒤로 빠지시라? 하하, 역시 엘프라 나보다 생각이 깊군. 난 그런 것까지 생각하진 못했는데……."

"후! 나도 책에서 읽은 것뿐이야. 그것도 인간들의 책에서… 난 인간들이 참 부러워."

"엑?! 인간은 엘프에 비하면 왠지 바보스럽다구. 그런데 뭐가 부럽단 거야?"

정말 어이가 없다는 듯한 애버딘의 얼굴에 왠지 씁쓸한 기분이 드는 카디프였다.

"인간은 어떤 감정을 배우기도 전에 느껴 버리는걸. 바보라고 해도 앞으로 돌진하는 것을 좋아하는 낙천적인 바보지. 결코 자신 안에 갇히지 않는… 예를 들면 결과가 나쁘다고 해도 인간은 힘

들여서 실망이라는 감정을 배울 필요 없이 자연스레 느낄 수 있잖아? 그걸 또 남기지. 문자로든 말로서든. 그럼으로써 엘프보다 몇백 배의 감정들을 지니게 되는 거야. 그러니까 너희 인간들은 엘프처럼 영원히 스스로를 옭아매는 울타리 안에 갇히지 않아. 자유로운 종족들이지. 하하, 그런 눈으로 바라볼 것 없어. 쉽게 말해서 우리보다 훨씬 오래 사는 드래곤의 입장에서 생각해 봐. 둘 다 그들에겐 짧은 생이라고 느껴질 거 아냐?"

"그렇지. 어쩌면 잠시 눈을 감았다 뜬 시간처럼 느껴질지도 모를 일이지."

"훗! 그렇게까지 생각하진 말고, 아무튼 그들의 입장에서 보면 너희 인간들의 삶은 따분한 엘프들의 삶보다 훨씬 흥미롭게 여겨질 거야. 우리와는 지적 대화를 즐긴다지만 너희와는 인간으로 폴리모프한 그 상태의 삶을 즐긴다는 게 그 단적인 예지."

"하하, 그렇군. 그런데 우리가 왜 이런 대화를 나누고 있는 거지? 난 사실 하나도 못 알아듣겠어."

"인간은 망각의 존재라더니… 훗! 내 말은 리즈에게 그만 고백을 하라는 거야."

카디프의 말에 순간 애버딘의 얼굴이 붉게 달아올랐다. 그리고는 곧 이어 겸연쩍은 듯한 미소를 지으며 고개를 끄덕였다.

"후훗, 네가 그렇게까지 말했는데 꼬리를 빼면 용기없는 놈이 되는 거겠지? 약았다니까 정말. 도저히 엘프라고 생각할 수가 없을 만큼. 만난 지 얼마 되지도 않았어. 사랑인지 호감 가는 건지 알 수 없는 거지만… 만일 내가 그녀를 사랑하고 있다고 생각한다면 그때 가서 고백하도록 해보지. 충고는 고마워. 넌 엘프치고는 너무 고민 상담에 빠삭한 거 아냐?"

"훗, 난 무늬만 엘프거덩."

"그래그래. 그 소린 요즘에 와서 지겹게 들어서 잘 알고 있어. 쳇! 잘되기나 빌어줘."

애버딘은 쑥스러운지 괜히 퉁명스러운 목소리로 휙 돌아누웠다. 카디프는 살짝 미소를 지으며 나무에 등을 기대고 눈을 감았다. 내일이면 새로운 하루가 시작될 것이고 그들은 휴식을 취해야 했기에……

리도스는 그의 손에 들려 있는 표창 같은 것은 가볍게 무시한다는 듯한 태도로 고개를 갸웃거렸다.

"의형? 누나? 애버딘에게 의형이나 누나가 있다는 이야기는 못 들어봤는데."

"내 말이 들리지 않습니까?"

"난 그의 일행입니다. 이렇게 뵙게 되어 일단 반갑다는 인사를 해야겠군요."

"일행? 그 말을 제가 믿을 거라고 생각하십니까?"

"그럼 뭐라고 하면 제 말을 믿으실 겁니까?"

"애버딘의 일행이라면, 그 녀석이 노상 입에 달고 다니는 노래를 알고 있겠죠?"

리도스는 순간 움찔한 표정으로 그를 바라보았다.

"나더러 지금 그 노래를 부르라고 하는 겁니까?"

"그렇습니다."

"나는야~ 애버딘……."

"그만! 그만! 됐어요. 제가 실례를 했군요."

디르아는 그가 노래를 마저 잇지 못하게 입을 막으며 표창을 안 주머니 속에 집어넣었다.

"아저씨, 그거 가지고 우리가 적인지, 아닌지 확인 다 한 거예요?"

"애버딘이 아무리 뻔뻔스럽다고 해도 그 노래를 그리 자주 불러대진 않아요. 다만… 일행들에게는 좀 함부로 남발하는 경향이 있죠. 그리고 그 노래의 충격이 워낙 강렬하다 보니 한 번 들으면 좀처럼 잊혀지지도 않고……."

"하긴… 그건 그래요."

디르아는 테이블에 놓여 있는 빈 의자에 앉아서는 그들에게 손짓했다.

"식사 도중에 실례했습니다. 저희 집 초콜릿 무스는 아렌에서 자랑하는 3대 요리 중 하나입니다. 드셔보시죠."

그 말에 떼떼는 후다닥 초콜릿 무스를 한 스푼 떠서 입에 넣었다. 시원한 느낌이 아이스크림 같은 느낌이 아닐까 했지만, 그보다 더 부드럽고 맛있었다.

"아저씨, 이거 굉장히 맛있어요."

리도스는 떼떼의 말에 자신의 접시까지 내밀어주고는 빙긋 미소를 지었다.

"먹고 있어라. 난 이야기 좀 하고 올게."

"네."

리도스는 디르아와 함께 식당 문을 나섰다.

"혹시 에르린이라는 분… 머리색이 은발 아닌가요?"

"에르린 누나는 금발인데요… 그 집 식구들은 모두 금발이었어요."

"그 집안 식구?"

"애버딘에게 아무 이야기도 못 들은 모양이군요. 아버지, 어머니, 애버딘, 누나… 모두 금발입니다. 두 분은 지금 돌아가셨지만……."

"…혹시 이 마을에 은발 머리 여자는 없습니까?"

"은발 머리라… 워낙 보기 힘든 머린데, 이런 좁은 마을에 그런 머리카락을 지닌 분이 계시다면 제가 모를 리가 없죠. 왜 그러십니까?"

리도스는 멍한 얼굴로 잠시 곰곰히 생각에 잠겼다. 애버딘에게 누나라…….

"애버딘과 언제부터 의형제를 맺으신 겁니까?"

"열두 살 정도? 애버딘과 얼굴만 알고 지낸 건 여섯 살 정도? 애버딘이 마을로 이사를 왔을 때 참 예쁜 남매라서 사실은… 자매인 줄 알았지만, 아무튼 아직도 기억에 남아 있습니다. 그 뒤로는 이사 온 사람이 없어서… 아마 다들 어지간하면 다 기억하고 있을 테지만……."

"너무 질문을 많이 했죠? 한 가지만 더 물어볼게요."

"얼마든지 물어보세요."

"에르린님은 어디 계시죠?"

"트루님의 프리스트가 되기 위해 대신전이 있는 티브로에 갔다고 알고 있지만… 누나가 워낙 길치라 장담할 수는 없습니다. 반대 방향에 있는 하일리 산맥의 루시아님의 신전으로 갔을 수도 있거든요. 후훗."

"하일리 산맥이라……."

"그냥 해본 말입니다. 그나저나 이번엔 제가 좀 묻죠."

"네, 제가 아는 한도 내라면……."

"애버딘은 지금 무사한 가요?"

리도스는 잠시 생각에 잠긴 듯한 표정을 짓다가 고개를 끄덕였다.

"제가 봤을 때까진 매우 건강했습니다만 애버딘에게 무슨 일이라도 생겨야 한다는 겁니까?"

"…역시 알아서 잘 숨어 다니는 모양이군. 아니면 이제라도 자신의 처지를 파악하고 변장이라도 하고 다니는 건가?"

"네? 변장이라니요?"

"이런! 내 정신 좀 보게. 손님을 앞에 두고 망상에 빠져 있었군요. 별일 아닙니다. 그나저나 묵고 가시겠습니까?"

그는 디르아의 질문에 곰곰히 생각에 빠졌다. 애버딘들의 실력이라면 2~3일 내에 충분히 빠져나올 수 있을 만한 하급 던전. 가능한 시간을 아껴야 한다.

"아니요. 다시 마을 밖으로 나서야 할 것 같군요. 말은 이곳에서 맡아주시지 않겠습니까? 만일 필요없다면 팔아 치워주셨으면 합니다."

"네? 곧 떠나신다고 하시더니… 말없이 어떻게 가시려구요?"

"제게 마법 스크롤이 하나 있는데 그걸로 하일리 산맥으로 가볼 생각입니다. 아무래도 에르린님을 만나 봐야 제 궁금증이 풀릴 듯해서요. 아무튼 이야기 고마웠습니다. 그리고 시간 내주신 것도 고마웠구요. 애버딘에게 나중에 안부 전해드리겠습니다."

그는 식당 문을 열고 떼떼와 함께 다시 현관으로 나왔다.

"이것은 음식 값입니다."

"아니요, 애버딘의 일행이라면 제 일행도 되는 겁니다. 일행에게 돈을 받을 수는 없지요."

디르아는 공손하게 사양을 했지만 리도스는 그저 미소를 지으며 돈을 건넸다.

"그럼, 다음에 공짜로 얻어먹겠습니다. 지금은 좀 받아주십시오. 제가 자신의 의형에게 공짜로 신세진 것을 알면 애버딘이 서운해할지도 모르니까요. 하하, 그럼 다음에 뵙겠습니다. 빛의 영광이 당신과 함께하시길……"

"그렇게 말씀하신다면… 그럼 다음에 뵙기로 하겠습니다. 언제나 트루님의 가호가 당신과 함께하시길……."

디르아와 리도스가 공손하게 서로에게 인사를 건네자 떼떼 역시 고개를 꾸벅 숙였다.

"아저씨, 맛있었어요. 다음에 제가 오면 그땐 더 많이 주세요."

"인사는 제대로 하는 게 좋지 않겠냐?"

리도스의 은근한 핀잔에 떼떼는 다시 고개를 숙였다.

"다음에 뵙겠습니다."

"하하, 볼수록 귀여운 꼬마네. 그럼 네게도 투루님의 빛의 영광이 늘 함께하시길 빌어주마."

"아저씨도 투루님의 빛의 영광이 늘 함께하시길 바래요."

떼떼의 목소리가 허공을 맴돌며 여운을 남겼으나, 그들의 모습은 어디에서고 찾을 수가 없었다. 디르아는 그제야 정신을 차린 듯 마굿간으로 달려갔다. 혹시나 그들이 짐을 빠뜨리고 가지 않았나 싶어서—뭐, 돌려줄 길도 없었지만—조급한 마음에 말의 등잔을 확인했으나 다행스럽게도 짐 역시 흔적 하나 남기지 않고 사라졌다.

"오늘 아침부터 정말 정신없군. 휴~ 아무튼 애버딘 녀석이 잘 있다는 걸 확인했으니 다행이지. 아무 일 없으면 좋겠는데 말이야."

디르아는 가볍게 한숨을 내쉬며 천천히 식당으로 들어갔다. 장사 시작을 위해 식당 역시 깨끗이 치워야 함으로.

"리즈야! 일어나~"

"피스야! 일어나래두~"

애버딘은 무신경하게 자고 있는 두 여인네를 바라보며 혀를 찼다. 모닥불을 피워뒀다곤 해도 땅이 습한지라 잠자리가 편하지 않았을 텐데도 여전히 미동조차 않고 자고 있다니…….

"일어나~!!"

애버딘은 거의 고함을 지르다시피 목소리를 높이고는 카디프의 망토를 홱 뺏어 들었다.

"우웅~ 뭐야아~"

리즈의 잠투정 섞인 목소리에 피스가 가세한다.

"에이~ 5분만 더 있다가 일어날게요~"

애버딘이 고개를 절레절레 흔들자 카디프는 자기에게 맡기라는 듯 고개를 끄덕여 보였다.

"물의 요정 운디네여, 계약자 카디프가 명하노니 여기……."

"에엣! 일어났어! 일어났다구!"

운디네를 부르는 소리에 화들짝 놀란 리즈는 잠에서 완전히 깨는지 벌떡 일어나 손까지 흔들어 보였고, 그녀가 일어나는 바람에 얼떨결에 잠이 깨버린 피스 역시 부스스 자리에서 일어났다.

"잘 잤어요? 아함~!"

"어떻게 된 게 우리보다 먼저 자놓고 우리보다 늦게 일어날 수가 있어? 특히 리즈, 너 메모라이즈 안 해?"

카디프의 핀잔에 그녀들은 고개를 흔들어뎄다.

"얼마나 더 가야 해?"

"지도상으로 보면 빠르면 반나절 정도고, 거의 하루 정도는 더 가야 될 것 같아."

"헤에… 건량 챙겨왔지? 그거나 먹고 일단 올라가자고. 씻을 데는 있지?"

"호수 있잖아. 얼굴만 안 비치면 돼."

"그럼 냄비 같은 데다 퍼 와?"

"좋은 생각이네. 아니면 하루 정도는 게기던지."

"하긴, 안 씻는다고 죽기야 하겠어?"

이 모든 대화는 꽃다운 처녀들의 입에서 그것도 한쪽은 공주, 한쪽은 주술사의 입에서 흘러나온 소리임을 밝혀둔다.

"여자들이 알고 보면 더하다니까."

애버딘은 또다시 고개를 흔들었다. 하긴… 이런 상황에서 나 씻을래 어쩌고저쩌고하면 머리 비었다는 말밖에 할 말이 없으니 오히려 그녀들이 현명한 것이긴 하지만 말이다.

"난 메모라이즈 좀 읊어둘 테니 미안하지만 식사 준비에서 오늘만 빼줘."

리즈는 그 말 한마디만 남기고는 그 자리에 털썩 주저앉은 채 눈을 감아버렸다. 식사 준비라고 해봐야 육포니, 건량이니 하는 프로소에서 가지고 온 마른 음식들과 식수가 전부다. 그저 배낭에서 꺼내기만 하면 되는 것들이니, 그냥 그녀가 메모라이즈를 읊을 때까지 식사하지 말고 기다리라는 뜻으로 해석하면 되리라.

피스는 자신의 배낭에서 종이와 펜을 꺼내 들고는 도형 같기도 하고 그림 같기도 한 것을 그려댔다.

"뭐 하는 거야?"

"부적 그려두는 거예요. 언제 필요해질지 모르니까."

"그렇구나."

졸지에 할 일이 없어진 애버딘과 카디프는 한참 동안 서로 멍하게 바라보고 있다가 이내 배낭에서 건량들을 꺼냈다. 그리고 마치 그것이 무슨 연구 대상이라도 되는 것 마냥 뚫어져라 바라보고 있다가 그것도 지루해졌는지 자기들끼리 대화를 주고받았다.

"이제 어디로 갈 거야?"

"아렌으로 가봐야겠어. 아무래도 미심쩍은 것들이 너무 많아. 누나에 대해서도 그렇고, 아버지, 어머니… 모든 것이 석연치 않아."

애버딘의 진지한 표정에 카디프도 동의한다는 듯 고개를 끄덕였다. 300년 전의 사람이 아버지와 누나, 어머니와 함께 살다니… 그것도 전혀 나이를 먹지 않은 채.

"음… 끝났어. 밥 먹자!"

"저도 끝났어요."

"어? 그래, 밥 먹자."

애버딘과 카디프는 자신 앞에 놓여진 건량을 손에 들었다. 딱딱하긴 했지만 그럭저럭 먹을 만은 했다. 식사를 마치고 나서 누가 먼저랄 것도 없이 자리에서 일어난 그들은 지도를 따라 곧장 위로 올라갔다.

"애버딘님, 저기 상자 같은 것이 있는데요."

"어디?"

"저기요, 저기."

피스가 상자가 있는 곳으로 발을 디디는 순간 털썩하는 소리와 함께 그녀는 아래로 곤두박질쳐지려는 것을 간발의 차이로 애버딘이 잡아 위기를 모면했다.

"괜찮아?"

"아, 네. 괜찮아요. 구해주셔서 고마워요."

"음… 다들 여기서 잠깐 기다려 상자 좀 살펴보고 올게."

"상자는 뭐 하러?"

"이렇게 많은 벌레들과 함정을 설치해 놓은 곳에 상자라면 안에 뭐가 있을 것 같아?"

"보물?"

"그래, 그럼 내가 왜 상자를 살피러 가겠어?"

"보물을 꺼내려고?"

"잘 아네. 그런 네가 뭐 때문에 기다려야 하는지도 잘 알겠지?"

"알았어~ 알았어! 방해 안 할 테니까 다녀와."

리즈의 말에 애버딘은 한번씩 웃어주고는 함정을 살짝 건너 뛰고는 상자가 있는 곳으로 유연하게 몸을 날렸다. 몇 번 이리저리 상자를 기웃거리던 그가 자물쇠를 만지더니 곧 상자가 열렸다.

"안에 뭐 들었어?"

"마법석."

가볍게 일행이 있는 곳으로 건너온 그는 그 돌을 피스에게 넘겨주었고, 그녀는 트리아에 박혀 있는 돌을 떼어낸 다음 애버딘이 건네준 돌을 집어넣었다. 트리아가 다시 새것처럼 변하자 피스는 안도의 한숨을 쉬었다. 아무래도 날이 빠진 검으로 전투를 벌인다는 것은 적에게도 예의가 아니지만, 무엇보다 그 자체로 자신의 목숨이 위협받을 수도 있는 일이니 안도의 한숨을 내쉬는 것은 당연한 일이다. 실력이 비슷한 사람끼리 겨룰 때, 혹은 무기의 갭이 너무 클 때 자신이 들고 있는 무기가 승패를 좌우한다고 해도 과언이 아니다.

"헤에~ 마법석이 이렇게 생긴 거로구나. 아바마마가 그렇게 안 보여주려고 하시더니… 역시 성에서 나온 보람이 있다니까."

리즈는 트리아를 뽑았을 때부터 일행과 떨어져 있었기 때문에 마법석을 손에 넣었다는 사실을 모르고 있었다. 그녀가 얼마나 마법에 푹 빠져 있는지 잘 아는 애버딘으로서는 갑자기 골치가 아파왔다. 리즈의 두 눈이 반짝이며 애교 섞인 목소리가 피스에게 날아들었다.

"피스야~ 아~ 그거 나 주라아~ 응?"

"이봐이봐, 그거 주고 나면 피스 검은 폐기 처분시켜야 되는데 너 같음 주겠어?"

"누가 그거 달라고 했어? 피스 손에 든 그 마법석 말이야. 나줘. 응?"

"이거요? 가지고 있어 봐야 쓸모없지 않아요?"

"아니야, 다시 쓸 수 있어. 마법 협회에 가서 A/S 받으면."

"A/S? 그런 것도 있어요?"

"응. 이제껏 내가 스크롤 땜에 받은 피해가 얼만데, 안 되면 강제로라도 받아내야지."

애버딘은 그녀의 말에 고개를 절레절레 흔들었다. 공주가 쪼잔하게 세일 때 산 스크롤로 같은 마법사들에게—정확히는 마법사 협회지만—앙심을 품고 있다는 이야기는 어디에서도 들어본 적이 없으니 말이다.

"하아~ 아무래도 쟤는 무늬만 공주인 것 같아."

"아무럼 어때? 생활력 강한 여자가 매력있지 않아?"

리즈는 피스에게서 받은 마법석을 만지작거리며 흐뭇한 미소를 지었다. 왼쪽으로 길게 꺾어진 길들은 지칠 정도로 길기도 했지만 지칠 정도로 아무 일도 일어나지 않았다. 갈림길도 없이 한동안 단조롭기 그지없는 길을 걷고 있던 중 바람을 가르며 날카롭게 뭔가가 자신들을 향해 날아오고 있다는 것을 느낀 카디프가 일행들을 향해 고함을 질렀다.

"모두 엎드려!"

카디프의 말에 일행은 일제히 땅에 누워버렸고 간발의 차이로 과녁을 잃어버린 화살들은 분풀이라도 하듯 무서운 기세로 벽에 꽂혔다.

"뭐, 뭐야?!"

"방심했어. 이 정도의 길이에 아무것도 설치되어 있지 않았다는 게 이상하긴 했었만……."

불행 중 다행인지 예전처럼 사방으로 빗발치는 화살은 아니었다. 그러나 가로의 폭이 좁은 벽에서 벽으로 쏟아지는 화살이란 눈 깜짝할 새에 자신들을 꿰뚫어 버릴 정도로 빠르며 위력적이다. 높이 역시 세로로 쏟아지는 화살보다는 턱없이 낮았다. 함정 해체고 뭐고 고개라도 들었다간 바로 액세서리로 화살을 주렁주렁 달고 다니게 될 판이니 섣불리 움직일 수도 없는 것이다.

"방법이 없다. 기어가."

"에엣!? 길이가 얼마나 될지도 모르는데? 게다가 배치를 봐, 내가 제일 앞이란 말이야."

"철없는 소리 마, 이 아가씨야. 고슴도치로 죽는 게 좋다면 또 모를까 방법이 없잖아. 그리고 외길만 계속되니까 당황할 것 없이 그대로 가기만 하면 돼."

"그런 문제가 아니야. 내 엉덩이가 네 얼굴 앞을 지나가야 한다는 게 문제라구."

"왜? 방귀라도 뀌면 내가 무안이라도 줄까 봐?"

"바보얏!"

"거참… 공주랑, 이쁘장한 애 입에서 줄줄이 이상한 말들만 나오니까 적응이 안 되잖아. 대충하고 그만 갈 수 없겠어? 이러다가 여기서 날밤 새겠다."

"네가 말하는 건 엘프 입에서 나오는 말로 들리는 줄 알아? 내가 괜히 엘프 가죽을 뒤집어쓴 드워프라고 놀리는 게 아니래두."

"그래그래. 내가 잘못했으니까 가자, 가."

리즈는 체념한 듯한 표정으로 바닥을 기기 시작했다. 화살은 여전히 위에서 빗발치듯 날아오고 있고, 그들은 최대한 바닥에 몸을 붙인 채 오로지 팔의 힘만을 빌려 앞으로 나갔다. 순간 '뿌우웅~' 하는 소리와 함께 세상에서 가장 심한 악취란 악취는 다 모아 놓은 듯한 구리구리한 냄새가 풍겨 나오기 시작했다.

"콜록, 콜록! 웩! 누구야? 우에~"

"우웩!"

"이거 뭐야?!"

"웩! 웩!"

더 이상 앞으로 나가지 못하고 코를 감싸쥔 채 헛구역질을 해대며 최대한 숨을 참으려고 노력해 보지만 어디 그게 쉬운 일이던가. 얼마 못 가 또다시 숨을 쉬면 고통이 엄습해 오는 법.

"정말… 죽인다, 죽여. 이건 완전히 고문이잖아."

리즈는 코를 쥐고 있어도 냄새가 풍겨 오자, 인상을 찌푸리며 또다시 앞으로 나갔다. 어떻게든 이곳에서 벗어나지 않으면 죽는다는 생각이 들었기 때문이다. 방귀 냄새에 질식사한 공주님과 엘프 이야기는 들어본 적도 없거니와 그런 놀림거리가 되고 싶지도 않았다. 그들은 어디서 그런 힘이 나왔는지 놀라울 정도의 인내심을 발휘하여 최대한 빨리 기어가기 시작했다. 그러나 곧 그들은 절망할 수밖에 없었다.

뿡! 뿡! 뿡! 뿌우우웅~!

리드미컬한 그놈의 소리가 끝도 없이 이어졌기 때문이다.

"우우욱, 진짜로 올라올 것 같아."

리즈의 충혈된 눈에선 연신 눈물을 쏟아져 나왔다. 기어간다고 팔꿈치 여기저기, 다리 여기저기의 옷들이 헤어졌지만, 너무 지독한 냄새 덕에 아픔보단 역겨움이 훨씬 더하게 느껴지는 것이다.

"이거… 콜록, 콜록, 함정이야. 웩!"

"함정?"

"우리가 기어가고 있는 바닥이 함정이라고, 피스! 숨 참지 마. 리즈, 너도 이제부터 이 냄새에 익숙해져야 해."

"뭐?! 왜?"

"기어갈 때마다 냄새로 고통받느니 코가 익숙해지는 쪽이 낫지 않겠어?"

애버딘은 크게 숨을 들이쉬며 후각을 없애기 위해 노력했다. 일행들은 저마다 그를 바라보며 숨을 크게 들이쉬었다.

"콜록! 콜록! 에윅!"

"우웩~!"

올라오려는 것을 간신히 참아내며 잠시 후각이 무뎌질 때까지 기다린 그들은 또다시 앞을 향해 기어갔다. 그나마 애버딘들은 사람이니까 후각이 무뎌지면서 한결 숨쉬기가 편해졌지만, 카디프는 점점 사색이 되어가고 있었다. 앞이라면 미친 듯 가보기나 하겠지만 불행히도 그는 가운데에 껴서 이 거북이처럼 느릿느릿한 인간들의 속도를 원망할 수밖에 없었다. 만일 자신들이 겪은 일이 아니라면 박장대소하며 웃었을지도 모르겠지만, 그들의 마음속에 떠오르는 생각은 한 가지밖에 없었다.

'리도스, 나중에 두고 보자~!'

하일리 산맥. 세상에서 가장 높은 덕에 유일하게 인간의 발길이 미치지 못하는 장소였으나 인간의 신앙심은 그보다 더 높다고 할 수밖에 없었다. 몇 대에 걸쳐 인간의 발길이 미치지 못하리라 단정지어졌던 하일리 산맥. 그중에서도 가장 높은 꼭대기에 진실과 거짓의 수호 루시아의 신전이 세워져 있는 것을 보면 말이다. 게다가 신전을 이루고 있는 돌들은 모두 최상급으로 성의 바닥이나 기둥을 만들 때나 쓰는 하얀 대리석으로 만들어진, 어떻게 보면 한 나라의 주신인 베니펏의 신전이나 트루의 신전보다도 화려하기 짝이 없었다. 이것에 대한 설명으로는 아무래도 믿는 자의 수와 경제적인 능력의 차이라는 설명밖에 할 말이 없다.

빛의 영광 트루를 믿는 자들은 대부분 긍지 높은 명예, 빛… 주로 그런 것들을 갈망하는 자들로 기사도의 정신이 뼈 속까지 박혀 있는 청렴한 기사들이나 사람들의 존경을 한 몸에 받는 귀족다운 귀족들이 대부분이다. 물론 왕족들이나 일반 귀족들이 트루를 주신으로 섬기긴 하지만, 사람들마다 기호라는 것이 있기 마련. 머리 속에 허영심, 또는 야망으로 가득 차 있는 사람들은 품위와 절제된 법도를 강조하는 트루의 방침에 자연스럽게 떨어져 나갈 수밖에 없다.

그럼 베니핏을 믿는 자들의 상태는 어떨까?

어둠의 안식을 가져다 준다는 베니핏을 믿는 자의 연령층은 고령인 경우가 태반이다. 더군다나 베니핏을 믿는 자는 거의 대부분이 다크인으로, 다크는 경제적으로 매우 궁핍한 나라이므로 신전을 호화스럽게 꾸민다는 일은 엘프가 드워프의 생김새를 보며 세상에서 가장 아름답다며 찬양하는 시를 읊는 소리를 듣는 만큼이나 불가능한 일이다. 만일 경제적인 능력이 된다고 한들 나이 많은 사람들이 신전을 유치 찬란하게 보석으로 동상을 세운다거나 프리스트들의 의상을 좀 더 멋진 디자인으로 만들어 입고, 종교 행사를 늘리라는 따위의 말을 하리라고 여겨지는가?

그에 비해 자유로운 사고와 즐거움을 사랑하는 루시아는 대부호인 상인들과 도둑, 그리고 머리를 폼으로 가지고 다니는 귀족들에게는 더없이 좋은 믿음의 대상이다.

신전이란 본래 그들의 주머니 사정으로 꾸려지는 것. 당연히 신자가 많을수록—더군다나 그 신자들이 부자들이라면—신전은 부유해지고 삐까리번쩍한 외형을 갖추게 되는 것이다.

그러나 트루를 섬기는 입장에서의, 또는 베니핏을 섬기는 입장의 신자로서는 자신들이 섬기는 신보다 하급으로 보이는—어디까지나 인간들의 논점에서의 이야기다—신을 떠받드는 사람의 숫자가 훨씬 많다는 것을 인정하기에는 왠지 배알이 꼬이는 일이다. 그러나 그들은 어디까지나 많은 사람들에게 존경을 받는 몸. 인격 면에 있어서 프리스트와도 맞먹을 정도로 선량한 사람들이다. 종교의 자유를 탄압하거나 억압하진 않는다.

그러나 트루와 베니핏의 독실한 신도 안에는 항상 왕, 또는 왕족이라는 족속들이 끼어 있는 법. 겉으로만 믿는 것이든, 그렇지 않든 왕은 행동력을 갖추고 있다. 덕분에 주신을 제외한 신들의 신전을 지을 수 있는 장소는 왕의 허가가 나야만 가능한 일이 되어버렸고, 왕은 트루와 베니핏을 제외한 대부분의 신전을 인기도에 따라 수도, 변두리, 마을 밖으로 나누어 분포했다. 덕분에 인기 있는 루시아와 투회야는 마을 밖, 그것도 산꼭대기에 간신히 허가가 떨어진 것이다. 루시아의 경우는 사태가 더욱 심각해서 하일리 산맥으로 정해져 버렸지만, 신앙의 힘은 위대한 것… 신전의 위치야 어떻든 떡하니 세워진 루시아의 신전은 신도들의 정성이 보태져 오히려 더욱더 영향력 있는 신전으로 자리 잡고 있는 것이다.

떼떼와 리도스는 신전의 입구에서 까마득히 멀어 보이는 산 아래를 내려다보며 혀를 내두르고 있었다. 예전부터 인간의 출입 따윈 허가할 수 없다는 듯 놓여져 있던 비탈진 길들은 온데간데없이 산으로 올라오는 입구부터 신전의 입구까지 대리석으로 쫘악~ 깔아놓았으니, 거리야 좀 멀다 치더라도 까짓거 1, 2주 산에서 잔다고 생각하고 쉬엄쉬엄 올라온다면 못 올라올 것도 없는 길이 되어버린 것이다(리절트야 몬스터도 없으니 마음놓고 다닐 수 있지 않겠는가?).

"우와~! 이 정도면 거의 드워프의 세공 기술과 맞먹겠는데요?"

떼떼는 감탄했다는 듯 바닥에 새겨진 문양과 곳곳에 세워진 동상들을 바라보며 감탄을 금치 못했다.

"흐음… 네가 아직 드워프들의 솜씨를 제대로 보지 못해서 그래. 이 정도는 드워프가 왼손으로 만든 솜씨에 불과해. 비교한다는 것 자체가 어불성설이지."

심드렁한 리도스의 대꾸에 떼떼는 입을 삐죽거렸다.

"그 드워프 왼손잡인가 보죠? 아저씨는 이렇게 잘 꾸며진 신전을 보고 뭐 느끼는 게 전혀 없나 봐요?"

"신전이라는 거 난 취미없다. 드래곤이 신을 믿는다는 말 같은 거 들어본 적 있냐?"

"하긴……."

리도스가 신전의 문을 열자 하얀색의 수습 예복을 입고 있는 견습 프리스트가 공손하게 인사를 건넸다.

"모든 진실과 거짓은 루시아님만이 기억하고 계실 것입니다. 고해 성사하러 오셨습니까?"

"사람을 찾으러 왔습니다. 최근에 들어온 소녀, 아니, 여인이라고 해야 하나……."

"프리스트가 되고 싶어 신전을 찾는 사람은 아주 많답니다. 그런 말씀 가지고는 찾기가 힘듭니다만……."

"흠… 은발 머리의 수피아란 아주 예쁘게 생긴 소녀입니다. 찾을 수 있겠습니까?"

"은발 머리라… 굉장히 특이한 머리색이군요. 그런 머리색이라면 제가 모를 리 없죠. 더군다나 미인이라는데 숨고 싶다고 해도 눈에 띄지 않겠습니까?"

"그럼 에르린이라는 금발의 미인은?"

"아! 에르린님이요? 그분이라면 저희 신전에 계십니다. 그러고 보니 손님이 찾아올지도 모른다고 하셨는데, 혹시 성함이……?"

"리도스입니다."

"네, 그럼 안내해 드리죠. 들어오십시오."

견습 프리스트는 그들이 안으로 들어올 수 있도록 한쪽으로 물러나며 친절한 미소를 지어 보였다. 떼떼는 신전의 안을 이리저리 두리번거렸다. 그리고 그는 신전의 안 역시 화려하기 짝이 없다는 것을 깨달았다. 그가 읽었던 대부분의 모험 이야기에 나오는 보편적인 신전의 엄숙하고 신비스러운 분위기보단 잘 꾸며진 성안에 있다는 느낌이 들 정도로 신전은 으리으리했던 것이다.

"조금만 더 일찍 오시지 그러셨습니까? 에르린님은 오늘 견습 프리스트의 자격을 얻기 위해 일시적으로 외부와의 접촉을 차단하고 계십니다. 하나 그분이 계신 곳으로 들어가실 수 없지만 문 밖으로 대화를 나누는 것은 가능하니 에르린님의 방으로는 들어가지 마십시오."

"그 말은 아직 프리스트가 되기 위한 절차를 밟지 않았다는 뜻이겠죠?"

"루시아님의 신도가 아니시군요? 루시아님은 까다로우신 분이라 견습 프리스트마저 직접 뽑으려고 하시죠. 기본적으로 그분의 말씀을 들을 수 있어야 하고, 그분의 가르침을 몸소 실천할 수 있는 독실한 신도여야만 가능한 일입니다. 물론 저도 그렇게 해서 견습이나마 프리스트의 칭호를 얻을 수 있었던 겁니다. 경험상으로 보건대, 지금이 최고 힘든 시기니 에르린님을 많이 격려해 주십시오."

그의 말에 의아한 마음이 들었는지 리도스는 고개를 갸웃거렸다.

"호~ 프리스트는 모두 신의 말을 알아듣는다는 건가요?"

"아니요, 그렇지 않습니다. 루시아님이 특별히 까다로우신 거죠. 그렇다고 해도 여기 있는 저희들 모두가 루시아님의 말을 알아듣는지 어떤지는 증명할 길이 없습니다. 어디서나 가짜라는 것은 있기 마련이고, 저희는 그저 '알아들었습니다' 한마디만으로 견습복을 입을 수 있으니까요."

"과연… 진실과 거짓의 프리스트답군요."

"하하, 그럼 말씀들 나누십시오."

그는 통로의 모퉁이에 위치한 작은 방 앞에 그들을 남겨둔 채 유유히 밖으로 나가 버렸다.

"누구십니까?"

"리도스입니다."

"주변에 누가 있는지 살펴봐 주시겠습니까?"

조용하면서 나긋나긋한 목소리. 그는 주변을 둘러보고 아무도 없다는 것을 확인하자 문을 벌컥 열었다. 하늘거리는 아름다운 금빛 머리카락, 하얀 피부에 애버딘을 쏙 빼닮은 푸른 눈동자. 그러나 그녀가 풍기는 위엄과 기운은 의심할 여지 없는 드래곤의 그것이다.

"오랜만이로군요."

"아니요. 얼마 전에도 뵙지 않았습니까, 수피아님?"

리도스의 모든 의문이 한꺼번에 풀리는 순간이었다.

빗발치던 화살도, 리드미컬하던 방귀 소리도 그치자 애버딘은 조심스럽게 몸을 일으켰다. 또 다른 함정이 있나 살피기 위해서 일어난 것이지만 적어도 이 외길로 이어진 통로에서의 함정은 끝난 듯싶었다.

"일어나도 돼."

애버딘의 말에 그들은 천천히 몸을 일으켰다. 무릎이라든지 팔꿈치 같은 부위는 옷이 다 헤어졌을 뿐만 아니라, 여기저기 긁혀서 피까지 흘러내리고 있었다. 그러나 아무도 그에 대한 불만을 표시하지 않았다. 인간 구급 상자까진 아니더라도—인간 구급 상자는 프리스트라고 보면 된다—그들에겐 마법사라는 훌륭한 동료가 있는데 무슨 걱정이겠는가.

리즈와 카디프는 각자 푸르스름한 빛이 맺혀 있는 손을 동료들의 상처 부위에 갖다 대자 상처는 순식간에 흔적 하나 남김없이 깨끗하게 없어져 버렸다.

"얼마나 남았어?"

"아직 좀 남았어. 쉬엄쉬엄 가자구."

"우웅~ 던전 같은 거 내 다시는 들어오나 봐라."

리즈는 입을 삐죽거리며 성큼성큼 앞으로 걸어나갔다. 외길만 이어진 곳에서 꼬박 하루가 소비되었다. 물론 거리상으로 치자면 그렇게 오래 걸리는 길은 아니었지만, 그들은 방금 전까지 기어서 이 길을 통과했던 것이다. 속도는 느리고 지치기까지 했으니 외길을 통과하는 시간이 다소 오래 걸렸던 것은 당연하다면 당연한 일인 것이다.

"아… 질린다, 질려. 도대체 얼마나 더 가야 해요?"

이번에는 피스가 고개를 저으며 애버딘에게 물었다. 그 후 세 시간을 더 걸었는데도 길이 끝나지 않고 이어지고 있으니 피로감이 배로 쌓이는 듯한 기분마저 들었다.

"조금만 더 가면 외길은 끝나."

"흠… 우리가 가야 할 절벽까진 얼마나 남았는데요?"

"하루 정도 부지런히 걸으면 끝나지 않을까 싶은데?"

"우우… 싫어라."

피스는 고개까지 저으며 강한 거부감을 표시했지만 어쩔 수 없는 일. 던전에서 살 것도 아니고 밖으로 나가기 위해선 싫든 좋든 부지런히 걷는 수밖에 없었다.

"리도스 말이야, 우리는 여기다 내버려 두고 어딜 간 걸까?"

"레이피어 가지러 간다고 했잖아."

"그 말을 믿니?"

"한번 의심하기 시작하면 끝이 없는걸. 일단 내가 일행으로 받아들였으니까 믿는 데까진 믿어줄 거야. 솔직히 난 투희야라는 여신보단 리도스 쪽이 훨씬 믿음이 간다구. 이상하지 않아? 잊을 만하면 한 번씩 나타나선 어디로 가라 라는 말 한마디만 하고 이유도 말해 주지 않잖아? 게다가 도움을 준다고 말하긴 하지만 구체적으로 위기를 모면하게 해줬다든지, 아이템을 준다든지… 뭐 그런 거 하나도 없이 그냥 말로만 도와준다 어쩐다 하는 게……."

"흠… 글쎄, 난 리도스보단 투희야님을 믿는 쪽이 마음이 편해. 아무리 뭐라고 말한들 내가 믿는 신이자, 그분의 증거인 엘프는 그분을 믿지 않을 수 없으니까."

"너, 무늬만 엘프라며?"

"필요할 때만 엘프다. 왜?"

"우웃~ 치사해."

"별거 가지고 다 그러네."

카디프가 피식 미소를 지으며 위로 꺾이는 코너를 밟자 어디선가 또 뭔가 굴러 떨어지는 소리와 함께 바닥이 흔들리기 시작했다.

"돌인가 봐?! 튀어!"

"어디로 가요?"

"왼쪽! 왼쪽으로 가!"

카디프와 애버딘이 미처 말릴 새도 없이 리즈는 피스의 손을 잡고 왼쪽의 길로 뛰어갔다. 너무나 당황한 나머지 함정이 자신들의 현 위치가 아닌, 왼쪽에서 작동되는 함정이라는 것을 깨닫지 못한 것이다. 위아래의 각 모퉁이에서 두 개의 돌이 서로를 가루로 만들어 버리겠다는 듯 무서운 기세로 굴러오자 도망가지도, 피할 수도 없는 상황에 빠진 피스는 눈을 감아버렸으나 리즈는 그녀의 손을 잡고 당장 자신에게서 가장 가까운 돌덩이를 피하기 위해 아래로 내려왔다. 그리고 그녀마저 방법이 없다는 것을 깨닫고 한숨을 내쉬는 순간… 리도스의 성에서 본 워프 게이트가 그녀의 눈에 들어왔다.

　"피스, 이쪽이야!"

　쿵!

　돌과 돌은 거세게 부딪쳐 굉음을 만들어냈다.

　"리즈, 피스, 괜찮아?!"

　애버딘의 목소리는 쩌렁쩌렁하게 동굴을 매웠으나, 그녀들로부터 대답이 들려올 리가 없었다. 걱정스러운 표정을 짓는 애버딘과 달리 카디프는 안심한 듯한 표정으로 애버딘을 진정시켰다.

　"마나의 흐름이 변했군. 걱정 마. 그녀들은 무사해."

　"어떻게 알아?"

　"마나의 흐름이 바뀌었다는 것은 누군가 마법을 썼다는 말이야. 흠… 내 생각엔 저기 그려진 게이트를 발동시켜 워프한 것 같은데?"

　"그럼 어떻게 찾아? 설마 돌덩이를 무시하고 워프 게이트 안으로 뛰어들라는 말은 아니겠지?"

　"당연히 우리도 따라가야지. 워프 게이트 안으로 발가락만이라도 디디면 그대로 워프되는 거니까 문제없다구. 왜, 자신없어?"

카디프는 의기양양한 미소를 지으며 마치 할 수 있겠느냐는 듯한 표정으로 애버딘을 도발시키자 그는 단순하게도 정면으로 걸려들어 버렸다.

"내가 이 정도 돌덩이에 깔릴 만큼 둔해 보이나 보지?"

"후후, 자신있다면서 뭘 망설이고 있는 거야?"

"쳇! 타이밍 살피는 중이야."

애버딘은 모퉁이 끝 편에 서서 돌이 굴러가는 것을 바라보았다. 천장과 돌 사이의 간격은 10세르도 채 차이가 나지 않는다. 뛰어넘는다는 것은 말도 안 되는 만큼 실패하면 밑에 납작하게 깔린 채 세상과 마지막 인사를 나눌 겨를도 없이 골로 가는 것이다. 애버딘은 바짝 긴장한 채 돌이 굴러가는 것을 보고 뛰어 내려가기 시작했다.

"이렇게 돌이 굴러갈 때 뛰면 쫓길 필요도 없는 거잖아?"

의기양양한 애버딘을 뒤따라가던 카디프는 기가 막힌다는 듯한 태도로 되물었다.

"돌이 다시 되돌아올 땐 어떻게 하려구?"

"아! 그런 문제가 남아 있었구나."

"그런 문제가 남아 있었다니? 설마 너, 아무런 대책도 없이 그냥 뛰어 내려온 거냐?"

애버딘은 실실 웃으며 고개를 끄덕였다. 그리고는 비장한 표정으로 달리는 속도를 더하며 카디프에게 물었다.

"돌이 되돌아오기 전에 워프 게이트에 발가락만 닿아도 되는 거 아니야? 왜 자신없어?"

그대로 앙갚음을 해주는 애버딘. 카디프는 태연히 고개를 저으며 굴러 내려가는 돌에 몸이 닿을 정도로 바짝 붙어서 뛰며 놀리듯 애버딘에게 외쳤다.

"훗~ 내 말은 넌 어떻게 하냐는 거지. 난 너보다 빠르다구."

"해볼래? 해볼래?"

애버딘은 자신의 발에 더욱더 힘을 가하며 카디프의 뒤를 바짝 쫓아가기 시작했다. 솔직히 돌이 그들의 앞을 막고 있지만 않았다면 그들은 자신들의 입장마저 잊고 무작정 달리기 경주라도 하듯 앞으로 튀어나갔으리라. 아무튼 이제까지가 순조로웠다면 문제는 지금부터다. 돌이 서로에게 부딪치기 전 어떻게 해서든지 발을 게이트 안으로 넣어야만 다치지 않고 무사히 리즈들에게로 도착할 수 있는 것이니까. 마침내 돌이 서로를 마주 보며 무서운 기세로 부딪치려는 순간, 그들은 돌 뒤로 삐죽 튀어나와 있는 게이트 안으로 발을 디뎠다.

쿵!

돌은 아무 일 없었다는 듯 다시 제자리로 돌아가고 있었고, 애버딘들은 흔적 하나 남김없이 사라져 버렸다.

"이런~ 이거이거, 길을 잃은 모양인데요?"

리즈는 난감한 표정으로 목소리에 힘이 하나도 없이 축 처진 피스를 흘끔 곁눈질로 훔쳐보았다. 풀이 죽은 듯 그녀는 트리아를 잡고 흔들어댔다.

"도대체 이런 길로 안내를 하면 어쩌자는 거야?! 애버딘님이 계신 곳으로 안내하라니까. 아까 그 길로 갈 만한 워프 게이트도 안 보이고… 도대체 어디로 가고 있는 거야?"

"피스, 미안해. 내 잘못이야."

리즈가 진심으로 미안하다는 듯한 표정으로 고개를 숙이자, 피스는 괜찮다는 듯 두 손을 내저어 보였다.

"아니에요, 괜찮아요. 언니 아니었음 죽을 뻔했는데 언니를 탓

할 순 없죠. 문제가 있다면 이 떨떨한 검이 문제라구요. 트리아!
이게 다 네 탓이야!"

피스는 트리아를 잡고 흔드는 것만으로는 직성이 안 풀리는지
냅다 집어 던지고는 발로 밟아버렸다. 마법석의 위력이 아니었다
면 벌써 트리아는 부러져도 수십 번은 부러졌을 것이다. 돌에 깔
려 죽을 것을 구사일생으로 워프를 통해 살아난 것까진 좋았는데,
지도는 애버딘의 손에 있고 자신들은 아무리 둘러봐도 위치를 파
악하지 못했다.

리즈는 일행들이 던전 안을 헤매고 있을 때 호수 안에 갇혀 있
었고, 피스는 방향치에 가깝다. 길을 잃어버린다는 게 당연하다면
당연한 일이지만, 그들의 손에는 지도와 비슷한 역할을 하는 트리
아가 있었다. 리즈는 갑갑한 마음이 들었는지 흘끗 트리아를 바라
보았다.

"어디로 가야 한다는데?"

"조금만 더 가면 언니 구하려고 애버딘님들이랑 왔던 길로 갈
수 있대요. 엣?! 그 버섯 천국 말이야? 안 돼. 리즈 언닌 마법사란
말이야. 마력을 무효화시키는 버섯이 있는 델 갔다가 지나는 길에
몬스터라도 만나면 어쩌려고 그래? 네 말대로 그거야 어차피 우
린 절벽 쪽으로 가는 거지만."

그녀의 말에 대충 상황을 파악한 리즈는 조심스럽게 피스에게
물었다.

"혹시, 그 마력 무효화시킨다는 거… 효력이 영원히 지속되는
거야?"

"아뇨, 카디프님의 말에 따르면 일주일이면 된다고 들었지
만……."

"그럼 난 상관없어. 유사시면 스크롤을 쓰면 되니까. 여기에 이

렇게 많이 쓰여 있고, 더군다나 이건 일반어로 작성되어 있으니까 못 쓰고 버릴 일은 없을 거야."

"어, 언니… 뒤, 뒤에……."

"내가 못할 말이라도 한 거야? 왜 더듬고 그래?"

"뒤에… 뒤에……."

"뒤에 뭐 있어?"

새파랗게 질린 표정의 피스가 손까지 부들부들 떨며 자신의 뒤를 가리키자 의아한 마음이 든 리즈는 흘낏 자신의 뒤를 돌아보았다. 그녀가 손끝으로 가리키고 있는 그곳에는 거의 자신의 키 두 배 정도는 가뿐하게 넘어갈 정도로 커다랗고 새까만 젤리처럼 말랑말랑해 보이는 블랙 푸딩이 그들을 노리고 그들 곁으로 조금씩 다가오고 있는 것이 보였다.

이제까지 몬스터에 대해 별다른 공포심을 보인 적이 없던 피스는 어떻게 된 일인지 블랙 푸딩 같은 종류의 몬스터에겐 유달리 맥을 추지 못했다. 평상시에도 블랙 푸딩을 만나면 그저 '걸음아 나 살려라!' 36계 줄행랑을 치며 최대한 블랙 푸딩으로부터 멀어지는 것만이 살길이라고 여겨왔지만, 위기에 빠진 리즈를 내버려두고 도망갈 만큼 의리없는 여자는 아니었기에 겁에 질린 눈으로 뒷걸음질을 치는 게 그녀가 하는 반항의 전부였다.

"위험해요!"

피스가 참지 못하고 자신의 두 눈을 꼭 감으며 비명을 지르다시피 고함을 지르자 리즈는 귀가 따갑다는 듯 양미간을 찌푸리며 슬쩍 오른손을 치켜들었다.

"불이면 되겠지? 파이어 볼!"

리즈가 치켜든 오른손에서는 어느덧 거의 자신의 손바닥 크기만한 동그란 모양의 불덩이가 맺혀졌다. 블랙 푸딩은 순간 움찔했지만 이미 파이어 볼은 리즈의 손을 떠나 위협적으로 블랙 푸딩의 몸에 부딪혀 '쾅!' 하는 굉음을 만들어내며 퀴퀴한 냄새와 함께 몸 전체가 불에 타 들어가기 시작했다.

카캬캬캬―!

듣기 싫은 괴성과 매캐한 연기를 뒤로 블랙 푸딩이 한 줌의 재로 변해 버리자 피스는 그제야 평정을 되찾을 수 있었다.

"언니, 굉장해요~! 방금… 방금 그게 파이어 볼이란 거예요?"

"호호홋, 파이어 볼 정도 가지고 뭘 그래, 쑥스럽게. 어라? 그러고 보니 나 방금 주문도 외우지 않고 파이어 볼을 쓴 거야? 단지 불을 떠올린 것만 가지고?"

리즈는 믿기지 않는다는 표정으로 자신의 손을 내려다보았다. 주문을 외우지 않고 마법을 쓴다는 건 리도스 같은 드래곤이나 가능한 일인 줄 알았더니… 마법사로서의 길을 몇 걸음이나 껑충 전진해 버린 것 같은 기분에 그녀는 기분 좋은 미소를 지었다.

"언니, 굉장해요!"

피스의 말이 또다시 기분 좋게 귓전에 울리자 그녀는 어깨에 힘을 잔뜩 실었다.

"좋아! 몬스터든 뭐든 나오라고 그래! 내가 다 한 방에 보내준다!"

불안감을 떨쳐 버리듯 크게 소리치자 피스는 그녀를 믿음직스럽다는 듯한 표정으로 말했다.

"언니, 그럼 잘 부탁드려요. 전 다른 건 다 없앨 수 있지만, 블랙 푸딩이나 슬라임 같은 덴 소질없어요. 제가 가지고 있는 부적 중엔 불을 다룰 수 있는 것이 없거든요."

"하긴 다크에서는 전혀 불 계통의 마법이나 주문 같은 거 쓸 수 없으니까 아무리 힘이 강하다 한들 블랙 푸딩에겐 속수무책으로 당할 수밖에 없었겠지. 뭐… 그런 사정이라면 나도 마찬가지야. 아직 마법 다루는 데도 미숙하고 종류도 많이 모르거든. 직설적으로 말하자면 너완 달리 난 다른 계통의 몬스터들에겐 완전히 한 끼 식사거리니까 그땐 잘 부탁해."

생긋 미소를 지으며 그렇게 말하는 리즈를 강하다고 생각하면 피스가 잘못된 것일까? 리즈는 그녀가 자신을 어떻게 생각하는지 알지도 못하는 채 트리아를 흘끗 바라보며 물었다.

"어디로 가야 해?"

"위로 가래요."

자신들이 떨어진 길은 아직 외길만이 계속되고 있었으므로 더 이상의 설명이 필요치 않았다. 위를 향해 올라가던 그들의 귀에 뭔가가 다가오고 있는지 저벅저벅거리는 발자국 소리가 들려왔다.

"피스, 뭐가 이쪽으로 오나 본데?"

"이런 곳에서 만날 거라고 해봐야 몬스터밖에 없잖아요? 빨리 도망가요!"

피스는 지긋지긋하다는 표정으로 다시 아래로 내려가려고 했지만 아래에서도 무언가가 올라오고 있는지 바스락거리는 소리가 들려왔다. 내려가지도 올라가지도 못하고 난감한 표정으로 만일의 상황에 대비해 검을 고쳐 쥐고 있는 피스의 귓가에 리즈가 속삭이는 소리가 들려왔다.

"일단 어디가 만만한지 보고 만만한 쪽으로 내려가는 거야. 어때?"

리즈의 말에 피스는 동의한다는 듯 고개를 끄덕였다. 우선 동굴이 익숙한 피스가 살펴보기로 했는지 그녀는 가까운 위쪽부터 고개를 빠끔히 내밀고 누군가가 있는지를 조심스럽게 살펴보았다. 그곳에는 검은색 가죽 망토를 휘날리고 있는—검은색 풀헬름을 쓰고 팔에는 검은색 건틀렛을 장착한, 심지어 방어구인 큐어보일까지 검은색으로—중무장한 전사로 보이는 한 남자가 피스나 리즈의 소리를 들었는지 풀헬름의 눈 부분의 철을 들어 올리고는 주변을 둘러보고 있었는데, 그 눈빛이 하도 살기가 등등해서 피스는 그 자리에서 얼어붙는 느낌이 들어 몸서리가 쳐졌다.

그가 들고 있는 바스타드 소드는 얼마나 많은 몬스터들을 베어넘겼는지 예리하게 빛날 검날마저 변형되어 본래의 빛깔이 죽어 있었다. 피스는 자신의 발이 제발 아무런 소리를 내지 않기를 바라며 살짝 아래로 내려갔다. 그리고는 리즈가 아무 소리도 낼 수 없게 입을 틀어막은 후 최대한 작은 목소리로 속삭였다.

"어, 언니, 위, 위에는 광전사인가 봐요. 눈빛이 장난이 아니에요. 이대로 올라갔다간 뼈도 못 추리니까, 아, 아래로 내려가요. 아래로……"

겁에 질린 듯 말까지 더듬는 피스에게 리즈는 알아들었다는 듯 고개를 끄덕여 보이며 아래로 발걸음을 조심스럽게 옮겼다. 어차피 자신들이 가야 할 출구를 거치려면 위의 길 말고는 이제 갈 방법이 없지만 일단은 살고 봐야 대책을 세울 수 있는 거니까 도망치는 수밖에는 없었다. 문득 리즈는 아래로 내려가다 말고 발걸음을 멈추고는 계속 아래로 내려가고 있는 피스를 붙잡았다

"저… 피스, 만일 아래쪽에서 올라오고 있는 것들도 광전사면 어떻게 할 거야?"

"…그 생각을 못했네요. 우린 어차피 올라가야 하는 거죠?"

"어차피 올라가야 하는 건 맞는데… 광전사 약점이 뭐야?"

"약점? 그거야 일반 전사하고 같죠. 마법이나 주술을 무효화시킬 수 있는 갑옷이라도 입었다면 모를까. 원거리에선 우리가 유리하긴 하지만, 여긴 동굴이고 도망가기도 쉽지 않아요. 승산이 없다

구요, 승산이. 게다가 정말로 전사 같아 보였단 말이에요."

"약골 마법사 한 명이면 모를까 주술사도 있어. 알고 보면 우리가 유리한 거 아냐? 겁만 먹지 않는다면 말이야. 더군다나 지금 아래에 내려오는 녀석들은……."

뚜벅, 뚜벅, 뚜벅…….

"둘이야."

"내가 깜빡 잊고 신전에 있을 거란 이야기를 하지 않아서 찾는데 애 좀 먹으셨겠군요."

"게다가 애버딘의 누나로서 지내고 있다는 말씀도 하시지 않았죠."

"노파심에서 하는 말이지만 드래곤이 꾸는 꿈에 대해서는 서로 왈가왈부할 수 없다는 것 알고 계시겠죠?"

"꿈을 꾸고 계신다라… 제가 그 정도로 우둔해 보이십니까? 그런 게 아니시라면 더 이상 숨기지 마시고 솔직히 말해 주십시오. 수피아님께선 지금 꿈을 꾸고 계신 것이 아니라 드래곤으로서 뭔가 일을 꾸미고 계시는 거란 것쯤은 훤히 꿰고 있습니다. 도대체 무슨 일을 꾸미시는 겁니까?"

리도스의 말에 이제까지 멍한 표정을 짓고 있던 떼떼는 냉큼 그의 등 뒤로 자신의 몸을 숨기듯 물러났다. 아무리 태연한 척하려 해도 왠지 그녀의 분위기가 거북한 느낌이 드는 것은 어쩔 수 없었다. 딱히 자신을 못살게 굴거나 한 일도 없는데 왜 이렇게 그녀가 거북한지 알 수 없지만, 어린 해츨링으로서는 자신을 보호해 주는 든든한 리도스의 뒤로 가 숨는 것이 그 불편함으로부터 벗어날 수 있는 유일한 방법이다. 수피아는 그런 떼떼를 바라보며 잠시 한숨을 쉬었다.

"하아~ 뭐라고 하셔도 좋습니다만, 만일 제가 꾸는 꿈에 대해 더 이상 관여하지 말라고 한다면 어쩔 건가요?"

"그거 유감이군요. 절 그 정도로 바보로 여기시는 줄은 몰랐습니다."

리도스는 물러설 수 없다는 듯한 시선으로 그녀를 마주 보았다.

"그들은 제가 드래곤으로서 선택한 일행입니다. 수피아님도 잘 아시다시피 드래곤 개인의 꿈에 간섭할 수는 없지만, 드래곤들은 꿈보다는 현실을 중요시합니다. 다시 한 번 말하지만 그들은 이 리도스가 선택한 일행이라는 것을 기억해 두십시오."

리도스의 표정이 사뭇 진지해지자 그녀는 그에게서 떼떼가 들고 있는 레이피어에게로 시선을 돌렸다.

"축복의 레이피어, 떼떼가 가지고 있군요. 이거 의외인데요. 난 리도스님께서 들고 오실 줄 알았더니. 아무튼 카시우스님의 기운이 확실히 여기까지 느껴지는 것이 그들이 탐낼 만하군요. 뭐, 그렇더라도 신계에 호락호락 넘겨줄 물건은 아니니까 안심하세요. 절대로 제 손으로 이 검을 그들에게 넘겨주는 일은 없을 겁니다."

수피아는 입가에 야릇한 미소를 지으며 레이피어를 바라보았다. 어린아이로 폴리모프한 떼떼에게는 아무리 가벼운 레이피어라고 한들 아직 검이란 자체가 손에 쥐기 버거워 보인다. 즉, 어울리지 않는다는 말이다. 애들에게서 뭔가를 뺏는다는 것은 정말 누워서 떡 먹기처럼 쉬운 법이지만 보호자가 있을 때는 어디까지나 틀린 법. 그녀는 신중한 표정으로 리도스를 돌아보았다.

"곧 루시아를 불러내기 위한 예배가 있을 겁니다. 그때 그가 신력을 사용해 결계를 칠 것이고, 잠시 인간계의 시간이 멈추게 됩니다. 그러면 제가 당신을 부를 테니 문밖에 서 계시다가 제가 부르면 그때 바로 들어오십시오."

"레이피어는 우리가 가지고 있어도 되겠죠? 수피아님께선 어디까지나 흥정만 하실 거라 하셨으니 말입니다. 물건을 보여주는 거야 우리가 해도 상관없지 않겠습니까?"

"전 아무 상관 없습니다만, 이제 곧 프리스트들이 올 테니 이만 나가 보시는 게 좋을 듯싶군요. 신전에 리도스님 이야기를 해두었으니까 그냥 구경하시겠다고 말씀하시면 제가 있는 곳까지 안내해 줄 겁니다."

"그럼 조금 있다가 뵙죠."

"네, 조금 있다가 뵙겠습니다."

떼떼는 그녀에게 가벼운 목례를 해 보인 후 리도스와 함께 방 밖으로 나가서는 벽에 몸을 기대고 서 있었다. 프리스트가 오면 그들은 신과 만나게 될 것이다. 루시아라는 신 이외에도 몇몇의 신들이 더 나올지도 모르겠지만, 만일 전투라도 벌어지게 되면 떼떼의 보호는 무조건 리도스의 몫이니만큼 그는 자연스럽게 긴장을 풀기 위해 이리저리 바쁘게 몸을 움직여댔다.

신이라는 자들은 결코 호락호락한 상대가 아니다 보니 이런저런 걱정스런 마음이 들지 않는 것은 아니지만, 리도스 역시 신들에게 있어 만만한 상대는 아니었다. 섣부른 공격은 양측 모두 서로에게 가하지 않을 터. 레이피어만 손에 넣으려 들지 않는다면 평화롭게 모든 일은 해결될 것이고, 리도스는 애버딘들이 기다리고 있을 프로소로 돌아가서 리즈에게 가볍게 몇 번 얻어터지고, 잔소리를 귀에 딱지 않을 정도로만 들은 후, 카디프에게 위생 관념에 대한 강의를 듣게 되겠지.

음… 어쩌면 귀에 딱지 않을 정도의 잔소리에 위생 관념에 대한 이야기가 들어가게 될지도 모르겠다. 뭐, 아무튼 제일 무서운 건 히든 카드인 피스. 주술사라지만 오랫동안 살아온 리도스로서도 주술에 대해선 그다지 아는 것이 없다. 그런 만큼 그녀가 리도스에게 무슨 짓을 할지 예측하기가 어려운 것이다. 애버딘이야 뭐… '리도스, 너무해!'라는 등의 항의성이 약간 실린 듯한 한마디면 모든 게 해결될 것이니 걱정할 것도 없지만 말이다.

"흠… 거짓의 유혹에 빠지지 않고 진실을 성취할 수 있는 행운이 따르기를……. 대화들 많이 나누셨습니까?"

자신들을 안내해 주던 프리스트와는 다른 갈색의 예복을 입은 30대 중반의 정식 프리스트가 그들을 향해 말을 걸어왔다.

"루시아님께서 언제나 당신과 함께하시길. 네, 충분히 나누었습니다만 프리스트가 되기 위한 의식을 치르신다고 들었습니다. 구경할 수 있습니까?"

"의식이라고 해도 프리스트를 뽑기 위한 의식이니만큼 검소하고 별반 볼거리가 없으실 텐데요?"

"상관없습니다. 이제 이렇게 내려가 버리면 제가 멀리 살고 있어 언제 또 에르린님을 뵐 수 있을지 기약도 없는데, 무사히 견습 프리스트가 되셨다는 의식이라도 보고 간다면 한결 마음이 편할 것 같아 그러는 거니 볼거리 같은 것은 바라지 않습니다."

리도스의 말에 그는 감명받은 얼굴로 고개를 끄덕였다.

"그러지 않아도 에르린님께서도 여러분들께서 의식을 보고 싶어할지 모른다고 잘 부탁한다는 말씀을 남기셨습니다. 뭐, 그리 어려운 일도 아니고, 의식을 치르는 곳으로 제가 안내해 드리겠습니다. 그런데 실례하지만 에르린님과 어떤 사이신가요?"

"친척입니다."

"아~ 그러시군요. 이쪽입니다."

프리스트는 그들을 의식이 행해질 예배실로 안내했다. 검소하다고는 해도 아무래도 세상에서 가장 부유한 루시아의 신전이다 보니 예배실에서 의식을 행한다는 자체만으로도 충분히 화려하다는 느낌을 주기에 알맞았다.

"에르린님은 예배실 안쪽에 마련된 시련의 방에서 의식을 치를 것입니다. 저 문이 보이시죠?"

그는 예배 홀 정중앙에 있는 문을 가리키며 자신의 말을 이었다.

"창문으로 안의 풍경을 보는 것은 괜찮습니다만… 저 문 안으로는 에르린님만 들어가실 수 있습니다. 아무래도 견습 프리스트를 뽑는 것이니까 저희는 이곳에서 그녀의 대답을 듣기만 하면 되는 것이죠."

"네, 알겠습니다. 저도 굳이 들어가고 싶은 생각은 없습니다. 다만 저렇게 작은 창이라면… 달라붙어서 보지 않는 이상 안을 들여다볼 수 없을 것 같은데?"

"그렇습니다. 앞서 말씀드렸잖습니까? 저희는 대답만 들으면 된다고. 보시는 것은 여러분입니다."

프리스트의 말에 리도스는 양미간을 찌푸렸다. 요컨대 자기는 상관없다는 뜻으로 재주껏 알아서 보라는 소리다. 그는 창으로 다가가 약간 허리를 숙이고 창과 자신의 눈 높이를 맞춘 다음 안의 풍경을 바라보았다. 오른쪽 벽면으로 루시아의 초상화가 붙어 있었고, 그곳에는 작은 선반과 여러 가지 자질구레한 것들이 있었는데, 그중 리도스의 눈에 들어오는 것은 선반 위에 있는 여러 가지 장식이 붙어 있는 금 촛대와 루시아에게 기도할 때 사용하는 오각형의 묵주 같은 것이었다. 그러나 이것은 리도스가 이리저리 고개를 돌려야만 다 볼 수 있고, 그냥 딱 봐서 한눈에 들어오는 것은 맞은편 벽이다.

"아저씨, 전 이거 어떻게 봐요?"

리도스의 눈 높이와 떼떼의 눈 높이는 당연히 차이가 심하다. 프리스트는 시종일관 난 상관할 바 아니란 표정으로 그들을 바라보며 장난기 어린 미소를 짓고 있었다. 아마도 의식이 시작되면 귀는 에르린의 대답을 기다리겠지만, 눈으로는 에르린의 모습을 조금이라도 더 보고자 이리저리 움직여댈 리도스와 떼떼의 뒷모습을 보며 재밌어 할 것이다.

리도스는 자신을 보고 있는 프리스트에게 냉소를 지어 보이며 '쿵' 소리가 나도록 주먹으로 창문을 후려갈겼다. 유리가 달린 창이 아니라 단순히 주먹을 맞은 창 한쪽 귀퉁이가 떨어져 나가긴 했지만, 프리스트의 표정은 일그러질 수밖에 없었다.

"신성한 신전에서 이게 무슨 짓입니까?"

프리스트답게 고함을 지르거나 흥분하지는 않았지만, 불쾌하다는 것이 확연하게 드러나는 말투로 리도스를 나무라자 그는 여전히 냉소적인 표정으로 대답했다.

"우리가 잘 볼 수 있도록 창을 넓히는 것뿐입니다."

그리고는 떼떼의 눈 높이에 맞춰 또 한 번 주먹으로 세차게 문을 내려치자 리도스의 주먹을 맞은 문은 기술 좋게도 그 부분만 부러져 구멍을 만들어냈다.

"지금 뭐 하시는 겁니까!"

제아무리 프리스트라고 한들 화가 나긴 나는 모양이었다. 얼굴이 새빨갛게 달아올라서는 고함을 꽥 지르는 것을 보면.

"말씀드렸잖습니까? 우리가 잘 볼 수 있도록 창을 넓히는 것이라고."

"그렇다고 신전의 문을 파손시키면 어쩌자는 것입니까?"

"후후훗, 제가 운영하는 신전도 아니잖습니까? 저와는 상관없는 일입니다."

리도스의 말에 그는 양미간을 찌푸렸다. 말도 안 되는 억지이긴 하지만 자신도 써먹었던 수법이니 뭐라고 할 말이 없었다.

"…여기서 기다리고 계십시오. 에르린님을 모시러 다녀오겠습니다."

결국 반박할 말을 찾지 못한 그는 에르린을 데리고 오겠다며 예배실을 나섰고, 그 모습에 리도스는 속이 시원하다는 듯한 표정으로 자신이 부숴놓은 문의 잔해들을 발로 슬쩍 한쪽 구석으로 밀어 넣었다. 잠시 후 처음 뗴뗴와 리도스를 안내해 줬던 하얀 옷의 견습 프리스트와 하이 프리스트를 상징하는 푸른색의 예복을 입은 프리스트 두 명, 방금 전까지 리도스에게 깝죽거리다가 본전도 찾지 못한 일반 프리스트의 예복인 갈색의 옷을 입은 자와 수피아가 함께 들어왔다.

수피아는 리도스 쪽으로는 시선도 돌리지 않았지만 뗴뗴는 여전히 그녀가 불편한지 리도스의 뒤로 냉큼 숨어버렸다. 뭐, 그런 자질구레한 사정이야 어떻든 리도스는 많은 프리스트들이 이 의식에 참여할 것이라고 여겼지만 의외로 참석하는 사람이라고는 몇 되지 않았다. 앞서 언급한 자들에서 리도스, 뗴뗴를 합한다면 참석하는 인원의 모든 숫자가 나오니 말이다.

아무튼 예배실로 들어온 네 명의 프리스트들은 각자 의자가 있음에도 불구하고 붉은색 양탄자에 정좌를 하고 앉았고, 수피아는 혼자 시련의 방이라고 불리는 곳의 문을 열고 그 안으로 들어갔다. 리도스 역시 나름대로의 준비랄까? 그녀가 들어가자마자 창을 통해 안을 들여다보았고, 수피아를 관찰한다는 게 뗴뗴에겐 그다지 내키는 일은 아니었지만 뗴뗴야 리도스가 하는 행동대로 따라 하는 일이 다반사. 결국 자신의 눈 높이 맞춰 부숴놓은 구멍을 통해 방 안을 들여다보기로 결심했는지 구멍으로 얼굴을 가져다 대었다.

자신들이 앉아 있는 위치가 시련의 방과 조금 떨어진 곳임을 확인한 하이 프리스트들이 루시아를 부르는 나직한 기도문을 읊자, 남은 두 프리스트는 조용히 눈을 감고 경건한 표정을 지어 보였다.

"…여기 진실과 거짓을 알고자 루시아님을 받들려 하는 사람이 있습니다. 그녀의 믿음, 그 진실됨을 가려주십시오."

하이 프리스트들이 읊어댄 이십여 분 가량의 기나긴 기도를 대충 추려서 떼떼의 입장으로 할 말만으로 요약을 하자면 위의 내용이 전부다. 좀 더 솔직하게 말하자면 떼떼가 생각하기엔 기도에는 수식어나 꾸밈 자체가 필요하지 않았다. 자신이 진정으로 바라는 것을 말하는 건데—감사의 기도 역시 '감사'라는 것을 하고 싶기에 기도드리는 것이므로 진정 바라는 것에 속한다—구태여 뭐 하려고 그 기나긴 꾸밈의 말들을 외워야 하는지 떼떼는 이해할 수가 없었다. 자신이 신을 믿지 않아서 그런지는 모른다는 생각도 들고, 신을 불러내는 의식이라니까 마음에 들지 않는다고 해도 어차피 가만히 있을 수밖에 없지만 말이다.

"루시아님께서 나타나셨습니다. 그분이 당신께 뭐라고 하십니까?"

하이 프리스트 중 왼쪽에 앉은 나이가 지긋해 보이는 여인이 에르린, 아니, 수피아를 향해 질문을 던졌으나 그녀로부터는 어떠한 대답도 들리지 않았다. 그저 처음 앉았던 자세 그대로 눈을 감고 기도하듯 두 손을 모으고 있을 뿐. 그런 그녀를 바라보며 답답하다는 듯한 표정을 짓고 있던 오른쪽에 앉아 있는 프리스트가 그녀에게 질문을 던진다.

"루시아님이 어떻게 생겼는지 묘사하실 수 있겠습니까?"

이번에도 그녀는 말이 없었다. 리도스 역시 창 너머로 보이는 방 안을 유심히 살폈지만, 그 방에 살아서 존재하는 것이라고는 오로지 그녀밖에 보이지 않았다.

'아무리 신이라 한들 신이 나타난다면 내가 느끼지 못할 리가 없는데.'

그는 문에서 떨어져 붉은 양탄자 위에 정좌를 하고 앉아 있는 프리스트들의 표정을 살폈다. 갈색의 의복을 입은 프리스트는 시련의 방에 앉아 있는 수피아를 향해 안됐다는 표정을 지으며 고개를 저었다. 아마도 그녀가 프리스트가 되기 위한 시험에서 떨어졌음을 의미하는 것이리라. 적당히 무슨 말이든지 대충 말하며 그게 루시아의 전언이었다고 대답하고, 신전에 널리고 널린 게 루시아의 초상화이니만큼 적당히 묘사 한번 해주면 견습 프리스트의 자리는 차지할 수 있는 게 루시아의 프리스트들이다.

저렇게 아무 말 없이 앉아 있는 건 스스로 프리스트가 되길 포기하는 것과 같은 짓이니, 그가 안됐다는 표정을 짓고 있는 것도 당연하다면 당연한 일이었다. 모두들 같은 생각인지 표정이 그다지 밝지 않았다. 뭐, 리도스는 떼떼는 그녀가 당연히 루시아의 프리스트 따위가 될 생각이 없다는 것을 알고 있으니 그녀가 대답을 하든 말든 관심이 없었지만, 프리스트의 수가 적은 만큼 프리스트들이 안타까워하는 것은 충분히 이해가 가고도 남는 일이었다. 하얀색의 예복을 입은 견습 프리스트는 의아한 얼굴로 이만 일어나려는 프리스트들을 붙잡았다.

"잠시만 더 기다려 주십시오. 아직 많이 미숙해서인지 에르린님과 마찬가지로 제게도 루시아님께서 나타나는 모습이 보이지 않았고, 그분이 말씀하시는 것 또한 들리지 않았습니다. 에르린님께 한 번 더 기회를 주시면 안 되겠습니까?"

"자네는 루시아님의 모습과 목소리를 들었다고 하지 않았었나? 그래서 견습이나마 루시아님을 받드는 것일 텐데, 들리지 않고 보이지 않았다니, 그 무슨 소리인가?"

갈색 옷을 입은 프리스트가 핀잔을 주듯 견습 프리스트에게 눈을 흘기며 말하자, 하이 프리스트들은 약간 고심하는 듯한 얼굴을 하더니 기회를 한 번 더 주겠다는 듯 고개를 끄덕였다.

"저희는 이곳에서 물러나겠습니다. 에르린님, 만일 루시아님의 모습과 목소리가 들리거든 저희에게 알려주십시오."

하이 프리스트들은 리도스와 떼떼, 그리고 견습 프리스트만을 남겨둔 채 갈색의 예복을 입은 프리스트와 함께 그 말 한마디만을 남기고는 예배실 밖으로 나가 버렸다.

"에르린님, 심각하게 생각하지 마십시오. 그곳 시련의 방에서는 그저 에르린님이 평생 루시아님의 말씀을 따를 수 있는지를 시험하는 것뿐입니다. 들리지 않는다고 해서 프리스트가 되지 못하는 것은 아니니 잘 생각하고 결정하십시오."

견습 프리스트가 아직도 기도하듯 눈을 감고 있는 에르린이 안타까웠는지 충고를 해주자 떼떼는 그의 말이 이해가 안 간다는 표정으로 멀뚱멀뚱하게 그를 쳐다보았다.

"프리스트는 신의 말을 들을 수 있어야 되는 거라고 하셨잖아요? 그런데 신의 말을 전혀 들을 수 없는데도 프리스트가 될 수 있다는 거예요?"

견습 프리스트는 조용히 하라는 듯 자신의 입술에 검지손가락을 갖다 대고는 속삭이듯 작은 목소리로 떼떼가 알아듣기엔 다소 난해한 말들을 끄집어내기 시작했다.

"프리스트라는 것은… 일단 자신의 부모나 형제, 가까운 사람보다 신 자체와 전혀 모르는 남을 위해 봉사하는 사람들이야. 어지간한 의지력으로 될 수 있는 직업이 아니지. 프리스트가 되고 싶다고 하는 사람들에게 모두 '당신들 프리스트 하고 싶으면 하시오'라고 이야기해 봐. 프리스트라는 사람들 자체가 일주일도 못 가서 망해 버릴 거야. 믿음을 심어주러 갔다가 오히려 믿음을 뺏어 올지도 모르니 말이야. 신의 모습과 말을 들을 수 있는 것은 선택받은 몇몇의 자들밖에 없어. 어차피 프리스트가 되면 그런 것들을 느낄 수 있을 거야. 기적은 일어나되, 자신이 바라는 기적은 일어나지 않는다는 것을. 그것을 각오하고 '들린다, 보인다'라는 대답을 함으로써 믿음이 굳건하다는 것을 보여주는 거야. 신이 보이지 않는다는 것 정도에 집으로 돌아갈 수 없다는……."

그의 말에 떼떼가 아직도 이해가 가지 않는다는 표정을 짓자 리도스는 싱긋 미소를 지으며 견습 프리스트에게 물었다.

"그러니까 쉽게 이야기해서 루시아의 신전에 있는 프리스트라는 작자들의 종류란 선택받은 신의 목소리를 들을 수 있는 진실된 프리스트와 그럴싸하게 사기치는 기술만 늘어나 있는 거짓된 프리스트 두 종류밖에 없다는 말이죠?"

얼핏 들으면 기분 나쁜 말일 텐데도 견습 프리스트는 긍정의 미소를 지어 보이며 고개를 끄덕였다.

"그러니까 만일 정말로 프리스트가 될 만큼 의지가 강하다면 보인다고, 들린다고 말만 하시면 되는 겁니다."

이번에는 에르린에게도 들으라는 듯 아주 약간이긴 하지만 목소리를 높였다.

"당신이 시험을 받을 땐 보이고, 들렸습니까?"

전혀 아무 말 없었을 것 같았던 수피아가 드디어 입을 열어 자신에게 질문을 던지자, 그는 약간 머뭇거리는 듯한 표정으로 고개를 끄덕였다.

"안 믿으셔도 상관없겠지만, 전 그때 루시아님의 목소리와 모습을 봤었습니다."

"어떤 모습을 하고, 어떤 말을 했었나요?"

"어차피 제가 하는 말이라는 것이… 무슨 말을 해도 믿기지 않겠지만 솔직하게 말씀드리도록 하죠. 루시아님께선 초상화에서 느껴지는 품위와는 전혀 거리가 먼 옆집 아저씨 같은 모습이랄까… 아주 친근한 분위기의 사람의 모습으로 제 앞에 나타나셨습니다. 그분의 말씀이 그분의 실체가 인간과 같은 모습이라고는 생각하지 말라고 하셨습니다. 다만 그분을 모시려 하는 제가 인간이기에 인간의 모습으로 나타났을 뿐이라고 하시면서… 그렇지만 어떻게 된 일인지 아까 그분들께선 인정하지 않으셨습니다. 루시아님께 초상화대로 묘사하겠다는 양해를 구한 뒤에 전 이 견습복을 입을 수 있었던 거죠. 어떻게 보면 프리스트란 건 신의 마음보단 사람의 마음에 들어야 가능한 일이 아닐까 싶더군요."

쓸쓸한 미소를 짓는 그에게 수피아는 생긋 미소를 지어 보였다.

"후후, 그렇게 우울해할 것 없어요. 당신이 본 사람은 그가 맞으니까요. 그렇지만 오늘은 좀 더 다른 광경을 보게 될 것입니다. 그에 대해 말씀드릴 테니 프리스트님들을 모셔 와주시면 고맙겠군요."

수피아의 말에 그는 고개를 끄덕였다. 다만 루시아를 두고 '그'라고 부르는 것이 왠지 그녀답지 않다고 느꼈지만, 굳이 그것에 대해서 따지고 싶은 생각은 없었다. 그가 프리스트들을 데려오기 위해 예배실을 나서자 수피아는 리도스와 떼떼를 향해 안으로 들어오라는 듯 손짓을 했다.

"어서 들어오세요."

"네? 곧 사람들이 올 텐데요?"

"상관없으니까 들어오세요."

수피아의 말에 그들은 미심쩍은 표정을 짓긴 했으나 계속 구멍으로 안을 들여다보는 것보단 안에서 실제로 일어나는 일들을 보는 것이 좋다는 생각에 이내 시련의 방문을 열고는 그 안으로 들어갔다. 창밖에서 보던 그대로의 모습이긴 했으나 뭔가 달라진 것이 없나 꼼꼼히 살피던 리도스에게 그녀는 아무것도 달라진 것이 없다고 말하고는, 촛대의 날카로운 부분으로 바닥에 마법진과 결계를 그리기 시작했다. 세 사람이 충분히 들어가고도 남을 만한 원 안으로는 일종의 결계를 쳐 어떤 신력이나 드래곤의 마력을 사용해서 만든 마법을 제외하고는 어떠한 마법도 작용할 수 없게 만든 것이다.

"만일의 경우 싸움이 일어난도 해도 일단 이것으로 약간의 시간은 벌 수 있을 거예요. 그렇지만… 제게 약속하셨죠? 경거망동하지 않으시겠다고?"

"분명히 말씀드리지만, 경거망동하지 않겠습니다. 그 점은 안심하셔도 좋습니다."

"좋아요. 그 말을 믿도록 하겠습니다. 곧 신들이 올 테니 이제 슬슬 축복의 레이피어를 제게 넘겨주시는 게 좋을 듯한데 리도스님의 생각은 어떤가요?"

"레이피어는 떼떼의 소유입니다. 제가 수피아님께 넘겨주고 말고 할 만한 성질의 것이 아니죠. 이미 떼떼의 손에 들려 있기도 하고, 어차피 보여주기만 하는 것이라면 떼떼가 보여줘도 상관없을 텐데요?"

"절 못 믿나보군요. 절대로 제 손으로 레이피어를 넘겨주는 일은 없을 겁니다. 슬슬 프리스트들도 들어오는데, 이제 그만 뜸들이지 말고 내려오는 것이 좋지 않나요? 우리를 기다리게 해도 너무 오래 기다리게 한다는 생각이 들어 슬슬 불쾌해지려 하는군요."

수피아는 루시아의 초상화를 바라보며 자신의 기분이 나빠졌다는 것을 보여주려는 듯 인상을 찌푸렸다. 이윽고 예배실의 문이 열리며 프리스트들이 들어왔으나 분위기가 처음과는 확연히 틀려졌다.

"이런, 저희들이 수피아님을 너무 기다리게 했군요. 실례했습니다. 그런데 저희가 시간 약속을 어겼다고 해도 수피아님 역시 약속을 하나 지키지 않으셨군요. 제가 알고 있기로는 수피아님 혼자 이곳으로 오시기로 한 것 같은데요? 만일 제가 잘못 알고 있는 게 아니라면 그쪽에 계신 분들은 누구신지 여쭤어봐도 실례가 되지 않겠죠?"

우아한 여인의 목소리가 나이가 지그시 든 하이 프리스트의 입에서 흘러나오자 수피아는 가벼운 목례를 해 보였다.

"로잔님이시로군요. 이쪽은 크로매틱 드래곤의 지도자 리도스님이시고, 저기 레이피어를 들고 계시는 분은 카시우스님의 아들 떼떼님이십니다."

떼떼는 자신보다 오랜 세월을 살아온 수피아가 자신에게 '님'이라는 말을 붙이는 것을 이해할 수 없었지만, 좀 더 담력을 키우라는 리도스의 말을 떠올리고는 최대한 아무렇지 않은 표정을 지어 보이려 애썼다.

"모두 유명 인사들이로군요. 영광이에요. 저는 로잔이라고 합니다. 생각 같아선 악수라도 하고 싶지만 결계를 만들어놓으셨군요. 이럴 필요까진 없을 텐데. 우호적인 만남 아니었던가요?"

"우호적인 만남이라… 뭐, 그런 식으로 생각할 수도 있지만 조심해서 나쁠 거야 없죠. 그런데 이번에는 제가 모두의 소개를 부탁해도 되겠습니까?"

리도스는 우호적인 표정으로 남은 세 사람을 둘러보았다.

"이런, 계속 실례만 하는 것 같군요. 하하, 전 이 사기꾼들이 철썩같이 믿고 있는 루시아라고 합니다. 저희가 늦어진 것도 제 탓이라고 볼 수 있겠군요. 견습복을 입은 이 녀석을 제외하고는 모두가 옷만 걸친 사기꾼들이지 뭐겠습니까. 신탁을 내리는 데 애꽤나 먹었습니다. 아무튼 반갑습니다."

루시아는 묻지도 않은 소리까지 주절주절 내뱉으며 리도스에게 호의를 보였다. 아이러니하게도 다른 신들은 모두 정식 프리스트의 몸을 빌었지만, 이 신전의 주인이라 할 수 있는 루시아만이 견습 프리스트의 몸을 빌리고 있었다. 그의 말대로 이곳은 그럴싸한 사기꾼과 제대로 된 프리스트… 둘 중의 하나만이 존재하고 있었고, 불행히도 아까 이 자리에 모였던 정식 프리스트들 중에는 제대로 된 프리스트가 없었던 모양이다.

"불행 중 다행인 것은 이 견습 프리스트가 제대로 곧은 길로 나간다면 아주 좋은 프리스트가 될 수 있을 거라는 거겠죠. 그러게 제가 프리스트들 가지고 장난치지 말라고 하지 않았습니까."

로잔이 조용히 그를 나무라자, 그는 겸연쩍은 듯한 미소를 지으며 답했다.

"프리스트들이 모두 재미없이 제게만 목을 맨다는 것은 여기 계신 다른 신들은 그렇지 않을지 몰라도 괴팍한 저로선 그리 탐탁치 않은 일입니다. 자신의 인생을 신에게 의지한다라… 만일 제가 인간이었다면 그런 인생은 재미도 없을 뿐더러 살아 있는 인생이 아닐 거란 생각이 들어서 말입니다. 그러기에 투희야는 아예 자신들의 증거로 엘프를 남겼을 뿐 프리스트는 만들지 않겠다고 했었잖습니까? 저 역시 생각은 같습니다. 뭐, 기어이 인간들이 투희야를 섬기는 신전을 만들어서는 자신들이 프리스트가 되겠다고 눌러붙어 버려서 실패한 거고, 저는 프리스트를 만들지 않겠다고 말할 만한 배짱이 없어서 프리스트 뽑는 기준을 두지 않았다는 점이 틀리지만."

"루시아님, 그녀의 이야기는 가급적 꺼내지 말아주셨으면 좋겠군요. 곧 자격이 박탈되고 다른 분이 그분의 일을 떠맡게 될 텐데, 그런 분을 믿는 프리스트 이야기라니… 화제 거리로는 적당하지 않습니다."

"아직 투회야님의 자격이 박탈된 것도 아니고, 그분에게는 자신의 실수를 만회할 수 있는 기회를 주었습니다. 모든 것은 가까운 시일 내에 결정되겠지요. 우울한 이야기는 그만두고 자신들의 소개나 마저 합시다. 손님을 앞에 두고 주인들끼리 다툴 수는 없는 법입니다. 흠, 흠, 저는 베니펏이라고 불러주십시오."

중후한 음성이 자신을 베니펏이라고 소개하자 곧 이어 호전적인 목소리가 날아들었다.

"전 트루입니다. 뭐, 저를 끝으로 각자 소개도 끝났으니 격식을 갖추는 건 이쯤으로 해두고 물건을 봤으면 하는데 보여주시겠습니까?"

"흠… 말씀 중에 죄송하지만, 제가 알고 있기에 트루님과 베니펏님은 서로 사이가 좋지 않은 것으로 알고 있는데… 같이 움직이셨군요?"

"그건 어디까지나 인간들의 싸움에 지나지 않습니다. 예를 들어 리도스님께서 강아지를 키우시는데, 그 강아지가 리도스님보다 수피아님을 더 따른다고 해서 수피아님과 싸우시겠습니까?"

"흠… 속이 조금 상하고 만다는 뭐, 그런 뜻입니까?"

"그렇습니다. 인간의 싸움에는 전혀 관심이 없지만, 입장의 차이는 틀립니다. 전 손을 내밀지 않을 생각이고, 베니펏님은 손을 내밀어주시겠다는… 그것이 인간에게는 제가 자신들을 보호하는 것으로 보이나 봅니다. 실제로 자신들을 위해주는 것은 베니핏님이라는 것을 모르고 말입니다. 하핫, 뭐… 중요한 것은 그런 것이 아니겠죠. 뭔가 궁금한 것이 있다면 나중에 물어봐 주시고, 일단 물건 먼저 봤으면 싶습니다만……."

트루의 말에 수피아는 어디서 꺼냈는지 여러 가지 물건들을 바닥에 내려놓았다. 물론 자신들의 결계 안에서 말 그대로 안전하게 보여주기만 하는 것이라 신들로서는 감질맛 나는 일이긴 했지만 나름대로 어떤 물건이 좋은 물건인지에 대해서는 보는 것만으로도 충분히 감 잡았다는 표정들이었다.

"축복의 레이피어는?"

"떼떼님이 들고 계시는 검이 축복의 레이피어입니다."

"흠… 그것도 아닌 것 같군요."

"그것도?"

"아, 신경 쓰지 마십시오. 우리끼리의 말이니까. 그렇지만… 그 검 상당히 쓸모있겠는데요. 역시 그 검으로 하겠습니다. 이리 넘겨주십시오. 어차피 수피아님의 부탁을 들어드리려면 거기에 따른 대가가 필요한 것이니까."

"부탁? 대가? 이게 무슨 소리죠?"

리도스는 약간 긴장한 얼굴로 수피아의 곁에서 떼떼를 조금 떼어냈다.

"어라? 모르고 계셨나요? 수피아님께선 저희에게 카시우스님의 부활을 부탁하셨는데… 그분의 아들과 절친한 사이이신 리도스님께서 이 사실을 모르고 계셨단 말씀인가요?"

루시아의 말에 리도스는 더 더욱 어리둥절한 표정이 되어버렸다. 떼떼는 자신의 아버지인 카시우스를 부활시킨다는 말에 이제껏 리도스의 뒤에 숨어 있다가 앞으로 나섰다.

"아버지를 부활시킨다니… 그게 무슨 소리죠?"

"말 그대로입니다. 물론 드래곤이니만큼 신력으로도 예전의 모습으로 부활시킬 수는 없겠지만, 아무튼 아버지가 살아난다는데 떼떼님께도 좋은 일 아닌가요? 그러니 그만 그 레이피어를 제게 넘겨주시지요."

"어림없는 소리!"

떼떼는 순간적으로 그의 말대로 레이피어를 넘겨주려다가 리도스의 목소리에 화들짝 놀라 다시 손을 거두었다.

"축복의 레이피어가 아무리 카시우스님께서 심혈을 기울여 만든 검이라고 해도, 카시우스님께서 부활하게 된다면 신들의 힘에 대항할 수 있는 드래곤이 느는 것인데 부활이라고? 도대체 무슨 수작들을 꾸미고 있는 거요?!"

"저와의 약속을 잊으셨습니까? 경거망동하지 않기로 하셨을 텐데요."

수피아가 자신을 노려보며 다가오자 리도스는 물러서지 않고 코웃음을 쳤다.

"훗! 그렇게 치자면 레이피어를 넘겨주지 않겠다고 말한 건 어디에 사는 무슨 드래곤이시더라? 서로 약속을 깬 것은 마찬가지니 그렇게 노려볼 것 없잖습니까?"

리도스의 도발에 그녀는 의외로 여유로운 미소를 지었다.

"그렇군요. 그럼 제가 이렇게 한다고 해서 서운해할 필요도 없겠죠?"

어느새 그녀는 리도스의 뒤로 돌아가 결계 밖으로 떼떼를 밀어 버렸다. 모든 것은 리도스가 잠시 방심한 틈을 타 벌어진 일이었으므로 미처 어떻게 손을 쓸 틈이 없었다. 떼떼가 밀려져 나오는 것을 기다렸다는 듯 루시아는 떼떼를 붙잡고는 수피아에게 물었다.

"카시우스님을 부활시키려면 영혼을 담을 수 있는 육체가 필요하다는 것쯤은 알고 계실 테니 육체를 대신할 드래곤… 이 꼬마로도 괜찮겠습니까?"

"난 상관없어요. 내가 살리려고 하는 분은 카시우스님이지 떼떼는 아니니까요."

"당신이 정말 드래곤이 맞아?! 해츨링을 보호하는 일은 우리 모두의 몫인데 자신의 손으로 떼떼를 함정에 빠뜨리다니!"

"무슨 말을 해도 좋아요. 난 카시우스님이 필요해요. 레이피어도, 떼떼도 넘겨줬으니 이제 내 부탁은 들어주는 거겠죠?"

수피아의 말에 참다 못한 리도스는 스스로 결계 밖으로 나갔다.

"드래곤 중에서도 강하기로 소문난 리도스가 바로 이 몸이시다!"

마치 끝없는 바다에서 물을 퍼내는 것 같이 리도스의 온몸에선 터져 나올 듯한 마력이 방출되는 것에 신들이 잠시 움찔하는 순간을 노린 리도스를 어림없다는 듯 막아선 루시아는 어느새 신전 전체를 감싸고도 남을 법한 결계를 만들어냈다.

"이것으로 무대도 만들어진 셈이니 어디 한번 멋지게 쇼를 펼쳐 보여주시죠. 하하, 당신이 함정에 빠져 버린 것이니 나오는 것도 스스로 해야 한다는 것쯤은 잘 아시고 계시겠죠? 머리가 좋은 줄 알았는데 쯧쯧… 카시우스님을 부활시킬 때 자신의 아들의 몸으로, 그것도 해츨링의 몸으로 부활시켰다는 것을 알면 그 분노가 몽땅 신계로 쏟아질 텐데 곤란하죠. 떼떼님은 어디까지나 미끼였다는 거 알고 죽어야 더 억울하시겠죠. 하하하."

루시아는 악동 기질이 발동했는지 리도스를 약올리며 떼떼의 팔을 비틀었다.

"아아악~!"

"호오~ 이 녀석 봐라? 난 네 생각해서 꽤 세게 비튼 건데 그래도 검을 안 놓네. 그래봐야, 네 손해라니까. 우린 너에게 볼일 없어. 검만 받으면 넌 순순히 돌려보내 준다니까."

루시아가 여전히 떼떼의 손을 놓아주지 않자 리도스의 표정이 슬슬 굳어지기 시작했다. 그리고는 이내 그의 손에선 동그란 불의 구가 떠올랐다.

"떼떼를 야단치거나 매를 들 수 있는 건 보호자인 애버딘 일행과 나밖에 없어!"

루시아는 황급히 자신을 노리고 날아오는 파이어 볼을 실드를 펼쳐 막아내느라 떼떼의 손을 풀어주고는 살짝 인상을 찌푸렸다.

"이런이런, 성급하시군."

"쇼는 지금부터야."

떼떼가 리도스에게 뛰어가는 것도 상관없다는 듯 루시아는 그저 같잖다는 듯한 미소로 리도스를 바라보았다. 자신의 뒤에는 신계 최고의 전사라 불리는 트루와 베니펏이 버티고 있으며, 그 외에도 로잔까지 있으니 4 : 1의 일방적인 싸움이 될 것이 뻔하다. 더군다나 그에겐 떼떼라는 혹까지 붙어 있는 셈이니 1 : 1로 붙어도 이길까말까 한 상대들을 제아무리 리도스라 한다 해도 당해낼 재주는 없을 것 같았다.

"비겁하게 그러지 말고 1 : 1로 하자구. 1 : 1. 어때?"

어차피 씨알도 안 먹힐 소리라는 거 알고는 있지만 그래도 빛의 영광이 어쩌고저쩌고하는 트루가 있으니, 혹시나 하는 마음에 넌지시 운을 띄워봤지만 이미 눈치를 챘는지 루시아가 재빨리 그의 입을 틀어막아 버리고는 안도의 한숨을 내쉬었다.

"휴~ 그런 말 같지 않은 소리 말고 레이피어부터 넘겨. 그럼 그 꼬마는 해치지 않을 테니까. 맹세하라면 맹세하지."

"엘프가 숲에 불 지르고 기뻐서 통통 춤 추는 소리하고 있네. 지금 그 말을 믿으라고 하는 소리냐? 너 같음 믿겠어? 이래 보여도 난 머리만 다섯 개야. 잘난 척하는 댁들보다 머리가 훨씬 잘 돌아간다구."

리도스는 재빨리 떼떼를 자신의 뒤로 숨기며 선제 공격을 날렸다. 그의 손에서 빛나는 여러 개의 화살이 날아가자 다들 여유있게 실드를 펼쳤다. 리도스는 재차 그들이 쉴 틈을 주지 않고 마법을 사용해 공격을 가하며 떼떼에게만 들릴 정도로 낮은 목소리로 속삭였다.

"만일 내가 잡히면⋯ 그 검더러 원래 있어야 할 장소로 돌아가라고 하면 너도 아저씨랑 같이 갔던 그 던전 안으로 갈 수 있게 될 거다. 던전 안에서 마주치는 어떤 것들도 믿지 말아라. 드워프족에게도 신탁이 내렸을지도 모르니까. 가능하면 애버딘 일행을 찾아서 합류해."

"여기, 왔던 곳 같은데?"

"나도 그런 것 같긴 한데. 확신은 못하겠어. 지도 같은 거 봐도 함정이 제대로 나와 있길 하나, 이럴 땐 지도 같은 거 있어봐야 무용지물이라니까. 대충 갈림길이 나오면 그걸로 추측하는 거지 뭐. 그나저나 얘네들은 그사이에 참 많이도 갔다. 많이도 갔어. 인기척 좀 들리는 거 없어?"

애버딘은 아까부터 계속되는 외길 덕에 갈림길이 나타날 때까진 지도가 무용지물이 될 것이라는 걸 깨달았는지 이내 지도를 접으며 카디프를 리즈와 피스 탐색기쯤으로 여기는 듯한 눈으로 물었다.

"음⋯ 가까운 데 있는 것 같은데⋯ 좀 이상하군."

"뭐가 이상해?"

"우리 피해서 도망가는데?"

카디프의 말에 애버딘은 고개를 갸웃거렸다. 청각, 시각, 후각 모든 감각이 일반 사람들보다 발달되어 있는 편인 자신도 땅에 귀를 대고 있지 않는 이상, 혹은 가까운 거리가 아닌 이상 사람 발자국 소리 같은 건 들리지 않는다. 그런데 엘프도 아닌 그들이 어떻게 자신들의 발소릴 듣고 피할 수가 있다는 말이지?

"확실해?"

"확실한 것 같아."

"어떻게 발자국 소릴 듣고 피하는 거지?"

"피스, 개 동굴에서 살았잖아. 모르긴 몰라도 아마 피스라면 드워프랑 대등할 정도로 동굴에서의 처세술에 대해 잘 알걸?"

"그러는 애가 길 잃어버려?"

"길치라는 건 타고나는 거라잖아."

"흐음~ 뭐, 그런 거야 아무렴 어때? 그것보다 애들 있는 곳이 어디야?"

"좀 더 가면 나오겠지. 이곳에 올 때도 그랬었잖아. 거의 간발의 차로 놓치지 않았어?"

애버딘은 어디선가 또다시 블랙 푸딩의 매캐한 냄새가 풍겨 오기라도 한다는 듯 살짝 인상을 찌푸리다가 이내 밝은 표정으로 지도를 꺼내 들었다.

"빙고! 여기가 어디쯤인지 드디어 짐작이 가는데 문제가 하나 생겨 버렸어."

"어딘데?"

"저기 위에 가면 사다리가 있고… 조금만 더가면 알량한 버섯 숲이 나올 거고, 아무튼 출구에서 가까운 쪽으로 온 거야."

"문제는 버섯 숲이라는 거?"

"응. 일단 전투 인원 둘이 떨어져 나가는 거잖아. 너랑, 리즈랑."

"완전히 마력이 없어지는 것도 아니고 상관없어. 정 안 되면 마법사 협회에 가서 해지 마법 걸어 달라고 하면 되니까."

카디프의 말에 애버딘은 고개를 끄덕였다. 카디프는 그에게 피식 미소를 지어주며 위쪽을 가리켰다.

"위에서 검끼리 부딪치는 소리가 나는데… 리즈랑 피스가 위험할지도 몰라. 먼저 실례!"

그는 말이 떨어지기가 무섭게 말의 여운만을 남기고 리즈가 있을 거라고 추정되는 곳으로 달려가 버렸다.

"나도 질 수 없지!"

애버딘이 속도를 올리며 바짝 카디프를 쫓아간 곳은 그의 말대로 전투가 한참 벌어지고 있었다.

챙! 챙!

피스의 커틀러스가 멋지게 정면 베기를 시도했지만 상대는 광전사. 그렇게 쉽게 공격이 먹혀들 리가 없다. '전사'라는 호칭이 붙는 만큼 힘과 스피드 모두 피스보다 우위에 서 있다. 검과 마주하는 시간이 길면 길수록 힘의 대결이 되기 때문에 불리해지는 것은 피스다. 카디프는 공격하려다 되려 역습을 당해 코너로 몰리려는 피스를 구하기 위해 활시위를 당겼다.

공기를 가르는 소리가 날카롭게 귓전을 울렸지만, 광전사는 그깟 화살 정도 어깨에 꽂히든 자신의 등에 꽂히든 관심이 없다는 듯 무표정한 얼굴로 피스만을 집중적으로 노리고 일격을 날리려 했다. 그러나 그것 역시 카디프의 계산에 들어 있었던 듯 화살은 그가 검을 쥐고 있는 손을 정확하게 맞추었고, 엄청난 위력 덕에 그는 검을 놓치고 말았다.

피스는 그 순간을 놓치지 않고 커틀러스로 광전사의 배 가운데를 베어버리자, 커틀러스는 마법석으로 인해 아주 날이 잘 드는 예리한 검으로 바뀐 덕인지 그의 몸에 걸친 큐일보일은 제 역할을 완수해 내지 못하고는 깨끗하게 떨어져 나갔다.

"크아아아앗!"

광전사는 마지막 발악이라도 하려는 듯 괴성을 질렀으나 이미 검은 바닥에서 구르고 있었으며, 그의 온몸에선 마치 분수처럼 피가 치솟자 쓰러졌으나 수명이 다하지는 않았는지 그 자리에서 꿈틀거렸다.

리즈는 망연자실하게 쓰러져 있는 광전사를 바라보았다. 그의 몸에서 뿜어져 나오는 피도 새빨간색으로… 리즈는 생전 처음으로 자신과 같은 인간이 죽어 나가는 것을 지켜본 것이 충격이 큰지 안색마저 창백해졌다.

"애버딘님! 카디프님! 도와주셔서 감사해요."

"뭘, 난 한 것도 없는데. 너희들을 찾은 것도, 너희들을 구한 것도 카디프가 한 거니까 감사의 인사를 하고 싶다면 난 빼줘. 홋, 왠지 여기 계속 있다간 저 살벌한 친구가 덤벼들 것 같으니 빨리 이 자리부터 피하고 보자."

"그거 좋은 생각이네요."

피스는 완전히 질렸다는 얼굴로 애버딘의 뒤에 찰싹 달라붙었다. 주술사로서 이런 일보다 끔찍한 일은 많이 보긴 했지만, 광전사라는 것은 상대할 때마다 사람을 질리게 만들어 버렸다. 무엇보다 같은 인간을 죽인다는 느낌 때문에 피스가 꺼려하는 적 중 하나였다.

"리즈, 뭐 해? 가자니까."

"그, 그래."

"괜찮아?"

"응, 괜찮아. 걱정하지 마."

리즈는 겨우 숨이 끊어진 광전사를 바라보다가 그가 완전히 죽었다는 것을 확인하고는 부릅뜬 눈을 감겨주었다.

"베니핏님의 영원한 안식의 나라에서 평안하기를……."

그녀는 두 손을 모으며 광전사를 위한 마지막 작별 인사를 남겨주고는 애버딘 일행의 뒤를 따라 그가 지키고 섰던 길을 올라갔다.

"이 길… 리즈도 괜찮아? 당분간 마법 못 쓰는데."

"그렇다고 다시 되돌아갈 수는 없잖아. 죽으면 죽었지. 단언하건대, 난 더 이상 그 짓은 못해."

"마찬가지야."

"하긴… 고생들 좀 하긴 했지?"

"좀? 좀~ 이라구?! 넌 무슨 네가 드래곤 통뼈라도 되는 줄 알아?"

카디프의 말에 애버딘은 머리를 휘저으며 반박하자, 그는 머리를 긁적이며 화제를 다른 곳으로 돌렸다.

"하하, 내가 앞장설게. 그러니까 나 너무 구박하지 마."

일행 중에 길치라고 불릴 만한 사람은 피스밖에 없었고, 그런 피스마저 와본 길이기에 별다른 사고를 치진 않았다. 순조롭게 앞으로 나간 그들은 이윽고 다다른 암호 문에서 시답잖은 암호들을 외치며 길을 재촉했다.

"드워프의 로망은 광산에 있다!"

굳게 닫혀 꿈쩍도 하지 않을 것만 같던 문이 열리자 리즈는 감탄했다는 듯 문을 뚫어져라 바라보았다.

"아무리 생각해도 드워프의 솜씨는 놀라운 것 같아."

그녀의 말에 다들 동감한다는 듯 고개를 끄덕였다. 일행들이 무사히 안으로 들어온 것을 확인한 카디프는 다시 한 번 시답잖은 암호를 외쳤다.

"그러나 장인이 되는 것 또한 그들의 로망이다!"

"누가 엘프 아니랄까 봐 예의 바르기도 하지. 문 열었다고 닫아주고 가는 거야?"

리즈의 말에 그는 피식 미소를 지으며 답했다.

"원래 조건과 틀리게 문을 열어놨다가 만일 그게 함정이 발동하는 조건이 될 수도 있는 거고, 꼭 그런 문제가 아니라도 만일 몬스터가 이 근방에 지나다니다가 문이 열려 있다는 걸 알고 우릴 쫓아오게 된다면 상당히 귀찮치 않겠어?"

"흠… 그런 문제도 있구나. 난 전설이나 책 같은 곳에선 왜 모험가들이 던전 문 같은 걸 꼭꼭 닫아주고 가나 했네. 사실 난 어렸을 적에 모험가가 되려면 문부터 꼭꼭 닫아두는 습관을 들여놓아야 하는 건 줄 알았었어."

"하핫, 정말 순진하다, 순진해. 그 머리로 메모라이즈는 어떻게 외우고 다니니?"

애버딘의 말에 리즈는 자존심이 상했는지 입술을 삐죽거리며 그의 말을 받아쳤다.

"동심과 영리함은 상관없다고 생각하는데."

"아아앗! 농담이야, 농담."

리즈에게 잘못 보였다가 무슨 봉변을 당할지 모르기 때문에 애버딘은 알아서 기기로 작정한 모양이다. 암호 문이 열렸다고 한들 안에 있던 마법석은 이미 챙겼기 때문에 더 이상 시간을 지체할 이유가 없었다. 그리고 앞을 나가기 위해서는 암호 문을 열어야만 했고, 카디프는 엘프 입에서 드워프의 로망이 어쩌고저쩌고하는 소릴 몇 번이나 반복하게 된다는 것에 이미 한숨이 저절로 나오는지 거의 자포자기한 듯한 얼굴로 암호를 외쳐댔다.

"하아~ 드워프의 로망은 광산에 있다."

"…장인이 되는 것 또한 그들의 로망이다."

문이 닫히는 것을 확인하고 난 카디프는 리즈에게 마력을 봉인하는 버섯에 대해 주의를 주기 위해선지 자연스럽게 손수건을 꺼내 들었다.

"이제 곧 버섯 숲이 펼쳐질 거야. 가능한 이걸로 입을 가리고 가루를 마시지 않는 게 좋아. 재수가 좋으면 무사히 빠져나갈 수도 있을 테니까."

"흠… 그런데 애버딘이나 피스는?"

"우린 상관없어요. 어차피 마력이 있다고 해도 쓸 줄도 모르잖아요? 뭐… 있는지 없는지도 모르겠지만요. 헤헤."

피스는 애버딘과 자신을 칭해 '우리'라는 단어를 사용했다는 게 어지간히도 기뻤는지 멋쩍은 미소를 지으며 얼굴을 붉혔다. 불행인지 다행인지, 일행 중 그런 그녀의 증상에 대해 눈치를 챈 자들은 아무도 없지만 말이다. 아무튼 줄곧 아래를 향해 걷던 그들의 눈앞에 드디어 버섯 숲을 방불케 할 만큼 바닥에 버섯들이 쫙~ 깔린 길이 눈에 들어왔다(그렇다. 이건 누군가가 깔아놓았다고 보는 쪽이 옳을 정도로 버섯들로 빽빽이 들어차 있는 것이다).

각자 나름대로 최대한 버섯을 밟지 않게 주의하며 조심스럽게 발걸음을 옮기기 시작했으나 아예 안 밟고 지나간다는 건 말도 안 되는 일이므로 리즈와 카디프는 자신들의 코와 입을 손수건으로 가리는 것도 모자라 가능한 공기를 마시지 않기 위해 최대한 숨을 참았다. 물론 애버딘과 피스는 마력이 있든 없든 별 상관 없는 자들이므로 그저 버섯을 조금이라도 덜 밟는 것에만 신경 쓸

뿐이지만 말이다.

그렇게 간신히 붉게 달아오른 얼굴로—숨을 하도 오랫동안 참아서 힘들어서인지 카디프와 리즈는 거의 토마토라고 봐도 좋을 정도로 얼굴들이 붉어져 있었다—버섯 지대를 벗어난 그들에게 피스는 호수에 걸려 있는 저주에 대해 다시 한 번 상기시키기 위해서인지 안 그래도 큰 목소리를 더 크게 높이며 시선을 자신에게 쏠리도록 만들었다.

"이곳 호수에 저주 걸린 건 다 아시죠? 이번엔 무효화시킬 소원의 동전도 없으니까 절대로 안을 들여다보거나 하지 마세요."

다들 알아들었다는 듯 고개를 끄덕이며 밖으로 걸음을 재촉했다. 일단 이 지긋지긋하던 던전에서 드디어 나간다는 생각에 마음이 조급해져서인지 발걸음들이 점점 빨라지고 있는 것이다. 마침내 자신들이 내려왔던 절벽으로 들어서며 그들은 한숨을 내쉬었다. 왜 한숨이냐고 묻는다면, 그들의 눈앞에 펼쳐진 절벽이 너무 가파라서도 아니고, 저걸 어떻게 올라가냐며 한숨을 내쉬는 것도 아니라 황당하게도 벽이 생겨져 있었기 때문이다. 절벽에 벽이 생긴다는 것이란 무슨 의미겠는가? 한마디로 훤하게 뚫려 있던 절벽이 오도 가도 못하게 막혀 버렸다는 소리. 기껏 여기까지 와서 밖으로 나가지 못한다면 그들은 이제까지 헛고생했다는 소리밖엔 되지 않는다.

"애버딘, 우리가 아까 여기로 왔었던 거 맞아?"

리즈는 혹시 환영이 아닌가 싶어 조심스럽게 벽을 만져 보며 황당하다는 듯 물었다.

"여기 맞아. 아무럼 내가 길을 못 찾겠어? 이게 무슨 조화인지는 모르겠지만… 어딘가 장치라도 있나 보지."

주위에 혹시 스위치 역할을 하는 것들이 있나 꼼꼼히 살피며 애버딘 역시 조심스럽게 벽을 이리저리 만져 보았다. 차가운 돌의 느낌, 간혹 가다 흘러내리는 흙. 감촉이 거짓말을 하는 것이 아니라면 이건 틀림없는 벽이다.

"파이어 볼이라도 써서 뚫어버릴까?"

"그런 짓을 했다간 동굴도 무너지게? 게다가 넌 그 버섯 땜에 당분간 마법도 못 쓰잖아. 뭔가 방법이 있을 거야. 틀림없이 어딘가 스위치 역할을 하는 게 있을 텐데."

"리도스가 그런 건지는 모르겠지만 안에 결계 잘 쳤던데? 아까 블랙 푸딩도 파이어 볼로 처리했는데 아무 문제 없었어. 그치?"

"네, 그때 언니 정말 대단했는데… 아, 그러고 보니 저 궁금한 게 있어요. 버섯에서 나왔던 그 이상한 가루 말이에요. 가루 마신 양과는 상관없이 일정한 시간 동안 마법을 못 쓰게 되는 건가요?"

카디프는 그녀의 말에 고개를 저었다.

"적게 마실수록 가루의 효력도 떨어지기 때문에 그건 아니라고 봐. 처음에야 그게 마력을 봉인하는 줄도 모르고 막 베어 넘기고 밟고 그랬으니까 아무래도 많이 마시게 된 거고, 이번엔 나름대로 조심했으니… 적어도 2~3일 정도 있으면 마법을 쓸 수 있게 되지 않을까 싶어. 순전히 추측이라 정확한 건 아니지만 맞을 거야."

"음… 그럼 만일 이거 파이어 볼로 뚫고 가려고 해도 언니나 카디프님의 마력이 돌아올 때까지는 안에서 기다려야 한다는 소리죠?"

"그렇지. 그렇게 된다고 해도 아마 우린 역사상 최고로 드래곤이 관리하고 있던 던전에서 빨리, 그리고 무사하게 나온 모험가로 이름을 날리게 될지도 몰라. 하하."

카디프의 말에 리즈는 고개를 설레설레 흔들었다.

"그놈의 모험가니, 전사니… 너도 떼떼한테 옮았냐? 뭐, 좋아.

아무래도 좋으니까 빨리 스위치나 찾아봐. 난 말이지, 이곳에서 하루도 더 있기 싫어."

"나도 마찬가지지만 좀… 곤란한걸."

"왜?"

"아무리 봐도 이곳엔 스위치가 없어. 의심 가는 게 있긴 한데."

애버딘은 벽면, 바닥, 그밖에 스위치가 있을 만한 곳을 낱낱이 살펴봤지만 그럴듯한 것이 나오지 않자 미심쩍은 눈으로 트리아를 바라보았다.

"저 검… 트리아가 스위치 그 자체의 역할을 하고 있었던 게 아닐까?"

애버딘의 말에 피스는 눈을 반짝이며 트리아를 추궁하기 시작했다.

"어쩐지 이상하다 했어. 사실은 이 던전의 보물은 소원의 동전이고, 넌 그걸 지키고 있는 수많은 함정 중 하나 아니야? 뭐? 그래, 아니겠지. 그럼 뭐가 문제야? 걱정 마. 널 가지고 이곳에서 나간다고 약속한 이상 널 버리고 가지는 않을 테니까. 믿기 싫으면 관두고."

피스는 마치 연극 배우같이 혼자서 화냈다가, 달랬다가, 화들짝 놀라는 등의 다양한 표정을 지으며 보는 사람으로 하여금 저절로 감탄사가 튀어나오게 만들었다. 물론 그녀는 트리아와 함께 진지한 대화를 나누고 있는 거지만 그 사실을 설령 머리로 알고 있다는 것과 당장 눈앞에서 혼자서 생 쇼를 하는 모습을 보는 것은 상당한 차이가 있기 마련이다.

"뭐래?"

"하아~ 어쩌죠? 애버딘님, 예상이 맞았어요. 호수에 박혀 있었던 그 자리가 스위치 역할을 하는 거라는데… 약속한 게 있으니

버리고 갈 수는 없는 노릇이고, 여기서 그리 멀지도 않은데 밑져야 본전이라고 그냥 출구로 나가볼까요?"

"출구로 나갔다가 투회야님 말이 맞으면 밑져야 본전이 아니라, 밑져도 폭싹 망할 만큼 밑지는 거야."

카디프의 말에 모두는 크게 한숨을 내쉬었다.

"하아~ 무슨 방법이 없을까요?"

"저… 나한테 좋은 생각이 있는데……."

"뭔데?"

"마법 스크롤……."

리즈는 자신의 배낭을 끄집어 들었다. 모두의 눈에는 다소 희망이 보이는 듯했으나, 리즈가 가지고 있는 스크롤은 이제까지 불량품이 훨씬 많았다. 그렇다고 이것저것 따질 수 있는 상황도 아닌 만큼 일행들은 기대에 찬 눈으로 그녀를 바라보았다.

"빛의 신 트루의 이름으로 명한다. 내 앞을 가로막고 있는 저 벽을 너의 화염으로 송두리째 날려 버려라. 파이어 볼!"

곧 그녀의 두 손에 불꽃이 맺히더니 무서운 기세로 벽을 향해 날아갔다.

퍼버버벅!

무서운 속도로 날아간 불꽃은 성인 남자의 다리 하나가 겨우 들어갈 만한 구멍을 만들어놓고는 그대로 고대 문자를 남기고 사라져 버렸다.

"뭐야?! 이번에도 불량품이야?"

김샌다는 듯한 목소리로 리즈가 툴툴거리자, 애버딘은 배낭에서 이상한 꽃 삽같이 생긴 물건을 꺼내 들었다.

"뭐, 뭐 하는 거야?"

"이놈의 마크, 파서 환불하고 말 거야! 이런 순~ 사기꾼들 같으니라구."

"어이, 어이."

"우쒸~ 이건 또 왜 이렇게 안 파져? 피스, 트리아 좀 빌려줘."

애버딘은 아예 피스에게 트리아를 빌려 그 손잡이를 망치처럼 삼을 내려쳤다.

"아우, 시끄러. 흠집도 안 나는데 좀 쓰면 어때서 그래?"

"쯧쯧, 사람 하나 망가지는 거 시간 문제구나."

카디프는 그런 그를 차마 못 봐주겠다 싶었는지 아예 고개까지 돌리며 외면해 버렸다.

"애버딘, 그만 해. 추하다니까. 그러지 말고 트리아의 손잡이에 밧줄을 묶어서 호수에 꽂아둔 뒤에 우리 먼저 빠져나갔다가 그 밧줄만 당기면 안 돼?"

"옷! 그거 좋은 생각인데~ 그런데……."

애버딘은 리즈를 칭찬하며 은근슬쩍 벽에서 떼어낸 마크를 배낭 안에 집어넣었다.

"그런데 문제가 하나 있어."

리즈가 애버딘의 칭찬이 그리 달갑지 않은지 양미간을 찌푸리며 짐짓 심각한 얼굴로 말하자 애버딘 역시 따라 인상이 구겨졌다.

"뭐야?"

"호수… 이번에는 꽂는 거니만큼 채찍으로 할 수는 없는 거잖아. 정확하게 그 홈에다 꽂아야 하는 거니까 말이야. 그런데 너 안 보고 꽂을 수 있어?"

"그런 문제라면 걱정 말아요. 내가 할 거니까."

"에엣?! 피스가?"

"어차피 다크인이라 감이 무척 좋다구요. 만일 안 된다고 해도 말 그대로 나라면 밑져야 본전이니까 괜찮아요."

피스의 말에 다들 수긍하는 듯 고개를 끄덕이자, 카디프는 자신의 배낭에서 튼튼해 보이는 밧줄을 꺼내 들었다.

"그럼 다 같이 올라갈 필요 없이 리즈랑 애버딘은 여기에 남아서 먼저 출발하고, 피스랑 내가 트리아를 수거해서 뒤따라갈 테니까 나중에 피스 올라가게 밧줄이나 내려놔."

"알았어. 그럼 나중에 위에서 봐."

"애버딘님, 리즈 언니, 그럼 나중에 뵐게요."

"둘 다 조심해."

리즈는 유유히 자신을 향해 손을 흔들어 보이는 카디프에게 염려스럽다는 듯 한마디를 던지고는 애버딘과 함께 밧줄을 묶을 묵직한 돌 같은 것을 찾아보기 시작했다. 아무래도 뭔가 걸리는 것이 있어야 위로 던져도 올라갈 때까지 버텨줄 것이다 보니 마땅한 것이 눈에 보일 리 없었다. 한참을 고민하던 애버딘은 뭔가 생각났다는 듯 품안을 뒤적거리더니 특수 제작이라도 한 듯한 총 길이가 리즈의 손바닥 크기로도 가려질 만한 단검을 꺼내 들었다.

"그걸로 뭐 하게?"

"위로 던져야지. 나무에든 땅에든, 단단히 박혀주면 더 좋을 거고."

그는 단검의 손잡이 부분에 밧줄을 단단히 감고는 몇 번이나 제대로 감겼는지 확인한 끝에야 그것을 힘껏 던졌다. 몇 번의 허탕 끝에 무언가에 걸린 듯 줄이 팽팽해지자 비로소 애버딘의 얼굴에는 만족한 듯한 미소가 보였다.

"내 뒤에서 밧줄 잡고 단단한가 좀 당겨 봐."

애버딘은 몇 차례 힘껏 밧줄을 잡아당겨 보며 튼튼하다는 것을 확인했지만 그래도 안심이 안 되는지 리즈까지 합세시켜 당겨보았고, 다행히 단검은 제법 단단하게 박혔는지 꿈쩍도 않고 그대로 버텨냈다.

"리즈, 너부터 올라가야겠다. 여차하면 내가 밧줄 잡아줄 테니까."

"넌?"

"너 올라가는 거 보고 괜찮다 싶음 바로 따라가고, 아님 카디프 올 때까지 기다려야지 뭐. 싫으면 내가 먼저 올라가고."

"아니, 괜찮아. 내가 먼저 올라갈래. 어차피 내가 너보다 올라갈 때 시간도 더 많이 걸릴 텐데 내가 먼저 올라가 있는 게 좋을 것 같아."

리즈의 말에 애버딘은 고개를 끄덕이고는 다시 한 번 밧줄을 세차게 잡아당겨 보았다. 잠시 후, 피스와 카디프 일행이 무사히 트리아를 꽂아뒀는지 벽은 양 옆으로 스르르 열리기 시작하자 그 광경이 신기했는지 리즈가 바짝 다가가 자세히 살피기 시작했다. 그 결과 양 옆의 틈으로 벽이 열리고 닫히는 작은 틈이 존재한다는 것을 발견할 수 있었다.

"배낭은 나한테 맡기고 가."

"응, 부탁할게. 그럼 위에서 봐."

"조심해."

리즈는 밧줄을 자신의 허리에 감고 난 뒤 밧줄을 두 손으로 꼭 쥐며 천천히 균형을 잡아가며 위로 올라갔다. 워낙 가파르기도 하지만 길 또한 장난 아니게 길었다.

끝없이 이어질 것만 같은 절벽에서 안전한 평지로 그녀가 무사히 발을 디뎠을 때, 마침 카디프와 피스는 애버딘이 있는 곳으로 돌아왔다.

"이제 피스가 올라가는 게 어때?"

"아니, 만일에 대비해 리즈한텐 스크롤이라도 있어야 하니까 배낭 지고 애버딘 너나 내가 올라가는 게 좋겠어."

"그럼 내가 올라갈 테니까 카디프 넌 피스가 무사히 올라갔는지 확인하고 나서 올라와 줘. 어차피 너에겐 밧줄 같은 거 필요도 없을 테니까."

"알았어."

애버딘은 노련하게 균형을 잡아가며 위로 올라갔고, 피스를 비롯해서 일행 모두가 무사히 절벽으로 올라왔을 땐 이미 해가 떨어져 사물을 식별하기 힘들 만큼 완벽하게 깜깜해진 뒤였다. 날씨가 제법 춥긴 했으나 팔자 좋게 불을 피워 쉴 수 있는 입장이 아닌 그들은 누가 먼저라고 할 것 없이 한숨을 푹푹 내쉴 따름이었다.

"이거이거, 어떻게 가야 하지?"

아직까지 아무에게도 들키지 않고 바닷가까지 나온 것은 좋은데 문제는 그 다음부터였다. 배가 있는 것도 아니고, 그렇다고 마법을 쓸 수 있는 것도 아니니 이곳에서 벗어날 수 있는 방법이 없는 것이다.

"야, 저거 배 아니야?"

"배는 무슨. 여기에 배가 있을 리가 없잖아."

"배다!"

"배예요!"

리즈의 말에 애버딘은 핀잔을 줬으나 그녀의 말은 곧 카디프와 피스에 의해 사실로 증명되었다.

"이런 곳에 배가 있을 리가 없는데… 이게 무슨 일이야?"

"아무튼 가보자. 배를 가지고 왔다면 아무래도 드래곤은 아닐 거 아냐."

"리즈, 뭘 믿고 그렇게 자신만만해? 만일 드래곤이면 어쩌려구?"

"드래곤일 리가 없어. 아마 얼빵하게 뱃길을 잘못 든 선원들일 거야."

리즈는 스스로에게 아예 쐐기를 박듯 배를 바라보며 단호하게 얼빵한 선원을 되풀이하고 있었다.

"저 안에 있는 건 얼빵한 선원이다. 저 안에 있는 건 얼빵한 선원이다. 휴! 됐다. 얼른 가서 사정 이야기하고 태워 달라고 해보자."

"사정?"

"얼빵하게 무인도에 떨어진 배의 승객이라고 하면 되잖아."

"…이런 데까지 배를 운행하는 사람이 있을까?"

"그럼… 에… 악독한 마법사에게 속아서 와 있다고 하면 되잖아."

"하~ 됐어. 뭐라고 물어보면 내가 대답할 테니까 나한테 맡기고, 일단 네 말대로 가보기나 하자. 분위기 수상하면 튀어야 하니까, 카디프랑 먼저 갈 테니 리즈랑 피스는 좀 거리를 두고 와."

카디프와 애버딘은 정체 모를 배의 곁으로 다가갔다. 선원들은 무엇을 하는지 분주하게 갑판에서 움직여대고 있다가는 자신들에게 다가오고 있는 애버딘과 카디프를 보며 깜짝 놀란 듯한 표정을 지어 보였다.

"이런 곳에 사람이 있네?"

"그 말은 저희가 드리고 싶군요. 이런 곳에 배라니……."

"용건이 있어서 온 거겠지? 고귀하다는 엘프까지 있는 걸 보면 수상한 녀석들은 아닌 것 같고 무슨 일인가?"

"에이~ 알면서~ 이런 데서 용건이라면 하나밖에 없지 않나요? 우릴 아무 곳이나 사람 사는 육지에 대려다 줬음 하는 거죠. 사례는 충분히 드릴 테니까 좀 태워다 주세요."

애버딘이 애교스런 목소리로 말하자 투박한 선원들은 침을 질질 흘리며 단박에 줄 사다리를 내렸다.

"하하, 이거야 원. 아가씨가 너무 이뻐서 태워주는 거니까 엘프 청년은 두고두고 저 아가씨에게 감사해야겠어. 그런데 일행이 더 있는 것 같은데? 뒤에 아가씨 둘이 더 오는 걸 보면……."

"얘 아가씨 아니… 읍!"

"헤헤헤, 신경 쓰지 마세요. 아! 뒤에 오는 두 명 다 일행 맞아요."

애버딘은 재빨리 카디프의 입을 가로막으며 시종일관 예의 그 애교스런 미소를 지어 보이며 피스와 리즈를 향해 빨리 오라는 듯한 손짓을 해 보였다.

"감사합니다. 어디까지 가시나요?"

"우리? 그거야 선장님 맘에 달렸지. 아까도 프로소에서 아렌, 아렌에서는 우리 영토까지 가는가 싶더니 대뜸 이곳으로 배를 돌리더라고. 이번엔 어디까지 가자고 할지 우리도 알 수가 없단다."

"이봐, 그런 말 함부로 해도 돼?"

"프로소라고 한들 얘들이 알 리가 없잖아. 아무튼 선장님께 보고해야 하니까 깨워."

"에엣?! 네가 깨워. 보나마나 곤히 자는 걸 깨웠다고 가만히 있지 않을 텐데… 사서 고생하고 싶지 않아."

"네가 깨워."

"싫어! 네가 깨우라니까!"

한차례 갑판 위에선 마치 게임이라도 하듯 서로에게 손가락질까지 해가며 누가 선장을 깨울 것인가에 대해 한차례 실랑이가 벌어졌고, 아무도 나서려고 하지 않자 그들을 받아들인 선원은 진지한 얼굴로 애버딘 일행들을 바라보았다.

"너희들, 이 배에 타고 싶지?"

"당연하죠."

"그래, 그럼 너희들이 보고하고 와라."

"네엣?!"

"우린 너희 잘 방 배치해 둘 테니까 너희가 보고하고 오라구."

황당한 선원의 말에 애버딘은 다소 어이가 없긴 했지만 배는 타고 가야 하니 어쩔 수 없었다.

"좋아요. 선장님 방이 어디예요?"

"아래로 내려가서 좌측 통로 끝."

"일행들 좀 부탁드릴게요."

"그런 문젠 걱정 마."

'하아~ 뱃사람은 다 용맹하다더니 선장한테 왜 저렇게 쩔쩔매는 거야? 대체 그 선장이란 자가 어떤 자기에……'

애버딘은 선장의 방 앞에 다다르자 약간의 심호흡을 하며 문을 두드렸으나 선장은 깊이 잠들었는지 안에서 별 기척이 들려오지 않았다.

"깊이 잠든 건가?"

애버딘이 살짝 문고리를 돌려보자 문은 의외로 열려 있었다. 그리고 침대 위에 누워 있는 선장의 곁으로 다가간 그는 자신도 모르게 흠칫 비명을 질렀다.

"마녀!? 왜 이곳에 마녀가 있는 거야!"

〈 3권에 계속 〉

외전(外傳)
또 하나의 이야기

또 하나의 이야기

쏴아아—

땅바닥의 흙이 비로 인해 푹 파일 정도로 비는 거침없이 퍼부어대고 있었다.

"사과하거라, 레서스"

샤아플린의 제2왕위 계승자 레서스. 그가 자신보다 서너 살은 어려 보이는 여자아이 앞에 고개를 숙였다.

"리즈님께 다시는 그런 무례를 범하는 일이 없도록 하겠습니다."

아직 어린 소년의 입에서 나온 말이라고는 생각하기 힘들 정도의 정중한 사과의 말이었다. 왕은 그제야 만족했다는 듯 시선을 여자아이에게로 돌리며 부드러운 미소를 지었다.

"리즈야, 아빠가 재밌는 이야기를 해줄 테니 함께 방으로 갈까?"

"응! 오빠, 안녕. 이다메 또 노라줘!"

리즈라 불린 여자아이는 왕의 손을 붙잡고 레서스의 시야에서 천천히 사라져 갔다. 자신에게는 한 번도 보여준 적 없었던 아버지의 상냥한 미소, 그리고 언제나 왕이 될 자로서, 왕자로서의 위엄을 지키라던 그것을, 지금 껏 지켜왔던 그가 스스로를 지칭했던 평민들이나 쓰는 '아빠'라는 단어에 레서스는 문득 이 공간에서 자신만이 이질감을 주는 존재라는 사실에 왠지 모를 고독감을 느꼈다.

"…핫! 하하하하하하핫!"

그는 허망한 웃음을 터뜨렸다. 결국 아버지라는 사람 역시 정통 후계자에게 쏟는 애정은 자신에게 쏟는 그것과는 틀리다는 소리인가?

"제기랄!"

그는 하얀 대리석으로 만든 기둥을 주먹으로 세차게 내려쳤다. 결국은 리즈가 허수아비가 아니라 자신이 허수아비라는 소리다. 레서스는 눈을 가늘게 치켜뜨며 천장을 바라보았다. 자신이 아주 어렸을 때 언제나 골골거리던 리즈가 또 한 번 쓰러지자, 그녀를 진찰하러 온 모든 의사에게서 다섯 살을 넘기지 못할 거라는 진단을 받았다. 몸 자체가 병약하거니와 면역체가 잘 생기지 않는 특수 체질이었던 것이다.

왕은 자신의 어린 막내딸이 얼마 살지도 못한다면 구태여 왕가의 예의범절이라는 족쇄에 묶어두고 싶지 않았던 모양이었다. 그 덕에 그녀는 높은 지위에 있는 귀족이나 왕가의 사람들이라면 누구나 꿈꾸었을 법한 자유를 얻게 되었다.

나라 안을 샅샅이 뒤져 맡은 아이를 밝고 건강하게 길렀다는 평을 듣는 여자들을 고르고 골라 잠을 자면서도, 우는 아이를 달랠 수 있을 정도의 실력을 가진 유모를 얻기에 이르렀다. 그녀의 신분은 평민이었으나, 그것 역시 리즈가 밝고 명랑한 아이로 자라기에 좋은 환경이 되어주었다. 귀족의, 혹은 왕족의 자제를 기르는 데 도가 터 있는 유모들의 신분 역시 하급 귀족들.

그런 자들은 얌전히 밥 먹는 아이조차 제대로 먹을 수 있게 놓아두질 않는다. 포크질이 어땠느니, 나이프는 어떻게 쥐어야 한다느니, 어느 정도를 남겨야 품위있는 것인지에 대해서 일일이 늘어놓으며 그들의 말을 듣지 않을 경우에는 식사를 빼앗기도 하는데 밥이 편하게 목구멍으로 넘어가겠는가? 그러니 평민의 유모를 둔 쪽이 오히려 큰 득이었을 수밖에.

그러나 성에 있는 모든 사람들은 평민에게 딸을 맡긴 왕의 처사가 그녀를 버린 것쯤으로 보여졌을 것이다. 그러니 성의 모든 사람들은, 심지어 백성들까지도 그녀에 대한 예의를 깍듯이 지키지 않았다. 물론 어린 그녀에게 공주에 대한 일종의 예는 갖추었으나, 그것은 어디까지나 허울 좋은 공주에 대한 예의였고 제1왕녀에 대한 예의는 아니었다. 리즈에게 돌아가야 했던 모든 것은 이미 실질적인 후계자라고 여겨졌던 레서스의 몫이 되었던 것이다.

리즈의 어머니인 아이리스는 리즈를 낳고 얼마 지나지 않아 살아서는 영원히 닿을 수 없는 곳으로 거주지를 옮겨 버렸지만, 왕은 그녀를 끔찍이도 사랑했으므로 어디까지나 정비의 자리는 비워두고 있었다. 그러나 어디까지나 정비의 역할은 비워둘 수 없는 법. 유일한 귀비인 레서스의 어머니가 그 자리를 대신하고 있었으니, 당연히 레서스의 세력은 위풍당당할 수밖에 없었다. 어디까지나 리즈는 허수아비였다.

샤아플린이 어떤 나라이던가! 남성이 여성보다 절대적인 우위에 서 있는 나라다. 성별이 어떻든 정통성, 즉 핏줄의 고귀함을 우선시하긴 하지만, 그 고귀한 핏줄을 잇는 유일한 정통 후계자인 리즈가 다섯 살까지밖에 살지 못한다는데 어쩌겠는가! 더군다나 레서스의 어머니가 출신을 알 수 없는 평민이 아닌, 어엿한 실세의 세력을 지닌 귀족의 딸이었으니 말이다. 그런 그녀가 귀비가 된 사연은 이러했다.

아이리스는 오랫동안 아이를 임신하지 못해 자의 반 타의 반으로 정비의 자리에서 물러났고, 그때 정비의 자리에 추대된 것이 지금의 귀비, 즉 레서스의 어머니인 비오젬이었던 것이다. 그녀는 왕가로 시집와서 얼마 지나지 않아 아들인 레서스를 낳았지만 정비의 자리에 추대되는 일은 없었다. 아니, 오히려 처음 왔을 때보다도 왕은 자신을 가까이 하지 않으려 한다는 걸 느끼게 되었다.

그녀는 오로지 후계자를 잇기 위한 하나의 수단으로써 여겼던 것이다. 어느덧 그녀의 가슴속에는 한이 서리기 시작했고, 왕은 그것에는 아랑곳없이 몇 년의 노력 끝에 아이리스를 다시 정비의 자리로 복귀시켰다. 이로써 그녀는 아이리스가 죽지 않는 한 정비의 자리는 넘볼 수 없는 처지가 되어버렸고, 그녀의 사정이야 그렇든 말든 상관없이 그 이듬해 아이리스에게서 리즈가 태어났다. 이로써 아이리스와 리즈는 정비와 왕의 제1후계자로서의 자리를 확고히 다져 나가는 듯했으나 아이리스는 다시 정비가 된 보람도 없이 허무하게 죽어버렸고, 남은 리즈마저 건강이 위태로운 상태였다.

정계는 다시 비오젬을 정비로 책봉하자는 문제를 거론했으나, 왕은 자신이 사랑했던 아이리스가 그들 때문에 마음 고생만 하다가 죽었다며, 그 자리에서 비오젬의 정비 문제를 거론하던 신하들을 해직시켜 버렸다(이것은 그로서는 매우 관대한 처사였음을 밝혀둔다). 비오젬의 문제는 둘째치더라도 어차피 왕의 후계자는 레서스가 될 터—리즈는 너무나도 병약했다. 잘 놀다가도 한순간에 당장이라도 죽을 것만 같이 열이 펄펄 끓어오르고는 해대니, 그녀가 여왕이 될 때까지 살 것이라고는 생각하는 바보 멍청이가 어디 있겠는가? 게다가 왕은 리즈를 레서스보다 위하지 않는다고 화를 낸 적도 없다. 암암리에 그를 후계자로 인정하고 있다는 소리밖에 더 되겠는가—그렇기에 사람들은 비오젬과 레서스의 눈밖에 나지 않으려 최대한 애를 쓰고 있었다.

나라는 왕이 다스리지만, 귀족들은 비오젬의 손아귀에서 놀아난다. 그럼으로써 귀족이 소유한 백성들은 비오젬이 다스리게 되는 꼴이 나오는 것이다. 물론 귀족들도 바보가 아닌 다음에야 적당히 눈치껏 왕의 눈밖에 나지 않게 처신하기 때문에 왕은 이 사실을 심각하게 여기지 않는다. 비오젬은 왕을 바보로 만듦으로써 일종의 복수를 하고 있었던 건지도 모른다. 그러나 그러한 그녀의 복수는 결국 실패로 돌아가 버렸다.

왕이 선택한 평민의 유모가 어떤 마법을 쓴 것인지 골골거리며 곧 죽을 것만 같았던, 실제로도 다섯 살 이상은 살지 못할 거라는 리즈가 여섯 살의 생일을 활짝 웃으며 맞이할 정도로 점점 건강해져 갔던 것이다. 당연히 시간이 지나감에 따라 귀족들의 태도는 조금씩 리즈 쪽으로 치우쳐지고 있었다. 무엇보다 큰 변화는 이제까지 리즈의 생활에 대한 언급이 없던 왕이 슬슬 리즈에게 교육이라는 것을 시키려 하고 있었다는 것을 꼽을 수 있다.

이제까지는 공주가 갖춰야 할 예법보다는 어디까지나 그녀가 흥미를 느끼는 것을 우선시하긴 했지만, 왕의 이런 처사는 이제까지 거의 포기하고 있었다고 생각했던 이들의 생각을 뒤집기에는 전혀 부족함이 없는 행동이었다. 하지만 비오젬과 왕의 문제, 또는 귀족들과 백성들의 문제가 어찌 되는가는 레서스에게 그다지 심각한 문제가 아니었다.

그에게 중요한 것은 리즈를 일컬어 '허수아비'라고 부르던 녀석들이 자신을 순식간에 '바보, 천치된 허수아비'로 여길 것이 끔찍하다는 것이다. 그들이 그렇게 느끼든 아니든 그에게 내색할 리

야 없지만, 스스로가 그렇게 느끼는 것에야 자격지심이라고 해도
할 말이 없었다.

"나는 허수아비가 아니다."

열두 살 소년의 애처롭지만 섬뜩하리만치 차가운 목소리가 세
차게 내리는 빗소리에 묻혀 버렸다.

"뭐?! 다시 한 번 말해 봐!"

샤아플린의 안주인. 그러나 지금까지 귀비로서의 칭호밖에 얻지
못한 그녀 비오젬의 목소리가 분노로 인해 높아지자, 시녀는 자신
에게 불호령이 떨어질까 두려운 나머지 몸을 잔뜩 웅크렸다.

"레서스가 리즈에게 먼저 말을 걸었다가 왕에게 야단을 맞았단
말이지?! 아니, 오래비가 먼저 말을 걸었다고 야단을 친다고?! 하!
어이가 없군! 어이가 없어!"

'리즈님은 아무래도 제1왕위 후계자니까……'

시녀는 입 밖으로 내뱉지 못할 말을 속으로 되뇌이며 불같이
화를 내고 있는 비오젬을 바라보았다.

'귀비님은 솔직히 그동안 리즈님께 너무했었죠.'

그러나 그녀는 몇 초 간의 자유로운 혀 놀림과 목숨을 바꿀 만
큼 어리석지 않았다. 그저 화가 나서 펄펄 뛰고 있는 비오젬의 화
가 이대로 가라앉길 바랄 뿐.

"흥! 내가 이대로 가만히 있을 줄 알아!? 역시 그 계집애가 화
근이야. 어차피 명도 짧은 계집애 신경 쓰지 않으려 했지만, 그냥
두면 안 되겠어."

그녀가 우려하던 일이 벌어졌다.

"너! 빨리 가서 레서스를 불러오도록 해. 만일 싫다고 하면 멱
살을 잡고서라도 끌고 와!"

그녀는 눈앞이 캄캄해져 왔다. 분명 레서스는 심기가 불편할 터, 오지 않을 거라고 할 게 분명하다. 그런 그를 어떻게 멱살을 잡아서 질질 끌고 올 수 있겠느냔 말이다. 왕족에게 조그마한 상처라도 낸다면 가문이 멸해진다는데, 그렇다고 비오젬의 말을 '싫어! 그 자식 되~ 게 똥고집쟁이라고! 말이 쉽지, 할 수 있으면 네가 한번 끌고 와봐!' 라고 할 수도 없는 것. 그녀는 일단 공손하게 인사를 한 뒤 레서스의 방을 향해 가기 싫은 발걸음을 억지로 돌렸다. 곧장 레서스의 방으로 가기는 어렵고—원래 왕가라는 게 이것저것 짜증나는 절차가 많은 만큼—레서스 직속 시녀장에게 가야 할 터, 그나마 레서스를 집적 만나 귀비가 오라더라는 말을 전하는 것보다는 쉽다는 생각에 그녀는 가벼운 한숨을 내쉬었다.

똑똑—

"누구야?"

"오늘 귀비님의 시중을 맡은 시녀입니다."

"그래? 귀비님께서 왕자님께 뭔가 하실 말씀이 있으시다고 하더냐?"

지그시 나이를 먹은 중년의 부인이 다소곳이 문을 열고 나와 그녀를 바라보았다.

"왕자님을 빨리 모셔오라고 하셨습니다만……."

"왕자님은 심기가 불편하셔서 못 가신다. 씨알도 먹히지 않는 소리 말고 냉큼 가거라."

"그게……."

"뭘 머뭇거리고 있는 거냐? 빨리 가라는데!"

"그게… 귀비님께서 안 온다고 하시거든 멱살이라도 잡고 오시라고 하셨단 말입니다."

시녀는 금방이라도 눈물을 떨어뜨릴 듯 울상을 짓고는 중년 부인에게 원망의 눈빛을 보냈다. 그녀는 시녀의 눈빛에는 아랑곳없이 레서스의 유모의 방을 향해 거의 달리듯 걸음을 재촉했다. '망할 것! 진작에 그렇게 말할 일이지'라는 푸념을 잊지 않으며.

똑똑!

"누구죠?"

"유모님! 귀비님께서 당장 왕자님을 모시고 오라고 하셨습니다!"

"시녀장? 하지만 왕자님께서는 지금 그곳에 가실 기분이 아닐 텐데… 적당히 병이 나서 못 간다고 둘러대거라."

"귀비님께서 어떤 분이신지는 유모님께서 저보다 더 잘 아시지 않습니까? 제가 여기까지 온 거라면… 지금 그분의 심기가 어떤 상태인지 모르시겠습니까?"

"설마 귀비님께서 리즈님과의 일을 아신 건가?"

"아마도."

"자, 잠시만 기다리게."

유모는 당황한 표정을 수습하지 못한 채 민망할 정도로 육중한 몸을 뒤뚱거리며 뛰기 시작했다. 덕분에 왕자의 방에 도착하기까지의 한참 동안을 중후한—물론 그 중후는 뚱배의 두께와 상당히 관련이 깊다 할 수 있겠다—그녀의 아랫배는 파도치는 물결 마냥 출렁거리고 있었고, 땀으로 번들거리는 이마를 연신 손으로 닦아내는 동작을 반복하고 나서야 다다른 목적지 앞에서 그녀는 잠시 숨을 가다듬고는 곧 문을 살짝 두들겼다.

똑똑!

"접니다, 왕자님. 계신 줄 알고 있으니 문 좀 열어주십시오."

문이 푸르스름한 빛을 내뿜자 곧 이어 레서스의 목소리가 들려왔다. 아마도 암살자와 왕궁의 사람을 가리기 위해 걸었을 마법이 안전하다는 것을 알리는 빛을 뿜어내자 왕자가 문을 열려는 모양이었다.

"안으로 들어와."

이 세상 고민이라는 고민은 자기가 다 가지고 있다는 듯한 표정의 소년이 얼굴을 빠끔히 내밀자, 유모는 자신의 경직된 표정을 풀기 위해 상당히 애를 써야만 했다.

"무슨 일이지?"

"귀비께서 왕자님을 모셔 오라고 하셨습니다."

"…가고 싶지 않아. 아프다고 해."

"어머님께 그런 거짓말은 좋지 않습니다."

억지 웃음이라 눈과 입이 따로 놀고 있는 자신의 유모를 바라보며 레서스는 자신의 어머니가 화가 나서 자신을 찾는 것이라는 것을 대강 눈치 챌 수 있었다.

"무슨 일로 오라고 하시는 건지 알아?"

"잘 모르겠습니다만, 어차피 가보면 알게 될 것, 서두르시지요."

"알았어. 혼자 다녀올 테니까 아무도 따라오지 말라고 해."

"다녀오십시오."

유모가 공손히 그를 향해 고개를 숙이자, 그는 어린아이답지 않게 길게 한숨을 내쉬고는 그대로 귀비의 방으로 발걸음을 옮겼다.

똑똑!

"레서스입니다. 들어가도 되겠습니까?"

"기다리고 있었습니다. 어서 들어오도록 하세요."

평상시의 반말은 온데간데없는 것을 보니, 비오젬의 방에는 그녀가 아닌 다른 사람이 있는 듯했다. 그는 잠시 무슨 일일까 머뭇거리다가 문을 열려던 손에 힘을 주었다. 적어도 다른 사람이 있다는 것은 그가 혼날 것은 아니라는 말이기에.

"생각보다 안색이 좋아 보이시는군요."

그녀는 약간의 미소와 함께 자신의 아들을 바라보았다. 울었는지 눈동자가 새빨간 것이 꼭 토끼 눈같이 느껴졌다.

'내 아들 눈에서 당신으로 인해 눈물이 쏟아졌으니, 불쌍한 왕이시여! 당신의 딸은 나로 인해 피를 토해내야 할 것이오.'

비오젬은 속으로 이를 악물었으나 겉으로는 그저 아무렇지도 않다는 듯 미소를 지으며 자신의 곁에서 고개를 숙이고 있는 한 남자를 바라보았다. 180이 조금 넘는 키에 우락부락한 근육, 강해 보이는 분위기를 풍기는 남자였으나 그의 얼굴에서는 조금의 자만심도 보이지 않았다. 다만 무엇인가를 억눌러 참는 듯한 표정만이 역력했다.

"인사해요, 레서스 왕자님. 이쪽은 드래곤 슬레이어 자일런트 경입니다."

"반갑습니다, 자일런트 경."

"미래의 샤아플린의 주인 레서스님을 뵙게 되어 영광입니다."

"호호호홋, 자일런트 경은 금방 사람을 알아보는군요. 당신이 알고 있다시피 레서스 왕자님은 이 나라를 이으실 분입니다. 그런 레서스 왕자님을 대하는 이 나라의 귀족들이라는 작자들… 최근에 들어서 태도가 매우 불경스럽더군요."

"그럴 리가 있겠습니까?"

"그럴 리가 있으니까 당신을 불렀죠. 당신의 아들… 그레이라고 했었나?"

순간 자일런트의 눈빛이 흔들렸다.

"무슨 말씀을 하고 계시는 겁니까?"

"해츨링과 그대의 아들의 안전을 교환해 드리죠."

"네?! 지금 무슨 말씀을 하고 계시는 건지……."

"못 알아들어요? 보기보다 상당히 머리가 나쁘시군요."

"지금 저더러 헤츨링을 가져오라고 하시는 겁니까?"

"거참, 알아들으면서 왜 못 알아듣는 척을 하고 그럽니까. 뭐… 어쨌거나 좋아요. 이 자리에서 아예 당신에게 확답을 받기로 하죠. 물론 비밀은 보장되어야 하고, 기간을 넘겨서도 안 되고, 아! 한가지 더 추가하죠. 헤츨링은 꼭 살아 있어야 합니다. 아주 싱싱한 놈으로."

"귀비님, 당신은 헤츨링이 무슨 시장 터에서 구해 오는 생선쯤인 걸로 착각하고 계시는 겁니까?"

"무례하군요. 나 정도의 지위에 있는 자라면 얼마든지 가능한 이야기죠. 물론 그대의 안전이야 어찌 되든 내 알 바 아닙니다. 절대로 왕가에, 아니, 적어도 나와 관련된 자들의 피해는 없어야 한다는 것쯤은 기본으로 알아두세요. 아! 뭘 몰라도 한참 모르는 것 같아 알려두는 건데, 당신처럼 하루 아침에 귀족이 된 자들을 일컬어 뭐라고 하는 줄 압니까?"

그녀는 그를 똑바로 쏘아보며 마치 징그러운 벌레를 보는 듯한 시선을 노골적으로 보내고는 한마디 한마디에 힘을 주었다.

"거.머.리.라고 하는 겁니다. 왕족에게 붙어서는 백성의 피를 빨아먹는 거머리."

"말… 씀이 지나치십니다."

그의 굳게 다문 입술에서는 피가 흘러나오고 있었다.

"저런~ 저런~ 입술을 잘못 깨무셨군요."

그녀는 안됐다는 투로 말하고는 그에게 등을 돌렸다.

"기한은 3일입니다. 리즈의 생일까지는 무슨 일이 있어도 헤츨링을 구해오세요. 그리고 이것만은 꼭 명심하세요. 당신의 눈에 넣어도 아프지 않을 아들 그레이의 목숨이 내 손에 달려 있음을……"

"인정하죠. 제가 거머리라는 것을. 그러나 당신은 그 거머리 덕에 살고 있는 빌어먹을 기생충임을 알아두십시오."

짝!

날카롭게 공기를 가르는 소리와 함께 그녀의 손은 자일런트의 뺨을 향해 돌진했다. 그는 자신의 부어오른 왼쪽 뺨을 쓰다듬으며 레서스를 향해 씁쓸한 미소를 지어 보였다.

"좋은 왕이 되려면 당신의 백성이 고통받고 있는 것을 못 본 척하시면 안 됩니다. 그로 인해 당신의 백성이 당신을 떠나는 꼴을 보고 싶지 않으시다면 말입니다. 아무튼 3일 뒤 다시 뵙죠. 빌어먹을! 하하하핫!"

자일런트는 누구에게 하는 소리인지 모를 마지막 '빌어먹을!'을 외치며 씁쓸한 미소를 흘리며 그들의 방에서 벗어났다.

'빌어먹을! 빌어먹을! 빌어먹을!'

자일런트의 머리 속에는 끝없이 '빌어먹을!'이라는 단어가 맴돌고 있었다. 그는 비오젬이 샤아플린을 망치는 꼴을 보고 싶지 않았다. 레서스 왕자가 왕위를 잇는다면 실질적인 패권은 비오젬이 잡는 것이다. 무엇 때문에 그녀가 해츨링을 필요로 하는지는 말하지 않아도 뻔한 일. 그러나 해츨링을 납치한다는 것은 납치하는 당사자인 자신이 죽는다는 의미는 둘째치고라도, 자신의 조국을 멸망시키고 싶어 환장했다는 소리다.

그녀의 명령은 그가 죽는다 하더라도 복종할 수 없는 것. 그러나 자신의 단 하나밖에 없는 혈육 그레이. 눈에 넣어도 아프지 않을 아들인 그는 평소에도 바쁜 업무로 인해 사랑해 주지 못했으며, 현재 왕가에서 기사 훈련을 명목으로 붙잡혀 있다. 현존하는 샤아플린 유일의 드래곤 슬레이어 자일런트를 복종시키기 위한 유일한 수단으로써. 생각만 해도 피가 거꾸로 흐르는 기분이다.

"영웅이 될 것인가, 아버지가 될 것인가의 문제로군. 호호 호……."

그의 입술에서는 또다시 붉은 선혈이 흐르고 있었다. 웃는 것인지, 우는 것인지 모를 흐느낌 소리에는 비장함마저 서려 있었다. 이윽고 고개를 번쩍 든 그의 눈에서는 모든 것을 포기한 듯한 죽음의 빛이 감돌고 있었다. 현존하는 샤아플린 최고의 영웅이라 불리는 드래곤 슬레이어 자일런트 경. 그는 아버지로서 남겨지는 쪽으로 결심을 굳혀 버린 것이다.

"해츨링을 잡아와서 도대체 어떻게 하실 셈이죠?!"

어린아이의 입에서 나온 말이라고는 상상하기도 힘들 정도로 정중한 말투.

"호호호, 왜 그것이 제가 하는 일이라 생각하시죠, 전하? 그것은 그 미천한 당신의 백성이 하는 일이고, 당신은 그 쓸모없는 백성에게서 당당하게 해츨링을 구해주는 역할을 하시는 겁니다. 오로지 왕자의 고귀한 위엄, 그 하나만 가지고 말입니다."

어머니가 아들에게 하는 말이라고는 생각하기 힘든 정중한 말투.

"어… 째서……?"

"당신은 샤아플린의 왕위를 이어받을 왕자입니다. 명심하세요. 리즈 따윈 당신의 발끝도 따라가지 못할 것입니다. 성대한 그녀의 생일 파티 때 골골거리며 힘들게 연명하는 목숨을 편하게 해주는 선물 정도는 그녀에겐 과분한 것이죠."

"피곤하군요. 이만 물러가겠습니다."

"전하, 제게 존대하실 필요는 없습니다. 물론 지금의 왕은 제외가 되겠지만, 앞으로는 제가 아닌 다른 그 누구에게도 존대를 하실 필요가 없을 겁니다. 당신은 세상에서 가장 높은 자이며, 가장 고귀한 자가 될 테니까요. 호호호! 편히 쉬세요."

비오젬의 목소리가 그의 귓가에 울렸다. 간신히 문을 열고 나서는 그에게 어찔한 현기증이 느껴져 왔다. 그것은 달콤한 유혹이었다. 내 자리를 되찾는다. 있으나마나 한 여동생 따위가 없어진다 해서 달라질 것은 아무것도 없다. 전혀 거리낄 것 없이 그 자신의 위치를 되찾을 수 있다.

그러나… 그의 가슴 한구석에서는 과연 이래도 좋은 걸까 하는 소리가 들려왔다. 어머니는 아무도 자신을 무시할 수 없게 이제까지 모든 것을 자신의 발 아래에 두고 한평생을 보내신 분이다. 절대로 그에게 해가 될 행동을 할 리는 없었다. 이대로 모든 것을 어머니에게 맡기고 그는 편안해지고 싶었다. 모든 것은 리즈… 그 아이의 여섯 살 생일이면 결판이 날 터.

그는 두근거리는 가슴을 진정시키며 이곳을 향할 때보다 한결 가벼워진 발걸음으로 이곳을 벗어났다.

리즈의 여섯 살 생일을 하늘도 축복하듯 날씨는 그 어느 날보다도 화창했으며, 이날의 주인공인 꼬마 여자애는 상다리 부러지도록 차려진 수만 가지 음식에 눈독을 들이며 이것저것 찝쩍이며 자신의 소유권임을 표시해 두기에 바빴다. 그중에서도 식사를 허락하는 소리가 떨어지면 제일 먼저 달려갈 곳은 누가 뭐라고 한들 커다란 6단 초코 케이크. 벌써부터 입 안에 군침이 도느라 그녀는 꿀꺽꿀꺽 침 삼키는 소리를 내고 있었으며, 그 곁에는 흐뭇한 표정으로 이제까지 그녀를 건강하게 길러낸 유모가 든든하게 붙어 있었다.

리즈는 그녀의 눈치를 살피며 가장 근처에 있던 딸기 머핀과 쿠키들을 주머니에 쑤셔넣었다. 고사리 같은 작은 손에 쥐면 얼마나 쥐겠냐마는 그녀는 제 욕심껏 챙겨넣었다고 생각했는지 살짝 볼록해진 자신의 주머니를 만족스럽게 바라보고 미소를 짓는 것이 아닌가.

유모는 간신히 웃음을 억누르며 그것을 관대하게 모르는 척해 주기로 했고, 이윽고 그녀의 생일 파티의 시작을 알리는 커다란 트럼펫 소리가 들려왔다. 귀족들은 하나둘 등장해서는 그녀를 삥 둘러싸고 축하의 인사를 건넸고, 그중에서는 리즈를 자신의 친딸처럼 아끼고 귀여워해 주던 자일런트도 끼어 있었다.

"아저씨~ 이~"

리즈는 제법 애교를 부리며 자일런트에게 폭 안기었다. 그는 그런 그녀를 바라보며 씁쓸하게 미소를 지었다.

"생일 축하드립니다, 공주님."

리즈는 주머니에서 딸기 머핀을 하나를 꺼내 들고는 유모 몰래 건네주며 귓속말을 걸었다.

"이거 아저씨 혼자 다 머거요. 유모한테 이르면 나 아저씨 미워 할 꼬예요."

리즈는 그것이 무척 큰 비밀이라도 되는 양 입가에 손가락까지 대며 슬금슬금 그의 눈치를 보았다. 그는 사람 좋아 보이는 너털웃음을 짓고는 고개를 끄덕였다. 그녀는 그런 그의 모습에 만족했다는 듯 다른 곳을 돌아다보았다. 그리고는 곧 자신의 또래로 보이는 눈물이 그렁그렁한 금발 머리의 꼬마 애에게서 시선이 멈추었다.

"아저씨, 애는?"

그는 애써 리즈의 질문을 회피하려 하며 다른 귀족들과 인사를 나누었으나, 리즈는 계속 꼬마 아이에 대한 호기심을 접지 않았다. 금방이라도 눈물을 떨어뜨릴 듯한 그 아이 역시 리즈가 자신을 바라보고 있음을 느꼈는지 그녀를 바라보았다. 둘의 시선이 마주

치자 리즈가 먼저 그 꼬마에게 싱긋 웃어 보이며 말을 걸었다.

"꼬마야… 왜 우러?"

"……."

"꼬마야… 너, 마 몬하니?"

누구보다 똑똑하고 마음씨도 여린 그녀는 받침이 있는 발음을 잘하지 못한다는 단점을 가지고 있었다. 그랬기에 그녀의 영특함을 눈치 챈 사람은 그렇게 많지 않았다. 그리고 그녀 역시 사람들의 시선 따위는 그다지 신경 쓰지 않았다. 그녀가 현재 신경 쓰이는 거라면 울먹일 듯한 꼬마 애였다.

"꼬마야… 너 이거 머거."

리즈는 망설이는 듯하더니 곧 마지막으로 남은 딸기 머핀을 꼬마의 손에 꼭 쥐어주었다. 꼬마는 리즈를 바라보며 고개를 끄덕이고는 그 머핀을 먹기 시작했다. 리즈의 입에서는 군침이 흘렀으나 차마 꼬마에게 나눠 달라는 소리는 못하고, 그저 머핀이 사라지는 것을 구경할 수밖에 없었다.

"꼬마야, 마신니? 엄마는 어디 써?"

고개를 설레설레 흔드는 꼬마를 바라보며 리즈는 생긋 미소를 지었다.

"우리 엄마도 업는데… 이짜나 꼬마야, 내가 네 엄마 해주께. 우지 마."

리즈는 꼬마의 손을 꼭 붙잡고는 주머니에 있는 쿠키마저 꺼내주었다. 그 말이 효과가 있었든지 어느새 꼬마의 눈에는 눈물이 걷혀 있었다. 그러나 그들의 대화는 거기서 중단될 수밖에 없었다. 리즈는 어디까지나 오늘 파티의 주인공이었던 것이다.

"공주님, 어서 오세요. 폐하께서 기다리십니다."

유모의 말에 그녀는 키가 작아 잘 닿지도 않는 자신의 손을 간신히 꼬마의 머리에 올리고는 열심히 쓰다듬었다. 그리고는 엄마가 자식에게 그러하듯 애정이 듬뿍 담긴 목소리로 말했다.

"나 가따 오께. 여기 이써."

꼬마는 미소를 지으며 고개를 끄덕였다. 아버지에게로 인도된 리즈는 귀족들이 건네는 축하 인사와 선물을 받느라 음식을 먹어도 된다는 허락이 떨어졌어도 초코 케이크 근처에도 가지 못하고는 꼼짝없이 붙들려 있었다. 그 커다랗던 초코 케이크는 거의 절반 가까이로 줄어들었고, 그에 따라 그녀의 인상도 점점 일그러지기 시작했다. 이에 아랑곳없이 어른들의 관심사는 일상적인 이야기였다. 이제 그만 놓아줘도 좋으련만. 조마조마한 마음으로 초코 케이크를 바라보고 있던 그녀에게 이제까지 자신을 예뻐해 주던 자일런트가 다가왔다.

"생일 축하드립니다, 공주님. 그리고 저의 선물은……."

이제까지와는 전혀 다른 싸늘하고도 낯선 그의 음성. 그는 아까 그녀가 보았던 꼬마의 목에 검을 겨누며 말했다.

"이 해츨링입니다. 더불어 당신의 죽음도 함께."

꼬마는 울음을 터뜨렸으나 목소리가 밖으로 새어 나가지 않았다. 사람들은 해츨링이란 말에 혼비백산한 듯 주춤주춤 뒤로 물러섰다. 다른 사람의 입에서 나온 소리라면 미친놈이라고 매도하겠지만, 드높은 긍지를 가진 드래곤 슬레이어 자일런트의 입에서 나온 소리라 헛소리로 치부하기엔 무리가 있었던 것이다. 다들 어찌할 바를 몰라 당황한 가운데 벌떡 일어나 그의 곁으로 다가오는 자가 있었으니, 겨우 열두 살짜리의 소년… 레서스였다.

물론 이 모든 상황은 잘 짜여진 각본대로며, 그것을 모르는 사람들은 저마다 '위험해요, 왕자님!' 또는 '자일런트 경! 이 무슨 무례인가?!' 하는 통 돼지 구이 뒷다리 씹는 소리들이나 외쳐 대고 있었다.

"자일런트 경! 그 검을 거두시오."

여전히 어린애가 내뱉은 대사라고 생각할 수 없는 고풍스러운 말투. 자일런트는 움찔한 가운데 금발의 꼬마에게 더 더욱 가까이 칼을 들이밀었다. 금방이라도 불쌍한 꼬마의 눈에서는 눈물이 뚝 뚝 떨어지고 있었다.

"아저씨, 꼬마가 우러요. 그러지 마라여."

자일런트의 코앞에 있던 리즈는 그의 옷자락을 살짝 잡아당겼다. 자일런트는 화들짝 놀란 나머지 그녀에게서 한 발짝 떨어졌다. 그런 그를 보며 비오젬은 양미간을 살짝 찌푸렸다. 저 꼴을 보건대 리즈를 살해한다는 계획은 틀어져 버린 것이리라.

어찌 되었든 자신의 아들은 각본대로 움직여 주고 있었다. 아주 당당하게 자일런트를 정면으로 쏘아보며 애야 울든지 말든지 관심이 없었다. 그의 시선은 당연히 위험해 보이는 검에 가 있었다.

"자일런트 경! 국왕의 앞에서 검을 뽑아 든다는 것은 반역죄에 해당되오. 당신의 아들 그레이를 생각해 보시오!"

어디선가 레서스보다 서너 살은 더 먹었을 듯한 소년이 불려 나왔다. 레서스는 의기양양하게 외쳐댔다.

"당신의 무례를 용서해 주겠소. 해츨링을 놓아주시오."

자일런트는 눈을 질끈 감으며 금발 꼬마의 가슴에 검을 꽂았다. 꼬마는 비명도 지르지 못하고는 그대로 눈을 감았고 자일런트는 그대로 리즈에게로 다가갔다. 사람들은 비명을 지르며 황급히 리즈를 지킨답시고 나섰으나 한 박자 느린 동작이었다. 해츨링을 찌르다니… 예정에 없던 행동에 놀란 레서스를 뒤로한 채 그는 한쪽 무릎을 꿇으며 리즈의 손등에 키스했다.

"미래의 샤아플린의 주인이 되실 공주님. 나의 아이… 그레이를 부탁합니다. 부디… 당신을 밀어내려는 불온한 세력에 지지 말아 주십시오. 당신은 샤아플린의 주인입니다!"

그리고는 워프 가루를 자신의 몸에 뿌렸다. 순식간에 사라진 그를 허공에 대고 부른다 해도 그는 돌아올 리 없었다. 애꿎게 그 자리에 망연자실하게 남았던 그레이만이 체포되는 웃기지도 않는 광경이 연출됐을 뿐. 파티는 중지된 듯했으나 자리를 뜬 사람은 아무도 없었다. 그도 그럴 것이 사람들은 피를 흘리며 쓰러져 있는 꼬마 아이를 바라보며 그것이 해츨링이었는지 사람이었는지에 대해 저마다 지껄여 대고 있었다. 죽어가는 아이를 바라보며.

"아빠… 저 꼬마 나 주세요."

리즈의 말에 이제까지 멍한 표정을 짓고 있던 국왕이 무심코 고개를 끄덕였다. 리즈가 죽어가는 아이에게 무슨 짓을 할 리도 없고 해코지당할 리도 없다 싶어서였다. 리즈는 그 꼬마에게로 다가갔다.

"피가 멈춰요. 아프미 나라가요. 애기가 다 나았어요."

언젠가 넘어져서 무릎에 피가 나는 걸 보며 유모가 치료해 줄 때를 떠올리며 그녀는 꼬마 아이가 낫길 간절히 기도했다. 아무도 그녀에게 신경을 쓰는 자는 없었으나 곧 일행은 그녀에게 신경을 집중할 수밖에 없었다. 그녀의 손에 푸르스름한 기운이 맺혀졌고, 그 기운이 꼬마 아이의 상처를 말끔히 치료했기에.

그 모습에 레서스마저 넋이 나간 듯 아무 행동도 하지 못한 채 그녀를 바라보고 서 있을 수밖에 없었다.

"기, 기적이다!"

군중 심리라는 것은 정말로 위대했다. 한 사람이 그렇게 소리치자 어디선가 '리즈님 만세!' 하는 소리가 울려 퍼지더니 '국왕 폐하 만세!'로까지 번져 갔으니. 레서스는 사람들의 환호성을 받는 리즈를 뒤로하고 조용히 자리에서 일어나 밖으로 사라졌다.

"꼬마야, 이제 아야 안 하지?"

그녀는 그렇게 생긋 미소를 지어 보였다. 꼬마는 여전히 말을 하지 못했으나 고개만은 끄덕이고 있었다. 리즈는 자신에게 쏟아지는 시선에는 아랑곳없이 꼬마를 데리고 밖으로 나갔다. 꼬마가 두려움을 느끼는 듯해서 그 자리에 있으면 안 될 것 같다는 걸 어린 마음에도 느낀 것이다. 밖으로 나오니 어느 정도 꼬마가 진정된 듯했다. 그리고 그 순간 어디선가 기다리고 있었다는 듯 알록달록한 색깔의 머리카락을 하고 있는 호쾌하게 생긴 청년이 그들에게 다가왔다.

"꼬마야, 안녕?"

그는 리즈를 바라보며 빙긋 웃었다.

"안녕하세요?"

"똑똑한 꼬마구나. 이름이 뭐니?"

"리즈. 아저씬?"

"후훗, 아저씨가 아니라 오빠지. 난 리도스란다."

"리도스 오빠?"

그는 리즈를 귀엽다는 듯이 머리를 쓰다듬어 주었다.

"골드 일족에게 조금이라도 상처가 생겼다면 인간계나 드래곤의 세계나 무척 큰일이 났을 텐데, 네가 참 장한 일을 했구나. 확 뒤집어엎으려다가 너보고 참았단다. 하하핫!"

"디지버 어… 업느 게 머야?"

리도스는 잠시 그녀의 엉망인 발음에 미소를 짓다가는 하얀빛이 뿜어져 나오는 손으로 그녀의 머리를 쓰다듬어 주었다.

"이것으로 제대로 말할 수 있게 되겠지. 어라? 너에게는 엄청난 마력이 숨어 있군. 좋은 마법사가 되겠는데? 드래곤의 마력을 좀 더 나눠주도록 하지. 마력만으로 따지면 넌 이제 인간들 중에서 최고일 거다. 하하핫! 흠~ 그나저나 미안해서 어쩌지? 너의 기억을 조금 지워야겠는걸? 오해하진 마라. 다 지운다는 것이 아니라 떼떼의 이름과 내 이름을 지운다는 것이지. 그 자리는 떼떼가 죽은 것으로 기억될 거야. 나중에라도 네가 떼떼를 울며 불며 찾으면 내가 애써 나머지 사람들의 기억을 다 지워 버린 보람이 없잖니. 해츨링을 상처 입히고도 무사했다는 것을 기억한다면 겁대가리 없는 사람들이 또 해츨링을 납치할지도 모르고. 그나마 네 기억을 이만큼이나 남겨주는 것도 나로선 출혈 대서비스란다. 뭐… 그중에 와전되는 기억도 있겠지만, 우리 떼떼의 기억도 지워야 하는 판이라 많이 챙겨주진 못하거든. 후훗, 뭐…인연이 있으면 또 만나게 되겠지."

그는 리즈가 알아듣기에는 너무나도 긴 대사를 날리고는 마치 원래부터 그 자리에 존재하지 않았던 사람처럼 훌쩍 사라져 버렸다. 물론 금발의 의문 투성이의 꼬마 아이도 함께.

모든 것은 대마법사이자 샤이플린의 공주인 리즈가 애버딘 일행을 만나 모험을 떠나기 11년 전의 일. 그 사건의 진실을 기억하는 자는 아무도 없었으나 모든 인연은 그 이전부터 닿아 있었다는 것을 밝혀둔다.

—음유 시인 레온의 작지만 위대했던 마법사 리즈의
유년 시절 편에서 발췌.

〈 또 하나의 이야기 끝 〉

아데스 설정집

안녕하세요! 재밌게 보셨는지 모르겠군요. 이번 아데스 작업을 하면서 나름대로는 던전의 여러 장치들을 구성하느라 머리가 빠지기도 하고, 크고 작은 일들도 많이 벌어지기도 했습니다.

이제 아데스에서도 슬슬 무기들이 등장하기 시작했습니다. 그럼 그 무기들에 대해 알아보도록 하죠.

1. 커틀러스

뱃사람들이 주로 사용한 검이 커틀러스입니다. 검의 길이는 50~60세르, 무게는 1.2~1.4키라 폭은 3~5세르로 입니다. 다만 배 위의 난전에서 사용될 목적으로 폭이 약간 넓고, 길이가 짧습니다. 위력은 Short Sword 정도로 보여집니다.

2. 레이피어

이 검의 사용법은 단지 찌르기뿐입니다. 레이피어의 어원은 프랑스어의 Epee Rapiere. 여기서 Epee는 검, Rapiere는 찌르기를 의미합니다. 사용법이 바로 이름이 된 것이죠.

검사들이 검으로 상대방의 공격을 막고 연속해서 반격에 나서는 빠른 움직임이 가능한 레이피어를 선호하기도 했지만, 엘프들이 주로 사용하는 무기이기도 합니다. 일반의 무기보다는 무게가 가볍기 때문에 근력이 부족한 어린아이들이 쓰기에도 비교적 쉬운 검이죠. 레이피어의 사용법은 한 손에 방패를 들고 상대의 검을 막는 방식도 있었지만, 차츰 방패보다 한 손에 단검이나 옷 등을 들고 싸우는 방식으로 변해갑니다. 오른손에 레이피어, 왼손에 망고슈라 불리는 단검을 들고 그 단검으로 적의 찌르기를 막거나 검을 감아서 뿌리치고 레이피어로 찌르는 공격 방식이 일반화되었는데, 사실 이 방법은 고도의 테크닉을 필요로 하므로 레이피어를 쓰는 사람의 검술 실력은 의심할 필요가 없습니다. 힘이 안 되면 좌절하지 말고 기술을 갈고 닦아 그것으로 승부하는 것이야말로 참된 검사의 모습이 아닐까 하네요.

3. 시미터

원어의 의미는 '사자의 꼬리'입니다. 그 이름이 사자에서 유래한 만큼 왕족을 의미하는 심볼로도 사용되었습니다. 페르시아의 대표적인 검이죠. 형태상 특징으로 초승달같이 유연하게 휘어져 있는 몸체와 검날과는 반대로 휘어져 있는 손잡이를 들 수 있습니다. 검날이 휘어져 있을수록 베기에 더 큰 위력을 보인다고 합니다. 길이는 80~100세르, 가끔 1르 이상의 것도 발견된다고 합니다. 무게는 1.5~2.0키라, 폭은 2~3세르입니다. 파도 모양으로 된 특수한 형태의 것도 있습니다. 초기의 시미터는 검날이 직선으로 되어 있었습니다. 그런데 페르시아에서 주로 나타난 검술이 내려쳐서 적을 베는 것이다 보니 그 목적에 맞도록 검의 모양이 유연한 곡선을 그리게 되었습니다. 검의 모양이 변한 후 베는 검이 다시 검술을 변화시켜 나중에는 검을 수평으로 휘둘러 적을 베는 검법도 발생되었습니다.

4. 헐버트

이 무기는 도끼와 창의 장점을 살린 무기로써 찌르기와 베기를 함께 할 수 있는 무기입니다. 길이가 1르~2르 정도까지 있으며 무게가 상당히 무거워서 웬만한 체구와 근력을 가진 사람만이 사용 가능하다고 합니다. 넓은 도끼 머리에 꼭대기가 뾰족합니다. 흔히 도끼 창이라고 말하는 무기가 이 헐버트죠.

5. 바스타드 소드

보통은 한 손으로 사용하지만, 필요에 따라서는 양손을 사용할 수 있도록 손잡이의 길이가 긴 검입니다. 길이는 115~140세르, 폭은 2~3세르, 무게는 2.5~3.0키라 정도로 롱 소드보다 크고 무겁습니다. 바스타드의 장점은 한 손과 양손 어느 쪽으로도 쓸 수 있다는 것입니다. 예를 들어 전투시 시작은 오른손에는 검을, 왼손에는 방패를 들고 싸움을 시작한다고 해도 필요에 따라 방패를 버리고 검에 의한 일격을 노리는 공격도 가능하다는 것이죠. 게다가 투 핸드 소드같이 너무 커서 민첩성이 떨어진다는 점도 없습니다. 다만 검의 크기가 롱 소드보다 큰 만큼 검의 균형을 유지하는 것이 쉽지 않고, 그런 실수를 대비해 갑옷을 장비하는 것은 필수입니다.

6. 롱 보우

로빈 훗에 나오는 활을 떠올리시면 됩니다. 활이 무척이나 긴데 그만큼 탄력이 좋고, 그 때문에 위력적인 활이 되어버렸습니다. 워낙 길기 때문에 휴대하기가 힘들고 맞추는 데 다른 화살의 몇 배의 집중력이 필요하기 때문에—영화 로빈 훗에서도 정신을 가다듬고 활시위를 당기잖아요?—난전에선 적당하지 않습니다. 이런 단점에도 불구하고 무시하지 못할 위력 덕에 널리 사용되고 있죠.

7. 컴포짓 보우

롱 보우보다 크기가 작습니다. 뭐… 롱 보우와 필적하는 것도 있다고 합니다만, 컴포짓 보우의 장점이 작아서 휴대하기 좋고, 그런 점에 비해 위력도 상당하다는 것이란 걸 감안할 때 롱 보우보다 큰 컴포짓 보우는 잘 들고 다니지 않을 것 같군요. 화살 양끝이 곡선으로 휘어져 있어서

외관상으로도 폼나게 생겼다고 생각하는 것은 저뿐일까요?

무기가 있으면 방어구도 있겠죠? 이번에 나온 방어구들은 잘 알려진 것들이라 아시겠지만, 혹시나 싶어 주를 붙여봅니다.

8. 풀 헬름

머리를 보호하기 위해 만들어진 방어구인 헬멧의 유형으로 얼굴, 머리, 목 전체를 완전히 보호하는 방어구죠. 주위를 둘러볼 필요가 있는 경우에는—이동시나 전투시 등—얼굴을 덮는 것을 위로 올릴 수 있게 되어 있습니다. 흔히 영화에서 보면 마창 시합할 때의 중세 기사들이 있죠? 그들의 머리에 쓰고 있는 헬멧을 상상하시면 될 겁니다.

9. 큐일보일

달군 납에 가죽을 붙여 견고하게 만든 방어구로 금속으로 만든 방어구와 같이 튼튼합니다. 솔직히 말해 헝겊으로 만든 클로스나 가죽으로 만든 레더 같은 것들보단 방어 효과가 높죠.

그럼 기타 부수적인 것들에 대해 알아볼까요?

10. 단위에 대해

어감상도 그렇거니와 단위 수도 그리 큰 차이는 나지 않습니다. 킬로미터를 케르, 센티미터를 세르, 미터를 르, 킬로그램을 키라라고 하고요. 단위 수는 같거든요. 예를 들면 1미터는 그대로 1르라고 하죠.

11. 몸무게 제한 마법

몸무게 제한 마법은 말 그대로 다이어트 마법입니다. 제가 생각해 낸 마법으로 체중계와 같은 역할을 하는 바닥을 밟았을 때 일정 규정 이상의 무게가 나가면 1키라 이상 빠질 때까지 강제적으로 달리는—운동을 하게 하는—마법을 걸어놓아 가급적 집에서도 과식을 하지 않겠끔 유도하는 마법이죠. 다이어트 효과가 아주 좋다고 합니다.

12. 비명 지르는 버섯

버섯에 사람의 입 모양이 달려 있어서 버섯을 따거나 괴롭히면 비명을 질러댑니다. 주로 던전 같은 곳에서 사람을 유인해 길을 잃게 만드는 역할을 하죠. 단순히 비명을 지르는 것 이외엔 일반 버섯과 큰 차이는 없습니다. 물론 아데스 내에서의 이야기죠.

13. 빛을 내뿜는 투구벌레

비명 지르는 버섯과 한 쌍으로 모험가를 길을 잃게 만들죠. 희미한 불빛과 여자의 비명 소리. 상상력이 풍부하지 않더라도 구해주러 가야 된다는 정의감이 넘치게 만드는 벌레죠. 일반 투구벌레와 크게 다를 바가 없지만 벌레에게 형광 물질을 바른 것처럼 빛을 뿜는다는 점이 다르다면 다른 점이죠.

14. 케비안

제가 생각해 낸 몬스터인데, 특징상 거의 고블린과 흡사하지만 그보다 더 단순하고 강합니다. 드워프를 보면 재수없다고 생각하고, 그렇기 때문에 드워프족을 굉장히 싫어합니다. 만나면 어느 한쪽이 전멸할 때까지 싸우고, 힘 또한 무척 세기 때문에 드워프들이 경계하는 일순위 몬스터죠. 어둠 속에서는 눈동자가 핏빛의 붉은색으로 반짝이며, 키와 힘 모두 드워프와 비슷한 편입니다. 사는 곳은 주로 동굴이며 부족을 이루며 삽니다. 드워프 이외의 생물들에게는 무조건 공격을 하진 않습니다만 교류를 하거나 하진 않습니다. 거의 방관자적인 태도를 보인다고 하는 것이 옳겠군요.

15. 침 뱉는 끈끈이

한쪽 구석에 숨어 있다가 사람이나 누군가가 지나가면 튀어나와 침을 뱉습니다. 뿌리 부분을 움직일 수 있고, 사람의 말을 알아들을 수도 있습니다. 침은 인체에는 무해합니다만, 맨정신으로 그 침을 맞아가며 통로를 통과하는 사람은 거의 없다고 보면 될 것입니다. 없애는 방법은 불로 태우거나 깨끗한 물을 부어 끈끈이 성분을 없애는 것입니다.

16. 해골

해골 병사입니다. 언데드계의 몬스터로 오로지 소멸될 때까지 싸우며 절대로 싸우다가 도망가는 일은 없습니다. 스켈레톤이라 불리는 이 해골은 대부분이 생전에 훈련받던 병사들이나 전사, 검사, 용병이므로 검술이라면 상당한 경지에 이른 자들이 많습니다. 이런 녀석들은 대부분 성직자들이 사악함 추방 마법으로 없애 버리지만, 만일 파티 일원 중 성직자가 없다면 전사들이 나서서 조각조각 부숴 버리거나 가루로 만들어 없애 버립니다.

17. 목소리를 흉내내는 이끼

한번 들은 목소리를 기억했다가 그 목소리로 사람을 유인해 함정으로 이끌죠. 함정 구덩이의 벽면이나 바닥에서 자라고 있으며 함정에 빠져 죽은 사람을 양분으로 살아갑니다.

18. 마력을 무효화시키는 독버섯

이상한 가루를 뿜어대는데 혹자는 그것을 포자라고 주장하기도 합니다. 그 가스를 마시면 일정 시간 동안 마력이 사라집니다. 보통의 경우 일주일 정도? 드래곤에게는 소용이 없으며, 엘프는 일반인보다 회복 속도가 빠릅니다.

19. 소원의 동전

지혜의 검이 있던 동굴 안에 있는 호수에 이것을 던지면 소원을 하나 들어준다고 합니다. 소원은 절대적이며 어떤 것도 이루어질 수 있으나, 신에 대항하는 소원을 빈다면 그 소원을 빌었던 자에게 재앙이 일어난다고 하네요. 호수에 던지면 자동으로 사라져서 원위치에 돌아가지만, 소원은 한 사람당 평생 한 번밖에 빌지 못한다고 합니다.

20. 미믹

보물 상자의 모양을 하고 있지만 실제로는 상자 모양을 한 몬스터입니다. 그렇다고 해서 무척 강하거나 피해를 주는 건 아니고, 실제로 데미지를 입히는 것은 자신의 상자 뚜껑을 열려고 하면 손이 튀어나와 때리는 정도입니다.

21. 광전사

말 그대로 미친 전사로서 머리 속엔 오로지 죽을 때까지 싸울 생각밖에 들어 있지 않습니다. 덕분에 후퇴라는 말을 모르죠. 이런 상대를 적으로 만났다간 죽거나 죽이거나 둘 중 한 가지 방법밖엔 없습니다. 제일 골치 아픈 상대죠. 일반 전사보다 살기나 전의가 월등히 높기 때문에 일반 전사보다 전투 효율성이 높고, 힘 역시 우위에 서 있습니다. 현혹 마법도 먹히지 않으며 감정에 대한 그 어떤 것도 효과가 없습니다.

22. 호비트

돌킨의 '반지 전쟁'의 주인공이기도 한 호비트는 드워프와 마찬가지인 난쟁이족으로 시력과 청각이 매우 뛰어나며 튼튼한 두 다리는 걸을 때 소리가 나지 않습니다. 민첩하고 숨는 데는 탁월한 재주가 있는 이들에게 걸맞는 직업은 도적입니다.

손재주도 좋고 명랑하며, 선물 주고받는 것과 식사하는 일을 가장 좋아하는 이들은 매우 유쾌한 종족이며 평균 수명은 백 년에서 장수하는 경우는 백삼십 살까지도 산다고 합니다. 마을을 이루고 살며, 언덕에 굴을 파고 그 속에서 생활하지만 일하는 장소나 창고는 지상에 있습니다. 겁이 무척 많기 때문에 모험을 하는 일이 거의 없으며 신발을 신지 않는 것이 특징입니다.

23. 청소

할 일 없는 고위 마법사들이 손끝만으로도 적을 없애 버리고 싶은 고위 마법을 만들고 싶었으나 이제까지 발명된 마법들의 종류만 해도 이미 수십 가지가 넘어버렸습니다. 그들은 좀 더 독창적인 것을 만들어내죠. 바로 사각형의 거대 빗자루와 쓰레받기로 이들을 치워 버리는 거죠. 이렇게 쓰레받기에 들어가 버린 것들은 사차원의 공간으로 버려지게 됩니다.

24. 방귀 뀌는 바닥

함정을 설치하는 바닥은 여러 가지 장치가 되어 있다는 점 빼고는 일반 바닥과 같습니다. 방귀 뀌는 바닥 역시 마찬가지로 평상시에는 온갖 냄새를 다 흡수했다가 그 바닥을 밟는 즉시 냄새를 뿜어내죠. 방귀 소리와 함께……

바닥이 살아 있거나 하진 않습니다.

25. 실드

방어 마법. 눈에 보이지 않는 장벽 같은 것이 펼쳐져 물리적인 공격을 막아냅니다. 현혹 마법 같은 것에는 통상 효과가 없으나 심리적인 마법을 막는 실드는 존재한다고 합니다. 물론 마법을 막는 실드를 펼치고 그 안에 있는다면 현혹 마법도 통하지 않죠.

레이피어 던전

입구

움직이는 벽

발광하는 버섯,
비명지르는 투구벌레

뛰기

암호 말해야
열리는 문

키100cm 이상 경보음 가동,
10초 후 양 벽면에서 화살 날아옴

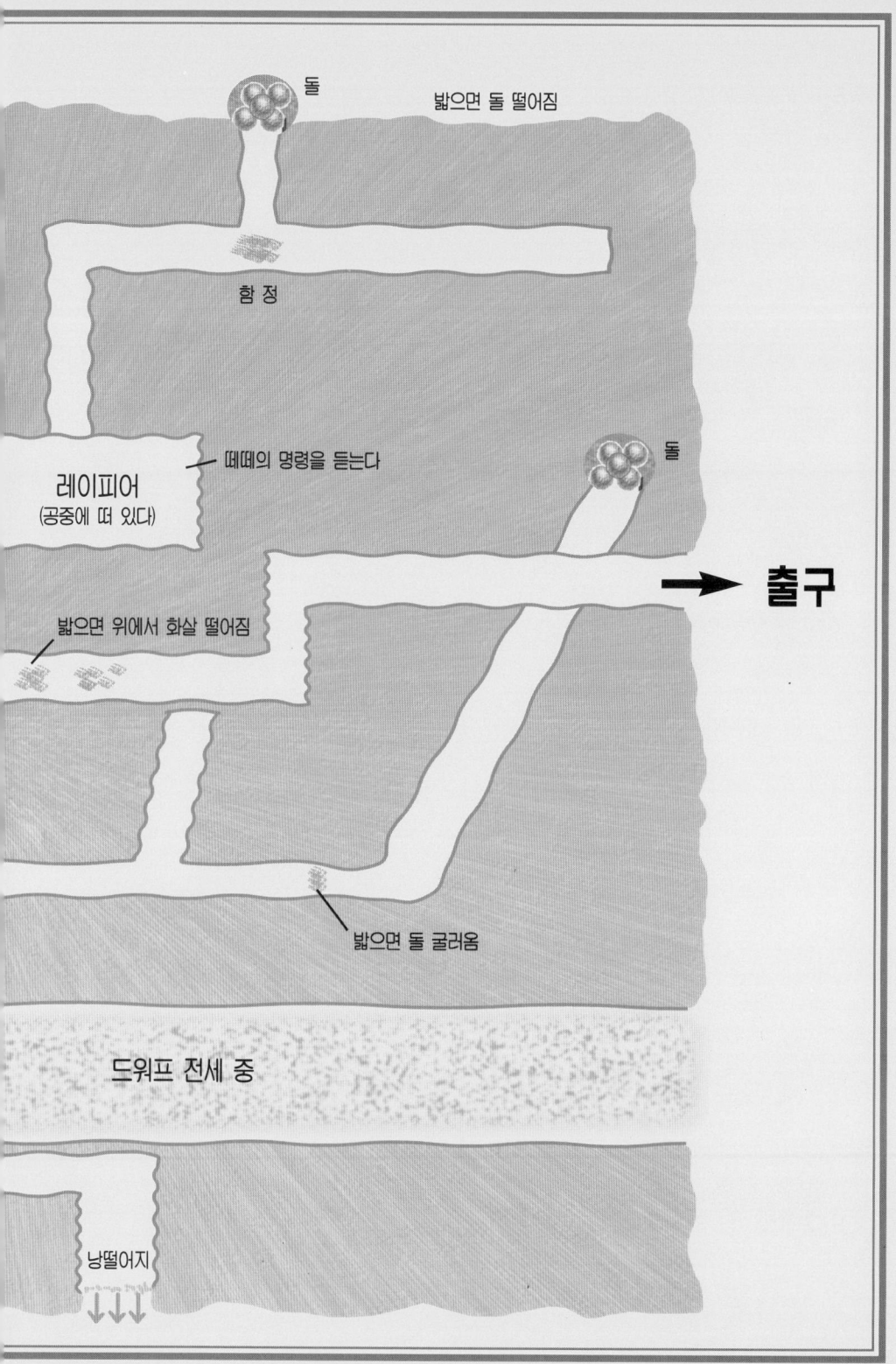